Enrico Schnitzer

Der Wille des Sklaven
Gefesselt – Band 1

Enrico Schnitzer

Der Wille des Sklaven

Gefesselt – Band 1

Rediroma-Verlag

Bibliografische Information der Deutschen Nationalbibliothek:
Die Deutsche Nationalbibliothek verzeichnet diese Publikation in der Deutschen Nationalbibliografie; detaillierte bibliografische Daten sind im Internet über http://portal.dnb.de abrufbar.

ISBN 978-3-98527-343-0

Umschlagillustration: goldeneden (shutterstock.com)

www.rediroma-verlag.de
14,95 Euro (D)

1. Kapitel

~Ein neues Spielzeug~

Die ganze Fahrt über malt sich Leon aus, wie sein neues Spielzeug sein soll. Auf jeden Fall blonde Haare und blaue Augen, so einer fehlt ihm noch in seiner Sammlung. Sein Körper muss robust sein, er wird Muskeln brauchen, die die Wucht von Schlägen abfedern können. Jung soll er sein, nicht älter als 25 Jahre. Doch noch viel wichtiger als der Körper muss sein Charakter stimmen. Nicht so wie sein Letzter. Leon macht einen abfälligen Schmatzer.

Sein neuer Saphir muss sich wehren können und wollen. Unterwürfige Sklaven hatte er bereits genug.

Gedankenverloren dreht Leon den goldenen Siegelring an seinem Finger. Er fährt über den Löwen, das Wappentier seiner Familie.

Seine Familie, auch so ein Übel. Sie ist nur hilfreich für den Reichtum, mit dem er sich seinen Lebensstil und sein Hobby finanziert. Schnell schüttelt er sich den Gedanken an Frau und Kinder, Vater und Mutter aus dem Kopf. Jetzt ist er kein Sohn aus reichem Hause mehr. Heute ist er ein Kunde wie jeder andere und da seine Familie denkt er sei auf Geschäftsreise, steht dem Auspacken und Einweihen seiner neuen Errungenschaft nichts mehr im Wege. Vorfreude steigt in ihm auf.

Endlich, das große Backsteingebäude mit den verriegelten Fenstern und dem dampfenden Schornstein taucht am Ende der Straße auf. Der Besitzer steht bereits vor dem Laden und klappt eine Taschenuhr zu.

Leon schüttelt seinen Arm, der Chip seiner Smarttex der unter seiner Haut verpflanzt ist, legt ein Hologramm über sein Handgelenk Uhrzeit und Datum werden angezeigt: 20:30 Uhr, 20.09.2051. Er ist tatsächlich spät dran. Die letzte Operation war deutlich komplizierter als gedacht, er ist viel zu lange im OP aufgehalten wurden.

Diamant parkt den Wagen direkt vor dem Eingang. Er steigt aus und kommt um die Limousine herumgelaufen. Während sein Sklave die Tür für ihn öffnet, zupft Leon seine Krawatte zurecht, dann steigt er aus und hält geradewegs auf den Sklavenhändler zu. Noch bevor er ihn erreicht hebt er die Hand zur Begrüßung.

Senkus Gesicht ziert ein freudiges Lächeln, über die Verspätung verliert er kein Wort. Beide Männer schlagen ein, sie umarmen sich. „Komm herein mein Freund und lass mich wissen, wie ich dir helfen kann!“, sagt er und legt seinen Arm über Leons Schulter. Mit sachtem Druck wird er von ihm in Richtung Eingangstür geschoben.

Ein würziger Geruch steigt Leon in die Nase. Immer, wenn er ihn riecht, bekommt er gute Laune, dann fühlt er sich wie ein Kind zu Weihnachten. Jeden Winkel dieses Hauses kennt er bereits auswendig. So schweift sein Blick nur kurz über die halbrunden Lederbänke, die jeder um einen Tisch angeordnet sind. Er ist heute der einzige Gast, Senku hat nur für ihn geöffnet, denn eigentlich ist Montag sein Ruhetag. So stehen auch nur zwei Frauen in kurzer Dienstmädchenkleidung rechts und links der Bar, um sie beide mit Getränken und Speisen zu versorgen.

Senku bugsiert ihn zu einem der Tische auf dem bereits zwei Hopfen stehen. Die schimmernden Wasserperlen auf den Gläsern verraten, dass sie eisgekühlt sind.

Leon lässt sich in das weiche Leder sinken, während Senku ihm gegenüber Platz nimmt.

Der Händler faltet die Finger auf dem Tisch ineinander, durchdringend sieht er ihn an. „Also, was führt dich schon wieder zu mir. Stimmt was mit dem neuen Sklaven nicht?"

Leon atmet angespannt aus, es ist ihm unangenehm ihre Freundschaft damit belasten zu müssen, aber mit seinem jüngst erworbenen Spielzeug stimmt tatsächlich etwas nicht. „Der Kerl war gelinde gesagt langweilig. Ich habe ihn bereits weiterverkauft."

Senku runzelt die Stirn. „Was genau war denn das Problem?"

Bei dem Gedanken an seinen Sklaven überkommt Leon Abscheu, die sich in seiner ganzen Haltung und seinem finsteren Blick wiederspiegelt. „Nach nicht mal zwei Tagen lag er mir schon zu Füßen und hat nach meinem Samen gewinselt. Ich konnte ihn schlagen, ihn hart ran nehmen, er hat immer nur nach mehr gebettelt."

Senku lehnt sich zurück, einen Arm legt er auf die Rückenlehne und mustert Leon eindringlich. „Aber ist es nicht das, wofür man sich einen Sklaven hält? Wir stecken sehr viel Energie rein, um solche guten Diener aus ihnen zu machen. Selbst die Angst vor dem Schmerz treiben wir ihnen aus. Das ist verdammt harte Arbeit."

Leon seufzt ergeben und sieht zur Seite weg. Sein Blick wird von einer der beiden Dienstmägde eingefangen, die stocksteif neben der Bar steht und auf neue Anweisungen wartet. Sie erscheint ihm ebenso farblos und langweilig, wie sein letzter Sklave.

Doch es ist neu für ihn, dass ihn das stört. Als Jüngling war es toll so angebetet zu werden und mit seinen Sklaven tun und lassen zu können, was er wollte. Aber jetzt, mit Anfang 30 langweilt es ihn zunehmen. „Ich weiß dass du dein Bestes tust, aber ich brauche was Neues. Etwas, was sich wehren kann. Jemand, der mir nur zu Füßen liegt, wenn ich ihn zu Boden trete. Ich will einen echten Saphir!“

Senku zwirbelt seinen Kinnbart, er schaut nachdenklich vor sich hin. „Wir haben ein paar Neue, die noch nicht eingeritten sind, aber die kennst du auch alle schon. Du warst ja erst vor kurzem hier.“

„Fällt dir denn Keiner ein? Du kennst ihre Charaktere doch besser als ich.“

Senku verschränkt die Arme vor der Brust, hörbar atmet er aus. In seinen Augen meint Leon eine Idee aufblitzen zu sehen, doch irgendetwas in ihm arbeitet gegen diesen Gedanken.

Leon greift seinen Eindruck auf und sagt: „Du hast doch jemand Bestimmten im Kopf, oder?“

„Schon, aber ich kann mir nicht leisten dich als Kunden zu verlieren.“

Was für eine seltsame Aussage. Auch wenn der Sklave mal nicht passt, wird Leon immer wieder herkommen und sich einfach einen neuen aussuchen. Fragend hebt er eine Augenbraue und mustert Senku eindringlich.

Dieser beugt sich über den Tisch nach vorn. „Es ist so…“, beginnt er geheimnisvoll.

Schon sein Zögern über diesen Sklaven zu sprechen schürt Leons Neugierde. Aufmerksam hört er zu:

„Ich habe einen da, der macht mir schon lange Probleme. Ich kann ihn keinem Kunden geben, denn er tut alles um zu entkommen. Gestern hat er meinen Barkeeper getötet.“

Leons Augen weiten sich. Unwillkürlich wandert seine Aufmerksamkeit zur Bar, auch wenn dort niemand steht, glaubt er Maike dort zu sehen. Der nette Mann mit dem er so viele lustige Gespräche geführt hat, der immer einen lockeren Spruch auf den Lippen hatte, ist tot? Das kann er kaum glauben.

Senku grinst wissentlich. „Ich sage doch, der ist nicht für den Verkauf geeignet. Ehrlich, ich wäre tief betrübt, von deinem Tot zu erfahren und zuträglich für mein Geschäft wäre es auch nicht, einen Stammkunden auf diese Weise zu verlieren."

„Wenn du ihn nicht verkaufen willst, was hast du dann mit ihm vor?"

Senku lächelt verschlagen. „Er dient mir inzwischen als Privatvergnügen. Ich hatte noch nie einen so störrischen Sklaven. Du müsstest seine Augen sehen, ein tieferes Blau habe ich noch nie zu Gesicht bekommen und sein Blick während der Züchtigung. Da läuft es einem eiskalt den Rücken hinunter. Ich habe schon viel versucht, aber nichts hilft. Mittlerweile ist die Sache persönlich. Ich will diesen Moment erleben, wenn sein Wille unter mir bricht."

Leon fühlt sich einem Seelenverwandten gegenüber sitzen. Genau das ist es doch wonach er sucht. Jemand der noch das Feuer hat gegen ihn aufzubegehren. „Ich will ihn sehen!", sagt er feierlich.

„Ich werde ihn aber nicht verkaufen!", sagt Senku ernst, „Sein Körper ist in keinem guten Zustand und ich bin noch mitten drin in seiner Bestrafung wegen Maike, eigentlich müsste ich ihn sogar töten und überhaupt, ist er wirklich zu gefährlich."

Das wagt Leon doch stark zu bezweifeln. Sicher ist das wieder nur ein Trick um den Preis hochzutreiben. Doch Geld ist nun wirklich nicht sein Problem. Die Smarttex an seinem Handgelenk ist mit ausreichend Bargeld aufgeladen und sollte das nicht reichen, ist der Vorrat auf seinem Bankkonto unerschöpflich. „Zeig ihn mir!", sagt er streng.

In Senku beginnt es zu arbeiten, er schwenkt den Kopf hin und her, schließlich erhebt er sich. „Na gut, komm mit!" Er winkt Leon ihm zu folgen.

Sie gehen an der Bar vorbei und betreten hinter einem Vorhang die Räumlichkeiten der Sklaven. Doch anders als sonst nimmt Senku heute den Weg in den Keller.

Aber dort liegen doch die Bestraffungsräumlichkeiten? Ist der Sklave wirklich so gefährlich, dass er selbst den Ruhetag da unten verbringen muss? Noch auf dem Weg die Treppe hinab, sind Schreie und Stöhnen zu hören doch nicht vor Lust. Es ist viel durchdringender und leidvoller.

Leon ist zwischen Erregung und Mitleid hin und her gerissen. Wenn er seine Sklaven züchtigt, dann freuen sie sich für gewöhnlich darüber und danken ihm für seine Aufmerksamkeit, aber das hier hört sich nach wirklicher Qual an.

Ein helles Licht strahlt am Ende der Treppen, ein großer Raum öffnet sich. Überall sind Geräte und Werkzeuge der Züchtigung angebracht. Zwei Holzkreuze lehnen links an der Wand. Von der Decke hängen Seile und Ketten. Auf einer Anrichte auf der rechten Seite sind Dildos und andere Spielzeuge platziert. Leon war schon oft hier unten, um neue Sklaven zu testen bevor er sie kauft. Ein wohliger Schauer ergreift von seinem Körper Besitz, wenn er an all die unaussprechlichen Dinge denkt, die er sich hier ausgedacht und ausprobiert hat.

Ein lauter Knall und ein langgezogener Schrei lenken seine Aufmerksamkeit in die Mitte des weiß gefliesten Raumes. Ein Käfig ist darin eingelassen. Gut zwei Meter hoch und vier Meter in Breite und Länge. Eine Tür ist in die Mitte eingearbeitet.

In ihm steht ein nur mit einem Ledergürtel bekleideter Mann, der eine Peitsche in der Hand hält. Er schlägt zu, doch seine Gestalt versperrt Leon den Blick auf sein Opfer. Er muss die Steintreppe ganz herabgehen und den Käfig ein Stück umrunden, um das Szenario einsehen zu können.

Die Arme eines jungen Mannes, den er auf kaum älter als 20 schätzt, sind mit Seilen an den Handgelenken gefesselt und weit über seinen Kopf nach oben ausgestreckt. Sie sind an einem Haken befestigt und halten ihn so weit oben, dass seine Füße keinen Halt mehr auf dem Boden finden. Er ist vollkommen nackt, seine Haut ist mit Blutergüssen und Striemen überzogen. Besonders sein Bauch in Höhe des Nabels wirft eine tiefe Wunde auf, deren Ränder sich dunkelblau verfärbt haben.

Der junge Mann schwitzt stark, seine blonden Haare kleben ihm strähnig im Gesicht. Sein Atem geht stoßweiße, während er versucht, mit dem Schmerz in seinem Körper klar zu kommen. Ein süßlicher Geruch steigt Leon in die Nase, gemischt mit dem Eisen des Blutes, das von dem jungen Körper tropft. Der Sklave ist dürr und seine Verletzungen werden ihn noch lange schwächen. Das ist nicht was er sich vorgestellt hat. Wenn er den kauft, wird nichts aus seinem Abend zu zweit werden.

Der Mann mit der Peitsche dreht sich nach ihnen um, als er realisiert wer da zu ihnen gekommen ist, hebt er sein Schlagwerkzeug. In schnellen geschmeidigen Schwüngen, schlägt er die dünne Lederschnur um den geschundenen Körper. Neue Striemen bilden sich auf der Haut, sie breiten sich weit bis über den Rücken des jungen Mannes aus.

Der Sklave windet sich in seinen Fesseln, doch kein Laut kommt über seine Lippen, sein Atem stockt.

Sicher nimmt ihm die Peitsche die Luft zum Schreien.

So schön hat Leon lange keinen Sklaven mehr tanzen gesehen. Sein Blick folgt dem Muskelspiel unter der wunden Haut und bleibt schließlich am Gesicht des jungen Mannes hängen. Senku hat nicht übertrieben, die Augen des Sklaven sind unergründlich tief und strahlen in einem leuchtenden Blau. Verbissen schaut er seinen Peiniger an, straft ihn mit einem Blick, den Leon bei noch keinem Sklaven gesehen hat. Er geht ihm durch Mark und Bein und lässt sein Herz vor Freude einen Sprung machen. Da ist es, das Feuer nach dem er sich so sehnt. „Ich will ihn, egal was er kostet!“, sagt er mit überschwänglicher Freude in der Stimme.

Die Peitsche verstummt, während sich der Züchtiger den Schweiß von der Stirn wischt, richten sich die tiefblauen Augen des jungen Mannes auf ihn. Als wenn er sein innerstes Wesen ergründen würde, schaut er ihn an. Nicht verstohlen von unten herauf und in ängstlicher Erwartung. Nein, ganz bewusst und direkt. Obwohl Leon sich immer unter Kontrolle hat, es schon enorm viel Hand oder Zungenarbeit eines Sklaven bedarf, ihn aus der Fassung zu bringen, bei diesen Augen spürt er wie sich sein Glied aufrichtet.

Ja, den will Leon haben, ganz gleich was Senku dafür verlangt und er wird gewiss nicht warten können, bis sich sein neuer Sklave erholt hat.

2. Kapitel

~Der Eine, der sich noch wehrt~

Wie lange ich wohl schon hier hänge? Meine Arme spüre ich nicht mehr, meine Finger sind steif und unbeweglich. Wie viel Zeit mag inzwischen vergangen sein? Es gibt in dieser Zelle kein natürliches Tageslicht, nur die grelle Deckenlampe, die Tag und Nacht eingeschaltet bleibt. Ich sehne mich so sehr nach Dunkelheit, nach Schlaf. Vorsichtig schließe ich die Augen und hoffe inständig, dass es der Kerl nicht sieht, der heute für meine Bestrafung zuständig ist. Ein Moment der Stille empfängt mich, kein neuer Schmerz der meine Sinne flutet. Die Wunden in meinem geschundenen Körper reichen auch so aus, um mich wach zu halten. Ich fühle mich wie in glühende Kohle getaucht. Jeder Striemen, den die lederne Peitsche geschlagen hat, pulsiert heiß auf meiner Haut. Ob sie dieses Spiel treiben werden, bis ich tot bin? Wenn es nur schon so weit wäre.

Können sie mich nicht wenigstens mal für eine Stunde von diesen Fesseln befreien? Das Seil hat sich bereits tief in meine Haut gerieben, meine Gelenke tun so entsetzlich weh. Besonders meine Schultern, an denen das ganze Gewicht meines Körpers zieht. Ich lege den Kopf in den Nacken und stöhne gequält.

Ein Hieb trifft meinen Bauch über dem Nabel, wie Feuer züngelt die Peitsche über meine wunde Haut. Es ist dieselbe Stelle die der Bastard bereits das siebente Mal in Folge getroffen hat. Ich winde mich in meinen Fesseln und schreie mir die Qual von der Seele. Verflucht, kann er nicht wenigstens mal eine andere Stelle nehmen? Als ich an mir hinab sehe öffnet sich die Haut, tiefes Rot färbt die

Wundränder, gefolgt von dunkelblau. Ich schließe die Augen davor und atme gegen die Empfindung an. Schweiß strömt mir aus jeder Pore, er läuft mir aus den Haaren und den Achseln, das Salz brennt sich in meine Verletzungen. Mein Leid wird erträglicher, je länger ich tief durchatme, trotzdem habe ich langsam keine Kraft mehr.

Ich betrachte den Kerl mit der Peitsche. Seine Muskeln spannen die Haut, die braunen fast schwarzen Augen haben kein sichtbares Zeichen von Emotion. Er ist doch auch nur ein Sklave dieses Hauses, hat selbst schon oft hier gehangen, bevor er zum Züchtiger aufgestiegen ist. Warum nur macht er bei diesem ganzen Dreck mit? Bin ich denn wirklich der Einzige, der noch zu entkommen versucht?

Ich habe ihn heute bestimmt schon hundert Mal angefleht mir wenigstens eine Pause zu gönnen, doch er reagiert nicht. Seine Augen bleiben kalt und ausdruckslos. Ich sollte eine andere Taktik versuchen. Wenn ich ihn provoziere, vielleicht schlägt er dann so lange zu bis ich das Bewusstsein verliere, dann habe ich zumindest für den Moment meine Ruhe. Ich hole Luft, um meinen Plan in die Tat umzusetzen, als hinter der Zelle zwei Männer auftauchen.

Senku, dem ich einen feindseligen Blick zuwerfe und ein Herr in einem feinen Anzug. Sicher irgendein Kunde. Seine langen schwarzen Haare sind in einen Pferdeschwanz gebunden, in seiner Hemdtasche steckt eine Lilie. Die hellblauen Augen fahren begierig meinen geschundenen Körper ab. Ob er wohl meinetwegen hier ist? Ich lächle bitter. Sicher nicht! Senku hat mir angedroht mich niemals zu verkaufen. Jetzt, wo ich einen seiner Männer auf dem Gewissen habe, hat er geschworen meinen Willen höchst persönlich zu brechen und mich dann zu töten. Meine Chance auf einen Meister, bei dem eine Flucht leichter wäre, ist damit dahin. Ich schließe die Augen, und hoffe mein Peiniger lässt die Peitsche in Anwesenheit eines Gastes ruhen.

Wieder trifft ein harter Schlag die Wunde in meinem Bauch. Ich winde mich und stöhne gequält, Tränen fluten meinen Blick. „Ich brauche eine Pause, bitte", flehe ich.

Der Mann schwingt die Peitsche, rechts und links schlägt sie meine Flanke, sie züngelt sich über meinen Rücken und den Hintern. Immer neue Verletzungen öffnen meine Haut, Wellen des Schmerzes überfluten meine Sinne. Mir bleibt die Luft weg unter den immer neuen Hieben, die mich treffen. Heiß strömen mir die Tränen vom Gesicht. Dieser verdammte Sohn einer Hure. Das macht er doch nur, um vor Senku den Gnadenlosen zu spielen. Ich nehme den letzten Rest an Kraft zusammen, der noch in mir steckt und strafe ihn mit einem tiefen Blick der Verachtung.

Mein Körper zwingt mich zu atmen, hektisch, stoßweise und unkontrolliert, doch meinen finsteren Blick wende ich nicht vom Züchtiger ab. Schließlich werden ihm die Arme schwer, er lässt die Peitsche sinken und wischt sich den Schweiß von der Stirn.

„Ich will ihn, egal was er kostet!", sagt der Mann im feinen Anzug.

Ich schaue ungläubig in seine Richtung. Meint er das ernst? Ich bin mehr tot als lebendig. Was soll ich in dem Zustand bitte für ihn tun?

In seinen hellblauen Augen glänzt die Gier, seinen Schritt ziert eine gewölbte Erhebung. Ich ahne, dass es irgendwas mit Sex oder Folter zu tun haben muss. Meine Aufmerksamkeit richte ich auf den Mann mit der Peitsche. „Schlag noch mal zu!“, bitte ich, in der Hoffnung er kommt meinem Wunsch nach und erlöst mich von dieser Welt.

3. Kapitel

~Abschiedsständchen~

Nachdem Senku den Gast verabschiedet hat, gilt seine ganze Aufmerksamkeit mir. Den Züchtiger hat er in eine Ecke des Käfigs verwiesen und umrundet mich an seiner Stelle, wie ein lauernder Tiger seine Beute. „Es ist schon eine Schande, dass sich unsere Wege jetzt trennen werden!“, sagt er.

Ich versuche meinen hektischen Atem vor ihm zu verbergen, doch der hämmernde Schmerz in meinen Schultern und auf meiner Haut, lässt sich nicht anders ertragen, als durch diese Atemtechnik.

Er tritt an mich heran, seine rauen Schaufelhände legt er auf meinen Brustkorb, die Nase vergräbt er in meiner Achsel. Lange inhaliert er seinen nächsten Atemzug.

Ich wende den Kopf angewidert ab. Dieser abartige, alte Sack hat sich von Anfang an am Geruch meines Leides ergötzt. Ich hätte ihn anstatt Maikes umlegen sollen, es hat sich nur leider nie ergeben. Finster schaue ich vor mich hin und denke mir ein neues Szenario aus, an dem er krepieren könnte. Die Streckbank da hinter dem Vorhang wäre doch was und das Eisenrohr in der Ecke, das der Klempner zurück ließ, könnte ich ihm ins Herz rammen. Ich grinse breit, als mir der Gedanke kommt es ihm vorher doch lieber in die Weichteile zu stoßen, oder in den Arsch, am besten so tief, dass es oben wieder raus kommt.

„Deine Schreie werden mir fehlen!“, sagt er und klingt dabei wie ein verliebter Jüngling. Seine Hände fahren meinen Oberkörper hinab, sie sind so rau wie Sandpapier. Ich zittere unter der Reibung, die sie auf meiner wunden Haut erzeugen.

Er lächelt erfreut, seinen Penis kann ich durch seine Hose hindurch an meinem Oberschenkel spüren. Das Leid seiner Sklaven hat ihn schon immer erregt – diese elende Missgeburt!

„Kannst du dir überhaupt vorstellen, was für ein gigantisches Sümmchen er für dich geboten hat?“

Keine Ahnung, ist mir auch egal!

Er wandert um mich herum, den Reißverschluss seiner Hose öffnet er dabei. Als er hinter mich tritt, spüre ich seine Eichel zwischen meinen Oberschenkeln. Seine Stimmlage verändert sich, etwas Diabolisches klingt daraus hervor. „Dabei bist du Ratte das gar nicht wert.“ Sein Glied zwingt er mir zwischen die Beine. Ich versuche sein Vergnügen zu unterbinden und spreize sie, doch er drückt sie an den Schenkeln gewaltsam wieder zusammen. Sein Glied weicht vor und zurück, es gewinnt an härte.

Ich möchte kotzen. Warum muss ich mir das eigentlich noch mal antun lassen? Bin ich nicht längst der Besitz dieses reichen Typs? Ob das Senkus Art ist Abschied zu nehmen? Perverses, krankes Schwein!

Seine Hände verlassen meinen Körper, er entfernt sich von mir.

Irritiert schaue ich ihm nach. Dass er die Lust verloren hat, kann ich mir beim besten Willen nicht vorstellen. Trotzdem keimt ein Funken Hoffnung in mir. Es reicht mir völlig, dass dieser reiche Schnösel seine Lust an mir stillen wird, ich brauche Senku dafür nicht auch noch.

Der Händler sucht nach etwas und kommt schließlich mit einem Holzhocker zurück.

Ich lasse den Kopf hängen und atme aus. War ja klar. So lange ich hier hänge, reicht er mit seinen kurzen Beinen nicht hoch genug an mich heran. Als er den Hocker hinter mir platziert und ihn besteigt, entscheide ich mich gedanklich für ‚Rohr in Weichteile‘. So ein aufgespießter Penis mit einem gestanzten Loch, das hat sicher was.

Senku zieht eine Tube aus seiner Hosentasche und reibt seinen Penis großzügig damit ein, achtlos wirf er sie leer von sich.

Na wie schön dass er wenigstens sich zu schützen weiß und ich ihn gleich viel zu tief spüren muss. Ungebremst dringt er in mich ein. Er hat sich noch nie die Mühe gemacht das vorzubereiten. Hitze entflammt mein Loch, mein Schließmuskel weicht nur wiederwillig seiner Kraft. Ich werfe den Kopf zurück und stöhne gequält.

Er packt mich grob an den Haaren und zieht mich noch weiter zurück, bis ich ihm auf der Schulter liege. Hart stößt er zu, in seiner ganzen Länge taucht er ein. Ich schreie gegen den zerreißenden Druck an und ändere im selben Moment meine Meinung: ‚Rohr in den Arsch bis zum Hals wieder raus‘ - scheint mir inzwischen angemessener.

Immer neue harte Stöße treffen meinen Unterleib. Ich versuche mich zu entspannen, hektisch atme ich gegen seine Gewalt an. Der Schwung, den er mir gibt, bewegt mich in meinen Fesseln. Meine Schultern und die Handgelenke, verdammt! Ich beiße mir auf die Unterlippe und dränge die Tränen zurück.

Senku hat Mühe seinen Penis in mir zu halten, immer wieder muss er neu ansetzten. Schließlich legt er genervt seine Arme über meine Hüften und den Unterbauch, um mich in Position zu halten. Seine Pranken greifen fest in die geschlagene Wunde.

Ich ziehe die Luft scharf ein. Verzweifelt sehe ich mich um. Irgendwas muss ich mir suchen, um mich abzulenken, bis er fertig ist. Meine Gedanken kopple ich ab. Von mir aus kann er meinen Körper haben, der ist ohnehin nur noch ein Hort an Schmerz und Leid. Was immer er tut, es erreicht mich nicht mehr. Stur betrachte ich einen roten Fleck an den Fliesen der Wand mir gegenüber. Ob das wohl mein Blut ist, das dort klebt?

„Dein Körper ist so lecker!“, stöhnt Senku und dreht mich ein Stück, seine Zunge leckt meine Achsel aus. Tiefe Atemzüge nimmt er dabei.

Ich erschaudere unter seiner Berührung und bemühe mich wegzuhören, stattdessen lasse ich meine Gedanken schweifen:

Wie dieser Kerl wohl ist, der mich gekauft hat? Die letzten Tage hier waren die Hölle. Ich werde die erste Zeit sicher nicht die Kraft haben, mich gegen ihn zur Wehr zu setzen. So wie sich meine Arme anfühlen, sind sie sicher ausgekugelt und meine Beine zittern so stark, dass ich damit keinen Schritt gehen kann. Ich werde ihm ausgeliefert sein. Der Gedanke lässt sich mir die Nackenhaare aufstellen. Bisher gab es noch nie einen Interessenten für mich. Senku hat mich stets versteckt gehalten. Er wollte mich erst zum Verkauf freigeben, wenn ich meine Fluchtpläne verworfen habe und nach dem Mord an Maike, war mein Schicksal eigentlich besiegelt. Ich habe mir nie Gedanken darüber gemacht, wie es ist einem anderen Menschen zu gehören als ihm und seinen stinkenden Männern. Hier kenne ich inzwischen die Vorlieben jedes einzelnen, ich weiß was auf mich zukommt, wenn ich rebelliere, aber über den Kerl weiß ich nichts. Das feine Sakko hat sein breites Kreutz nicht verbergen können und sein Gang war selbstsicher und stark. Wenn ich mich recht entsinne, war er auch nicht das erste Mal hier. Ob das bedeutet dass er Erfahrung im Umgang mit Sklaven und einem eventuellen Fluchtversuch hat? Ach und selbst wenn, er ist alleine. Wenn ich es nur mit Senku zu tun gehabt hätte, wäre ich längst frei. Trotzdem lässt mich die Frage nicht los, was mich bei diesem Kerl erwartet. „Wie ist er so?“, frage ich.

Senku sieht mich von unten herauf überrascht an, ein spöttisches Lächeln richtet sich in seinen Mundwinkeln wohnlich ein. „Oh, er ist ein grausamer Herr. Sein Verschleiß an Sklaven ist gigantisch. Der letzte war gerade mal zwei Tage bei ihm, bevor er ihn losgeworden ist.“

Meint er das ernst? Ich kann seine verschlagene Mimik nicht deuten. Ganze zwei Tage und dann war mein Vorgänger schon Geschichte? In dieser kurzen Zeit werde ich nicht mal aufstehen können.

„So gut!“, stöhnt Senku und kreist mit seinem Becken an mir, doch ich bin in Gedanken so bei meinem neuen Meister gefangen, dass ich seinen Penis kaum mehr spüren kann. „Was will er denn mit mir? Ich bin mehr tot als lebendig“, rede ich mehr mit mir als mit Senku.

Der Händler grinst vor sich hin. Während seine Bewegungen an Schnelligkeit gewinnen, sagt er: „Er sucht einen Sklaven, der sich nicht unterordnet, der noch Feuer hat.“ Senku lacht.

„Ich und Feuer?“ Im Moment will ich nur meine Ruhe haben. Mir würde es schon reichen von diesen Fesseln loszukommen und in einem dunklen Raum liegen zu dürfen.

Schlafen wäre so eine Wohltat. Ich schließe die Augen und lasse den Kopf auf Senkus Schulter liegen. Auch wenn mich sein Geruch anwidert, ist es der einzige Halt in dieser Position.

Das Stöhnen des Händlers wird lauter und kraftvoller, es dröhnt mir in den Ohren. Seine harten Stöße dringen wieder viel zu deutlich in mein Bewusstsein. Ist er denn nicht bald mal fertig? Ich will es hinter mir haben. Meinen Hintern presse ich zusammen, um das Gefühl für ihn zu intensivieren. Tatsächlich beginnt sein Glied dabei zu zucken, sein Körper räkelt sich lustvoll an meinem. Na los, werde fertig, damit ich zu diesem neuen Kerl kann, um mir ein Bild von ihm zu machen. Erwartungsvoll schaue ich die Tür an. Ich hätte nie gedacht, dass ich hier noch mal lebend raus komme und kann es nicht erwarten, diesen verdammten Keller hinter mir zu lassen.

Senku streckt sich mir entgegen, sein Saft verteilt sich in meinem Hintern. Mein Blick wandert hinauf zu den Seilen. Blut läuft über den Strick und mir die Arme hinab. Seine wilden Bewegungen haben ganze Arbeit geleistet. Kein Wunder, dass meine Handgelenke brennen wie Feuer. Ob er mir die verdammten Fesseln jetzt endlich abnimmt und ich die Arme mal runternehmen kann? Das wird sicher noch einmal heftig wehtun. Schon beim Gedanken läuft mir kalter Angstschweiß den Rücken hinab.

Senku löst sich von mir, er steigt vom Hocker und umrundet mich. In seinen Augen liegt Bedauern. Er seufzt als er sagt: „Es ist wirklich schade um dich. Das hier wird mir fehlen!“

Das glaube ich dem Wixer sogar. Um ihm zu zeigen was ich davon halte, sammele ich das Blut der Schläge, die ich in den letzten Stunden einstecken musste, in meinem Mund und spucke es ihm mittig ins Gesicht.

Er zuckt zusammen und blinzelt, mit dem Handrücken wischt er sich über Nase und Wange. Weit holt er aus und schlägt mir seine flache Hand ins Gesicht. Meine Haut wird heiß, doch das war es wert. Finster sehe ich ihn an und fühle die Freude in mir aufsteigen, ihn nie wieder spüren zu müssen. Sollte ich mich erholen und fliehen können, komme ich vielleicht noch einmal her. Hoffentlich ist das Rohr dann noch da. Ich muss lächeln.

Wir schauen uns einen Moment lang schweigend an, dann sagt er süffisant: „Leon wird seine Freude mit dir haben."

Das Lächeln vergeht mir. Senkus Abschiedsnummer habe ich hinter mir, sein Samen läuft mir bereits die Beine runter, aber was mich bei dem Neuen erwartet kann ich nicht einschätzen. Die Ungewissheit lässt mich zittern.

„Hole ihn runter, spritz ihn mit dem Schlauch ab, reibe ihn kurz trocken und bring ihn dann raus! Leon will sich selbst um den Rest kümmern, also halt dich nicht zu lange mit ihm auf", sagt Senku an den Züchtiger gewandt, der bis jetzt regungslos in der Ecke der Zelle stand.

Er nickt und kommt langsamen Schrittes auf mich zu.

Senku hingegen hat keinen letzten Blick für mich übrig, er verlässt den Käfig und verschwindet über die Treppe.

Sein Diener geht zu einer Seilwinde mit Kurbel und beginnt sie zu drehen. Der Haken, an dem meine Fesseln eingehangen sind, senkt sich, meine Zehen berühren den Boden, ihnen folgt die ganze Fußsohle, doch ich finde keinen Halt auf meinen Beinen. Als mehr und mehr Gewicht auf ihnen lastet, geben sie einfach nach. Je tiefer ich abgelassen werde, umso mehr bricht mein Körper in sich zusammen. Das letzte Stück lässt der Züchtiger die Winde los, ich knalle ungebremst zu Boden. Meine Arme fallen an mir herab, die Schultergelenke drehen sich. Ich schreie laut und kehlig. Verdammt, verdammt, verdammt – fluche ich innerlich und atme dagegen an. Heiß strömt mein Blut aus der Körpermitte in die tauben Muskeln. Der Schmerz wird stärker. Ich stöhne gequält, während sich mit unbarmherziger Härte das Leben zurück in meine Arme und die Finger frisst.

Der Züchtiger kommt zu mir, er löst das Seil um meine Handgelenke.

Als ich endlich frei bin, umschlinge ich mich im Liegen selbst und rolle mich wie ein Embryo zusammen. Das taube Gefühl war deutlich besser auszuhalten als das hier. Ich wiege mich selbst vor und zurück. Was für eine verdammte Scheiße! Irgendwann bekommen sie das alles zurück, schwöre ich mir selbst.

Der Züchtiger verlässt den Käfig, er hält auf die gegenüberliegende Wand zu, dort dreht er etwas auf. Ein grüner Schlauch schlängelt sich ihm zu Füßen, aus seinem Ende sprudelt Wasser. Er hebt ihn auf und kommt zu mir.

Oh man, das auch noch? Ich rolle mich noch kleiner zusammen. Der Wasserstrahl trifft mich zuerst im Rücken, dann am Hintern. Es ist eiskalt doch in meinen Wunden fühlt es sich an wie kochendes Eisen, der Druck des Strahls verstärkt dieses Gefühl noch. Ich schreie mir die Seele aus dem Leib und will vor dieser Tortur fliehen, doch in meinem Körper steckt keine Kraft mehr.

Er umrundet mich, darum bemüht, auch wirklich jede Stelle zu treffen. Als ich schützend meine Arme über den

Bauch und die Verletzung dort lege, kommt er zu mir und schiebt sie bei Seite. Meine Hände hält er unter seinem Fuß gefangen, während er auch meinen Bauch und den Intimbereich abspritzt.

Ich keuche und winsle, doch er hört erst auf, als auch die letzten Reste von Senkus Dreck und meinem Blut weggespült sind. Zuletzt macht er Halt an meinem Gesicht.

Ich drehe den Kopf hin und her, um noch Luft zu bekommen und schnappe dann wieder, wie ein Hund, nach dem Wasserstrahl. Es ist eine gefühlte Ewigkeit her, dass ich etwas trinken konnte. Der Kampf mit dem Schmerz hat mich stark Schwitzen und das Schreien hat meine Kehle austrocknen lassen. Gierig lechze ich nach dem kühlen Nass. Als der Kerl von mir ablässt, lecke ich die Reste vom Boden.

Der Züchtiger geht zum Wasserhahn, er dreht ihn ab und wickelt den Schlauch auf, dann hält er auf die Kommode zu, auf der die Dildos stehen. Die unterste Schublade zieht er auf und holt ein Handtuch heraus. Während er langsamen Schrittes zurückkommt, kämpfe ich noch immer mit der Qual in meinem Körper. Alles atmen bringt keine Erleichterung mehr.

Er kniet sich zu mir herab, erstaunlich sanft trocknet er meine Haut.

Das macht mich misstrauisch. Ich sehe ihm ins Gesicht.

Wehmut liegt in seinem Blick, ein Seufzen kommt ihm über die Lippen. Er wird mich doch nicht etwa vermissen, oder?

„Leb da draußen ein bisschen für mich mit, ja?“, sagt er mit melancholischer Stimme.

‚Das kannst du aber so was von vergessen, Arschloch' – will ich ihm sagen doch meine Lippen beben so stark, dass ich mit ihnen keine Worte mehr formen kann. Wenn überhaupt lebe ich für mich selbst. Er und alle anderen hier können von mir aus mit diesem Haus verbrennen. Immerhin weiß ich ganz genau, dass er es war, der mich bei meinem Fluchtversuch verraten hat. Seinetwegen hing ich hier. Unter meinen schweren Atemzügen sehe ich ihn finster an.

„Na komm! Bringen wir dich zu deinem neuen Herrn", sagt er mit fast fürsorglicher Stimme. Er legt sich meinen Arm über die Schulter und erhebt sich dabei.

Wie ein Dolchstoß bohrt sich der Schmerz in mein Gelenk. Ich schreie auf und lasse mich kraftlos an ihn fallen. Ja, die ist auf jeden Fall ausgekugelt, verdammte Scheiße tut das weh! – fluche ich still vor mich hin.

Während er mich aus dem Käfig schleppt, schleifen meine Füße über den Boden. Auch auf der Treppe schaffe ich es nicht Kraft in meinen Beinen zu finden. Er legt seinen Arm um meine Taille, um mich besser tragen zu können. Irgendwie erreichen wir so die Tür, die aus dem Keller führt. In dem Flur dahinter sind alle Türen verschlossen, als wir durch den Vorhang treten ist auch das Lokal leer. Dann muss heute wohl Montag sein, sonst ist hier immer reger Kundenverkehr. Also habe ich ganze zwei Tage in dieser Hölle überlebt? Das ist bestimmt neuer Rekord. Ich lächle bitter.

Wir durchqueren das Lokal und erreichen endlich die Haustür. Ich habe sie das erste und letzte Mal bei meiner Ankunft vor fünf Jahren durchschritten. Immer habe ich mir nur vorgestellt, wie es sein wird, durch sie dieses Loch zu verlassen. Doch jetzt, wo es so weit ist, erscheint es mir fast unwirklich.

Der Züchtiger öffnet die Haustür. Warme, frische Sommerluft weht herein. So muss die Freiheit riechen.

Als wir die Schwelle überschreiten ist es finstere Nacht. Dunkelheit? So sahst du also aus. Ich hatte fast vergessen wie schön du bist. Meinen Blick hebe ich hinauf. Da oben leuchten ja Sterne und ein voller Mond strahlt auf uns herab. Bei dem Anblick vergesse ich fast den Schmerz meines Körpers. Wenn ich jemals frei sein werde, dann betrete ich nie wieder ein Haus. Ich kaufe mir ein Stück Land und lebe unter freiem Himmel.

Wir nähern uns einer Limousine, durch die Heckscheibe kann ich den Kerl sehen, der mich gekauft hat. Bei seinem Anblick vergeht mir die gute Laune. Jetzt ist er alles was noch zwischen mir und meinem Traum von Freiheit steht. Wenn ich nur so könnte wie ich wollte, ich würde ihm noch auf der Fahrt den Hals umdrehen.

Mein Träger klopft an die Scheibe, der reiche Kerl lässt sie per Knopfdruck herunter.

„Wo soll ich ihn hintun? Vielleicht in den Kofferraum?"

Erschrocken betrachte ich den Züchtiger. Ich sehe mich schon während der Fahrt darin gegen das Innenleben knallen, jedes Mal wenn wir eine Kurve passieren. Gott, wäre ich nur schon ohnmächtig.

Der reiche Mann sagt kein Wort, er deutet auf den Sitz neben sich.

Ich betrachte ihn überrascht. Ehrlich? Er will mich neben sich haben? Ich soll ihm wohl gleich auf dem Heimweg einen blassen, was? Meine Überraschung wandelt sich in

Hass. Sollte er es versuchen kann ich immer noch sehr gut zubeißen.

Der Züchtiger nickt, wir umrunden den Wagen. Der reiche Mann öffnet die Tür, dann werde ich auf den freien Platz neben ihm bugsiert. Meine Beine werden hineingehoben und ich mit dem Rücken an den weichen Sitz gelehnt.

Sitzen, das ist schon so ewig her. Erleichtert atme ich durch und lasse mich ganz an den Halt fallen, der schon so lange nicht mehr da war.

Der Züchtiger gurtet mich an, dann werden die Wagentüren geschlossen und die Limousine setzt sich in Bewegung.

Ich versuche den Druck des Gurtes auf meinen Wunden zu ignorieren, angespannt richte ich meinen Blick aus dem Fenster. Mit dem Kerl neben mir, will ich nichts zu tun haben, und das darf er gern spüren. Meine Aufmerksamkeit schenke ich den vorbeiziehenden Häusern. Neue Gedanken kommen mir: Wie wohl sein Haus aussehen mag? Wo werde ich wohnen, wo schlafen müssen? Hoffentlich nicht irgendwo angebunden. Horrovorstellungen von Streckbank oder Käfig kommen mir in den Sinn. Ob er jeden Abend zu mir kommen wird, um seinen Spaß mit mir zu haben? Ich atme schnell, Panik überkommt mich, je mehr ich mir das neue Leben ausmale, das ich nun führen muss. Schließlich kann ich doch nicht anders als mich nach ihm umzusehen. Ich will wenigstens erahnen können, was mir blüht.

Er sitzt an die Rückenlehne gelehnt, seine Haltung ist entspannt. Den Kopf mit der Hand gestützt schaut er aus dem geöffneten Fenster. Er sieht mich nicht an, macht auch sonst nicht den Eindruck gerade Interesse an meiner Person zu haben.

Ich atme durch, also doch keine schnelle Nummer auf der Heimfahrt. Das erleichtert mich so sehr dass ich mich weiter zurücklehne. Müde betrachte ich den grauen Bezug der Decke und atme gegen den Schmerz in meinem Körper an, meine Arme lasse ich auf dem Sitz liegen. Nur wenn sie reglos sind, lässt es sich irgendwie aushalten. Hoffentlich ändert er seine Meinung nicht noch. Immer wieder schaue ich ihn an, doch an seiner Haltung verändert sich nichts. Ich kann keine Spur von Aggression oder Feindseligkeit in ihm erkennen. Ob ich es wagen kann die Augen zu schließen? Sie fallen mir sowieso ständig zu.

„Du kannst ruhig schlafen. Es dauert eine Weile bis wir im Anwesen sind", sagt er auf einmal.

Seine tiefe Stimme lässt mich erschaudern. Seinen Worten schenke ich kein Vertrauen. „Tu bloß nicht so freundlich", sage ich angriffslustig.

Er dreht sich nach mir um, Überraschung liegt in seinem Blick, ein freudiges Strahlen erhellt seine Augen. „Hast du mich gerade geduzt?", fragt er.

„Wäre ‚dir' Sie Arschloch lieber?" frage ich und betone das ‚dir' besonders stark.

Seine Augen strahlen noch heller, er scheint sich über irgendetwas zu freuen. „Du weißt schon, dass ich dich für deine Frechheit nachher bestrafen muss, oder?" Seine Worte klingen freundlich doch der Inhalt ist es nicht.

Mir stockt der Atem, kein Wort bringe ich mehr heraus. Ich Idiot, warum habe ich nicht einfach die Klappe gehalten?

4. Kapitel

~Einweihung~

Das hat sich Leon nicht gut überlegt. Während er in seiner Limousine sitzt und seine Einkäufe von Diamant im Kofferraum verstaut werden, schaut er aus dem Seitenfenster, dem Eingang des Lokals entgegen. Er hat gerade mal eine Woche Zeit für seine Sklaven, dann muss er zu seiner Familie zurück. Der Neue sollte eigentlich etwas Schwung in die eingerostete Dynamik seines Harems bringen, aber so wie er aussah… Mit dem wird höchstens nächsten Monat was anzufangen sein, vorausgesetzt er überlebt. Die Woche, auf die Leon sich schon so lange freut, erscheint ihm kein bisschen reizvoll mehr.

Der Kofferraum wird zugeschlagen, Diamant umrundet das Auto und steigt ein. Ihre Blicke treffen sich im Rückspiegel.

„Und sind Sie fündig geworden, Meister?“, fragt er.

Leon wendet den Blick ab. „Wie man es nimmt“, sagt er mit genervtem Unterton.

„Sie haben nicht wieder einen genommen der halb tot ist, oder?“

Leon schweigt. Der Anblick des jungen Mannes in den Fesseln ist ihm noch ganz deutlich vor Augen. Es war zwar ungemein erregend gewesen, wie er sich unter den Peitschenhieben gewunden hat und seiner Qual zuzuhören, aber so wie er aussah waren das mehr als ein paar Stunden Tortur. Leons kundigem Blick sind auch die Erhöhungen in den Schultern nicht entgangen. Die wird er einrenken und ruhigstellen müssen. Welche Spuren die Peitsche hinterlassen hat, kann er noch gar nicht abschätzen. Das zeigt sich erst, wenn die Haut sich beruhigt hat. Nein, der wird ihm heute sicher nicht zu Diensten sein können. Im Geiste geht Leon seine Sklaven durch, die er anstelle des Neuen schlagen könnte. Sein Blick landet im Rückspiegel.

Die Stirn Diamants legt sich in Falten. Er ist sein erster Sklave gewesen, es reicht ein Blick aus, dass er ahnt was ihm blüht.

„Wirklich? Ich dachte heute ist der Neue dran? Aufnahmeritus und so“, sagt er, darum bemüht sein Schicksal abzuwenden. Leon erkennt im Augenwinkel eine Bewegung.

Die Tür des Lokals öffnet sich, zwei Männer kommen heraus.

„Sieh ihn dir an und sag mir, ob er das durchhalten würde!“, sagt Leon.

Diamant folgt seinem Blick, die Stirn des hochgewachsenen Südländers wird von weiteren Sorgenfalten durchfurcht. „Warum nur, Meister?“, fragt er resigniert.

„Weil ich ein Idiot bin, der glaubt, hier was Anständiges zu finden. Vielleicht sollten wir uns doch einen anderen Händler suchen.“ Ein Glück lassen sich Sklaven fast zu hundert Prozent von der Steuer absetzen. Den Jungen wird er unter Haushaltsführung abrechnen.

„Das predige ich Ihnen seit Jahren!“, sagt Diamant, als es an der Scheibe klopft.

Leon betätigt den Knopf für den Fensterheber, das Glas senkt sich.

Der Züchtiger von eben, er hält den jungen Mann am Arm über seiner Schulter. Die Gesichtszüge des Jünglings sind schmerzverzerrt, angespannt mustert er ihn. Leon liest Furcht in ihm, ihn überkommt erneut Langeweile. Fragend betrachtet er den Züchtiger, um zu erfahren was der von ihm will.

„Wo soll ich ihn hintun? Vielleicht in den Kofferraum?"

Leon überkommt ein bitteres Lächeln. Ja, das wäre eine gute Idee, dann müsste er seinen Fehlkauf nicht mehr sehen, aber der Kofferraum ist voll. Er hat sich im Vorfeld so viel ausgedacht, um den Neuen einzuweihen und nun scheinen ihm die gekauften Werkzeuge dafür überflüssig zu sein.

Mit dem Zeigefinger deutet Leon auf den Sitz neben sich und nimmt sich fest vor, den Jüngling auf der Heimfahrt zu ignorieren. Als er die Fensterscheibe schließt, trifft sich noch einmal sein Blick mit dem des Jünglings. Die tiefblauen Augen sind vor Überraschung geweitet, doch nur einen Moment lang, dann zieht er die Augenbrauen tief ins Gesicht, einer Warnung gleich betrachtet er Leon.

Da ist er, der Funken, der ihn bereits im Käfig so fasziniert hat. Vielleicht besteht ja doch Hoffnung.

Der Züchtiger nickt, er umrundet das Auto.

Leon öffnet die Tür für ihn.

Seine Ware wird auf dem Sitz zu seiner Linken platziert, angegurtet und die Tür wieder geschlossen.

Aufmerksam betrachtet Leon sein neues Spielzeug.

Stöhnend lehnt sich der Jüngling zurück. Er klingt erleichtert, während er seine Arme neben sich ruhen lässt. Ein Geruch nach Schweiß und Urin geht von ihm aus und das obwohl Senku ihn waschen sollte. Beide Schultern haben diese deutliche Erhebung, die den Kopf des Schultergelenkes andeuten, dass nicht mehr in der Pfanne liegt. Sein Atem geht schnell, auf seiner Haut bilden sich neue Schweißperlen, sein Gesicht ist verbissen. Demonstrativ wendet er sich ab und schaut hinaus. Das wird nichts mit der Einweihung und ein Feuer kann Leon in ihm auch nicht mehr erkennen. Die ganze Fahrt über diesen Gestank ertragen. Wie abartig! Leon lässt das Fenster weit herunter. Der kommt erst mal in die Drei, nimmt er sich fest vor.

Diamant schüttelt in den Rückspiegel blickend mit dem Kopf, dann startet er den Wagen. Leon wendet sich ab, auch er schaut hinaus und verflucht sich selbst. Dafür wird einer seiner Sklaven leiden müssen. Wenigstens ein bisschen Spaß braucht er nach diesem Reinfall. Ob Jade schon wieder fit ist? Die 200 Hiebe vom letzten Mal müsste er inzwischen verwunden haben. Vielleicht sollte Leon heute auf 300 erhöhen. Mit der Gerte am besten, bis er tiefe Wunden für ihn trägt, dann kommt wenigstens ein bisschen Stimmung auf. Wenn sein Körper dann fiebrig Glüht könnte er ihn hart nehmen. Sein leises Winseln dabei, ist immer schön anzuhören. Während er noch an seinem Plan für den Abend feilt, spürt er immer wieder den Blick des Neuen auf sich. Dass Leon keine Anweisungen gibt, scheint ihn wohl zu beunruhigen, doch er hat wirklich keine Lust, sich mit dem Kerl auseinander zu setzen. „Du kannst ruhig schlafen. Es dauert eine Weile bis wir im Anwesen sind", sagt er, bevor der Jüngling noch versucht ein Gespräch anzufangen.

„Tu bloß nicht so freundlich", ertönt seine schwache Stimme.

Leons Herz durchfährt ein Stich. Er geht die Worte im Geiste noch einmal durch. Es war zwar versteckt, aber fehlt da nicht das höffliche Sie, so wie es sich für einen Sklaven gehört?

Leon dreht sich nach ihm um, die dunkelblauen Augen mustern ihn anklagend. Obwohl in diesem Körper keine Kraft mehr steckt, geht ihm der feste Wille in den Augen des Jünglings durch Mark und Bein. Ungläubig muss Leon einfach noch einmal nachfragen, nicht das er sich doch verhört hat: „Hast du mich gerade geduzt?"

Die blauen Augen werden noch tiefgründiger, angriffslustig schauen sie Leon an. „Wäre ‚dir' Sie Arschloch lieber?", fragt er betont.

Beleidigt und geduzt im selben Moment, das hat sich noch keiner seiner Sklaven getraut und er hatte so unendlich viele gehabt. Leons Herz macht vor Freude einen Sprung. Gedanklich füllt er bereits das Buch des Neuen mit den ersten Zahlen. Fünf für das erste Mal Duzten, Zehn für das zweite und zwanzig für die Beleidigung. Wenn er ihn halbwegs wieder hergerichtet hat, wird das ein Fest werden.

„Du weißt schon, dass ich dich für deine Frechheit nachher bestrafen muss, oder?", fragt er, seine Stimme fröhlich erhoben.

Die Haltung des Jünglings fällt in sich zusammen, er beginnt zu zittern. Seine aufkeimende Angst steigt wohlig warm in Leon auf und treibt Hitze in seine Lenden. Nein, er wird nicht warten können bis es ihm besser geht, der Jüngling muss sofort bestraft werden.

…~*~…

Obwohl die angedrohte Strafe in meinem Geist arbeitet, ist die Fahrt so lang und mein Körper einfach am Ende seiner Kraft. Ich döse immer wieder ein. Nur bei einem Schlagloch oder einer engen Kurve, weckt mich der Schmerz. Als der Wagen endlich zum Stehen kommt bin ich schon wieder eingedöst. Die Türen öffnen sich, starke Arme heben mich hoch wie ein Baby, doch ich weigere mich nachzusehen wo ich mich befinde. Nur das Gesicht verziehe ich, als meine Arme an mir herab sinken und haltlos ins Nichts fallen. Ich beiße die Zähne fest zusammen, um nicht schreien zu müssen und ihnen zu zeigen, dass ich wach bin. Wenn sie mich für bewusstlos halten, vielleicht lässt mich dieser Leon dann für heute in Ruhe, hoffe ich inständig. Auch den Ort, an dem ich gelandet bin, will ich mir heute nicht mehr ansehen. Die Kraft, mich meinem neuen Gefängnis zu stellen, kann ich nicht aufbringen. Fest presse ich die Augen zusammen um ja nichts sehen zu müssen.

Die Wagentüren werden zugeworfen, Schritte bewegen sich über Kies.

Bitte, lasst mich einfach schlafen, wo ist mir ganz egal, selbst ein muffiger Keller wäre mir recht, nur schön dunkel und ruhig soll es dort sein.

„Bring ihn schon mal in die Drei. Ich komme gleich nach." Diese tiefe Stimme, das war doch dieser Leon. Seine Schritte entfernen sich von uns, also werde ich wohl nicht von ihm getragen. Ist das jetzt gut oder schlecht für mich? Was er wohl mit Drei meint?

Der Kerl der mich trägt hat keine Eile, bei jedem seiner Schritte schwingen meine Arme. Ich verwerfe meinen Plan und stöhne leise. Sind wir denn nicht bald da? Ich will meinen Körper irgendwo ablegen und dann für die nächsten Stunden nichts mehr mit ihm zu tun haben wollen.

Eine gefühlte Ewigkeit geht dieses Auf und Ab. Türen öffnen und schließen sich, ein Lichtschalter wird betätigt.

Meine schöne Dunkelheit wird mir genommen. Obwohl ich die Augen noch immer geschlossen halte, stört es mich bereits. Ich seufze ergeben. Warum sollte es hier auch besser sein, als bei Senku?

Der Halt der Arme unter mir verschwindet. Ein Gefühl von Schwerelosigkeit überkommt mich, ich falle und schlage auf harten Steinboden auf. Der Aufprall presst mir die Luft aus den Lungen. Blitze durchzucken meine Schultern. Ich reiße die Augen auf und ringe nach Atem. Das Gefühl der Müdigkeit weicht der ganzen Härte meines geschundenen Körpers. Als sich meine Lunge mit Luft gefüllt hat, schreie ich sie langgezogen wieder heraus. Hecktisch sehe ich mich um. Licht an der Decke, überall sind Strahler, mindestens zehn oder mehr leuchten unbarmherzig auf mich herab. Der Boden und die Wände sind weiß gefliest, an jeder Ecke gibt es Ösen oder Ringe, Ketten und Handschellen. Ein Wasserschlauch ist an der Wand aufgerollt, in der Raummitte ist ein Abfluss.

Panik wächst in mir. Bisher gab es nur zwei Gründe, warum ein Raum bis zur Decke gefliest war. Dort wurde es entweder schmutzig oder blutig. Beide Vorstellungen schicken mir kalte Schauer den Rücken hinab. Ich höre mich selbst wimmern, während ich den großen Kerl neben mir betrachte. Seine hünenhafte Gestalt ist in einen edlen Smoking gekleidet, um den Hals trägt er ein Lederhalsband in dem vorn ein Edelstein eingearbeitet ist. Ein Dreitagebart ziert das Kinn und die Wangen. Sein Blick ist durchdringend, ein Vorwurf liegt in seinen Augen. „Halt ja die Klappe! Du hast den Meister schon genug enttäuscht“, schnauzt er.

Ich bemühe mich darum still zu sein, doch meinen bebenden Atem bekomme ich nicht unter Kontrolle. Vergeblich suche ich nach einem Funken Mitgefühl in ihm, doch da ist nur Wut. Aus meiner Ruhe wird nichts werden. Ich wende mich ab und betrachte die Fugen der Fliesen, lautlos fallen mir Tränen von den Wangen. „Ich kann nicht mehr…“, murmle ich leise, wie ein Mantra und versuche mich von diesem Ort wegzuträumen, doch die Angst hält mich hier gefangen.

Was blüht mir wohl für meine dreisten Worte? Bei Senku wäre es ein Tag im Loch gewesen, hängend im Käfig. Das halte ich nicht schon wieder aus. Mehr Tränen überkommen mich.

Schritte sind zu hören, die Tür kratz über den Boden, Leon bleibt neben mir stehen. Seine teuren Lackschuhe sind verschwunden, nackt schieben sich seine Füße in mein Blickfeld.

Ob er sich komplett entblößt hat, bereit, sich auszutoben? Ich hebe vorsichtig den Blick.

Bis auf die Unterhose ist er tatsächlich unbekleidet. Sein muskulöser Körper ist hoch und breit wie ein Schrank. Dem habe ich nichts entgegen zu setzen, auch nicht wenn es mir besser gehen würde. Die Erkenntnis lässt mich vor Furcht erbeben.

Er hockt sich zu mir herab, seine Augen wandern über meinen Körper, akribisch genau mustert er mich. Bei seinem mitleidlosen Blick läuft es mir eiskalt den Rücken hinab.

Zeigefinger und Daumen legt er sich ans Kinn, währen er angestrengt meine Schultern begutachtet.

„Bitte nicht!“, wimmere ich. Die soll er in Ruhe lassen, die will ich mir ja jetzt schon abhacken, damit es endlich aufhört.

Leon legt mir seine Hand über den Mund, den Zeigefinger an seine Lippen. Er macht ein zischendes Geräusch.

Ich soll still sein, das habe ich begriffen, doch nicht zu wissen was er vorhat, lässt mir keine Ruhe. Meine Lippen beben, jeder Muskel in meinem Körper ist angespannt.

Seine Hand packt meinen Oberarm, er dreht ihn in einer ruckartigen Bewegung ein. Ein lauter Knall zerreißt die Stille, ich spüre ihn in meiner Schulter wiederhallen. Schmerz flutet all meine Sinne. Ich schreie, stöhne, kämpfe dagegen, doch da ist nichts anderes mehr.

Leons Hand greift nach meinem anderen Arm.

Ich mache mich stocksteif und sehe ihn flehend an. „Bitte, hör auf! Ich halte das nicht mehr aus“, sage ich und heule dabei.

Er atmet hörbar aus, und unterbricht sein Vorhaben. „Hab‘ dich nichts so. Es müsste doch jetzt besser werden, oder?“

Seine Worte irritieren mich, meine Tränen versiegen. Ich fühle dem Schmerz in meiner Schulter nach. Es wird tatsächlich erträglicher. Hat er sie etwa mit einer einzigen kurzen Bewegung eingerenkt? Senku tut sich damit immer so schwer, dass ich danach das Gefühl habe es ist schlimmer als vorher. Ich atme den letzten Rest der Panik weg, dann spüre ich seine Hand wieder an meinem Arm.

„Na also, jetzt beiß noch mal die Zähne zusammen!“, sagt er.

Mir wird klar, dass er auch die andere wieder zurechtrücken wird. Schauer der Furcht durchfahren mich beim Gedanken das noch einmal ertragen zu müssen, doch so wie jetzt kann meine Schulter nicht bleiben. Ich atme tief ein, dann beiße ich die Zähne fest aufeinander und nicke.

Er packt hart zu, in einem Ruck dreht er mein Gelenk ein.

Meine Sinne werden erneut von Qual geflutet, ich kann nicht mehr atmen nicht mehr denken. Alles beginnt sich zu drehen. Heiß und kalt wechseln sich in mir ab, es treibt mir den Schweiß aus jeder Pore. Das war eindeutig zu viel. Hoffentlich werde ich jetzt endlich ohnmächtig. Ich spüre bereits, wie mich die Dunkelheit überkommt. So wohltuend. Nie wieder aufwachen wäre schön. Die Geräusche um mich herum werden dumpf, ein heller Pfeifton bleibt zurück.

Leichte Schläge treffen meine Wangen, von irgendwo her ruft jemand: „Hey, atme! Los!“

Die Schläge werden stärker, sie zwingen mich in die Welt zurück. Als die Dunkelheit mich verlässt, sehe ich vor mir Leons Augen, sanft und völlig ruhig schauen sie mich an. „Ja, so ist’s gut!“, sagt er und haucht mir ins Gesicht. Ich folge dem Rhythmus seines Atems, gefangen von der Sicherheit die seine ganze Haltung ausstrahlt, bis ich wieder ganz normal Luft bekomme, dann blinzle ich die Tränen weg um wieder klar sehen zu können.

Die Sanftheit schwindet aus seinem Blick. „Gut!“, sagt er und schlägt mir auf die Wange.

Die Empfindung in meinem Gesicht holt mich gänzlich zurück. Verstört schaue ich vor mich hin. Für den Bruchteil eines Momentes hatte ich das Gefühl mich ganz seiner Erfahrung im Umgang mit meinem Zustand anvertrauen zu können. Er scheint zu wissen was er tut, fast wie ein Arzt.

Die Last in meinen Schultern lässt nach. Es ist wirklich besser. Erleichtert atme ich in das neue Gefühl hinein. Endlich, seit zwei Tagen quält mich diese Verletzung und nun wird es mit jedem Moment besser. Vielleicht ist dieser Leon ja doch nicht so ein Teufel wie Senku.

Mein neuer Meister erhebt sich. „Mach ihn ordentlich sauber, verschnüre ihn gut und bring ihn dann in die Eins", sagt er an den anderen Sklaven gewandt.

„In die Eins, Meister?"

„Ja, du kannst also aufatmen! Was es Neues gibt werden wir dann morgen besprechen."

Ich schlucke schwer. Wollte er ihn an meiner Stelle nehmen und hat sich jetzt um entschieden? Finster sehe ich seiner Gestalt nach wie sie sich im Flur verliert. Da habe ich mich wohl getäuscht. Die Schultern hat er sicher nur gerichtet, damit ich ihm mit meinem Geschrei nicht den letzten Nerv raube. Sadist!

Der Blick des zurückgebliebenen Sklaven wandert auf mich. „Wenn du ihn enttäuschst, bekommst du es mit mir zu tun!"

…~*~…

Während Leon die Flure seiner Villa durchschreitet und den ersten Raum im Erdgeschoss betritt, ist er sich noch nicht sicher, was er von dem Neuen halten soll.

Bevor die Schultern wieder eingerenkt waren, schien er wirklich nicht mehr auszuhalten. Er wird ihn heute Abend nehmen und testen wie er in dem Zustand reagiert. Kommt nur noch Gejammer, wird er gleich morgen Früh einen neuen Meister für ihn finden und keine weitere Zeit mit dem Kerl verschwenden. Mal von dem kurzen Moment in der Limousine abgesehen ist er sein Geld bisher nicht wert gewesen.

Leon öffnet die Tür, er betätigt den Lichtschalter und dreht die Fußbodenheizung auf. Sein erster Weg führt ihn zu einer Kommode mit goldenen Aufschlägen. Er zieht die oberste Schublade auf und sieht deren Inhalt durch. Verschiedengroße Dildos schiebt er hin und her. Welcher wohl für den Anfang passend wäre? Ob sein Hintern auch verletzt ist? Sicher hat Senku ihn nicht geschont. Leon seufzt und schließt die Schublade. Er widmet sich der zweiten. In ihr liegen Decken und Handtücher verschiedenster Größen gefaltet. Leon entscheidet sich für eine blaue Decke. Seine Schritte führen ihn schließlich um ein großes Ehebett herum zu einem kleinen Käfig. Er öffnet ihn von oben, dann breitet er die Decke im Inneren aus.

…~*~…

Die Hände des Sklaven verteilen den Schaum der Seife auf meiner Haut, sein Körper stützt mich im Rücken. Es brennt entsetzlich. Immer wieder muss ich die Luft scharf einziehen, wenn seine Finger die Peitschenhiebe berühren. Inständig hoffe ich, dass er sich beeilt, doch seine Hände werden immer langsamer. Sie erforschen meinen Oberkörper und wandern meinen Bauch hinab. Ich erschaudere als er die Wunde dort erreicht.

Irgendwie muss ich mich ablenken. Vielleicht ein Gespräch anfangen? „Was passiert jetzt mit mir?“, ist meine brennendste Frage.

Er sagt nichts, seine Hände wandern weiter an mir hinab in meinen Schritt. Besonders gründlich widmet er sich meinem Penis, immer wieder streichelt er über meine Eichel. Ich wende meinen Blick von seinen Fingern ab und versuche das Gefühl zu ignorieren, das seine Berührung zwangsweise auslöst. Ich will ihn nicht mit einem Ständer belohnen und riskieren seine Lust zu wecken.

„Mal ehrlich, ich verstehe nicht warum der Meister einen wie dich gewählt hat. Nicht mal dein Penis scheint zu funktionieren."

Ja, weil ich mir gerade wünsche er würde sich nach innen verziehen, um seiner fordernden Berührung zu entkommen.

„Bist du impotent oder so?", fragt er.

Weil ich seinetwegen keinen hoch kriege? Ich schmunzle vor mich hin, während ich sage: „Nein, du widerst mich einfach nur an." Seine Hände lassen von mir ab. Ohne ein Wort erhebt er sich, sein Köper verschwindet als Halt, ich falle kraftlos zur Seite um.

Als er zurückkommt, schlängelt sich auf dem Boden neben ihm ein grüner Schlauch. Das Ende hält er in der Hand, aus ihm sprudelt Wasser.

Nicht schon wieder. Ich halte den Atem an und presse die Augen fest zusammen in Erwartung des kalten Wassers, das mich hart treffen wird, doch kein Strahl berührt meine Haut. Stattdessen fällt feiner Sprühregen auf mich herab. Irritiert betrachte ich den Schlauch.

Der Sklave presst seinen Daumen auf die Öffnung und hält ihn nach oben, so wird er zu einer Dusche. Das ist deutlich angenehmer. Ich entspanne mich und sehe dem Schaum dabei zu, wie er mit Schmutz und Blut im Abfluss versickert. Meine Hand versuche ich nach dem kühlen Nass auszustrecken um es aufzufangen und etwas zu trinken, doch mein Körper gehorcht mir nicht. Nicht mal den Kopf kann ich weit genug drehen, um es vom Boden zu lecken. Seufzend gebe ich mich mit dem wenigen zufrieden, dass mir über die Wange in den Mund läuft.

Schritte nähern sich mir, eine Hand packt mich in den Haaren und zieht meinen Kopf hinauf. Ich schreie unter dem Zug, der auf meiner Kopfhaut entsteht.

Der Sklave hält mir das sprudelnde Ende des Schlauches an den Mund.

Ich darf trinken, einfach so? Ungläubig sehe ich in das markante Gesicht.

„Nun mach schon! Ich will endlich fertig mit dir werden.“

Das lasse ich mir nicht zwei Mal sagen. Gierig trinke ich so viel mein bebender Körper bereit ist aufzunehmen. Das Stechen in meinem leeren Magen wird erträglich, der brennende Durst verschwindet. Ich muss mich immer wieder zwingen aufzuhören, um Luft zu holen.

„Das muss reichen“, sagt er und lässt mich fallen, den Schlauch nimmt er mit.

Ich spüre der Erleichterung nach, die sich mit dem Wasser in meinem Körper ausbreitet. Das selbst einfaches Wasser mal was Besonderes für mich sein würde, kann ich kaum fassen. Ich bin schon viel zu lange das Eigentum von Senku gewesen.

Der Sklave verlässt den Raum, seine Schritte verlieren sich im Flur. Von mir aus kann er wegbleiben. Jetzt wo es mir langsam besser geht, überwiegt wieder die Müdigkeit. Wenn nur diese Deckenlampen nicht wären. Selbst mit geschlossenen Augen sind sie noch viel zu grell.

Die Schritte kommen zurück, ein Schatten legt sich über mich.

Ich weigere mich aufzusehen.

Weicher Stoff berührt meine kalte Haut und trocknet sie. Das Zittern meiner Muskeln, die verzweifelt versuchen mich warm zu halten, wird erträglicher.

„Wirf das Handtuch einfach über mich und lass mich hier in Frieden sterben“, murmle ich beinah tonlos.

Er hört mich nicht, das Handtuch verschwindet.

„Kein Handtuch als Decke? Auch gut, aber dann verschwinde du wenigstens“, murmle ich schon dem Halbschlaf verfallen.

Seine Hände packen mich an den Oberarmen, er richtet mich auf bis ich sitze.

Ich lasse den Kopf auf die Schulter sinken und murre genervt. Man, immer wenn ich kurz davor bin einzuschlafen. Das treibt mich noch in den Wahnsinn.

Etwas legt er mir auf den Oberkörper, es ist rau und kratzig. Immer fester wickelt er es um meine Arme und den Brustkorb.

Ich zwinge meinen Geist zurück und öffne die Augen.

Ein dickes Seil bindet er um meinen Körper und fixiert meine Arme dabei rechts und links an meiner Flanke. Der Druck auf den Striemen in meiner Haut wächst, doch meinen Schultern tut es unendlich gut. Ich fühle mich zwischen Schmerz und Wohltat hin und her gerissen. Erst als er meinen Unterbauch erreicht sage ich: „Nicht da, bitte!“, und versuche schützend meine Hände über die Wunde dort zu legen.

Der Kerl seufzt ergeben und lässt diese Stelle tatsächlich aus, etwas tiefer legt er die nächste Windung um meinen Körper an.

Überrascht schaue ich ihm ins Gesicht. Sein Blick ist noch immer wie erstarrt, trotzdem scheint er mir nicht mehr so streng wie am Anfang. Vielleicht ist er ja doch nicht so bösartig, wie er tut.

„Danke!“, sage ich.

Sein Gesicht verzieht sich zu einer angespannten Maske, er zieht die letzte Schlaufe enger zu, das Seil scheuert über meine Haut.

So viel zu meiner Menschenkenntnis. Ich krümme mich zusammen und versuche irgendwie mit den Fesseln klar zu kommen.

„Das sollte reichen“, sagt er und hebt mich auf seine Schulter. Wie ein Sack Kartoffeln schleppt er mich aus dem gefliesten Raum. Die Erschütterung bei jedem seiner Schritte hält mich erneut vom Schlafen ab. Um mich von dem Wahnsinn in meinem übermüdeten Geist abzulenken, frage ich: „Was kommt jetzt noch? Ich könnte wirklich etwas Schlaf gebrauchen.“

„Das kannst du dir gleich wieder aus dem Kopf schlagen! Er will dich, also bekommt er dich. Auch wenn ich heute eigentlich bei ihm bleiben wollte.“

Wirklich? Das kann ich überhaupt nicht nachvollziehen. Wer will denn schon freiwillig bei seinem Sklavenhalter übernachten? Aber vielleicht spielt mir das ja in die Karten. „Dann geh doch an meiner Stelle zu ihm. Du kannst doch viel mehr tun um ihn zufrieden zu stellen, als ich.“

„Nein danke! Ich hatte genug Sex für zwei Leben, das überlasse ich gern dir. Es gibt nur einfach vieles zu klären seit der Meister einen Monat lang weg war und deinetwegen bleibt das nun alles liegen."

Ach wirklich? Der Hausherr verschwindet für längere Zeit. Das lässt neue Hoffnung in mir wachsen. Er kann nicht wachsam sein, wenn er nicht da ist. Also bleibt nur noch dieser Muskelprotz, den es zu überwinden gilt.

Ich schaue mich im Flur um. Da ist. Ein dutzend Türen gehen von hier aus ab, alle in schlichtes Weiß gehalten. Am Ende des Ganges ist eine Treppe die ins Erdgeschoss führt, durch ihr Geländer kann ich nach unten sehen. Da ist eine Tür kunstvoll verziert, ein Glas ist in ihre Mitte eingelassen, darüber wölbt sich ein schwungvolles Eisengitter in schwarz gestrichen. Das muss die Haustür sein, ganz sicher, denn durch das Glas hindurch meine ich dunkle Schatten im Wind wehen zu sehen. Sicher Bäume oder irgendwelche Sträucher. Ein neues Ziel wird in mir geboren. Dort muss ich durch, um dieser neuen Hölle zu entkommen.

Wir betreten den ersten Raum im Flur, ein geräumiges Zimmer mit Teppich ausgeschlagen. In der Mitte steht ein großes Bett. Ob das der Grund ist, warum der Hüne hier schlafen will. Kann ich gut verstehen. Ich weiß schon gar nicht mehr, wie sich eine weiche Matratze anfühlt. Wenn ich nicht irgendwo angebunden war, dann blieb nur der kalte, harte Boden.

Leon liegt auf der linken Betthälfte die Beine weit ausgestreckt. In der rechten Hand hält er ein Buch auf dessen Vorderseite ein Edelstein in das Leder eingebettet ist. Seine linke Hand steckt in seiner Unterhose und bewegt sich darin. Sein Glied hebt sich deutlich aus dem Stoff. Es ist um einiges größer als das von Senku und den meisten seiner Schergen. Das wird sicher nicht leicht zu bewältigen sein.

Ich seufze ermattet.

Mit einem Kopfschwenk deutet Leon auf das Ende des Bettes.

Sein Sklave legt mich mit dem Bauch voran dort ab. Ich versinke in der weichen Decke, sie duftet nach Blumen. So herrlich angenehm. Wenn vor mir nicht Leons Glied steil aufragen würde, ich könnte auf der Stelle hier einschlafen.

Leon nimmt das Buch runter, sein durchdringender Blick richtet sich auf den Hünen. „Darüber müssen wir morgen unbedingt sprechen!“, sagt er und meint wohl den Inhalt des Buches.

„Das wollte ich heute Abend schon, aber nun ja!“ Der Blick des Hünen landet auf mir, abschätzig mustert er mich.

Ich vergrabe den Kopf in der Decke und erfreue mich an dem Wohlgeruch. Endlich mal kein Gestank nach Pisse und Angstschweiß.

Leon klappt das Buch zu, er legt es auf dem Nachtisch ab. „Morgen früh zehn Uhr im Büro!“, sagt er streng.

Der Hüne nickt.

„Es ist dir erlaubt dich zurückzuziehen!“, sagt Leon im selben ernsten Tonfall.

Der Sklave geht, die Tür schließt er nach sich, dann breitet sich Stille aus.

Leons Blick lastet auf mir, ich kann es deutlich spüren. Die Ereignislosigkeit macht mich zunehmend mürbe. Was immer er vorhat, ich will es hinter mich bringen.

„Können wir endlich anfangen? Ich penn sonst ein“, sage ich, während mir bereits die Augen zufallen.

„Na wenn du so versessen darauf bist“, entgegnet er mit deutlich amüsierter Stimme.

Die Matratze hebt sich, als sie sein Gewicht nicht mehr tragen muss. Seine Schritte umrunden das Bett. Er kramt in irgendeiner Schublade, reißt etwas auf und öffnet eine Flasche, dann wird es still.

Ich atme tief durch. Das schaffe ich jetzt auch noch, versuche ich mir einzureden. Die Peitschenhiebe und das Hängen waren schlimmer, ganz bestimmt.

Doch als er sich wieder in Bewegung setzt und hinter mir zum Stehen kommt, bin ich mir nicht mehr sicher. Der Anblick der weit gehobenen Unterhose erscheint in meinem Geist, im selben Moment spüre ich seine Hände an meinen Pobacken. Er zieht sie weit auseinander und legt seine Eichel an mein Loch.

In Erwartung seines Gliedes, beiße ich in die Bettdecke, doch nichts passiert.

Er verharrt reglos. „Schön fest und rund, ist mir im Käfig gar nicht aufgefallen“, sagt er und knetet meinen Hintern. Sein Griff ist hart, viel zu deutlich spüre ich dabei die Striemen des Rohrstockes, den der Züchtiger vor der Peitsche benutzt hat.

„Na dann wollen wir doch mal sehen, wie weit wir kommen. Senku hat dich doch sicher eingearbeitet, oder?“

Fester beiße ich in die Decke, alle Muskeln in mir spanne ich an.

Leon sucht sich einen Weg in mein Inneres. Ein gequältes Stöhnen entfährt ihm.

Ja, leide ruhig mit du dummes Arschloch - denke ich mir während sich in mir alles zusammen zieht.

Er versucht weiter vorzustoßen doch gegen meinen verspannten Körper kommt er nicht an. Schließlich zieht er sich aus mir zurück.

„Das machst du doch mit Absicht, oder?“, fragt er.

Ich grinse vor mich hin. Wenn ich schon nicht die Gelegenheit bekomme, ihm seinen Penis abzubeißen, dann soll er es ruhig so schwer wie möglich mit mir haben. Mir scheiß egal, dass es auch mich schmerzt. Wenn er es nicht leiden kann, lässt er mich damit in Zukunft hoffentlich in Ruhe. Bei Senkus Männern, die gut bestückt waren, hat das funktioniert.

Leon beugt sich über mich, seine Eichel spüre ich bereits wieder an meinem Loch. Will er es etwa noch einmal versuchen? Soll er doch, aber leichter werde ich es ihm sicher nicht machen.

Er legt mir seine Hand über den Mund, fest verschließt er meine Lippen und presst mir mit Daumen und Zeigefinger die Nase zu. Sein Atem schlägt mir gegen das Ohr, als er sagt: „Lass locker oder ich ersticke dich!“

Das habe ich nicht kommen sehen. So hat das bisher noch keiner Versucht.

Als er wieder in mich eindringt, bleibe ich stur und halte an meinem Plan fest, doch je länger ich keine Luft bekomme, umso schwerer fällt es mir, meine Muskeln unter Kontrolle zu halten.

Ich winde mich unter ihm, versuche meinen Kopf zu befreien, doch er hat keine Mühe mich unter Kontrolle zu halten. Seine Hand bleibt wo sie ist.

Der Mangel an Sauerstoff lässt meine Lungen brennen, ich verliere mein Vorhaben aus den Augen und kämpfe verbissen gegen die Atemnot.

Leon spürt das Weichen meiner Muskelkraft, er zieht sich aus mir zurück und stößt sich mit Schwung hinein. Mein Schließmuskel öffnet sich gewaltsam.

Ich bäume mich auf und will schreien, doch er gibt meine Atemwege nicht frei. Tränen fluten meinen Blick. Ich Idiot, wieso habe ich ihn nicht einfach machen lassen? Verdammt, verdammt, verdammt!

„Merke dir eines: Ich finde immer einen Weg meinen Willen zu bekommen“, haucht er mir in den Nacken. Endlich gibt er mich frei.

Ich stoße meinen verbrauchten Atem aus und giere nach Sauerstoff. Den Kopf vergrabe ich in der Decke und schreie hinein. Immer mehr Tränen überkommen mich, ich schluchze.

„Na siehst du, jetzt kann ich mich ganz frei bewegen.“ Er lacht und kreist in mir, das schürt die Hitze in meinem Inneren. Ja klar, kann er sich nun ungehindert bewegen, er hat mir ja auch gerade den Schließmuskel zerfetzt. Fuck tut das weh und seine Bewegungen machen es nicht besser.

„Wusste ich doch, dass du Übung darin hast! Warum machst du es uns beiden dann so schwer? Lass doch einfach locker und gut!“

„Geh sterben!“, nuschle ich in den Stoff.

Leon legt sich über mich, seinen großen Schwanz spüre ich noch deutlicher in mir. Ich zittere am ganzen Körper, das ist viel zu tief.

Er greift mir in die Haare und zieht meinen Kopf herum, bis ich ihn ansehen muss. „Wie war das?“, fragt er angriffslustig.

Bei seinem finsteren Blick habe ich nicht mehr den Mut meine Worte zu wiederholen. Beschwichtigend sage ich:

„Nimm doch den Andren, der scheint sich wenigstens zu freuen bei dir zu sein.“

Er verlagert sein ganzes Körpergewicht auf mich, die Seile bohren sich trotz der weichen Decke in meinen Körper. Seinen Penis zieht er aus mir zurück und stößt im selben Moment wieder kraftvoll hinein. Ich verziehe das Gesicht und stöhne auf, krampfhaft versuche ich dem vollen Gefühl Herr zu werden.

„Lenke nicht vom Thema ab, sondern wiederhole, was du eben gesagt hast!“, verlangt er.

Finster sehe ich ihn an. Wenn er es unbedingt noch mal hören will, dann bitte. Laut und kraftvoll sage ich: „Geh sterben!“

Seine Gesichtszüge entspannen sich, ein Lächeln hebt seine Mundwinkel. „Oh dein Buch wird sich so schnell füllen. Ich werde gar nicht nachkommen, mir deine Strafen auszudenken. Wir sollten schnell herausfinden, mit was du überhaupt nicht klar kommst, bevor du die 1000 erreichst“, sagt er mit freudiger Erregung in der Stimme.

Was für ein Buch? 1000? Wovon quatscht dieser Bastard eigentlich? Ist er geisteskrank? Ein Sadist ist er auf jeden Fall. Wenn ich mir doch wenigstens in den Arm beißen könnte, um mich auf ein anderes Gefühl zu konzentrieren.

Sein Penis verlässt mich, ein Schauer der Erleichterung geht durch meinen Körper, doch ein hämmerndes Pochen bleibt zurück. Ich erwarte bereits seinen nächsten, gnadenlosen Stoß, doch er packt mich an den Seilen und dreht mich auf den Rücken.

Mit bebendem Körper und verheultem Gesicht schaue ich ihn an.

Er legt mir seine Hand um die linke Wange, sein Blick bekommt etwas Verträumtes. „Das Leid in deinen Augen ist so wunderschön!“, sagt er.

Sein Ernst? „Sadistisches Arschloch!“, beschimpfe ich ihn.

Sein Lächeln wird breiter, die Berührung um meine Wange sanfter. Mit dem Daumen streichelt er mich.

Seine Liebkosung widert mich an, ich ziehe den Kopf weg.

Er kniet sich über mich und rutscht auf mir nach vorn, dann setzt er sich auf meinen Brustkorb, sein erregtes Glied ragt mir ins Gesicht. Ein Kondom spannt sich darüber, mein Blut klebt daran. Wusste ich es doch, dass er irgendwas in mir zerrissen hat. Bei dem Anblick kommen mir erneut die Tränen.

Leon zieht das Kondom ab und wirft es neben das Bett, auffordernd betrachtet er mich.

Ich muss mal nicht den Geschmack meiner Fäkalien ertragen? Wie nett, wobei ich seit Tagen nichts mehr hatte was verdaut werden musste. Trotzdem, den Gefallen tu ich ihm sicher nicht freiwillig.

Sein Blick bleibt fordernd, er greift meinen Hinterkopf und führt mich näher an sich heran.

Mir kommt ein neuer Gedanke. Ich gebe seinem Drängen nach und öffne den Mund. Soll er es ruhig versuchen, er wäre nicht der erste den ich Kastriere. Ich schwelge schmunzelnd in Erinnerung daran, wie sich diese Kerle danach am Boden gewunden haben. Auch er wird gleich so aussehen.

Leon zögert, seine blauen Augen blicken mir direkt in die Seele. Schließlich legt er den Kopf schief und sagt mehr zu sich: „Dein Blick gefällt mir nicht. Das machen wir anders.“

Er rutscht von mir runter und erhebt sich aus dem Bett. Langsam hält er auf einen der beiden Nachttische zu und kramt darin herum, als er fündig wird, kommt er mit etwas silbern glänzendem zurück. An einem Lederriemen gehalten, schwenkt er eine Mundsperre vor mir.

Er ist schlauer als ich ihm zugetraut habe, aber die lasse ich mir bestimmt nicht kampflos anlegen. Rasch schließe ich den Mund und drehe den Kopf weg.

Leon steigt wieder auf mich, wie zuvor präsentiert er mir sein Glied. „Ach mein Hübscher, du weißt doch wie das läuft“, säuselt er mit zuckersüßer Stimme. „Ich verdreh dir die Nippel oder tu sonst etwas, was dir mächtig weh tut und dann machst du den Mund schon auf. Wir können uns das auch sparen und du tust gleich was ich will.“

Seine Worte bringen mich zum Nachdenken. So verschnürt wie ich bin und so ausgemergelt mein Körper ist, hat er leichtes Spiel mit mir. Egal wie sehr ich mich auch verweigere, er hat mich in der Hand. Gleich mit zu spielen würde mir sicher Schmerz ersparen, aber dann könnte ich mich nicht mehr im Spiegel ansehen, das würde bedeuten ich hätte aufgegeben. Wenn ich meinen Willen auch noch verliere, was bleibt dann noch von mir übrig? Es ist doch sowieso schon nichts mehr von meinem einstigen Selbst geblieben. Bei dem Gedanken was alles hinter mir liegt und was auf dem Weg verloren ging, füllen sich meine Augen mit Tränen, verbissen halte ich an dem Stückchen fest, das noch geblieben ist.

„Gern, dann eben auf die harte Tour!“

Seine Finger greifen meine linke Brustwarze wie einen Schraubstock. Er verdreht sie und zieht sie weit hinauf. Ich atme gegen die Flamme an, die sich über meinen Brustkorb ausbreitet und beiße mir auf die Unterlippe. Der Schmerz den ich mir selbst zufüge lenkt mich von ihm ab. So lässt es sich aushalten. Er versucht es wieder und wieder, wechselt zwischen der Linken und Rechten, doch von mir bekommt er nicht mal ein Stöhnen zu hören.

Er seufzt. „Du hältst ganz schön was aus, das ist gut. Aber jetzt ist es genug!", sagt er. Seine Stimme wandelt sich dabei von Freude zu tiefer Ernsthaftigkeit.

Irritiert schaue ich ihm in die Augen.

Sein Ehrgeiz scheint geweckt zu sein, denn er grinst siegessicher. Seine Schraubstockfinger presst er an meinen Kiefer, er drückt so unbarmherzig zu, dass ich den Mund öffnen muss. Mit zügigen Handgriffen hat er die Mundsperre angebracht und hinter meinem Kopf verknotet. Weit öffnet sich ihm mein Rachen.

Ich atme durch, erleichtert, diesen Kampf hinter mir zu haben. Jetzt, wo ich keine Chance mehr habe, mich seinem Willen zu wiedersetzen, hat er gewonnen. Es wird mir zunehmend egal. Ich habe getan was in meiner Macht stand, das ist alles was noch für mich zählt. Diesen letzten Funken meiner Seele bekommt er nicht.

Wieder spüre ich seine Hand an der Wange, fühle seinen Daumen über meine Haut streicheln. „Na siehst du, war das so schlimm?" Seine Hand wandert in meinen Nacken, er drängt sich meinen Kopf in den Schritt. Sein Penis taucht in meinen Mund. „Mal sehen, wie gut du das wecksteckst", sagt er.

Ich lass es klaglos über mich ergehen. An den Brechreiz bin ich bereits gewöhnt. Selbst bei seinem großen Penis habe ich ihn unter Kontrolle, lediglich meine Tränen fließen ungehindert, je tiefer er eindringt. Meinen Blick richte ich an die Decke und träume mich weg:

Das Stück Land, das ich mir kaufen werde, es wird einen großen Wald haben, mit einem Bach oder See, an dem ich Angeln gehen kann. Den gefangenen Fisch werde ich dann am Lagerfeuer grillen, das Holz dafür selbst hacken. Auch eine Hütte soll es geben, nur mit Dach und ohne Wände. Je weiter ich mich in meinem Gedanken verliere, umso mehr schnürt sich mir die Kehle zu. Dieser Traum ist schon so alt, ich bin mir nicht mehr sicher, ob ich seine Erfüllung je erleben werde. Die Sehnsucht danach wird unerträglich, längst ist es nicht mehr der Brechreiz der mich heulen lässt. Ich will da hin, jetzt, und diesen ganzen Dreck hier endlich vergessen.

Leons Bewegungen enden abrupt, er zieht sich zurück, sein Glied reibt er sich selbst.

In Erwartung seines Höhepunktes drehe ich den Kopf weg und schließe die Augen. Den Mist will ich nicht im Gesicht haben.

Leon zwingt meinen Kopf grob zurück und lässt sein Sperma in meinen Mund fließen.

Der derbe Geschmack bringt mich zum Würgen, ich will es ausspucken doch mit der Sperre im Mund, ist es mir nicht möglich.

Leon schaut mich erwartungsvoll an, meinen Kopf hält er so gefangen, dass ich es nicht einmal zur Seite hinausfließen lassen kann.

„Was ist? Schlucks doch einfach! Dann hast du wenigstens was im Magen", sagt er und lacht.

Dieses verdammte Arschloch! Hat er überhaupt eine Ahnung wie es ist nur dieses Zeug zu fressen zu bekommen. Ich kann ihm ja mal eine Kostprobe von geben. Wenn ich nur diese verdammte Maulsperre loswerden könnte. Ich schwenke den Kopf um ihm zu zeigen, dass es mit dem Ding schwierig ist zu schlucken.

Er seufzt ergeben und löst die Lederbänder um meinen Kopf.

Darauf habe ich nur gewartet, ich sammle sein Sperma in meinem Mund und hole Luft, um ihm seinen Dreck ins Gesicht zu spucken.

Seine Hand legt er mir auf den Mund, fest presst er ihn zu. Hat er mein Vorhaben etwa schon wieder durchschaut? Was stimmt denn nicht mit dem Kerl? Ist er ein Gedankenleser oder so etwas?

„Netter Versuch Kleiner!", sagt er. Ein süffisantes Grinsen liegt auf seinen Lippen, als er mir auch noch die Nase zuhält.

Schon wieder diese Nummer? Fällt ihm nichts Neues mehr ein oder zieht das einfach zu gut?

„Na los, schluck schon!", sagt er und beugt sich weit über mich. Seine Stirn legt er an meine und schaut abwartend auf mich herab.

Stur sehe ich ihn an, während die Atemnot in meiner Lunge zu brennen beginnt. Ich komme nicht drum herum, mit hasserfülltem Blick schlucke ich.

Er strahlt zufrieden und lässt meine Nase los.

Hastig ziehe ich die Luft ein, doch es ist mir zu wenig, um den Sauerstoffmangel auszugleichen. Flehend sehe ich ihn an.

„Mal ehrlich, irgendwas stimmt doch mit dir nicht“, haucht er mir aufs Gesicht. „Mit der Maulsperre hast du doch Ruhe gegeben. Warum jetzt wieder rebellieren? Das bekommt dir bei mir nicht!“

Wieder dieser sanfte Blick. Was geht nur in seinem kranken Kopf vor sich?

„Aber, mach so weiter und du wirst jede Nacht bei mir verbringen.“ Seine Lippen wandern mein Gesicht hinab und den Hals entlang. Sein warmer Atem lässt mich erschaudern. „Ich finde es wahnsinnig aufregend mit dir“, flüstert er.

Wirklich? Warum nur findet er denn Gefallen an mir? Ich gebe mir doch wirklich alle Mühe ihn auf Abstand zu halten. Ist er verrückt? Ja, das muss es sein.

Leon erhebt sich, er rutscht vom Bett. Der liebevolle Ausdruck weicht aus seinem Blick. Er packt die Fesseln an meinem Bauch und hebt mich daran aus dem Bett. Ich hänge in ihnen wie ein Insekt im Netz der Spinne und fühle mich auch so.

„Aber jetzt habe ich erst Mal genug von dir!“, sagt er eiskalt und trägt mich zu einem Käfig der neben dem Bett steht. Er lässt sich von oben aufklappen und steht bereits offen. Achtlos wirft er mich hinein.

Ich lande auf einer weichen Decke. War ja klar, dass das Bett nicht für mich gedacht ist, aber eine Decke und ein Teppich? Ist er sich da sicher? Sein kalter Blick wirkt als wolle er mich in die Tiefen eines Brunnens werfen.

Er schließt die Klappe, ohne sein Zutun verriegelt sie sich über einen Bolzen.

„Schlaf jetzt! Morgen musst du fitter sein, wenn du den Tag mit mir überstehen willst.“

Ich darf mich ausruhen, hier? Sicher verschlossen in einem Käfig, wo keiner rein kann und auf einer Decke? Es ist angenehm warm hier. Der Mistkerl hat sogar eine Fußbodenheizung? Bei der Fülle an Wohltaten auf einmal überhöre ich seine restlichen Worte. Stattdessen blicke ich an die Deckenlampe. Wenn er die noch ausschalten könnte, wäre ich ihm unheimlich dankbar.

Sein Blick folgt meinem. Er rollt mit den Augen und geht zur Tür, als er den Raum verlässt, betätigt er den Lichtschalter.

Endlich, meine geliebte Dunkelheit. Auch wenn ich mich in den Fesseln nicht bewegen kann und der Käfig so eng ist, dass ich mich nicht mal drehen könnte, ist es mir recht. Ich gebe der Erschöpfung nach und bin im selben Moment eingeschlafen.

5. Kapitel

~Jade, der Gestreifte~

Leon schließt die Tür nach sich. Ein wehmütiges Lächeln liegt auf seinem Gesicht. Nur mit großer Mühe hat er sich von seinem neuen Spielzeug trennen können. Es ist lange her, dass sich ihm jemand so verweigert hat, eigentlich kann er sich überhaupt nicht erinnern, dass es jemals jemand auf diese Art gewagt hat. Noch immer schlägt sein Herz vor Aufregung. Doch leider ist der Bursche noch viel zu erschöpft für eine längere Session. Wenn er ihn nicht umbringen will, muss Leon ihm zwangsweise Ruhe gönnen. Wie er wohl ist, wenn sich sein Körper erholt hat? Hoffentlich bleibt sein Wille ihm noch lange erhalten.

Während Leon vor der Tür stehen bleibt und in Gedanken ganz bei dem Erlebten ist, kann er nicht aufhören zu lächeln.

„Und? Bringen wir ihn morgen wieder zurück?“, fragt Diamant, er steht rechts neben der Tür und lehnt sich an die Wand. So wie immer wartet er dort auf neue Anweisungen.

„Nein!“, sagt Leon entschieden. Den wird er nicht wieder gehenlassen, so lange er sich weiterhin so abwehrend verhält. Vielleicht ist es auch endlich an der Zeit einen neuen Edelstein zu vergeben, zumindest auf Probe. „Besorg mir ein neues Halsband und lasse einen Saphir einarbeiten.“ Leon setzt sich in Bewegung.

„Einen Saphir? Er wird der nächste Saphir?“, fragt Diamant aufgebracht und stellt sich Leon in den Weg, ungebremst spricht er weiter: „Aber warum? An ihm ist nichts Reizvolles. Nicht mal sein Penis funktioniert richtig.“

Leons Stirn legt sich in Falten. Was ihm Diamant durch die Blume sagt, gefällt ihm gar nicht. Augenblicklich packt er sich seinen Sklaven am Hals und drückt ihm die Kehle zu. „Was hast du getan?“, fragt er scharf.

„Ich … ich sollte ihn doch sauber machen“, stammelt Diamant.

Leon verzieht keine Miene: „Tu nicht so unschuldig! Glaubst du wirklich ich brauche dich um meinen neuen Sklaven einzuarbeiten?“

Diamant schaut grimmig, er packt den Arm der ihn festhält und sagt mit Abscheu in der Stimme: „Seit wann ist das ein Problem für euch? Es war immer meine Aufgabe die Neuen zu prüfen. Warum wollt ihr gerade den schonen? Habt ihr euch verknallt?“

Leon hebt stolz den Kopf und drückt fester zu.

Diamants Gesicht läuft rot an, kein Atemzug verlässt mehr seine Kehle. „Was nimmst du dir heraus? Glaubst du ernsthaft, ich könnte einen von euch niederen Kreaturen lieben? Ihr seid meine Spielzeuge, Werkzeuge um mich zu erfreuen, mehr nicht.“ Kalt und berechnend werden seine Augen. „Du wagst im Moment eindeutig zu viel. Es wird wohl Zeit dich mal wieder zu nehmen, damit du weißt, wo dein Platz ist!“

Furcht steigt in Diamants Augen. Leon weiß genau wie er es hasst, gefickt zu werden. Oral erträgt er gerade noch so, bei anal ist er wochenlang nicht mehr zu gebrauchen. Leon scheut sich zwar davor seinen besten Diener für eine so lange Zeit moralisch außer Gefecht zu setzen, aber was bleibt ihm anderes übrig? Diamant stand einfach viel zu lange in seiner Gunst und glaubt langsam einen eigenen

Willen haben zu dürfen. Der Saphir ist der Einzige, dem das erlaubt ist.

Leon stößt seinen Sklaven von sich.

Er strauchelt rückwärts und hustet heftig. Sofort geht er auf die Knie und legt sich flach auf den Boden. „Meister, es … es tut mir leid. Ich …"

„Schweig und besorg mir das Saphirhalsband. Bis morgen früh zehn Uhr will ich es auf meinen Schreibtisch haben."

Diamant stutzt. „Aber es ist mitten in der Nacht, wie soll ich das machen?"

Dass er es nach allem überhaupt noch wagt zu wiedersprechen. Er muss dringend gezüchtigt werden.

Leon zuckt mit den Schultern. „Das ist dein Problem, sieh zu wie du das hin bekommst und morgen früh erscheinst du bei mir gewaschen und entleert. Wenn ich auch nur einen braunen Streifen auf dem Kondom finde, bist du mehr als einmal fällig."

Der große Mann fängt an zu zittern, er schluckt schwer. Seine Worte bekommt er mit seinen bebenden Lippen kaum gesprochen: „J.. ja Meister!"

Seine unterwürfige Haltung reicht Leon fürs erste. Es ist ohnehin besser, Diamant muss sich die ganze Nacht mit der bevorstehenden Strafe auseinander setzen. Das ist für ihn weit schlimmer zu ertragen, als würde Leon ihm auf der Stelle sein Verhalten vergelten. Er wird sich auch deutlich mehr als eine kurze Nummer ausdenken müssen, um den Diamanten in Schach zu halten, doch bis zum Morgen ist noch Zeit und er hat bereits andere Pläne. „Häng mir Jade in die Zwei. Ich brauch jetzt wen zum Abreagieren."

„Sehr wohl!"

Wenig später betritt Leon das Zimmer Nummer Zwei. Neben einem Regal voller Sexspielzeuge, hängen hier an jeder Wand dutzende Peitschen, Gärten und Paddel. Der Boden ist aus weißem Marmor, jeden Blutstropfen kann man darauf sehen, doch noch ist er sauber. Das wird Leon gleich ändern. Nach einer langen Zeit daheim mit Frau, Kindern und Pflichten, ist er am liebsten hier. All seinen Frust über die Arbeit und Familie kann er hier abreagieren. Wenn sich seine Sklaven unter den Hieben winden und schreien, ist das für ihn wie ein Befreiungsschlag für sich selbst. Hier muss er nicht nett und höflich sein, nicht korrekt Sprechen und feine Anzüge tragen. All seine wilden Fantasien finden hier eine Heimat. Schon der Duft des Reinigungsmittels, das den Boden vom Blut seiner Sklaven befreit hat, ist eine Wohltat. Es ruft die wunderbarsten Erinnerungen in ihm wach.

Leon schüttelt sein Handgelenk, ein Bild wird auf seine Haut projiziert. Er geht das Menü seiner Samarttex durch und klickt ein Kamerasymbol an. Ein leises Piepen verrät ihm, dass die Kamera an der Wand eingeschalten ist. Wenn er sich schon der Mühe der Züchtigung hingibt, dann will er sie auch länger als nur für den Moment genießen. Seine endlose Videosammlung besteht fast ausschließlich aus einem Jungen, der gestern 18 geworden ist, doch angefangen mit ihm zu arbeiten hat er schon als dieser noch 16 war.

Leon wendet sich der Raummitte zu.

Wie verlangt hängt Jade dort, die Arme sind weit über seinem Kopf ausgestreckt, mit Seilen an der Decke befestigt. Sein nackter Körper hängt so hoch, das nur seine Zehenspitzen Halt auf dem Boden finden. In sein Halsband ist ein Jade eingelassen, es ist das einzige das ihm zu tragen erlaubt ist. Sein Blick ist ängstlich gesenkt, er zittert stark und wagt es kaum zu atmen, aus Furcht das Geräusch könnte Leon stören. Was er bei Diamant zu nachsichtig ist, ist er bei Jade zu brutal. Auch sprechen darf er jetzt seit gut einem dreiviertel Jahr nicht mehr. Ein Grund warum Leon seine Stimme nur bei der Züchtigung zu hören bekommt. Dabei ist sie so wunderbar melodisch, wenn er schreit und um Gnade fleht.

Vorfreude erfüllt ihn beim Anblick des Jungen.

Jades Rücken zieren dicke und dünne Narben, auch der Rest an ihm ist mit alten und neuen Striemen übersäht. Die meisten sind noch rot und geschwollen. Da muss sich wohl einer der andren Sklaven an ihm ausgelassen haben, denn Leons letzte Züchtigung ist bereits einen Monat her. Davon sind lediglich zwei Narben am Rücken geblieben. Inzwischen kennt er die Haut des Jungen so gut, dass es ihm nur noch selten passiert, bleibende Spuren zu hinterlassen und wenn, dann nur, weil er es so will. Seine anderen Sklaven scheinen da weniger zimperlich zu sein. Die große Wunde am Oberschenkel wird mit Sicherheit sichtbar bleiben. Aber das ist nun mal Jades Los als Prügelknabe des Hauses.

Mit festem Schritt hält Leon auf einen Ständer mit Gerten zu und sucht sich die unbeugsamste aus.

Der Blick des Knaben folgt ihm, als er seine Wahl bemerkt beben seine Lippen noch stärker.

Ja, er wird heute leiden müssen, so wie jeden ersten Tag, den Leon wieder hier ist, aber wenn er seinen Frust abgebaut hat, wird er ihm zur Belohnung einen Orgasmus verschaffen, den der Knabe so schnell nicht vergessen wird.

Von hinten nähert er sich dem hängenden Jungen, bis er ihn am Oberkörper spüren kann. Seine Haut ist heiß, die geschlagenen Striemen können noch nicht sehr alt sein.

Der Junge lehnt sich an ihn, er sucht nach seiner Nähe, ausgehungert nach einer zärtlichen Berührung.

Leon legt seine Arme um den Oberkörper des Knaben und umarmt ihn fest, mit der Gerte streichelt er seinen Bauch und sein Glied. Jades Körper erbebt vor Furcht und Erregung. Der Penis des Jungen richtet sich auf, je länger er ihn mit der Gerte streichelt.

„Hallo, Jade!“, flüstert er an den schwarzen Haaren vorbei, dem Jungen ins Ohr.

Der Knabe drängt sich ihm mit seinem ganzen Körper entgegen, er reibt seinen Kopf auf der Suche nach Halt und Wärme an ihm.

„Ich habe dich auch vermisst“, sagt Leon und verleiht seiner Stimme einen liebevollen Ton. Seit seine Bestrafung vor einem dreiviertel Jahr begonnen hat, ist Leon der Einzige, von dem der Junge Zärtlichkeit zu bekommen hat. Nur bei ihm soll er Halt und Zuwendung finden, damit er danach giert, wenn Leon wieder hier ist. Erwischt er einen anderen Sklaven in einer vertrauensvollen Unterhaltung oder Berührung mit ihm, pflegt er das stets gewaltsam zu unterbinden. Schon lange gehört Jades Suche nach Liebe Leon allein.

Mit der Gerte schlägt er das erregte Glied des Knaben sacht und genießt das Zucken im jungen Körper und die stöhnenden Laute, die Jade dabei macht. Immer mehr Intensität legt Leon hinein in seine Hiebe und holt schließlich weit aus. Mit einem heftigen Schlag trifft er das Glied an der Wurzel. Der Junge schreit klangvoll auf, er beugt sich nach vorn, soweit es seine Fesseln zulassen und keucht.

Das hat Leon so gefehlt, diese schöne Stimme und sein schmerzverzerrtes Gesicht. Er hält den schlanken Körper eng umschlungen, gibt ihm Halt. Für den gemeinen Hieb hat Jade eine Belohnung verdient. Leon nimmt seinen Penis in die Hand, mit dem Daumen streichelt er den roten Streifen, der sich bildet. Der Junge richtet sich wieder auf, sein Glied streckt er ihm entgegen. Er ist so wunderbar gierig, seine Lippen küssen Leons Hals.

„Ja, du bist ein braver Junge gewesen!“, lobt er ihn. Seinen Schritt reibt Leon an dem nackten Hintern und spürt die Lust in sich aufsteigen, längst ist sein Penis so hart, wie der des Jungen. Wenn der Körper Jades erst mal glüht, wird es umso schöner sein in ihn einzutauchen.

Noch einmal fährt Leon das Glied hinauf, mit dem Daumen zieht er kleine Kreise über die Eichel. „Bist du bereit? Können wir anfangen?“, fragt er.

Der Atem des Jungen beschleunigt sich. Tränen sammeln sich in seinen Augen, doch er hält sie tapfer zurück. Während er sich auf die Unterlippe beißt, nickt er.

Leon gibt ihm einen Kuss auf das eingebrannte Siegel im Schulterblatt des Jungen, dann tritt er zurück.

Jade verliert seinen Halt im Rücken, er muss sich anstrengen ihn auf seinen Zehenspitzen wieder zu finden. Für einen Moment hängt er hilflos in den Seilen. Ein wunderbarer Anblick.

Leon greift sich in die Unterhose, das geile Gefühl dort muss er verstärken, dann holt er aus. Seinen ersten Hieb platziert er knapp über dem Hintern. Die Haut dort ist so dünn, dass sie sofort anschwillt.

Jade zuckt zusammen, gibt sonst aber keine Regung von sich. Es braucht schon deutlich mehr ihn aus der Fassung zu bringen.

Weitere drei Hiebe platziert Leon auf derselben Stelle.

Erst jetzt gibt Jade einen leisen Aufschrei von sich, doch noch ist er viel zu leise für Leons Geschmack.

Zwei neue Hiebe schlägt er auf den Riss in der Haut, der sich langsam auftut. Wieder folgt nur ein leiser Schrei, dabei verfärbt sich die Haut bereits lila. Nun, wenn er heute so zäh ist, dann ist eine neue Narbe angebracht.

In kurzer Folge schlägt Leon immer wieder zu, bis Jade sich endlich in seinen Fesseln windet und seinen Schmerz laut hinausschreit, immer wieder ohne sich länger zurückhalten zu können.

Erfreut tritt Leon einen Schritt zurück, betrachtet sein Werk und was es in dem Jungen anrichtet.

Jades Rückenmuskulatur tritt deutlich hervor, sein Hintern zuckt unkontrolliert, während Blut aus der geschlagenen Wunde tritt und in seine Ritze läuft. Zufrieden mit sich, schließ Leon die Lücke zwischen sich und ihm und fährt sanft über die malträtierte Stelle. Seinen Arm legt er dem Jungen über den Brustkorb und hält ihn sicher. „Du hältst heute eine ganze Menge aus. Bist du so ausgehungert?“, fragt er seinen Sklaven und küsst seinen Nacken.

Jades Atem beruhigt sich, das Beben seines Körpers lässt nach. Er reckt sich Leon entgegen, sucht bei ihm Trost, doch gerade als er seinen Kopf an ihn lehnen will, lässt Leon von ihm ab.

Während der Knabe vergeblich versucht sein Gleichgewicht zu halten und seine Arme sich unter seinem Gewicht deutlich strecken, nimmt Leon seinen Hintern ins Visier. Mit kräftigen, kurzen Schlägen, lässt er die Gerte auf ihn einwirken. Immer mehr rote Striemen treten zu Tage, je öfter er ihn trifft. Der Junge zappelt und windet sich. Nur mit Mühe finden seine Zehenspitzen den Boden, doch bei jedem weiteren Hieb verliert er den Halt erneut. Keuchende Laute kommen aus seiner Kehle, mit jedem Treffer wird sein Atem lauter. Hin und wieder ist ein Schrei dabei.

„Zähl mit!“, verlangt Leon streng.

„1, 2, 3, 4 … 5… 6… 7, 8, …“

„Von vorn!“

„1, 2, 3, 4 … 5… 6… 7, 8, 9, 10…“ Jades Körper bebt, seine Worte werden zunehmend brüchiger, nicht mehr lange und die ersten Tränen werden fließen.

Leon schlägt härter zu. Seine geschlagenen Hiebe färben die Haut bereits blau.

„Noch mal!“, verlangt er hart und schlägt wieder die Haut über dem Hintern.

„1, 2, 3 …“ Die Stimme des Jungen wird laut, ein heller Schrei füllt den Raum. Er bäumt sich in seinen Fesseln auf, zieht den ganzen Körper mit hinauf. Sämtliche Muskeln an ihm spannen sich an.

Leon betrachtet ihn lüstern. Das wird herrlich in diesem glühenden Hintern werden. Vorfreudig reibt er sein Glied und lauscht den immer neuen Schreien seines Sklaven, der mit seiner Qual umzugehen versucht.

Geduldig wartet er ab, bis Jade sich wieder gefangen und den Halt auf seinen Zehen zurück gewonnen hat. Erst dann fragt er: „Wo waren wir stehen geblieben?“

Der Junge keucht, er braucht einen Moment ehe er antwortet: „3!“

Es ist so schön, die Stimme zu hören, die schon so lange nicht mehr frei sprechen darf.

„Gut dann machen wir bei 3 weiter!“ Leon schlägt wieder zu, in immer kürzeren Abständen verteilt er seine Hiebe dieses Mal kreuz und quer auf dem Rücken des Jungen.

„3, 4, 5, 6, 7, 8 … 9, 10, 11, 12.“ Das hält er deutlich besser aus. Seine Zahlen klingen Kraftvoll. Leon wird sich anstrengen müssen ihm auch dort einen Schreit zu entlocken.

“… 13, 14, 15, 16, 17, 18 … 19, 20, 21, 22, 23, 24…“ Leon schlägt die aufgeplatzte Stelle über dem Hintern. Jade kreischt, er unterbricht die Nummernfolge um sich wieder und wieder Luft zu machen.

Freudige Erregung zuckt durch Leons Glied. Ja, so will er ihn hören. Schonungslos reibt er seinen Penis, freut sich an der Härte die Jades Leid ihm beschert. Fest nimmt er sich vor, nach jeder Schlagfolge eben jene Verletzung zu treffen, die den Jungen so schön laut werden lässt, doch für den Moment lässt er die Gerte ruhen. Sein Werk betrachtend, streicht er sanft über den Rücken des Jungen.

Jade zuckt bei jedem Striemen zusammen, den er berührt. Immer tiefer wandert Leons Hand, bis er den Hintern des Jungen erreicht. Er fährt zwischen seine Pobacken und sucht sein Loch. Es ist bereits geöffnet und zuckt erregt. Seine Haut ist heiß doch noch zittert ihm Jade nicht stark genug und auch sein Wimmern hat bereits aufgehört.

Er braucht mehr, entscheidet Leon und geht zur Auswahl an Werkzeugen. Die Gerte tauscht er gegen zwei sechsschwänzige Peitschen mit besonders langen Lederriemen.

Jades Augen weiten sich und wechseln zwischen beiden hin und her.

Es ist eine Weile her das Leon gleich zwei Peitschen auf einmal benutzt hat, doch dieses Mal will er sich nicht allzu lange mit Jade aufhalten und möglichst schnell sein Ziel erreichen, nur ist der Junge ausgerechnet heute extrem zäh. Wahrscheinlich weil er sich so lange nicht um ihn kümmern konnte. Er giert nach seiner Aufmerksamkeit und zögert die Session absichtlich heraus, doch Leons Gedanken sind heute nicht ganz bei der Sache.

Immer noch spuken ihm die Augen seines neuen Saphirs im Kopf herum, ebenso wie seine frechen Sprüche. Wie es wohl wäre ihn hier hängen zu haben? Wie lange würde es dauern ihn zum Schreien zu bringen?

Leon kehrt zu Jade zurück und schwingt die Peitschen bereits. Sie machen zischende Geräusche, während sie die Luft zerschneiden.

Je näher er dem Knaben kommt umso deutlicher kann Leon jeden seiner Muskeln sehen. Den Kopf zieht Jade ein und macht sich ganz steif, dann treffen ihn bereits die Lederriemen. Immer abwechselnd schlägt Leon zu, trifft beide Flanken, den Rücken, die Brust. Vorn schlagen sie auf dem Oberkörper des Jungen zusammen auf. Von oben nach unten und wieder zurück, lässt Leon die Peitschen wandern und stellt sich dabei vor, nicht Jade würde dort hängen, sondern sein neuer Saphir. Ob er jetzt immer noch Widerworte geben könnte, wenn die Peitschen so schön knallen?

Jade quietscht und schreit, er windet sich, versucht den Schlägen zu entkommen, doch die Fesseln hindern ihn daran. Das Kreuz streckt er durch und macht sich immer wieder steif, wenn eine Stelle doppelt getroffen wird. Tränen überkommen ihn, auf der Suche nach Gnade und Halt sieht er Leon bittend an.

Doch Leon kann und will nicht aufhören. Jade soll für ihn tanzen, so wie es Saphir im Käfig bei Senku getan hat, laut vor Schmerz brüllend. Während er weiter die Peitschen schwingt umrundet er den Jungen um jede Stelle seines Körpers zu treffen.

Jade schreit so laut, dass es Leon in den Ohren schmerzt. Jeder Zentimeter seines Körpers färbt sich rot, die einzelnen Treffer sind nicht mehr auszumachen. Nur die blauen Striemen der Gerte sind noch sichtbar. Sein Sklave soll sich fühlen, als wenn er in Flammen steht, erst dann wird Leon von ihm ablassen.

Er erreicht den Rücken seinen Sklaven, die Peitschen lässt er über den Hintern und die stark blutende Stelle darüber wandern.

Jade gibt die Suche nach Halt auf, wimmernd hängt er in seinen Fesseln, während unentwegt Tränen von seinen Wangen laufen.

Jetzt ist er bereit, entscheidet Leon und schlägt mit all seiner Kraft und beiden Peitschen gleichzeitig zu, direkt auf die verletzte Stelle.

Jade steigt in seinen Fesseln, kein Laut verlässt seine Lippen, sein Körper versteift.

Stolz betrachtet Leon sein Werk, sieht zu wie Jade sich dreht und windet und vergeblich versucht die Empfindung seines Körpers zu bewältigen. Keuchend schnappt er nach Luft und kommt nur langsam wieder herabgesunken. Seine Zehen haben den Boden gerade erst berührt, als Leon noch einmal ausholt und dieselbe Stelle noch einmal trifft.

Dieses Mal bewegt sich nichts in dem Jungen er schreit einfach nur, winselt und heult. Ein Zittern wandert von seinem Hintern durch den ganzen Körper. Wunderschön!

Leon lässt die Peitschen fallen und wischt sich den Schweiß von der Stirn. Es wird jedes Mal anstrengender den Knaben an seine Grenzen zu bringen. Bald wird er irgendwas mit Metall nehmen oder auf Elektroschocks umsteigen müssen.

Jade beruhigt sich, er gibt nur noch winselnde Laute von sich, sein Blick ist auf den Boden gerichtet. Tränen rollen unaufhörlich von seinen Wangen. Er hat weder Kontrolle über seine Muskeln noch finden seine Füße Halt auf dem Boden. Sehr schön!

Leon geht zu ihm und nimmt seinen Kopf, er legt ihn sich an die Brust. „Gut gemacht!“, sagt er und schenkt dem Jungen einen Moment des Trostes.

Das Schluchzen von Jade wird lauter, seine Tränen mehr. Er lehnt seinen Kopf an.

Leon gewährt ihm noch einen Augenblick der Ruhe und streichelt ihm sacht den Rücken. Unter seiner Berührung zuckt Jade zusammen, doch seinen Körper reckt er ihm dennoch entgegen.

Es wird Zeit die Sache zu beenden. Leon dreht seinen Sklaven um, Jades Kopf sackt nach vorn ins Leere, seine ganze Haltung fällt in sich zusammen. Gebrochen harrt er seinem Schicksal.

Wird Zeit ihn ein bisschen aufzumuntern. Leon legt sich den geschundenen Körper an die Brust, er fühlt die heiße Haut. Sein Glied führt er in den Hintern des Jungen. Schön eng schmiegt sich sein Schließmuskel an ihn. Ungehindert kann er hinein. Der Junge weiß auch in diesem Zustand sich zu entspannen. Um ihm noch etwas mehr Erleichterung zu verschaffen, wandert Leon mit den Händen in seinen Schritt. Er greift die Hoden fest und zieht sie zurück. Der Penis des Knaben streckt sich nach vorn. Während er seinen Hintern erforsch, spielt er mit Jades Lust, reibt sein Glied bis er kurz vor dem Höhepunkt steht und lässt ihn dann wieder los. Der Junge stöhnt und reckt sich seinen Berührungen entgegen, seine Tränen trocknen, rot werden seine Wangen. Auffordernd dreht er sein Becken.

Leon stößt hart zu und beginnt von neuem die Lust im Knaben zu schüren. Wieder führt er sein Verlangen, bis sein Penis zu zucken beginnt, doch im entscheidenden Moment lässt er von ihm ab.

Jade räkelt sich in seinen Fesseln, er keucht und zappelt. „Meister, bitte nicht aufhören!“, bettelt er.

Leon stoppt abrupt. Was soll das? Wer hat ihm erlaubt zu sprechen? Auch wann ihm Befriedigung zuteil wird, hat Jade nicht zu entscheiden. Unverrichteter Dinge lässt Leon Jades Glied los und zieht sich aus ihm zurück, auch den Halt seines Körpers entzieht er ihm, indem er sich einige Schritte entfernt. „Du bleibst hier die nächste Stunde hängen und morgen will ich dich den ganzen Tag nicht sehen! Am Mittwoch kannst du kommen und mich um Verzeihung bitten“, sagt Leon kalt und emotionslos.

Der Junge zuckt zusammen, als wenn ihn ein erneuter Peitschenhieb trifft. Flehend sieht er Leon an und fiept dabei wie ein Hundewelpe.

Genervt wendet sich Leon von ihm ab und geht.

Als er Jade verlässt und die Tür nach sich schließ, bricht der Junge in Tränen aus. Sein lautes Heulen ist auch im

Flur noch deutlich zu hören. Hemmungsloses Schluchzen kommt dazu.

Was für ein Reinfall. Wann ist Jade eigentlich so scharf auf Befriedigung geworden? Leon verschränkt die Arme vor der Brust und schaut nachdenklich vor sich hin. Wann hat er diesbezüglich einen Fehler gemacht? Bisher hat Jade dabei immer geheult und gebettelt Leon möge aufhören, weil sein Körper so schmerzt. Das hat seine Lust bis zum Höhepunkt gesteigert, aber das eben war so gar nicht nach seinem Geschmack.

„Alles in Ordnung, Meister?“, fragt Diamant.

Leon seufzt. Er muss bei seinen Geschäften kürzer treten, um öfter hier sein zu können, sonst geht sein Harem noch vor die Hunde. „Hole ihn in fünf Stunde runter, kühle seine Wunden und gib ihm was Süßes, damit er wieder still ist“, weist Leon seinen Sklaven an.

6. Kapitel
~Diamant, der Erste~

Am nächsten Morgen sitzt Leon in seinem Arbeitszimmer, an seinem Mahagonischreibtisch und kümmert sich um den Papierkram. In seiner einmonatigen Abwesenheit ist vieles liegengeblieben. Rechnungen müssen beglichen und Unterschriften getätigt werden. Er sieht die Ausgaben für Lebensmittel durch. Diamant hat mit dem kleinen Budget, das Leon ihm für die Versorgung lässt, gut gewirtschaftet. Es ist sogar noch etwas übrig. Für gewöhnlich würde Leon das Geld jetzt kürzen, nur um zusehen, wie Diamant im nächsten Monat damit zurechtkommt, doch Saphir wird Aufbaukost brauchen und Leon will ihn wenigstens einmal bei bester Gesundheit sehen, um herauszufinden was dann passiert. Mit den Gedanken an den Jungen in seinem Käfig, rechnet er auf die Summe für den nächsten Monat 200 Dollar auf.

Es klopft an der Tür.

Leon erhebt den Blick. „Herein!“

Die Klinke bewegt sich, Diamant tritt ein. Mit gesenktem Kopf hält er auf den Schreibtisch zu, er ist lediglich mit seinem Halsband bekleidet.

Es ist lange her, dass Leon ihn nackt gesehen hat. Sein breites Kreuz und sein ganzer Oberkörper ist ein einziger Muskelberg. Er hat sich schon immer um seine Fitness bemüht doch in seinem Anzug ist seine wahre Gestalt untergegangen. Leon muss dringend an seiner eigenen Körperkraft arbeiten, um ihm überlegen zu bleiben, doch für den Moment ist Diamant keine Gefahr. Seine Schultern hängen tief, seinen Blick hat er noch immer nicht erhoben.

Als er den Schreibtisch erreicht, hält er seinem Herrn eine Schachtel entgegen.

Anstatt das Mitgebrachte anzunehmen, schaut Leon an die Wanduhr über der Tür. Es ist bereits Elf.

„Es ging nicht früher, der Goldschmied …“, versucht Diamant sich in einer Rechtfertigung.

„Schweig!“, sagt Leon hart. Für die Verspätung wird er ihn doppelt strafen müssen, ganz gleich, dass es nicht möglich war, einfach aus Prinzip.

Diamant verstummt, seine Mundwinkel zucken unkontrolliert.

Wie seltsam so viel Angst bei einem gestandenen Mann wie ihm aussieht. Leon ist zufrieden mit sich, jemandem wie Diamant Respekt einzuflößen spricht für seine Qualitäten als Meister.

Die Schachtel nimmt Leon entgegen und öffnet sie.

Ein schwarzes Lederhalsband liegt darin, in seiner Mitte ist wie gewünscht ein Saphir eingelassen. Mit dabei liegt eine Bedienungsanleitung. Diese hätte sich der Verkäufer sparen können, Leon hat längst Erfahrung im Umgang damit. „Ist es schon im System registriert?“, fragt Leon.

Diamant zuckt zusammen, als wenn er eben geschlagen worden wäre.

Das reicht Leon als Antwort. Er seufzt. „Du legst es heute aber wirklich auf eine lange und schmerzhafte Session mit mir an, oder? Bringt dich die Vorstellung endlich mal wieder meine Aufmerksamkeit zu genießen so aus der Fassung?“

Diamants Haltung sinkt weiter in sich zusammen. Er schweigt.

Leon lächelt aufmunternd, als er sagt: „Knöpf dir danach doch einfach Jade vor, dann geht es dir besser."

Ein unsicheres Lächeln legt sich in Diamants Mundwinkel, vorsichtig erhebt er den Blick. Seine Stimme ist amüsiert. „Er hängt schon in der Zwei."

Leon muss lachen. Sie beide sind wirklich vom gleichen Schlag, Diamant kann selbst gnadenlos sein, wenn es um die Bestrafung der anderen Sklaven geht. Ab und an übertrifft er Leons Ideen sogar. Wäre Diamant nicht sein Sklave könnte er sich fast vorstellen mit ihm befreundet zu sein und gemeinsam mit ihm einen Harem zu unterhalten.

Leon widmet sich einer Schublade, aus der er ein Kondom fischt. Während er die Verpackung aufreißt schließt er noch den Deckel einer kleinen Dose mit blauen Pillen. In Vorbereitung der Bestrafung, hat er zwei davon einwerfen müssen, denn es gibt schon lange nichts mehr, was er an Diamant anziehend genug findet, um die Sache ohne Hilfsmittel durchzuziehen. Sein Penis hat sich dadurch bereits mit Blut gefüllt, bereit zum Einsatz, doch Lust darauf verspürt er nicht. Schade, dass es das einzig wirksame Mittel ist seinen Diamanten zu bestrafen. Schläge bringen leider so gar nichts mehr. Bei diesem Muskelberg mit der Peitsche durchzukommen ist harte Arbeit.

Leon öffnet den Reißverschluss seiner Hose, befreit seinen Penis daraus und legt sich das Kondom an.

„Nun gut!" Leon erhebt sich, er deutet auf den Tisch, während er ihn umrundet. „Lege dich mit dem Oberkörper darüber, dann fangen wir an!"

Diamants Haltung fällt gänzlich in sich zusammen, seine Beine zittern, als er an den Tisch heran tritt und sich wie befohlen seinem Meister präsentiert. Den Hintern weit erhoben wartet er angespannt auf seine Bestrafung und beißt sich in den Unterarm. Dass er nach all den Jahren noch immer nicht damit klar kommt, amüsiert Leon. Vielleicht kann er ja doch Spaß an der Sache finden. Für sein Verhalten hat Diamant auf jeden Fall einen Denkzettel verdient.

Leon tritt hinter ihn und führt seinen Penis an das Loch des Hünen.

Diamant verspannt sich, sämtliche Muskeln an ihm treten deutlich hervor.

„Eigentlich wollte ich dir die Sache ja mit Gleitmittel erleichtern, doch bei deinem ungebührlichen Verhalten, hast du dir das, ehrlich gesagt, nicht verdient."

Diamant dreht sich furchtsam nach ihm um, er holt Luft um etwas zu sagen, doch da dringt Leon bereits in ihn ein.

Der Hüne schreit und bäumt sich unter ihm auf, Tränen sammeln sich in seinen Augen.

Dass er sich immer so anstellen muss. Sein Hintern ist groß genug, Leon kann sich gut in ihm bewegen und trotzdem quietscht Diamant bei jedem neuen Stoß wie ein angestochenes Schwein. Das ist ja nicht zum Aushalten. Leon holt weit aus und schlägt den Hintern, den er nimmt, fest. Diamants Schließmuskel zieht sich eng zusammen, das Gefühl muss sich für ihn intensivieren denn er schreit lauter.

Leon dringt bis zu den Hoden in seinen Sklaven ein, sein Zappeln ignoriert er und legt sich über seinen Rücken. „Sei gefälligst still dabei, sonst dringe ich jedes Mal so tief ein!", haucht er ihm in den Nacken.

Diamant windet sich unter ihm, sein Atem geht stoßweise, während er vergeblich versucht still zu sein. Fester beißt er seinen Arm, nimmt immer wieder eine andere Stelle, er ist bereits von Bisswunden übersäht. Bäche an Tränen strömen dem großen Mann über die Wangen. Sein Schreien verstummt.

So stark sein Körper auch ist, im Inneren ist Diamant ein zerbrechliches Pflänzchen.

Leon zieht sich zurück, nur um ebenso schnell und hart wieder einzudringen. Ob Diamant wohl wirklich still bleiben kann?

Fester wird der Biss des Sklaven in den Arm, Blut läuft aus der gebissenen Wunde, kein Laut verlässt den Riesen.

Leon intensiviert seine Stöße.

Immer wieder stöhnt Diamant gequält hin und wieder ist ein dumpfer Schrei dabei. Die Gegenwehr hat der Hüne längst aufgegeben, seine Beine erzittern unter jedem neuen Stoß, sein ganzer Körper bebt. Mehr bekommt Leon von ihm nicht zu spüren. Keine Kommentare, keine Gegenwehr. Das ist nichts im Vergleich zu seinem Abend mit Saphir.

In Gedanken wandert Leon zu seinem neuen Spielzeug. Wie aufregend war es im Vergleich mit ihm. Er hat zwar auch geschrien, aber dafür musste er ihn wenigstens mit aller Gewalt nehmen und Leon wäre auch keinen Zentimeter weiter gekommen, hätte er ihm nicht die Luft abgeschnürt. Er hat sich so schön unter der Atemnot gewunden. Seine Muskelkraft zu durchbrechen, war ein aufregendes Erlebnis gewesen. Aber das hier? Gelangweilt fährt Leon nur der Bestrafung wegen fort und fängt schließlich sogar ein Gespräch an: „Schläft mein Saphir eigentlich noch?“

Diamant atmet hörbar aus, er bemüht sich die Stöße auch ohne den Biss in den Arm auszuhalten, um Antworten zu können. „Ich denke schon. Habe noch keine Laute aus Zimmer Nummer Eins gehört, Meister."

„Warst du heute noch nicht bei ihm?", fragt Leon und verleiht seinen Bewegungen mehr Kraft.

Diamant stöhnt gequält, er bäumt sich auf und vergräbt die Zähne wieder in seinem Arm. Nuschelnd sagt er lediglich: „Halsband!"

Das ist ein Argument, aber keines das Leon durchgehen lässt. Scharf sagt er: „Also warst du heute noch gar nicht bei ihm?"

Furchtsam blickt der Hüne ihn an und schüttelt mit dem Kopf.

Dass er sich nicht um die anderen Sklaven kümmert, ist verdammt untypisch für ihn. Es gehört zu seinen Pflichten jeden Morgen die Räumlichkeiten der Anderen aufzusuchen und nach ihnen zu sehen, um sicherzustellen, dass alle wohlauf sind und sich um ihre Verletzungen gekümmert wird. Besonders wenn Leon hier ist und sich mit ihnen vergnügt hat, ist das umso wichtiger. Für dieses Versäumnis verlässt Leon den Hintern des Hünen und stößt sich mit aller Kraft komplett hinein.

Ein langgezogener Schrei erfüllt das Büro. Diamant kriecht auf dem Tisch nach vorn und krallt sich haltsuchend an seiner Platte fest. Wimmernd sagt er: „Es tut mir leid, Meister! Bitter verzeiht!"

„Was tut dir leid?", verlangt Leon zu wissen und wiederholt seine Bewegung.

Diamant kriecht noch ein Stück weiter nach vorn, Unterlagen und Bücher fallen vom Schreibtisch, wieder hat er sich nicht unter Kontrolle und schreit und heult heftig. Er braucht einen Moment bis er in der Lage ist zu sagen: „Es tut mir leid dass ich meine Pflicht versäumt und nicht nach Saphir gesehen habe!“

Ein erneuter Stoß Leons lässt ihn schreien. „Und was noch?“

„Es tut mir leid euch Vorschriften gemacht zu haben!“

„Weiter!“

„Es tut mir leid, dass ich das Halsband nicht rechtzeitig besorgen konnte.“

„Sonst noch was?“

Diamant stutzt, es scheint ihm kein weiteres Fehlverhalten einzufallen.

„Ich warte!“ Wieder fährt Leon in seiner ganzen Länge in den Hünen und entlockt ihm einen schrillen Schrei.

„Es tut mir leid, dass ich nicht still sein kann.“

„Und?“ Dieses Spiel wird Leon treiben, bis Diamant nichts mehr einfällt, bis er sich Gründe für Fehlverhalten aus den Haaren ziehen muss.

„Es tut mir leid, dass ich euren Penis nicht ertragen kann.“

„Es tut mir leid, dass ich so anmaßend war.“

„Es tut mir leid, dass ich das Anwesen nicht zu eurer Zufriedenheit führe.“

Leon unterbricht die Bestrafung, während er in Diamants Hintern verweilt, sieht er mahnend auf ihn herab.

Diamant dreht sich nach ihm um, fragend betrachtet er seinen Meister.

Leon beugt sich nach vorn zu ihm, das Gesicht Diamants nimmt er am Kinn und kommt seinen Lippen ganz nah. Kurz bevor er sie berührt, sagt er: „Ach Diamant, du führst das Anwesen zu meiner vollsten Zufriedenheit. Ich könnte mir keinen besseren Verwalter und Butler vorstellen.“

Leon schweigt einen Moment um in Erinnerungen zu schwelgen:

Sein erstes Mal mit einem Mann hatte er mit Diamant. Auch bei der ersten Züchtigung, als seine Arme noch nicht die Kraft aufbrachten, bleibende Wunden zu erzeugen, war Diamant sein Opfer. Alles was Leon über die Sklavenhaltung weiß, hat er sich mit und durch ihn angeeignet.

„Außerdem wirst du immer mein ‚Erster' sein!", sagt er und küsst die bebenden Lippen seines Sklaven.

Diamant schaut erst überrascht, doch dann schließt er die Augen. Als er den Kuss erwidert, lässt Leon von ihm ab. Seinen Penis zieht er aus dem Hünen und weicht einen Schritt zurück. Mit strenger Stimme sagt er: „Aber in letzter Zeit vergisst du eindeutig wo dein Platz im Haus ist. Nur weil ich dich schätze, ist das kein Freifahrtschein. Du bist immer noch nichts weiter als mein Sklave und deswegen habe ich mir für dich etwas Besonderes überlegt."

Diamant erhebt sich, furchtsam sieht er seinen Meister an, seine Lippen wollen Worte formen, doch Leon kommt ihm zuvor. Todernst sagt er: „Bleib gefälligst liegen!"

Gehorsam legt sich Diamant wieder über den Tisch. Seine Beine zittern dabei so stark, dass sich der ganze Schreibtisch mit ihm bewegt.

Leon genießt diesen Anblick einen Moment lang, dann geht er zu einem Schrank. Er öffnet ihn. Eine große Auswahl an Dildos und Analplugs liegen dort fein säuberlich nebeneinander auf vier Ebenen. Er entscheidet sich für den größten Analplug, der die Größe seines eigenen Penis deutlich übertrifft. Wie eine Trophäe trägt er ihn zu Diamant.

Der Hüne beobachtet ihn über die Schulter hinweg, sacht schüttelt er mit dem Kopf, während ihm neue Tränen in die Augen steigen.

Leon lächelt verschlagen. „Du hast es verdient und das weißt du auch, oder?“, verlangt er in einem schroffen Ton zu wissen.

Diamant senkt den Kopf, er nickt und beißt sich angespannt auf die Unterlippe.

Während Leon hinter seinen Sklaven tritt und den Plug in einem kräftigen Ruck bis zu Hälfte einführt, bäumt sich Diamant in einem langgezogenen Schrei auf. Er versucht über den Tisch hinweg zu fliehen, doch Leon klemmt ihn zwischen sich und der Platte ein, dann führt er den Rest des Plugs ein. Diamant bricht auf dem Tisch zusammen, er schreit und winselt.

Leon genießt seinen Anblick, er legt sich über den Rücken des großen Mannes und legt seinen Kopf an dessen Ohr, als er leise aber bestimmt sagt: „Den wirst du heute den ganzen Tag tragen! Wehe, ich erwische dich ohne, dann finde ich einen, der noch größer ist. Hast du mich verstanden?“

Diamant nickt, zu mehr scheint er nicht fähig zu sein.

Das wird ihn sicher für eine Weile ruhig stellen, besonders wenn er seine täglichen Aufgaben mit dem Riesenteil im Hintern verrichten muss. Leon entfernt sich einen Schritt von seinem Sklaven, er deutet mit ausgestrecktem Arm und Zeigefinger Richtung Tür.

„Gut, dann verschwinde jetzt und kümmere dich um deine Pflichten! Fange mit dem Kochen an! Ich will für Saphir einen Brei haben, mache ihn ruhig ein bisschen süß. Bring ihn mir in einem von Jades Fressnäpfen in die Eins!“

Diamant wischt sich mit dem Handrücken die Tränen aus dem Gesicht. Er strafft seine Haltung und erhebt sich. Obwohl ihm der Schmerz noch in den Augen steht, bemüht er sich um Haltung. „Sehr wohl, Meister", sagt er und verlässt steifbeinig das Büro.

7. Kapitel

~Ein Halsband für Saphir~

Es ist noch immer so schön Dunkel, kein Geschrei keine Schläge um mich zu wecken. Auch so warm ist mir lange nicht gewesen. Mit jeder Stunde, die ich einfach in Ruhe gelassen werde, tankt mein Geist Kraft. Das Gefühl, mich am Rande des Wahnsinns zu bewegen, lässt nach. Als ich das erste Mal die Augen wieder öffne, ist da noch immer diese wunderbare Dunkelheit. Durch die zugezogenen Vorhänge dringt nur gedämpftes Licht herein. Gerade genug, um das Bett und den Kleiderschrank als Umrisse erkennen zu können.

Ich versuche mich zu bewegen, doch die Fesseln und Stangen des Käfigs lassen es nicht zu. Je mehr mein Bewusstsein aufklart umso deutlicher spüre ich die Seile, die sich tief in meinen Rücken geschnitten haben. Wenn ich mich doch wenigstens mal drehen könnte, um die Belastung neu zu verteilen, aber mein Körper gehorcht mir nicht. Ich seufze und ergebe mich meinem Schicksal, es gab schon schlimmere Schmerzen in meinem Leben. Den Kopf lasse ich zur Seite fallen und will noch etwas in dieser Dunkelheit versinken, als die Tür geöffnet wird. Licht fällt herein, Schritte bewegen sich durch das Zimmer. Die Vorhänge werden aufgezogen, grelles Tageslicht flutet den Raum.

Ich murre genervt und drehe den Kopf zur Wand, um an dem letzten Rest Nacht festzuhalten. Mit dem Morgen und seinen neuen Schrecken will ich mich nicht beschäftigen, doch die Schritte meines Meisters sind schon wieder viel zu nah. Er öffnet den Käfig, die Scharniere quietschen.

Fest presse ich die Augenlieder zusammen, versuche ihm damit zu vermitteln noch tief und fest zu schlafen.

Seine Hände packen die Fesseln an meinem Bauch, er hebt mich daran aus dem Käfig.

Die Seile reiben sich tiefer in meine ohnehin schon stark strapazierte Haut. Ich stöhne leise und öffne die Augen.

Leons Gesicht ist entspannt, die Bosheit vom Vortag verschwunden. Er summt ein fröhliches Lied, während er mich zu einer Sitzbank aus Leder trägt, die vor dem Bett aufgestellt ist. Auf ihr stehen zwei Flaschen und eine Tube.

Was immer das ist, ich will es gar nicht herausfinden und versuche mich in meinen Fesseln zu winden. Die Gegenwehr meines Körpers ist erschreckend schwach. Lediglich meine Finger und Zehen lassen sich bewegen. Ich bin mir sicher dass Leon nicht mal etwas davon merkt, denn er legt mich problemlos mit dem Bauch voran über seinen Schoß.

Ihm schon wieder so ausgeliefert zu sein macht mir Angst und dass er kein Wort sagt, schürt mehr Panik in mir, als seine brutale Art am Abend. Geschlagen und vergewaltigt zu werden bin ich inzwischen schon fast gewohnt, aber was soll dabei das fröhliche Lied auf seinen Lippen? Um der Panik in mir nicht noch mehr Raum zu lassen, versuche ich ein Gespräch anzufangen: „Du könntest wenigstens guten Morgen sagen, wenn du dir schon die Unverschämtheit heraus nimmst mich aus dem Schlaf zu reißen."

Sein Lächeln wird breiter, das Lied verstummt. „Du hast nicht mehr geschlafen. Deine Atmung war nicht flach genug dafür."

Der Kerl wird mir immer unheimlicher. So aufmerksam kann doch kein gewöhnlicher Mensch sein. Auch am Abend hat er mich jedes Mal durchschaut. Das ist gar nicht gut. Wie soll ich da einen Fluchtversuch planen? Seufzend ergebe ich mich seinen Händen.

Er löst die Stricke die mich gefesselt halten, sein Blick wird sorgenvoll. „Deine Haut ist ganz schön spröde. Die Stricke haben sich ziemlich tief reingefressen und das in nur einer Nacht."

„Ach wirklich? Ist mir noch gar nicht aufgefallen", sage ich mit Sarkasmus in der Stimme und schaue genervt vor mich hin.

Als alle Stricke gelöst sind, fällt mein rechter Arm auf den Boden, die Schulter dreht sich mit ihm. Ich ziehe die Luft scharf ein und beiße die Zähne fest zusammen.

„Wir müssen uns was anderes einfallen lassen, um deine Arme ruhig zu stellen und dich immer noch hübsch aussehen zu lassen", sagt er. Wieder schaut er fröhlich. Ich bin nur ein simples Spielzeug für ihn.

Den Kopf lasse ich auf dem Leder liegen. Ob ich jemals wieder Herr über meinen eigenen Körper sein werde?

Leon schraubt etwas auf, es stinkt nach Desinfektionsmittel.

Ein eisiger Schauer rinnt mir den Rücken hinab, als mich die Vorahnung überkommt, es gleich in meinen Wunden spüren zu müssen. Ein neuer Gedanke keimt in mir: Will er sich wirklich um meine Verletzungen kümmern? Senku hat sich nie darum geschert. Entweder sind sie von allein geheilt oder man ist daran krepiert. Hinter dem Lokal gab es einen Ascheplatz unter dem bereits unzählige Sklaven verscharrt liegen. Wahrscheinlich ist es wirklich angenehmer bei einem Meister zu sein, als einem Händler. Zumindest konnte ich mal durchschlafen, aber wirklich wach fühle ich mich noch immer nicht. Ich will gerade die Augen schließen, als mich kalte Flüssigkeit im Rücken trifft. Überall dort wo sie über verletzte Haut läuft, frisst sie sich wie Säure hinein. Okay, ich nehme alles zurück, mir ist lieber, es heilt von allein. Das ist nicht zum Aushalten! Ich schreie und zwinge meinen Körper zu gehorchen. Auf Leons Schoß winde ich mich und versuche ihm zu entkommen.

„Jetzt halt still und gib Ruhe!“, schnauzt er und holt aus, fest schlägt er meinen Hintern. Ein brennender Abdruck seiner Hand flammt auf meiner Haut. Das lenkt meine Aufmerksamkeit von meinem Rücken ab. „Arschloch!“, schimpfe ich, um die Wut in mir zu sammeln und gegen die Tränen anzukommen.

Einen weiteren großen Schwall der Flüssigkeit gießt er mir über den Hintern. Das Desinfektionsmittel brennt sich in meine Ritze und sammelt sich über meinem Schließmuskel. Die Verletzung da tritt viel zu deutlich in mein Bewusstsein. Ich schreie und zapple, doch weil die Flüssigkeit in dieser Position nicht komplett abfließen kann, wird es nicht erträglicher.

Leon zieht meine Pobacken weit auseinander. Die Risse in meiner Haut öffnen sich, lassen das Mittel tiefer eindringen. Dieser verdammte Wixer! Ich zwinge meinen Arm auf die Bank und beiße mir in die Hand. Mit der neuen Schmerzquelle wird es erträglicher.

„Ich liebe deine Stimme. Schrei noch mal für mich!“, sagt er und schlägt mir hart auf den Hintern. Immer abwechselnd links und rechts. Der Biss in meinen Arm reicht nicht mehr aus, ich schreie mich heißer, Tränen fluten meinen Blick.

Leon reibt über die getroffenen Stellen und verteilt die Empfindung bis sie abklingt.

Obwohl ich schnell Atme, glaube ich trotzdem nicht genug Luft zu bekommen. Verdammt, was musste Senkus Züchtiger auch mit dem Rohrstock so hart zuschlagen? Die Haut ist sicher überall aufgeplatzt und voller Blutergüsse. Es wird Tage dauern, bis ich schmerzfrei sitzen kann, von Leons brutalem Eindringen am Abend mal ganz zu schweigen. Von dieser Tortur ermüdet bleibe ich schwer atmend liegen.

„Mhm“, murmelt er und öffnet meinen Hintern, seine Finger spüre ich an meinem entflammten Loch. Ich zucke zusammen, habe aber nicht mehr die Kraft mich zur Wehr zu setzen.

„Du blutest ja immer noch. Ich muss bei dir echt mehr aufpassen“, redet er mehr mit sich, als mit mir.

Die Einsicht kommt ihm aber spät. Mistkerl!

„Dir ist schon klar, dass Schmerz dazu da ist deinen Körper vor Schaden zu bewahren, oder?“

Was er nicht sagt und das kümmert ihn auf einmal weil?

„Du kannst mich mal.“ Meine Stimme ist so leise, ich bin mir nicht mal sicher ob er mich überhaupt gehört hat.

Auf meine Worte reagiert er nicht, stattdessen berühren seine Finger unentwegt meinen Schließmuskel, während er den Zeigefinger einführt sagt er: „War es dir denn so wichtig, mir Schwierigkeiten zu bereiten, dass du diesen Schmerz in Kauf genommen hast?“

Und wie mir das wichtig war! Schweigend grinse ich vor mich hin, während mich die Erinnerung an sein schmerzverzerrtes Gesicht überkommt.

„Nun, daran müssen wir auf jeden Fall arbeiten, sonst gehe ich bei dir jedes Mal zu weit und bring dich damit irgendwann um, und das wollen wir doch beide nicht“, seinen letzten Worten verleiht er einen gehässigen Unterton.

Als wenn es einen Unterschied macht, ob ich mich zur Wehr setze oder nicht. Er will mich leiden sehen und wenn ich dabei die Wahl habe, dann darf er sich gern mit quälen.

„Du kannst mich mal so was von kreuzweise“, murmle ich in das Leder der Bank.

Wieder reagiert er nicht auf meine Worte, stattdessen schraubt er etwas auf.

Ich will gar nicht wissen was es ist und schließe die Augen. In Erwartung des neuen Schmerzes beiße ich in meinen Mittelfinger und spanne meinen Rücken an.

Etwas Kaltes berührt einen langen heißen Striemen, der sich quer über mein Schulterblatt zieht. Gierig wird es von meiner Haut aufgenommen und bleibt auch eingezogen noch kühl. Gott, was ist das? Das tut echt gut. Meine Rückenmuskulatur entspanne ich, auch von meinem Finger lasse ich ab und gebe ein wohliges Stöhnen von mir. Immer mehr der heißen Stellen meines Körpers beschmiert Leon mit diesem Zeug.

Wie von einem Flächenbrand gelöscht komme ich mir vor. Ich kann mir ein erneutes Stöhnen nicht verkneifen: „Gott, tut das gut!“

Als auch der letzte Striemen versorgt ist, betrachtet Leon lange und angestrengt meinen Hintern. Er befühlt noch einmal mein Loch.

Mir ist gerade so wohl bei der Erleichterung die mir die Salbe verschafft, das es mir ganz gleich ist. Ich kann mich schon gar nicht mehr erinnern, wie es ist wenn Schmerz mal nach lässt, dass ich der Linderung immer wieder nachspüren muss.

Während ich noch ganz mit dieser Empfindung beschäftigt bin, hebt Leon mich von seinem Schoß, um mich etwas weiter vorn auf der Bank wieder abzulegen, dann steht er auf.

Wohin er geht ist mir ganz gleich, auch das er in seinen Schubladen wühlt und mit irgendwas zurück kommt, kümmert mich nicht, dafür bin ich zu fasziniert von dieser Salbe. Ich sollte ihm das Zeug stehlen und mir einen Vorrat anlegen.

Leon bleibt vor mir stehen und schmunzelt als er sagt: „Du bist echt ziemlich leicht zufrieden zu stellen."

Er hat ja keine Ahnung wie lange ich dieses Feuer auf meiner Haut schon ertragen muss. Ich kann mich an keinen Moment bei Senku erinnern, wo mir nicht irgendwas weh tat und meistens war es eben der Rücken, den er und seine Männer sich vorgenommen haben. Ich bin fast versucht Leon zu danken, als mir ein seltsamer Analplug in seiner Hand auffällt. Er ist riesig, glänzt metallisch und ist innen hohl. Was ist das denn für ein Ding? Und ich dachte ich hätte schon alles gesehen. Bei der Vorstellung dieses unbiegsame Metallteil in den Arsch geschoben zu bekommen, beginne ich zu frieren. Meine Entspannung ist dahin. Furchtsam sehe ich Leon in die Augen.

Er hebt den Plug und präsentiert ihn mit einem Grinsen, während er erklärt: „Das hier ist so was wie die Maulsperre, nur für deinen Hintern. Die kann nicht mal dein verspannter Körper brechen." Er hockt sich vor mich und kommt meinem Gesicht ganz nah, den Plug legt er mir an die Wange. „Ich habe mir den ganzen Tag nur für dich freigehalten und da ich heute Morgen einige Pillen einwerfen musste um Diamant zu bestrafen und bei ihm nicht zum Schuss gekommen bin, bist du heute noch mal fällig. Außerdem habe ich mit deinem Hintern ja noch eine Rechnung offen."

Ich schlucke schwer und sehe ihn kopfschüttelnd an. „Aber der ist verletzt", versuche ich ihn an seine Bedenken von eben zu erinnern. Ganz automatisch kneife ich die Pobacken fest zusammen.

Er zuckt mit den Schultern. „Und? Ist doch deine eigene Schuld. Sehe es als kostenlose Lektion, mir in Zukunft besser zu gehorchen."

Ich kämpfe verbissen gegen die wachsende Panik in mir und zwinge mir mit aller Gewalt einen finsteren Blick ins Gesicht. „Wenn ich jemals frei komme, lege ich dich um!", sage ich todernst.

Er schaut mich einen Moment lang stumm an, dann bricht er in schallendes Gelächter aus.

Die Tür öffnet sich, Schritte kommen herein. Der Hüne der mich in diese Hölle getragen hat, betritt den Raum. Aus seiner Richtung duftet es süß. Mir wird erst jetzt bewusst wie hungrig ich eigentlich bin. Mein Magen zieht sich krampfhaft zusammen. Was immer gerade Thema war, ist aus meinen Gedanken verschwunden. Wie hypnotisiert betrachte ich was er in der Hand hat, was gesprochen wird höre ich gar nicht mehr. All meine Sinne sind auf diesen Geruch fixiert.

Während Leon sich noch immer köstlich amüsiert, kommt der Hüne auf uns zu und reicht seinem Herrn einen Hundenapf. „Meister!", sagt er um Aufmerksamkeit zu bekommen.

Leon erhebt sich und wirft einen kurzen Blick in den Napf, er winkt ab. „Das ist zu viel!“

„Zu viel? Das waren gerade mal zwei Kellen voll“, sagt der Hüne und blickt ratsuchend ebenfalls hinein.

„Es ist zu viel! Verfüttere die Hälfte an Jade und bring mir noch einen mit Wasser.“

Der Hüne nickt, dann verlässt er uns wieder.

Ich sehe ihm sehnsüchtig nach. Als die Tür ins Schloss fällt, lasse ich den Kopf sinken und seufze schwer. Es wäre ja auch zu schön gewesen.

Leon legt den Plug vor meinem Kopf ab. Sein Vorhaben kehrt in mein Bewusstsein zurück. Ich atme gequält aus und sehe ihn furchtsam an.

Er setzt sich zu mir und hebt mich wieder auf seinen Schoß.

„Entspann dich einfach, dann wird es nicht so schlimm!“, sagt er.

Mir ist klar dass ich nicht drum herum komme. Wie ich mich inzwischen dafür hasse, gegen ihn rebelliert zu haben.

Als er nach dem Plug greift, öffnet sich die Tür erneut. Der Hüne ist zurück. Dieses Mal hat er zwei Näpfe in den Händen.

Augenblicklich sind all meine Gedanken wieder bei dem, was auch immer sich darin befindet. Es ist mir ganz gleich was es ist, ich will es einfach nur haben.

Der Mann bringt beide Näpfe zu uns.

Ich verfolge sie mit den Augen, als wenn es nichts anderes mehr auf dieser Welt geben würde. Etwas zu essen, wie lange ist das inzwischen her? Ich kann mich nicht mal mehr daran erinnern, was es gewesen ist. Sicher irgendwelcher Abfall, den Senku oder einer seiner Männer übrig gelassen haben. Aber das hier, das ist frisch zubereitet und warm, es dampft sogar noch. Wenn ich mich doch nur bewegen könnte um es dem Kerl aus den Händen zu reißen.

Einen der beiden Näpfe stellt der Hüne auf dem Boden ab, den anderen nimmt Leon an sich. Mit einer Handbewegung seines Meisters wird der Sklave weggeschickt. Kommentarlos verlässt er uns und schließt die Tür von außen.

„Versuche langsam zu essen!", sagt Leon und schwenkt den Napf vor mir.

Ich darf es haben? Wirklich? Ohne Kampf, einfach so?

Leon tauscht den Plug mit dem Napf. Jetzt kann ich endlich sehen was es ist. Ein weißer Brei der süßlich duftet. Ohne mir weitere Gedanken darüber zu machen, stecke ich den Kopf in den Napf und lecke gierig nach dem Inhalt.

„Ich sagte langsam!", tadelt Leon und schlägt meinen Hintern, doch ich spüre es gar nicht. All meine Sinne sind im Napf und der süßen Köstlichkeit zugewandt.

Leon packt mich gewaltsam an den Haaren, er reißt mich daran hinauf. „Langsam!", sagt er schroff.

Wie ein ausgehungertes Tier knurre ich ihn an. Mit langsam habe ich gerade nichts am Hut. Ich will es einfach nur haben und in meinen Magen verfrachten. Doch sein fester Griff hindert mich daran. Wenn ich doch nur die Kraft hätte, seine Hände wegzuschlagen.

„Du wirst sterben, wenn du es übertreibst", sagt er.

Meinem Körper ist die Warnung ganz gleich. Den Kopf winde ich hin und her um mich zu befreien, brumme und knurre. Da steht Essen direkt vor meiner Nase und ich komme nicht ran, das schaltet meinen Verstand gänzlich aus.

Leon gibt mich nicht frei er braucht nur eine Hand um mich in Schach zu halten. Mit der anderen schmiert er etwas aus der übrig gebliebenen Flasche auf den Analplug.

Ich sehe was er tut, doch begreife die Bedeutung in meinem Fressrausch nicht.

Erst als er den Plug einführt, holt mich der Schmerz zurück. Ich bäume mich auf und schreie schrill.

„Ach sei still, er ist doch schon längst drin", sagt er und lässt meinen Kopf los.

Ich falle mit dem Gesicht voran in den Napf. Der süße Brei ist aus meinen Gedanken verschwunden, die Empfindung in meinem Hintern ist stärker. „Au, verdammt nein, mach ihn wieder raus, bitte! Das halt ich nicht aus!", bettle ich und winsle dabei.

Leon drückt meinen Kopf tiefer in den Brei. „Iss!", sagt er emotionslos.

Die süße Strömt mir in Mund und Nase, ich fühl mich zwischen dem Hochgefühl des Essens und dem Monstrum das meinen Hintern aufreißt hin und her gerissen. Schließlich siegt der Hunger und das berauschende Glücksgefühl, das der süße Brei erzeugt. Immer gieriger lecke ich den Napf aus, selbst als er leer ist kann ich einfach nicht aufhören. An dem Plastik nage ich herum, als wenn es zur Mahlzeit gehören würde.

„Hör auf den Napf mit zu fressen, Herrgott!" Leon nimmt den Napf an sich, er wirft ihn auf den Boden, aus meiner Reichweite.

Ich fühle mich versucht hinterher zu springen, doch mein Körper will sich nicht bewegen lassen. Nach Luft ringend schaue ich vor mich hin und kann mich selbst nicht verstehen. Noch nie habe ich alles um mich herum so vergessen, nicht mal der Plug hat mich am Ende mehr gestört, dafür dringt er nun wieder viel zu deutlich in meine Aufmerksamkeit zurück. Das Gesicht verziehe ich und stöhne gequält. Je mehr ich mich auf ihn konzentriere umso weiter verspannen sich meine Muskeln, immer deutlicher spüre ich das Metallmonstrum in mir. „Bitte, mach es weg, ich lass dich auch so rein“, sage ich mit weinerlicher Stimme.

„Jetzt entspanne dich doch mal! Gerade hat es auch nicht wehgetan, oder?“

Da hatte ich auch was zu Essen zwischen den Zähnen, aber so ganz ohne Ablenkung. Nein, das kann so nicht bleiben. „Bitte!“, flehe ich ihn an.

Er Seufzt und dreht mich auf den Rücken. „Ich sagte du sollst dich entspannen!“, sagt er streng. Seine Hand wandert meinen Bauch hinab an mein Glied, er beginnt mit meiner Eichel zu spielen.

Blut fließt mir in die Lenden, ein neuer Rausch versucht sich in mir auszubreiten, doch ich kämpfe dagegen an. „Nimm deine dreckigen Pfoten von mir!“, schimpfe ich und versuche meinen Oberkörper aufzurichten. Meine Bauchmuskeln zittern unkontrolliert, ich finde keine Kraft in ihnen.

Leon drückt mich am Brustkorb nach unten und unterbindet damit meine Bemühungen. Ganz in sich versunken betrachtet er mein Glied und spricht mit sich selbst: „Na mal sehen ob Diamant Recht hat und er wirklich nicht funktioniert.“

Leons Hand legt sich um meinen Penis, Daumen und Zeigefinger bilden einen festen Ring, mit dem er sich auf und ab bewegt. So sehr ich mich auch bemühe diese Empfindung zu ignorieren, mein Körper reagiert automatisch. In seiner Hand wird mein Glied immer härter, mir steigt Hitze in die Wangen.

Ich versuche mich aus seinem Griff zu winden, doch wieder versagt mir mein Körper den Dienst. Flehend sehe ich Leon an: „Bitte, ich will das nicht!"

Er grinst zufrieden und legt den Kopf schief. Lüstern fahren seine Augen meinen Penis ab. „Dein Körper sagt was anderes. Außerdem hast du doch sicher schon schlimmeres ertragen, also sei still und genieße es einfach!"

Ganz sicher nicht! Schlimm genug das er mich für seine Befriedigung benutzt. Wegen ihm werde ich ganz bestimmt nicht … Oh verdammt.

Leon verengt den Kreis den seine Finger bilden, deutlich intensiver reagiert mein Körper darauf. Unruhe schlägt sich in mein Herz und lässt es flattern. Der Rausch der sich in meinem Blut verteilt nimmt mir die Schmerzen. Ob ich es will oder nicht, es fühlt sich gut an. Ich beiße mir in die Hand um dem Drang Stöhnen zu müssen nicht nachzugeben, doch mich gegen ihn aufzubäumen bekomme ich nicht mehr hin. Mein Körper will sich entspannen, will den Schmerz der letzten Tage vergessen und erfreut sich an dem Hochgefühl. Nur ich tue es nicht. „Bitte, hör auf!" Mit gläsernen Blick sehe ich ihn an, doch Leons Aufmerksamkeit gehört voll und ganz meinem Penis. Seine Finger wandern tiefer, sie geben meine Eichel frei und beschäftigen sich an der Wurzel mit meinem Penis, sein warmer Atem berührt die Spitze meines Gliedes.

Er will ihn doch nicht wirklich … oh verflucht.

Als Leon meine Eichel in den Mund nimmt und an ihr zu saugen beginnt, bebe ich am ganzen Körper. Das intensive Gefühl nimmt mich gänzlich gefangen, ganz gleich wie heftig mein Geist auch protestiert. Bei Senku war ich für Befriedigung zuständig nicht umgekehrt und selbst habe ich ewig nicht Hand an mich gelegt. Der Überlebenskampf war wichtiger. Das hier werde ich auf keinen Fall lange durchhalten, ohne ihm zu geben was er will. Ich spüre bereits die Lust in mir aufsteigen, mein Penis zuckt.

Sein Blick wandert meinen Oberkörper hinauf in mein Gesicht. Er grinst gehässig. „Weißt du das Schmerz einen Orgasmus viel intensiver macht?"

Ich ahne nichts Gutes. Meine anfängliche Erregung wandelt sich in Furcht. Ich zittere, während mir kalter Angstschweiß den Rücken hinabläuft.

Er nimmt sich die Flasche mit dem Desinfektionsmittel und kippt mir den restlichen Inhalt über den Oberkörper.

Meine Erregung fällt in sich zusammen. Ich schreie und winde mich unter der Hitze die sich durch meine Verletzungen brennt. Gott, dieser Sadist, wie ich ihn hasse!

Leon gibt meinen Penis nicht frei. Er spielt weiter mit meiner Lust und zwingt sie trotz Schmerz in meinen Körper zurück. Viel intensiver als zuvor flutet der Rausch meine Sinne. Ich komme nicht mehr gegen die Gewalt dieser Empfindung an. Stöhnend räkle ich mich in seiner Hand und schließe die Augen. Wie er mich zum Höhepunkt bringt will ich nicht auch noch sehen müssen.

Das Desinfektionsmittel verflüchtigt sich, an seine Stelle tritt die Salbe. Leon verteilt sie auf meiner wunden Haut. Ihre wohltuende Wirkung in Verbindung mit seiner Hand in meinem Schritt lässt mich noch mehr stöhnen. Längst habe ich die Kontrolle über mich verloren. Ganz gleich, dass er es ist, ganz egal das ich es eigentlich nicht will, mein Körper giert nach all den Qualen der letzten Tage, wie ausgehungert nach dem Glücksgefühl. Meine Muskeln bringen ihre letzte Kraft dafür auf und zwingen mich dazu seiner Hand entgegen zu kommen.

„So ausgehungert mein Kleiner?", fragt Leon gehässig und intensiviert seine Bewegungen.

Ich stöhne laut, meine Lippen beben. Nur mühsam kann ich sagen: „Ach halt doch die Klappe!"

„Los komm für mich!", sagt er einem Befehl gleich. Den Ring seiner Finger verengt er weiter, schonungsloser reibt er meinen Penis.

Der Gewalt über meine Sinne beraubt, stöhne ich, keuche, kann immer mehr Hitze in meinen Lenden fühlen. Die Kraft mich zu wiedersetzen kann ich nicht mehr aufbringen. Ein heftiges Zucken durchflutet meinen Unterleib. Warm strömt mir die Lust in den Penis und verlässt mich, quer über meinen Oberkörper schießt mir mein Sperma.

Leon hört nicht auf, bis auch der letzte Tropfen gewichen ist, erst dann gibt er mich endlich frei.

Die Spannung meines Körpers bricht in sich zusammen, am ganzen Körper zuckend versuche ich wieder zu Atem zu kommen. Helle Lichtblitze wandern vor meinem inneren Auge vorbei. Dieser verdammte Mistkerl! Dass ihm das gelungen ist, dafür beginne ich mich mit jeder Minute mehr zu hassen. Ist ihm denn gar nichts heilig? Nicht mal dieser letzte Rest meiner Würde. Heiße Tränen steigen in mir auf, doch bevor sie meine Wangen erreichen können, spüre ich Leons Hand über meinen Oberkörper gleiten. Er sammelt mein Sperma, dann schiebt er mir seine Finger in den Mund. Sie schmecken bitter, widerlich!

„Sauber machen!“, befiehlt er.

Ich muss würgen und bin versucht ihn zu beißen, als mich seine Hand fest am Hoden packt.

Erschrocken fahre ich zusammen und verziehe das Gesicht.

„Wenn du mich beißt reiße ich sie dir ab, ich schwöre es dir!“

Ich bin zwischen Angriff und Nachgeben hin und her gerissen, doch je fester sein Griff in meinem Gemächt wird, umso deutlicher lässt mich mein Körper wissen, dass es eine schlechte Idee ist. Ich tue was er verlangt und lecke die Reste meines Spermas von seinen Fingern.

Ein zufriedenes Lächeln breitet sich auf Leons Gesicht aus. Er zieht seine Finger aus meinem Mund und gibt meine Hoden frei.

Ich atme erleichtert durch und kämpfe noch immer mit meinem rasenden Herz und der Erkenntnis ihm gerade erlegen zu sein. Warum nur hat mein verdammter Körper da unbedingt mitmachen wollen? Bei dem Versuch mich selbst zu ergründen starre ich vor mich hin.

Leon hebt mich von seinem Schoß und legt mich mit dem Bauch voran auf dem Boden ab. Ein Napf taucht vor mir auf. Der Gedanke an Essen vertreibt meine Sorgen über das eben Geschehene. Ich hebe den Kopf und sehe hinein. Enttäuscht muss ich feststellen dass es nur Wasser ist.

„Trink!“, befiehlt er und erhebt sich.

Ich lächle bitter, aus einem Hundenapf essen und trinken, vom Meister zum Höhepunkt gebracht werden. Viel tiefer kann ich wohl nicht mehr sinken. Seufzend betrachte ich mein Spiegelbild im Wasser. Meine Augen werden von tiefen Ringen gerahmt. Selbst im Gesicht habe ich rote und blaue Striemen, meine Wangen sind eingefallen, ich bin leichenblass. Bin das wirklich ich? Sehe ich inzwischen so tot aus? Die spiegelnde Oberfläche kann ich nicht mehr ertragen, um sie zu zerstören trinke ich aus dem Napf.

Als ich fertig bin, steht Leon bereits wieder hinter mir. Er richtet mich am Oberkörper auf, bis ich sitze und lehnt mich an seine Beine. Ohne seinen Halt wäre es enorm anstrengend für mich nicht umzufallen.

Wieder überkommt mich ein Seufzer. Ich bin ein Wrack, warum wehre ich mich überhaupt noch? Ich habe ihm ja doch nichts entgegen zu setzen und ich bin schon wieder unendlich müde. Den Kopf lasse ich auf meine Brust sinken.

Leon legt mir etwas Weiches über den Brustkorb und fixiert meine Arme damit rechts und links an meinem Körper. Hinter meinem Rücken zieht er es fest zusammen und fädelt es in irgendetwas ein. Was es ist kümmert mich nicht. Die Fixierung lässt meine Arme zur Ruhe kommen und lindert meine Schulterschmerzen, doch freuen kann ich mich über diese Erleichterung nicht. Zu sehr bin ich von mir selbst enttäuscht.

Leon bleibt mein geistiger Zustand nicht verborgen. Ich spüre seinen forschenden Blick auf mir, als er sagt: „Jetzt, wo du begriffen hast, wem du gehörst, habe ich etwas für dich.“ Er geht, seine Beine verschwinden, ich muss mich anstrengen nicht umzufallen.

„Behalte es, ich will nichts von dir“, murmele ich leise und muss an den Brei von eben denken. Na gut, was zu essen kann er rüber wachsen lassen. Ich schaue ihm nach.

Leon kommt zurück, vor mir geht er in die Hocke und hält mir eine Schachtel vor die Nase. Er öffnet sie und nimmt ein Halsband heraus. Auf seiner Vorderseite ist ein blauer Stein eingebunden, im Inneren ist es mit Metall verkleidet.

Wie passend, ein Halsband für ein Haustier. Ich seufze und sinke noch weiter in mir zusammen, meinen Blick richte ich auf den Boden.

„Von heute an, bist du mein neuer Saphir!“, sagt er als wenn es eine große Ehre wäre.

Ich lächle bitter. Na immerhin bin ich zum Edelstein aufgestiegen und keine Kanalratte mehr. Saphir? Was für ein dämlicher Name für ein Haustier.

„Mein Name ist doch aber Lucca“, sage ich leise und nur für mich selbst. Es ist schon fast fünf Jahre her, dass mich jemand so genannt hat. Bei all den Namen mit denen ich gestraft oder beschimpft wurde, muss ich ihn mir inzwischen selbst ins Gedächtnis rufen, um ihn nicht zu vergessen. Sein Klang gibt mir neuen Mut. Er erinnert mich daran wer ich einst war und wer ich wieder sein will. Ich erhebe meinen Blick und sehe Leon durchdringend an. All meine Wut und Abscheu gegen ihn sammle ich in mir, als ich sage: „Meinen Körper kannst du vielleicht gefangen halten, aber ich werde dir niemals gehören oder gehorchen.“

Ein breites Lächeln erhellt sein Gesicht. „Das will ich doch auch stark hoffen. Die Aufgabe des Saphirs ist nämlich die Rebellion und solltest du je damit aufhören und mich langweilen, habe ich mit Senku die Vereinbarung getroffen, dich zu ihm zurück zu bringen.“

Neue Panik schleicht sich in mein Herz. Wenn ich keine Kraft mehr habe, wenn seine Folter zu heftig für mich wird, dann muss ich in dieses Loch von Senku zurück? Wie eine tonnenschwere Last fühlt sich dieses verdammte Halsband jetzt an. Ich senke den Blick wieder und atme gequält aus.

8. Kapitel

~Regeln für den Saphir~

Während ich noch zu begreifen versuche, was mit der Verpflichtung des Saphirs auf mich zukommt, schüttelt Leon sein Handgelenk. Ein Licht leuchtet darauf auf und projiziert etwas auf seine Haut. Er Tippt auf seinem Arm herum, den Kopf legt er schief und lächelt diabolisch: „Für den Fall, dass du über Flucht nachdenken solltest: Wenn du das Haus verlässt erwartet dich das hier“, sagt er und drückt auf eine erleuchtete Fläche auf seinem Handgelenk.

Ein blitzartiger Schmerz flutet meinen Hals, er lässt mich zusammenfahren und den Halt verlieren. Ich kippe zur Seite um und will nach dem Halsband greifen, doch meine Arme sind noch immer gebunden. Verdammter Mist, was ist das denn für ein fieses Teil? Immer wieder aufs Neue durchfährt mich dieser stichgleiche Schmerz.

„Solltest du dich mehr als hundert Meter vom Haus entfernen, wird es sich so anfühlen.“

Heftige Krämpfe zucken durch meinen Körper. Ich schreie und winde mich in meinen Fesseln. Das Metall im Inneren erwärmt sich, es wird immer heißer. „Schon gut, ich habe verstanden, es reicht!“

Sein Blick bleibt kalt, von oben schaut er auf mich herab und kommt näher.

„Es gibt noch eine dritte Stufe, die dich innerhalb von zwei Minuten töten wird. Es gibt erst einen lauten Warnton, dann hast du eine Minute Zeit dein Handeln zu überdenken, ansonsten erwartet dich das hier.“ Er steuert erneut das Halsband an.

Der Strom unterbricht, dafür erklingt ein schriller Pfeifton, er dröhnt mir in den Ohren. Eine gefühlte Ewigkeit geschieht nichts, dann durchzuckt mich erneut Schmerz. Deutlich heftiger und unbarmherzig. Mein ganzer Körper spannt sich an, selbst meine Lunge und meine Kehle verkrampfen. Ich röchle, ringe nach Atem, doch meine Muskeln bleiben angespannt. Das ist ja nicht auszuhalten, scheiße, tut das weh! Tot in zwei Minuten? Das wundert mich kein Stück, ich wünsche mir ja schon nach wenigen Sekunden, es wäre endlich vorbei. Zwei Minuten sind mehr als ausreichend um bei dem Schmerz wahnsinnig zu werden. Was für ein mieses Schwein! Die Krämpfe treiben mir die Tränen in die Augen, immer mehr Hitze entflammt meinen Hals, es riecht verbrannt. Will er mich etwa hier und jetzt umbringen?

Der finstere Blick weicht aus seinem Gesicht, es wird von einem Lächeln erhellt. Er schiebt seinen Zeigefinger auf dem Arm entlang.

Erst verschwindet der schrille Ton, dann der Strom. Meine Muskeln verlieren an Spannung, mein ganzer Körper bricht in sich zusammen. Ich keuche und zwinge mich zum Atmen. Nur wiederwillig wollen meine Lungen ihren Dienst wieder aufnehmen, mir ist noch immer wie ersticken. Auch meine Muskeln krampfen nach. Egal wie sehr ich mich auch an den Schmerz gewöhne, das kann ich auf keinen Fall überleben, geschweige denn einen Schritt gehen, um zu entkommen. Meine Hoffnungen, dieses Anwesen je wieder zu verlassen, erscheinen mir schwindend gering.

Leon kniet sich vor mich, er betrachtet mich mit einem siegessicheren Lächeln. „Die Verzweiflung in deinen Augen zu sehen, ist faszinierend“, sagt er.

Mieses Schwein! Ich zwinge mich zu einem finsteren Blick. Töten werde ich ihn, ganz langsam und dann wird es schon einen Weg geben, dieses verdammte Halsband loszuwerden oder das Sicherheitssystem lahm zu legen.

Sein Lächeln wird verträumt, während er mir durch die verschwitzen Haare streichelt, sagt er: „Weißt du das Halsband des Saphirs ist etwas Besonderes. Es lässt sich nur aus nächster Nähe steuern. Alle anderen Sklaven dieses Hauses kann ich auch aus der Entfernung über dieses Halsband strafen. Dich nicht. Bei dir will ich persönlich anwesend sein, um dich für deine Verfehlungen zur Rechenschaft zu ziehen. Das gilt natürlich nicht für den Fall wenn du das Anwesen verlässt. Dann wirst du ganz automatisch gegrillt.“

Das beruhigt mich jetzt kein Stück, es erklärt aber warum ihm dieser Hüne Diamant hörig ist. So lange wir diese Dinger tragen, kann er uns jederzeit ausschalten. Was für ein Dreck. Ich hätte es mir nie so bereitwillig anlegen lassen dürfen.

Leon erhebt sich, seine Augen strahlen Vorfreudig, die Ernsthaftigkeit ist aus seiner Stimme verschwunden, als er sagt: „Was hältst du davon, wenn wir uns jetzt ein bisschen entspannen und uns was ansehen?“ Er wischt auf seinem Arm das Hologramm zur Seite und öffnet ein anderes Menü.

Ein leises Piepen ertönt, dann löst sich an der Decke eine Klappe, aus ihr heraus fährt eine große Glasscheibe die die ganze Front vor dem Bett einnimmt.

Ich betrachte ihn verständnislos. Wie kann er nur von einen Moment auf den anderen solche Stimmungsschwankungen haben? Ob er das ernst meint? Nach all dem will er jetzt einfach nur Fernsehen? Mit mir? Wo ist da der Haken?

Leon strahlt über beide Ohren. Er hebt mich vom Boden auf und wirft mich auf das Bett, dann steigt er zu mir. Auf der leeren Hälfte macht er es sich gemütlich und schiebt sich die Hand in die Unterhose.

Ich kämpfe noch immer mit der Atemnot und betrachte ihn verständnislos. So wie er schon wieder an sich herumspielt wird es doch sicher um Pornos gehen und den Analplug hat er mir auch nicht umsonst eingeführt.

Ich seufze ermattet und lasse mich ins Kissen sinken. Ob das wohl den ganzen Tag so gehen wird? Er tut was Gutes für mich und quält mich dann wieder? Wie kann einem so etwas nur Spaß machen? Wieder sehe ich ihn an.

Leons Augen strahlen, während er den Bildschirm erwartungsvoll betrachtet.

Das Gerät schaltet sich ein, die Glasplatte wird von blauem Licht durchströmt, dann erscheint ein Bild. Auf der unteren rechten Ecke leuchtet ein Datum auf: Mo. 20.09.2051 – also Gestern? Ist das eine Videoaufnahme?

Ein Raum voller Ketten und Seile, an den Wänden hängen Peitschen und Gerten. In der Mitte ist ein Junge aufgehängt. Sein Körper ist voller Narben und Wunden. Er sieht beinah so schlimm aus, wie ich mich fühle. Seine Arme sind weit über seinen Kopf angebunden, nur seine Zehenspitzen verleihen ihm Halt auf dem weißen Marmorboden.

Hinter ihm steht Leon, eine Gerte in der Hand. Er schlägt den Knaben über dem Hintern, immer wieder trifft er dieselbe Stelle. Der Junge windet sich und schreit.

Mir ist als wenn ich mich selbst sehen würde, noch vor ein paar Stunden bei Senku. Wie kann man sich so etwas anschauen wollen? In mir steigt schon nach einer Minute Brechreiz auf, ich wende den Blick ab. Die Schreie und Hiebe höre ich trotzdem noch. Bei jedem Einzelnen zucke ich innerlich zusammen. Wie kann er sich so was nur zur Befriedigung reinziehen? Aber Moment, wenn das Leon ist, dann ist der Junge auch einer seiner Sklaven? Ich öffne die Augen und sehe noch einmal genauer hin. Es ist tatsächlich Leon, der den Jungen mit der Gerte bearbeitet. Wie viele Sklaven hat der Kerl eigentlich? Ich dachte ich hätte es nur mit ihm und Diamant zu tun. Wobei dieser Junge sicher keine Gefahr ist. So kraftlos wie er in den Seilen hängt und wie sein Körper aussieht. Der liegt sicher gerade irgendwo heulend in einer Ecke und kann sich nicht mehr bewegen.

Leon schaltet ein weiteres Bild hinzu. Eine andere Kameraeinstellung zeigt den Jungen von vorn, sein schmerzverzerrtes Gesicht in Großaufnahme. Er zuckt unter den Hieben zusammen, in seinen grünen Augen sammeln sich Tränen.

Ob das meine Zukunft hier ist? Ich wende mich Leon zu.

Der Meister reibt seinen Penis in der Unterhose, sein Blick ist verbissen auf der Suche nach etwas. Er murmelt in sich hinein und schaltet zwischen den Ansichten hin und her.

Ich wende mich von ihm und dem Szenario ab und der Wand zu. Wo bin ich hier nur gelandet?

Wieder ertönen diese schrecklichen Schreie. Der Klang der Hiebe ändert sich, es sind nun mehr Schläge, die treffen. Sicher eine Peitsche mit vielen Bändern. Ich kenne all diese Geräusche inzwischen viel zu gut. Sie lassen mich erschaudern.

Der Junge beginnt zu zählen. Ich fühle mich wie in die letzten fünf Jahre zurück geworfen. Auch Senku hat diese Zähltechnik angewandt. Sie hält einen länger bei Bewusstsein. Ich weiß nicht wie viele Hiebe ich in diesen verfluchten fünf Jahren mitgezählt und ausgehalten habe. 10.000 reichen sicher nicht. Mir ist als wenn ich sie alle noch einmal erleben muss. Je öfter der Knabe im Video schreit umso heftiger zieht es mich in meine Vergangenheit zurück. Ich will es nicht mehr hören, nicht mehr sehen müssen. Wenn ich mir doch nur die Ohren zuhalten könnte.

Leon packt mich am Arm, er zieht mich vor sich. Seine Unterhose ist verschwunden. Ich fühle mich wie aus einem bösen Traum geweckt und in den nächsten Alptraum geworfen.

Mit dem Bauch voran, den Kopf zum Fernseher gedreht, positioniert er mich und legt sich dann über mich. Sein Gewicht lastet schwer auf mir und lässt mich nur mit Mühe atmen.

„Geh runter von mir, du perverse Sau!“, schimpfe ich und trete mit den Beinen nach ihm. Ich winde mich unter ihm, versuche ihn von mir zu stoßen.

Leon zeigt sich unbeeindruckt. Meine Beine fixiert er mit seinen Füßen, sein Penis reibt dabei in meiner Ritze. Er wird mich vergewaltigen und ich habe schon wieder keine Möglichkeit mich zur Wehr zu setzen.

„Geh runter!“, schimpfe ich unentwegt.

Dank des Analplugs spüre ich sein Eindringen kaum und auch als er mich nimmt, bewegt sich nur der Plug. Das ist deutlich angenehmer als am Vortag, doch die Art und Weise wie er es tut, ist seltsam.

Leons Blick ist noch ganz im Video versunken, auf meine Worte reagiert er nicht. Als ich zu ihm zurück schaue bewegen sich seine Lippen in einer Art stummem Selbstgespräch, während er das gesehene zu analysieren scheint. Macht ihn das Leid des Jungen wirklich so an, oder ist das nur die eingeworfene Pille, die er an mir abarbeiten muss?

Währen Leon zwischen verschiedenen Videos herum schaltet, beginnt sein Penis in mir zu zucken. Sein Samen schießt mir in den Darm. Ohne jegliche Gefühlsregung übergeht er seinen eigenen Orgasmus und verharrt regungslos in mir.

„Was soll das werden?“, verlange ich zu wissen.

Er würdigt mich keines Blickes, schaltet stattdessen andere Foltervideos ein, immer mit demselben Jungen. Ich schaue zwischen ihm und dem Bildschirm hin und her. Was hat der Mistkerl nur alles mit dem armen Knaben angestellt? So ziemlich jedes Schlagwerkzeug findet Verwendung. Ob mir wohl dasselbe blüht? Für den Rest meines Lebens? Den Kopf lasse ich in die Decke sinken.

„Oh ja, das war ein geiler Abend!“, sagt Leon. Ohne den Blick vom Bildschirm zu lassen, beginnt er wieder sich zu bewegen. Er braucht keine Minute mir seinen Samen erneut in den Hintern zu schießen. Täusche ich mich oder benutzt er mich gerade wie ein billiges Sexspielzeug? Wieder sucht er sich einen neuen Höhepunkt in seinen Videos nur um mich nach einer kurzen Erholungspause erneut zu nehmen.

Das geht mir zunehmend auf die Nerven. Laut sage ich: „Nimm doch eine Gummimuschie und lass mich zufrieden!“

Sein Blick richtet sich auf mich, seine Augen weiten sich vor freudiger Erregung. „Beschwerst du dich etwa gerade darüber, dass ich dir zu wenig Aufmerksamkeit schenke?“, fragt er fröhlich.

Ich schlucke schwer. Langsam muss ich wirklich lernen meine Klappe zu halten. So lange er so vertieft in seine Videos ist und mich lediglich für seinen Höhepunkt braucht, fügt er mir wenigstens keinen Schmerz zu. Ich muss wohl wirklich lernen besser abzuwägen.

Er erhebt sich und dreht mich unter sich, dann setzt er sich auf meine Beine. „Wenn du es so gern willst, wende ich mich dir eben ganz zu.“ Er kommt meinem Gesicht ganz nah. Verträumt betrachtet er mich und legt mir seine Hand an die Wange. „Deine Augen sind faszinierend“, sagt er, tief über mich gebeugt, ganz nah sind seine Lippen den meinen, ich spüre seinen Atem auf mir. Will er mich etwa küssen? Wie abartig!

Als er tatsächlich seine Lippen auf meine legt, beiße ich ihn.

Leon weicht erschrocken zurück, seine Lippe wird von meinen Zähnen zerschnitten, als er sich losreißt. Fassungslos wirft er sich die Hand ins Gesicht.

Finster sehe ich ihn an und freue mich über meinen kleinen Sieg. „Versuche nie wieder mich zu küssen, das bekommt dir bei mir nicht!“, rate ich ihm und greife damit seinen Spruch vom Vortag auf.

Er holt weit aus, mit der flachen Hand schlägt er zu. Mein Kopf schnellt von einer zur anderen Seite. Der Hieb ist so heftig, dass er mir für einen Moment die Sinne raubt. Ein heißes Pulsieren durchfließt meine Wange. Das war deutlich kraftvoller als ich es von Senku gewöhnt bin. Au! Ich beiße mir auf die Lippen, um die Tränen zu unterdrücken. Mir dreht sich alles, Hitze breitet sich auf meinen Wangen aus, Blut sammelt sich auf meiner Lippe.

„Ich muss wohl heute noch anfangen dein Buch zu schreiben, bevor ich den Überblick verliere. Wäre doch schade, wenn uns Punkte durch die Lappen gehen“, sagt er. Die Fröhlichkeit ist aus seiner Stimme gewichen. Leon berührt seine Lippe mit den Fingerspitzen und sieht sich das Blut darauf an. Ein schmerzverzerrtes Gesicht macht er dabei.

Schon wieder diese seltsame Andeutung. Wovon quatscht er da eigentlich dauernd? „Was für ein verdammtest Buch?“, frage ich.

Er mustert mich einen Moment lang, dann steigt er vom Bett und geht zu einem Regal gleich neben der Tür, in dem sechs Bücher stehen, die einen hochwertigen Ledereinband besitzen. Eines sucht er sich aus und kommt damit zu mir zurück. „Wahrscheinlich wird es wirklich Zeit, dich in die Regeln dieses Hauses einzuführen“, sagt er und setzt sich zu mir. „Das hier ist das Buch des Saphirs.“ Er blättert die Seiten durch. Sie sind alle unbeschrieben. Im Rand des Buches steckt ein Stift, den Leon heraus nimmt und mit ihm zu schreiben beginnt. „Duzen und Beleidigen im Auto und die ganze Zeit über, das fassen wir am besten zusammen. Sagen wir rund 100 Punkte. Deine Muskeln verspannen um mich am Eindringen zu hindern – 50 Punkte. Meinen Samen nicht freiwillig Schlucken wollen – 20 Punkte. Dich beschweren dass ich dich benutze – 10 Punkte. Deinen Meister verletzten – 200 Punkte. Du hast schon fast die 500 voll", seine Stimme bekommt etwas diabolisches, doch ich begreife einfach nicht was das alles soll.

„Was quatschst du da für einen Schwachsinn? Ich verstehe kein Wort."

„Schon wieder geduzt und beleidigt, noch mal zehn Punkte."

Ich bekomme langsam das Gefühl besser die Klappe halten zu müssen, trotzdem kann ich nicht anders als zu fragen: „Wozu das alles? Was passiert bei 500?"

Er rückt näher an mich heran und setzt sich hinter mich. Das Buch hält er mir aufgeschlagen hin. Alle genannten Vergehen stehen nun säuberlich untereinander geschrieben im Buch. Auf der rechten Seite die Gesamtpunktzahl: [390]. Es fehlt wirklich nicht mehr viel. Wenn jedes Mal duzen oder beleidigen schon 5 Punkte macht, habe ich die 500 bis zum Abend geknackt.

„Dann mein kleiner Saphir, wirst du all meine Aufmerksamkeit haben. Dann werden wir uns einen Abend vergnügen, so wie dort." Er deutet auf den Bildschirm. Der Junge im Video hängt zitternd in den Seilen und schreit sich schon wieder die Seele aus dem Leib.

Ich erschaudere bei der Vorstellung dasselbe erdulden zu müssen.

„Dann bringst du mich um", gebe ich zu bedenken.

Leon schmunzelt und trägt eine weitere Zahl ins Buch ein.

Ich beiße mir auf die Unterlippe und mahne mich selbst dazu still zu sein.

„Nur keine Sorge, bei mir stirbt schon lange kein Sklave mehr."

Also ist das früher vorgekommen? Ich schlucke schwer.

„Trotzdem solltest du dich langsam zusammen reißen. Wir wollen doch nicht die 1000 voll machen."

Ich traue mich kaum zu fragen, doch so schnell wie die Gesamtsumme steigt, kann ich nicht anders: „1000?"

„Die Strafe bei 1000 willst du lieber nicht erleben", sagt er zuckersüß und greift mein Gesicht am Kinn. Er führt mich zu seinem Mund, kurz bevor wir uns berühren hält er inne. Bei jedem seiner Worte spüre ich seine Lippen ganz sacht: „Dafür überlege ich mir für jeden Sklaven etwas anderes. Etwas das du nicht aushalten würdest, etwas was deine Seele zerstört."

Sein Blut mischt sich mit meinem, es schmeckt nach Eisen, mir wird schlecht davon. Panik wandert in jede Faser meines Körpers. Ich habe keinen Zweifel daran, dass er es ernst meint. „Was kann ich machen um das zu verhindern?", frage ich mit bebenden Lippen.

„Bitte mich darum, dich zu bestrafen."

Ich schüttle den Kopf, die Idee erscheint mir grotesk. „Warum sollte ich um so etwas bitten wollen?"

„Weil es deine einzige Möglichkeit ist, Punkte zu reduzieren. Doch wie viele Punkte und was wir dafür tun, werde immer ich entscheiden." Er zwinkert verschlagen und gibt mich wieder frei. „Es wird also eine Überraschung sein", fügt er an und schlägt meine Wange.

Ich zucke zusammen und versuche die Bedeutung seiner Worte zu begreifen. Dieses Buch soll mich also zum Gehorsam zwingen und halte ich mich nicht daran muss ich freiwillig um Bestrafung bitten? Als Saphir muss ich mich ihm doch wiedersetzen, um nicht wieder zu Senku zurück geschickt zu werden. Heißt das ich werde ständig um Bestrafung betteln müssen? Ist das sein verdammter Ernst? Was für ein kranker Geist denkt sich bitte so etwas aus? „Perverses, krankes Schwein!“, schreie ich ihn an.

Er lacht auf und schreibt eine weitere Zahl ins Buch.

…~*~…

Gegen Mittag verlässt Leon sein Zimmer, um sich von dem anstrengenden Vormittag mit Saphir zu erholen. Die Wirkung der Pillen hat endlich nachgelassen und sein Glied sich entspannt, nun kann er etwas zu Essen vertragen. Während er sich vor der Tür streckt um seine verspannten Muskeln zu lockern, spricht Diamant ihn an:

„Meister? Was ist denn mit euch passiert?“ Besorgt betrachtet er ihn.

Leon lächelt und befühlt seine Unterlippe, sie ist angeschwollen und schon die simple Berührung schmerzt. „Nur ein kleiner Unfall mit Saphir, bei dem Kerl muss ich echt aufpassen.“

„Er war das? Soll ich ihn dafür…“

„Unterstehe dich! Nur ich werde ihn züchtigen.“ Wie schade dass Saphir noch nicht fit genug für eine Session ist. Doch in den nächsten Wochen, die Leon wieder bei seiner Familie sein muss, wird er genug Zeit finden sich etwas auszudenken. Er ist sich auch sicher, dass der Jüngling bis dahin längst die 500 vollgemacht hat. Sie sind ja jetzt schon bei 405. Vorfreude ergreift von Leon Besitz. Beschwingt macht er sich auf in Richtung Küche.

9. Kapitel
~Gold und Rubin~

Am Abend wandert Leon durch die Flure seines Herrenhauses und steuert eine Tür im Flur an, sie ist mit besonders schönen Ornamenten verziert und mit einem elektrischen Schloss gesichert, zu dem nur er und zwei seiner Sklaven Zutritt haben. Der Tag ist lang und die Einarbeitung des Neuen ist ermüdend gewesen. Er kann jetzt wirklich etwas Entspannung brauchen. Als er die Tür erreicht, legt er seine Smarttex an die Klinke. Ein leises Piepen ist zu hören, das Schloss wird entriegelt. Als Leon den Raum betritt, ist es bereits in sanftes Licht getaucht. Der weiche Teppich ist wie Streicheleinheiten für seine Füße. Im Kamin an der gegenüberliegenden Wand lodert ein warmes Feuer, es knistert behaglich. Die Mitte des Raumes füllt ein großes Bett aus. Auf ihm liegen etliche Kissen und drei Decken. Um das Bett herum sind drei gemütliche Sessel und zwei Sitzbänke aufgestellt. Ja, hier lässt es sich nach einem langen Tag aushalten.

Leon sieht sich um, bis sein Blick an den Fenstern des Erkers hängen bleibt. Auf dem großen Fenstersims davor liegt ein Schafsfell und auf ihm sitzen zwei Männer. Bis auf ihre Halsbänder, in dem bei einem Gold und dem anderen ein Rubin eingelassen ist, sind beide nicht voneinander zu unterscheiden. Ihre langen schwarzen Haare tragen sie in einem Pferdeschwanz gebunden. Der eine sitzt auf dem Schoß des andern, beide umschlingen sich innig. Ihre Lippen sind sich ganz nah, doch ihre Augen sehen Leon an. Sie scheinen abzuwarten und wie zur Salzsäule erstarrt.

Leon lächelt sie wohlwollend an und nickt ihnen zu. Ihr stummes Zeichen das sie fortfahren dürfen. War ja klar dass sie nicht warten konnten, eigentlich kennt er sie auch nur so. Obwohl die beiden Brüder sind, gibt es keinen Moment wo sie nicht miteinander beschäftigt sind.

Leon hält auf das Bett zu. Noch bevor er es erreicht hat, entledigt er sich seiner Unterhose, achtlos lässt er sie zurück und macht es sich auf dem Bett gemütlich. Sein Blick verfolgt die beiden Männer.

Sie sind längst wieder miteinander beschäftigt. Während sich Rubin an den Hintern greif, einen Analplug entfernt und völlig sauber auf dem Fenstersims abstellt, hebt sein Bruder ihn an den Schenkeln auf seinen Schoss. Ein lustvolles Stöhnen entfährt beiden, als sie ineinander sinken. Ihre Hände fahren den Körper des anderen ab, als wenn es kein größeres Vergnügen gibt.

Sie sind schon immer so liebevoll miteinander umgegangen, dass sie Brüder sind ist ihnen egal. Wie ruchlos und wieder der Natur. Leon findet es immer wieder aufs Neue sinnlich ihrer Abart zuzusehen. Doch heute will er beschäftigt werden. Mit Zeige und Mittelfinger winkt er sie zu sich. Da sie von Geburt an Taub und damit auch Stumm sind, reichen einfache Zeichen, sie zu befehligen. Auch irgendwelche Gespräche oder dumme Kommentare muss er bei den Beiden nicht ertragen. Was für eine Wohltat, nach den langen Diskussionen mit Diamant wegen des Anwesens und Saphirs endlosen Beleidigungen. So aufregend es mit dem Neuen auch ist, so muss er bei ihm jeden Moment achtsam sein. Der Schmerz in seiner Lippe ist Beweis genug. Bei Rubin und Gold hingegen kann er sorglos die Augen schließen.

Die Matratze senkt sich unter ihrem Gewicht, Leon spürt eine Hand um seine Wange, einen Daumen an seiner Lippe. Als er aufschaut betrachtet Gold ihn besorgt und auch Rubins Augen sind auf seinen Mund gerichtet.

Leon schüttelt sacht den Kopf, gibt ihnen mimisch zu verstehen, dass alles in Ordnung ist.

Sie nicken.

Golds Finger verlassen Leons Gesicht, beide Hände lässt er über den Körper seines Meisters wandern, den Brustkorb abwärts. Küsse folgen den Fingern, die immer tiefer gleiten. Warmer Atem berührt Leons Glied, sanfte Finger richten es auf. Er taucht in die feuchte Hitze eines Mundes, eine Zunge spielt mit seiner Eichel und wandert an seinem Glied hinab. Immer tiefer taucht sein Penis in diesen engen Rachen. Er braucht nichts tun, keine Anweisungen geben, Gold weiß längst was ihm gefällt. Der Mann hebt den Kopf und lässt Leons Penis langsam hinausgleiten. Mit großem Vergnügen und wollüstigem Blick, betrachtet er das Glied seines Herrn und leckt es von der Wurzel bis zur Spitze.

Seine sanften Berührungen sind so angenehm. Leon lässt sich ins Kissen sinken und genießt das Wohlgefühl ohne seinem Höhepunkt entgegen zu fiebern. Das hat alles keine Eile, hier muss nichts schnell gehen. Während sich Gold um seinen Penis kümmert, kommt Rubin mit einem Fläschchen zum Bett. Auf der Matratze robbt er bis zu Leon und setzt sich dann auf seinen Bauch. Er schüttet sich etwas in die hohle Hand und legt das Fläschchen beiseite. Die ölige Flüssigkeit verteilt er auf seinen Fingern und legt sie dann auf Leons Oberkörper. Sie sind warm und gleiten durch den Ölfilm ganz sacht über seine Haut. Massieren, das kann Rubin wie ein Meister, besser als jeder Professionelle, bei dem Leon bisher war. Seine verspannten Muskeln genießen die Behandlung, den sanften Druck. Leon stöhnt auf. Das hat ihm die Wochen daheim so gefehlt. Hier geht es nicht um Kindererziehung, oder wie er den Beischlaf mit seiner Frau übersteht, es gibt auch keine Patienten, in deren Eingeweide er herumschneiden muss, um sie von ihren Krankheiten zu heilen. Hier ist er einfach nur der Meister, um den sich gekümmert wird.

Golds Lippen stülpen sich über seine Eichel, er saugt an ihr, spielt mit seiner Zunge am Eingang seiner Harnröhre. Ein wunderbarer Rausch beflügelt Leons Sinne. Das wohlige Stöhnen seiner Sklaven macht ihm zusätzliche Lust. Die beiden muss er zu nichts zwingen, sie lieben was sie tun. Gold lässt Leons Glied tief eintauchen, bis zu den Hoden kommt er und schafft es dort mit seiner Zunge zu kreisen. Nicht einmal der Würgreflex zwingt ihn zum Aufhören. Während sich seine Kehle eng zusammen zieht und Leon ein neues Hochgefühl verschafft, keucht er wollüstig. Seinen Penis reibt sich Gold selbst und wird noch gieriger dabei.

Die Körper der Zwillinge sind bis auf den letzten Muskel definiert und mal abgesehen von einem Brandmahl auf dem rechten Schulterblatt, das das Siegel Leons Familie zeigt, haben sie keine Narben. Sie sind einfach nur wunderschön anzuschauen.

Leon fährt Rubins Körper ab, von den Schulterblättern über die Brust und Bauchmuskeln. Sie sind so wunderbar geformt und deutlich unter der Haut zu spüren.

Gold lässt von ihm ab, er führt Leons Penis an den Hintern des Bruders, ganz selbstverständlich gleitet er hinein. Rubin ist der einzige bei dem Leon sich keine Sorgen machen muss. Peinlich genau ist der junge Mann darauf bedacht seinen Hintern sauber zu halten und mit einem Analplug vorzudehnen. Leon braucht keine Kraft, er muss sich nicht mal bewegen. Rubin macht die ganze Arbeit für ihn, während er sich mit einer Hand auf der Matratze abstützt, hebt und senkt er sein Becken. Mit kreisenden Bewegungen lässt er Leon in sich eindringen. Stöhnend räkelt er sich auf ihm.

Golds Zunge wandert an Leons Schenkelinnenseite entlang über das Knie und tiefer bis er seinen rechten Fuß erreicht hat. Ein aufregender Schauer durchströmt Leons Gliedmaße als er die Zwischenräume seiner Zehen zu lecken beginnt. Den großen Zeh nimmt Gold in den Mund und umspielt auch diesen. Sein Blick ist voller Lust und sein Glied zuckt vor Erregung.

Dieser Sklave ist so herrlich unanständig. Leon lässt ihn gewähren, er genießt das zärtliche Liebesspiel der beiden Brüder, die langsamen Bewegungen Rubins auf seinem Schwanz. Völlig entspannt lehnt Leon sich zurück und lässt die beiden ihre Arbeit tun, seine Lust steigt dabei kaum merklich an. Er ist heute schon so oft gekommen, dass es ihm längst nicht mehr darum geht. Einfach nur genießen und den Tag ausklingen lassen, so hat er sich sein Leben immer vorgestellt. Wenn die Kinder erst aus dem Haus sind, wird er sich auf jeden Fall scheiden lassen und ganz in dieses Haus ziehen. Sicher sind seine Eltern bis dahin auch längst unter der Erde. Wenn es doch nur schon so weit wäre.

Golds Hände wandern Leons Waden hinauf, weiter über die Knie und Oberschenkel. Er legt sich neben ihn und schmiegt sich eng an ihn. Sein Bein harkt er in das Leons ein und streichelt seinen Oberkörper. In sanften Küssen liebkost er seine Brustwarzen.

Dass zwei Männer mit dieser Statur ein so sanftmütiges Wesen haben können. Die beiden zu kaufen war seine beste Entscheidung gewesen. Leon legt seinen Arm um Gold und drückt ihn eng an sich, einen flüchtigen Kuss gibt er ihm auf die Haare, während er seine rechte Hand um Rubins Penis schlingt. Stöhnend räkelt sich der Mann auf seinem Glied, schiebt sich in seinen Fingern selbst vor und zurück. Seine Lust zu sehen weckt neue Begierde in Leon. Er übernimmt die Führung, stößt sich kräftiger in den muskulösen Hintern.

Gold nimmt ihm den Penis des Bruders ab. Er rückt näher an seinen Zwilling heran und nimmt das Glied Rubins in den Mund. In Erwartung des Höhepunktes saugt er gierig an Rubins Eichel.

Leon nutzt die freien Hände, er umschließt Rubins Hüften und drängt ihn daran tiefer in seinen Schritt. Stöhnen will er ihn hören, vor Lust soll sein Sklave auf ihm vergehen.

Rubin lehnt sich zurück, mit beiden Armen stützt er sich in die Matratze. Sein erregtes Glied präsentiert er seinem Bruder und reckt es ihm stöhnend entgegen. Der schöne Körper beginnt zu beben. Rubins Hintern wird enger, mit jedem neuen Stoß ist es aufregender für Leon sich in ihm zu bewegen.

Lautes Stöhnen kündigt Rubins Höhepunkt an, zitternd verharrt er auf seinem Schoss. Sein Samen ergießt sich in Golds Kehle, der Bruder schluckt, nimmt alles in sich auf. Gierig saugt er auch den letzten Rest aus der Eichel und will nicht von ihm ablassen. Rubin muss seinen Kopf an den Haaren von sich wegziehen, um sich erholen zu können. Eilig steigt er von Leons Schoss und führt Gold zum Penis des Meisters. Erleichtert darüber den fordernden Bruder los zu sein, stöhnt er und betrachtet zufrieden, wie Gold Leons Glied zu lecken beginnt.

Doch Leon hat kein Interesse daran, ebenfalls zu kommen. Es war schön, die Beiden zufrieden zu sehen, das reicht ihm für heute. Sanft nimmt er Golds Kopf am Kinn und hebt ihn aus seinem Schritt.

Irritiert betrachtet sein Sklave ihn und auch Rubin schaut ihn fragend an.

Leon schüttelt mit dem Kopf und winkt beide mit Zeige- und Mittelfinger zu sich hinauf. Ihre Nähe, die warmen schönen Körper, das ist genug.

Noch einen Moment brauchen beide, um seiner Aufforderung nachzukommen, dann lässt sich Rubin

auf Leons Oberkörper sinken und rollt sich einer Katze gleich auf ihm ein, wohlige Laute gibt er dabei von sich. Seine Augen schließen sich, während er seine Hände in Leons Brustbehaarung vergräbt.

Sanft streichelt Leon ihm den Rücken und legt seinen Arm wieder um Gold. Auch er schmiegt sich eng an ihn und gibt ein zufriedenes Stöhnen von sich.

So lässt es sich aushalten, Leon schließt die Augen. Auch wenn er sich eigentlich vorgenommen hat, die Nacht nicht schon wieder hier zu verbringen, sondern noch mal nach seinem Saphir zu sehen, will er heute nicht mehr aufstehen.

10. Kapitel
~Ausbruchskönig~

Die Sonne scheint mir schon vor Stunden untergegangen zu sein, aber dieser Leon kommt nicht wieder. Auch sein Diamant hat sich bisher nicht wieder blicken lassen. Sie hätten ja wenigstens das Licht ausmachen können. Ich seufze. Ob sie mich in diesem Käfig einfach verhungern lassen? Oder wohl eher verdursten. Ich könnte ein ganzes Schwein verdrücken und würde mich am liebsten unter einen laufenden Wasserhahn legen. Verdammter Käfig. Mit dem Fuß trete ich gegen die Stäbe. Das habe ich die letzte Stunde schon oft gemacht, aber keinen scheint der Krach zu stören. Ob dieser Leon sein Interesse schon verloren hat? Den Analplug hat er entfernt, also hat er wohl keine Lust mehr auf eine schnelle Nummer mit mir. Der kommt sicher nicht wieder. Ich werde hier verrotten. Blöde Gedanken, ich habe einfach zu viel Zeit zum Nachdenken und so langsam muss ich mal. Ob sich hinter der Tür da links ein Klo befindet? Wenn ich doch wenigstens rufen könnte, aber mit dem Knebel im Mund, den mir Leon umgebunden hat, unmöglich. Ob das auch Teil seiner Spielchen ist? Was er wohl tun wird, wenn ich seinen teuren Teppich versaue? Sicher gibt das genug Punkte, um die 500 zu erreichen. Er und sein verdammtes Buch. Der Kerl muss echt zu viel Langeweile in seinem Leben haben, um sich so viel Scheiße ausdenken zu können.

Ich seufze ergeben und schaue mir zum gefühlt hundertsten Mal den Mechanismus an, der den Käfig verschlossen hält. Eigentlich ist es nur ein Riegel, der in einer Nut einrastet, hätte ich die Arme frei, wäre es sicher kein Problem ihn zu öffnen. Ob alle Sklaven hier gefesselt rein kommen, oder gibt es noch einen anderen Verschluss? Ich schaue mir jede Stange einzeln an, nichts deutet auf eine weitere Verriegelung hin. Umso besser! Ich ziehe das rechte Bein an und lege es eng an den Körper, der Käfig ist gerade hoch genug dafür. Na wenigstens ist es einmal von Vorteil, dass ich nur noch Haut und Knochen bin. Mit den Zehen greife ich durch die Gitterstäbe und versuche den Hebel zu erreichen. In den vielen Jahren die ich ständig irgendwo gefesselt war, hatte ich genug Zeit zu üben mit meinen Zehen wie mit Fingern zu greifen. Mittlerweile könnte ich damit die Schnürsenkel an Schuhen binden. Wenn ich nur mal wieder Schuhe hätte, oder Kleidung. Mal nicht sofort für eine Nummer verfügbar sein, das wäre schon ein Fortschritt. Aber so, wie dieser Leon drauf ist, kann ich mir das Abschminken.

Nun komm schon du blöder Hebel! Ich hatte es doch schon fast. Nur noch ein Stück. Den Knauf schiebe ich mit dem großen Zeh hoch, tatsächlich lässt es sich jetzt verschieben. Zufrieden betrachte ich den Schließmechanismus, der meinem Bemühen nachgibt. Ein leises Klicken und offen! Mit dem Fuß trete ich die Klappe auf und lehne sie gegen die Wand. So viel zu seinen ach so tollen Sicherheitsvorkehrungen. Vielleicht ist eine Flucht ja doch nicht unmöglich, vorausgesetzt ich werde dieses verfluchte Halsband los. Wobei, vielleicht reicht es völlig das System dahinter außer Kraft zu setzen. Irgendwo muss schließlich registriert werden, dass ich das Haus verlasse. Während meine Gedanken um die Stromversorgung kreisen, kommt ein ganz neues Problem auf. Der Käfig ist zu eng, um mich umzudrehen und auf die Knie gestützt aufzustehen. Meine

Arme sind noch immer in diesem Stoffkorsett gefangen, ich kann sie nicht nutzen um mich aufzurichten. Und nun? Jetzt bin ich schon so weit gekommen, aufgeben kommt nicht in Frage. Vielleicht wenn ich den Käfig im Rücken als Stütze nutze. Die Beine stemme ich in den Boden und drücke mich gegen das Gitter, nach und nach kann ich mich so hinauf schieben, bis meine Beine genug Halt haben, um mich aufzurichten. Meine Muskeln zittern, viel Kraft ist in diesem Körper nicht mehr. Als ich endlich stehe, wollen meine Beine mein Gewicht kaum tragen. So komme ich auf keinen Fall weit. Aber zumindest liege ich nicht mehr wehrlos in diesem Käfig. Wenn ich jetzt nur noch über das Gitter steigen könnte. Aber es reicht mir handbreit bis über das Knie und ich habe keine Arme um mein Gleichgewicht zu halten. Vielleicht wenn ich meinen Oberkörper an die Wand lehne? Ich versuche es und steige angelehnt über die Gitterstäbe. Mehr schlecht als recht komme ich so aus dem Käfig. Zufrieden mit mir selbst schaue ich mich um. Ob er die Tür abgeschlossen hat? Da keiner auf den Krach reagiert hat, nehme ich mal an, dass dieser Teil des Hauses gerade nicht bewohnt ist oder alle ausgeflogen sind. Auch wenn ich nicht weit laufen kann, reicht es vielleicht mich erst mal irgendwo zu verstecken. Alles ist besser als hier auf diesen kranken Dreckskerl zu warten.

Ich versuche mein Glück und gehe zur Tür. Die Klinke ist so hoch, dass ich sie nur auf die Zehenspitzen gestellt erreichen kann. Als ich sie drücke tut sich nichts, auch mich mit meinem Körpergewicht gegen sie stemmen ändert nichts, sie ist verschlossen. Ich lehne die Stirn an das Holz. Ach verdammt, es wäre ja auch zu schön gewesen. Einen

Moment ruhe ich an ihr. Der kurze Weg bis hier her lässt mich bereits vor Anstrengung schwitzen. Verdammter Körper, warum muss er ausgerechnet jetzt so schwach sein? Das wäre vielleicht die Gelegenheit. ‚Nicht aufgeben Lucca' - sage ich mir selbst. Irgendwas muss es hier geben, was nützlich ist. Mein Ausbilder hat immer gepredigt dass man alles zur Waffe machen kann. Ja genau, wer sagt denn, dass ich weglaufen muss. Das hier ist ohnehin erst vorbei wenn Leon tot ist.

Der Drang meiner Blase erinnert mich an das eigentliche Problem, weswegen ich aus dem Käfig raus musste. Ob hinter der anderen Tür wirklich ein Badezimmer liegt? Ich taste mich auf meinen müden Beinen bis zu ihr und drücke die Klinke. Sie ist offen und ich kann in den Raum dahinter eintreten. Tatsächlich ein Badezimmer, in schlichtem Weiß gefliest. Es duftet nach Apfelreinigungsmittel, alles ist blitzsauber. Kein Vergleich zu den Sanitäranlagen bei Senku. Wenn die nicht verstopft waren, waren sie verdreckt, zugeschissen bis zu den Fließen, es stank dort wie in einer Güllegrube, von den Insekten, die sich dort tummelten mal ganz zu schweigen.

Neben einem Pissoir und einer Toilette gibt es hier noch eine Dusche und eine Badewanne. Der Mistkerl hat wirklich alles. Die Welt ist so ungerecht.

Ich wähle die Toilette und bin froh darüber dass der Deckel bereits hochgeklappt ist. Vor Erleichterung seufzend lasse ich mich auf dem Sitz nieder. Meine Beine danken mir die Entlastung und meine Blase die Entleerung. Sehr viel länger wäre das wirklich nicht mehr gut gegangen. Ob sich dieser Kerl überhaupt Gedanken darüber macht, wie es ist wenn man sich nicht frei bewegen kann und sich mit diesen selbstverständlichen Dingen quälen muss? Aber wo denke ich hin, Menschen wie der haben noch nie wirkliches Leid erleben müssen. Ob es ihn wohl deswegen so fasziniert andere leiden zu sehen? Jetzt denke ich schon wieder über diesen Idioten nach. Konzentration Lucca!

Ich sehe mich im Badezimmer um. Mein Blick landet an einem Haken in der Wand an dem ein Handtuch aufgehängt ist. Vielleicht könnte ich damit ja den Knoten des Knebels lösen. Den Mund als Werkzeug frei zu haben, ist eine Chance mehr. Ich zwinge mich aufzustehen und gehe zum Handtuchhalter. Den Hinterkopf lehne ich an den Haken und versuche den Knoten zu finden. Das Lederband bleibt im Haken hängen. Vielleicht geht es ja auch so. Ich gehe in die Hocke und ziehe das Band so von meinem Kopf. Den Ball in meinem Mund spucke ich aus. Meinen Kiefer bewege ich, um meine Muskulatur zu entspannen. Es tut gut ihn endlich wieder schließen zu können.

So weit so gut. Wenn ich jetzt nur wieder hoch käme. Meine Beine zittern so stark, ich finde nicht die Kraft in ihnen um aufzustehen. Ich atme schwer, Schweiß läuft mir aus den Haaren ins Gesicht. Was für ein Armutszeugnis, eine Kniebeuge und ich bin am Ende meiner Kraft. Das war auch mal deutlich besser.

„Steh auf Lucca!“, mahne ich mich selbst und lehne mich an die geflieste Wand. Tief atme ich durch, dann versuche ich es noch einmal. Mit der Wand im Rücken gelingt es mir, mich wieder aufzurichten, doch meine Beine zittern so stark, das ich weiter angelehnt bleibe. Wie kann etwas so simples nur so anstrengend sein? Ich muss dringend was zu Essen finden, sonst wird das nichts mit Flucht. Endlich hat sich mein Körper weit genug erholt, ich wage den Halt der

Wand aufzugeben und schaue mich um. Mein Blick bleibt am Waschbecken hängen. Der quälende Durst erinnert mich an meine Idee mit dem Wasserhahn. Wie gut das der nun nicht mehr unerreichbar ist. Ich gehe zum Waschbecken und schiebe den Hebel mit der Nase nach oben. Sprudelndes Wasser ergießt sich in den Ausguss. Was für ein herrliches Geräusch. Mit Mühe bleibe ich gebeugt und sauge das kühle Nass auf. So wunderbar erfrischend. Ich nehme noch drei große Schlucke, dann bin ich zufrieden und richte mich wieder auf. Mein Blick bleibt am Spiegelschrank über dem Waschbecken hängen. Ich sehe so beschissen aus wie ich mich fühle. Mein Körper ist voller blauer Flecke und roter Striemen, besonders im Gesicht habe ich überall Blutergüsse. Den Biss in die Lippe hat Leon echt übel genommen, so angeschwollen wie meine Backe ist. Was er wohl dazu sagen wird, das ich dem Käfig entkommen bin? Wenn er es merkt, muss ich dieses Stoffteil los sein. Ich drehe mich um und betrachte im Spiegel wie es verschnürt ist. Lederriemen sind wie ein Gürtel miteinander verbunden. Vier Stück sind auf meinem Rücken verschnürt. Die bekomme ich auch nicht mit dem Haken auf, zumal ich nicht mal hoch genug ran reichen werde. Das wird nichts und vielleicht ist es auch gar keine so gute Idee, ohne dieses Teil werden meine Schultern sicher noch mehr schmerzen. Fürs erste muss ich mich an dieser Stelle wohl geschlagen geben. Aber etwas, dass ich als Waffe nutzen könnte wäre trotzdem nicht schlecht. Ich öffne mit Nase und Mund den Spiegelschrank. Lediglich eine Tube Zahnpasta und ein Glas mit einer Zahnbürste stehen darin. Nicht sehr hilfreich. Wobei! Glas! Das ist gar keine schlechte Idee. Ich fische den Zahnputzbecher mit den

Zähnen aus dem Schrank und lasse ihn auf den gefliesten Boden fallen. Er zerbricht klirrend in tausend Scherben, die Zahnbürste rollt unter das Waschbecken. Sehr gut! Aufmerksam lausche ich. Keine Schritte im Flur, auch die Tür wird nicht geöffnet. Scheinbar ist wirklich niemand in diesem Teil des Hauses. Ihr Pech, denn von jetzt an bin ich nicht mehr wehrlos. Gedanklich gehe ich noch einmal meine Ausbildung durch. Welche Stelle am menschlichen Körper war noch am einfachsten und tödlichsten zu zerschneiden. Mir kommen die Kehle und die Innenseite der Oberschenkel in den Sinn. Leon hat bisher keine schützende Kleidung getragen. Ich werde also nicht die Kraft brauchen, erst diese zu durchschneiden. Es wird nur seine Haut sein die ein Hindernis darstellt. Dafür sollte ich einen wirklich günstigen Moment abwarten.

Mit der Großenzehe schiebe ich die Scherben am Boden auseinander. Die größte ist geformt wie ein Eiszapfen, lang und spitz mit einem breiten Ende, das einst der Rand des Glases war. Das ist nicht mal scharfkantig. Damit sollte ich es gut genug greifen können. Jetzt muss ich nur noch einmal in die Knie, um sie aufzuheben. Die nutzlosen Scherben schiebe ich bei Seite und knie mich dann zu der auserwählten. Nach unten geht noch leicht, auch meine Hände sind tief genug gebunden, um die Scherbe aufheben zu können. Für das Hinauf brauche ich allerdings all meine Kraft. In Strömen läuft mir der Schweiß den Rücken und das Gesicht hinab. Schwer atmend komme ich wieder auf die Beine. Wenn ich meinen Plan wirklich in die Tat umsetzen will, werde ich mich dringend ausruhen und neue Kraft schöpfen müssen. Bleibt zu hoffen, dass Leon in dieser Nacht nicht mehr wieder kommt.

Ich schaue aus dem Badezimmer hinaus zum Bett. Ein Lächeln überkommt mich. Wenn ich dieses Zimmer schon nicht verlassen kann, dann wäre es doch Verschwendung dieses große Bett nicht zu nutzen. Außerdem, wo kann mein Körper sich besser erholen als auf einer weichen Matratze? Nur das Licht stört bei meinem Plan noch. Ich steige über die restlichen Scherben und sehe mich nach einem Schalter um. Neben der Tür des Badezimmers werde ich fündig. Das leise Klicken erlöst mich von dem Schein der Deckenlampe. Gerade noch kann ich das Bett als Umriss erahnen. Wie wunderbar angenehm. Ich schlurfe zu meiner erwählten Schlafstätte und brauche eine gefühlte Ewigkeit für den Weg. Als ich das Bett endlich erreiche lasse ich mich der Länge nach in die Decke fallen. So schön weich und wie das duftet. Wenn ich jetzt noch was zu essen gefunden hätte, wäre es perfekt. Aber das hier ist auch schon mehr als genug. Ich rolle mich noch etwas weiter Richtung Bettmitte, die Scherbe schiebe ich unter die Decke direkt unter meinem Körper, griffbereit. Zufrieden schließe ich die Augen. Soll der Mistkerl nur kommen, dann kann er Saphir, den Rebellen, mal in Aktion erleben.

11. Kapitel

~Gezeichnet~

Gut gelaunt verlässt Leon am Morgen seine Zwillingssklaven und schließt die Tür hinter sich. Die Beiden schlafen noch immer friedlich, sie sind eben Nachtmenschen und werden vor Mittag nicht zu gebrauchen sein. Er hingegen ist hell wach und bereit, einen neuen Tag in seinem geliebten Herrenhaus zu starten. Das Frühstück wird er heute gemeinsam mit Saphir einnehmen. Mal sehen wie der Jüngling seine Nacht überstanden hat und ob er heute schon etwas kräftiger ist. Am besten Diamant kocht ihm eine Gemüsebrühe. Mit fester Nahrung sollten sie noch warten. Dieses Zeitraubende wieder aufpäppeln. Er sollte bei seinem nächsten Kauf einen nehmen, den Senku auch wirklich verkaufen will.

Als Leon das Zimmer Nummer eins betritt, fällt sein Blick zuerst auf den Käfig. Er sucht die Gestalt Saphirs, doch dort liegt niemand mehr. Die Klappe des Käfigs steht offen. Irritiert sieht Leon sich weiter um. Er findet Saphir auf dem Bett liegend, sein Brustkorb hebt und senkt sich regelmäßig. Er scheint zu schlafen. Auf dem Bett? Leon ist sich ganz sicher ihn im Käfig eingeschlossen zu haben. Auch der Knebel ist verschwunden. Aus dem Badezimmer ist das Plätschern von Wasser zu hören, noch so eine seltsame Absonderlichkeit.

Leon geht rückwärts hinaus aus dem Zimmer.

Diamant steht neben der Tür und betrachtet ihn fragend.

„Hast du Saphir aus seinem Käfig geholt?“, fragt er seinen Diener.

Diamant schaut überrascht, er wirft einen Blick ins Zimmer. „Nein, ich war nicht bei ihm. Ihr wolltet euch doch um ihn kümmern."

„Wie ist er dann aus dem Käfig gekommen?", fragt Leon und spürt bereits wie sein Puls höher schlägt. Dieser Jüngling ist faszinierend, doch er traute der Sache nicht über den Weg. Dass er nur aus dem Käfig geflohen ist, um auf dem Bett zu schlafen, kann Leon sich nicht vorstellen.

Er winkt Diamant näher zu sich. Als dessen Gesicht neben ihm auftaucht, sagt er leise: „Beobachte ihn aufmerksam. Der heckt was aus, da bin ich mir sicher."

„Soll ich nicht vielleicht…", sagt Diamant, Sorge liegt in seiner Stimme.

Leon schüttelt den Kopf. „Nein, ich will sehen, was er vor hat." Er macht einen Schritt hinein ins Zimmer.

Diamant packt ihn am Arm, er hindert ihn am Eintreten. „Bitte seid vorsichtig, Meister!", warnt er.

Leon reißt sich los. „Jetzt komm mal wieder runter, er ist noch immer gefesselt."

„Trotzdem, ich traue ihm nicht. Ihr habt gesagt er hat den Barkeeper getötet."

Leon legt Diamant seine Hand ins Gesicht, er lächelt vertrauensvoll. „Wenn du dir solche Sorgen machst, dann halt eben die Augen offen." Leon tätschelte die Wange seines Sklaven leicht, dann geht er zum Bett. Sein Herz beginnt zu rasen, so aufgeregt war er lange nicht mehr.

…~*~…

Schön weich, gemütlich und wohlriechend. Könnte es nur immer so bleiben, doch von weit her höre ich schon wieder diese schrecklich tiefe Stimme: „Saphir, wach auf!“ Warme Finger streicheln meine Wange.

„Mein Name ist Lucca, du Blödmann“, brumme ich und drehe den Kopf auf die andere Seite, weg von der Berührung. So ist es schon deutlich besser. Ich will gar nicht wach werden und mich mit dem Kerl auseinander setzen. Gerade noch habe ich so schön geträumt: Von einem glitzernden See in mitten eines undurchdringlichen Waldes. Dahin will ich wieder zurück!

Die Matratze senkt sich neben mir, wieder streichelt seine Hand meine Wange, ich kann seinen Blick auf mir spüren. „Jetzt wach schon auf! Ich will wissen wie du aus dem Käfig herausgekommen bist.“

„Was für ein Käfig?“, murmle ich noch im Halbschlaf gefangen. Nur langsam frisst sich die Erinnerung der Nacht in mein Gedächtnis zurück. Stimmt ja, ich habe seinen dämlichen Käfig geöffnet damit ich mal Pinkeln gehen konnte. Aber irgendwas war da noch. Irgendwas Wichtiges…

Leon setzt sich zu mir, an den Armen packt er mich und richtet mich auf. „Werde wach!“, sagt er strenger und rüttelt mich.

Ich zwinge mich in die Wirklichkeit zurück. Als ich die Augen öffne, blicke ich genau in sein Gesicht. Abscheu und Ekel steigen in mir auf, mir sträuben sich dich Haare im Nacken. „Was denn?“, sage ich laut und angriffslustig, um der Furcht in mir keine Chance zu geben.

„Wie bist du aus dem Käfig entkommen?“, fragt er und versucht vergeblich seiner Stimme Ernsthaftigkeit aufzuzwingen.

Ich grinse als ich antworte: „Berufsgeheimnis!“

Seine Augenbrauen zieht er tief ins Gesicht, sein Griff um meine Arme wird fester, es schmerzt.

Ich schaue verbissen.

„Hör auf mit den Spielchen, wie bist du entkommen?“, fragt er wieder.

„Herrgott, ich habe Füße!“ Demonstrativ stemme ich meinen rechten Fuß zwischen uns und lege ihn Leon an den Brustkorb. Ich stemme mein Bein gegen ihn, um mehr Abstand zwischen uns zu bringen.

Sein Griff wird lockerer, ein neues Lächeln bildet sich in seinen Mundwinkeln. „Du hast ihn mit den Füßen geöffnet?“

„Ja, habe ich oder wäre es dir lieber gewesen ich hätte auf deinen Teppich gepinkelt? Ich gebe dir doch nicht freiwillig einen Grund, noch mehr Mist in mein Buch zu kritzeln.“

„Du duzt und beleidigst mich immer noch, ich schreibe so oder so wieder was rein“, sagt er gehässig grinsend.

Ich beiße mir auf die Unterlippe. Stimmt ja, da war ja was. Aber wenn er erst mal tot ist, spielt sein blödes Buch auch keine Rolle mehr.

„Du bist also ausgebrochen weil du mal musstest?“, fragt er amüsiert.

„Was blieb mir anderes übrig? Euch ist es doch ganz egal wie ich in dem scheiß Käfig mit meiner Notdurft klar komme.“

Leons Blick geht zur Tür. Als ich ihm folge steht Diamant dort. Seine Schultern sinken seine ganze Haltung wird immer kleiner. „Ihr wolltet euch doch diese Nacht um ihn…“

„Ach sei still! Das wird noch ein Nachspiel haben.“

Diamant senkt den Blick, doch nicht ohne mich finster dabei zu mustern. Der wird sicher nicht mein Freund werden.

„Geh und hole mir mein Siegel. Ich komme hier allein zurecht."

„Aber Meister!"

„Geh!"

Der Hüne wirft mir einen warnenden Blick zu, dann geht er.

Na den sind wir schon mal los. Ich richte meine Aufmerksamkeit wieder auf Leon, während ich mit den Füßen nach der Scherbe unter der Decke taste. Dort ist etwas hartes, sie ist also noch da, sehr gut. Wenn ich nur meine Arme benutzen könnte. Ob ich ihn dazu bekomme mir dieses Stoffteil abzunehmen.

Leon betrachtet mich noch immer fasziniert, seine Augen mustern mich, als wenn er mich ergründen wollte. Ich zwinge mein Gesicht zu einer undurchschaubaren Maske, er darf auf keinen Fall Verdacht schöpfen. „Sag mal dieses Korsett, muss ich das jetzt eigentlich den Rest meines Lebens tragen?"

Leon betrachtet mich prüfend, das Lächeln bleibt in seinem Gesicht. „Du willst es also loswerden, ja?"

„Naja, meine Schultern müssen nach dem sie jetzt wieder eingerenkt sind irgendwann wieder bewegt werden, wenn sie nicht versteifen sollen."

„Du hast medizinische Kenntnisse?", neue Überraschung flackert in seinen Augen.

„Nein, aber diese Verletzung habe ich nicht das erste Mal."

Wieder mustert er mich und mein Gesicht.

Ich bemühe mich unschuldig zu schauen und zwinge mir ein bittendes Lächeln auf die Lippen.

Schließlich dreht er mich um und sagt: „Na gut!“

Er spielt wirklich mit? Während er mich mit einer Hand aufrecht hält und seine Beine links und rechts an mir entlang streckt, beginnt er damit die Schnallen an meinem Rücken zu öffnen. Der Druck des Stoffes fällt von mir ab, meine Schultern bekommen mehr Spielraum. Es schmerzt aber ist auszuhalten. Ob ich die Arme schon bewegen kann? Für die Umsetzung meines Planes werde ich sie brauchen.

Während Leon eine weitere Schnalle öffnet, hebe ich die Schultern an. Es geht, wenn auch unter starken Schmerzen. Ich werde höchstens ein oder zwei Mal wirklich kraftvoll zustechen können, bevor es unerträglich wird. Der Moment muss passen, einen zweiten Versuch werde ich nicht bekommen. Wenn er schon 200 Punkte nur für den Biss in die Lippe vergibt, will ich mir nicht ausmalen, was bei einem Mordversuch passiert. Mein Puls beschleunigt sich, all meine Muskeln sind angespannt. Ich muss mich zur Ruhe zwingen.

Die letzten beiden Schnallen öffnet Leon schneller, das Korsett fällt an mir herab. Endlich frei!

Tief durchatmend betrachte ich beiläufig die Beine Leons, die er so leichtfertig neben mir ausgestreckt hat. Ich werde etwas schräg hinter mich zielen müssen, um die große Arterie dort auch wirklich zu treffen. Meine Hände werden kalt und feucht, ich brauche alle Körperbeherrschung mein inneres Zittern vor ihm zu verbergen. Meine Hand lege ich über die harte Stelle unter der Decke. ‚Ein einziger Versuch Lucca, du darfst auf keinen Fall zögern' – sage ich mir.

Leons Oberkörper berührt mich im Rücken, seinen Atem spüre ich an meinem Ohr.

Ich erschaudere, meine Arme beginnen zu zittern. Wenn ich es nicht schaffe erlebe ich den nächsten Tag sicher nicht mehr.

Leons Hände wandern an meinen Armen hinab er nimmt sie an den Handgelenken und hebt beide langsam an. Unverrichteter Dinge bleibt die Scherbe an ihrem Platz.

„Was hast du vor, mein kleiner Saphir?“, haucht er mir ins Ohr und hebt meine Arme immer weiter.

Ich ziehe die Luft scharf ein. Die Bewegung in meinen Schultern ist kaum auszuhalten. Wenn er so weiter macht, wird mir am Ende noch die Kraft fehlen, seine Haut zu durchstoßen.

„Was soll ich denn vorhaben? Ich kann mich doch kaum bewegen“, sage ich darum bemüht unschuldig zu klingen.

Seine Lippen berühren mich im Nacken, einen sanften Kuss legt er auf meine Haut. „Komm schon, zeig mir, was du dir ausgedacht hast!“

Mein Körper überzieht sich mit einer Gänsehaut, kalte Schauer rinnen mir den Rücken hinab. Er weiß es schon wieder. Verdammt noch mal!

„Komm schon, ich warte!“ Noch weiter hebt er meine Arme, heiß pulsiert es ihn meinen Schultern, ich muss mir fest auf die Zähne beißen, um nicht zu schreien.

Seine Küsse wandern meinen Nacken entlang bis zu meinem Hals.

Ich versuche mich wegzudrehen, doch der Schmerz in meinen Schultern gibt mir zu wenig Spielraum.

„Langsam musst du dich entscheiden. Entweder du ziehst die Sache jetzt durch und wir sehen was dann passiert, oder ich bringe dich noch heute zu Senku zurück."

Dieses miese Schwein! Der Keller Senkus flammt unweigerlich in meinen Gedanken auf, all das Leid in den Seilen dort, all die Hiebe, das tagelange Hungern und Dursten, der Gestank. Ich will nie wieder dahin zurück!

„Los, sei mein Saphir!", spricht er direkt in mein Ohr.

Ich atme noch einmal tief durch und versuche meinen Puls zu beruhigen. So lange er es erwartet, ist das nicht der richtige Moment. „Ich habe nichts vorbereitet, ich wollte nur aufs Klo und endlich mal wieder in einem Bett schlafen", sage ich bemüht darum aufrichtig zu klingen.

„Mir machst du nichts vor…", sagt Leon, als die Tür geöffnet wird.

Diamant kommt herein. In der Hand hält er einen langen eisernen Stab, der an der Spitze rund geformt und abgeflacht ist.

Leon lässt meine Arme sinken, er legt sie wieder auf der Decke ab. Seine Aufmerksamkeit gehört Diamant, als er sagt: „Lege es ins Feuer und bringe mir noch einen Kühlakku." Mit ausgestrecktem Arm deutet er in den Kamin. Was sie da vorbereiten will ich mir nicht ausmalen, Leon wird ohnehin keine Gelegenheit mehr bekommen, etwas zu tun. Ich trage gerade genug Wut und Hass in mir, um sein Bein mehr als zwei Mal zu treffen. Hastig schiebe ich die Bettdecke weg, greife die Scherbe und hole mit ihr aus.

„Meister, Vorsicht!", ertönt ein langgezogener Ruf Diamants.

Ich fahre zusammen. Leon packt meine Hand am Gelenk, er stoppt mich kurz bevor das spitze Ende der Scherbe seinen Oberschenkel berührt.

Verzweifelt zerre und ziehe ich doch seine Finger bohren sich immer fester in mein Gelenk, es schmerzt so sehr, dass ich die Scherbe loslasse, sie fällt neben uns ins Laken.

„Nein!", schreie ich all meine Anspannung heraus. Ich winde mich und versuche vor Leon zu fliehen, trete und schlage um mich. „Nein, du Monster, lass mich los!"

Leon sagt nichts, er hält einfach nur meine Arme fest und verschränkt sie mir auf der Brust.

Ich spüre keinen Schmerz und keine Erschöpfung mehr, in meinen Adern tobt das Adrenalin. Ich will nicht von ihm zu Tode gefoltert werden. Wild strample ich mit den Beinen, trete, schreie, die Decken stoße ich dabei vom Bett. Einen hasserfüllten Blick richte ich auf Diamant. „Du verdammter Idiot! Warum hast du dich eingemischt? Wir könnten jetzt frei sein!", schreie ich ihn an. Wenn er nicht gewesen wäre, wenn er doch nur nichts gesagt hätte.

Diamant blickt mich kalt an, meine Worte scheinen ihn nicht zu erreichen.

„Willst du denn nicht frei sein?", frage ich.

Wieder reagiert er nicht. So groß wie er ist, so dumm ist er auch.

Leons Griff bleibt eisern. Dass er nichts sagt schürt meine Angst. Verzweifelt winde ich mich, doch mein Körper wird immer schwächer.

Diamant hockt noch immer am Kamin, er vergräbt das Ende des Stabes im brennenden Holz, dann steht er auf. Sein Blick ist kalt und undurchschaubar.

Leon bewegt seinen Kopf, dann kommt der Hüne langsamen Schrittes zum Bett.

Mir schlägt das Herz bis zum Hals, ich ignoriere die Erschöpfung meines Körpers und trete weiter um mich, immer wieder schüttle ich abwehrend mit dem Kopf. Tränen steigen heiß in mir auf und trüben meinen Blick. „Nein, bitte! Ich will doch nur frei sein! Bitte lasst mich in Ruhe!"

Wortlos kniet sich Diamant zu uns aufs Bett, er packt meine Beine an den Knöcheln und fixiert sie auf der Matratze.

Alles Strampeln bringt mir nichts mehr, er ist zu stark.

Ich heule noch mehr und schüttle weiter den Kopf. „Nein, bitte! Lasst mich in Ruhe!", flehe ich, doch in Diamants Augen kann ich kein Mitgefühl finden. Kalt, einem Werkzeug gleich, hält er mich gefangen.

Leon wechselt seinen Griff, er zieht meine Arme hinter den Rücken und legt beide Handgelenke übereinander. Jetzt reicht ihm eine Hand aus mich zu bändigen. Die andere nutzt er um die Scherbe zu bergen.

Furchtsam betrachte ich sie in seiner Hand. Was hat er jetzt damit vor? Ich zittere am ganzen Körper und mache mich immer kleiner. „Bitte, nicht!", flehe ich mit bebenden Lippen.

Leon betrachtet die Scherbe eingehend und hält sie gegen das Sonnenlicht. „Wo hast du das überhaupt her?", fragt er.

Ich wage nicht zu antworten. Tränen laufen mir über die Wangen.

Wie eine stumme Antwort läuft im Hintergrund der Wasserhahn, den ich nicht abgestellt habe.

„Sieht aus wie ein Stück aus eurem Zahnputzbecher!", sagt Diamant.

„Du bist nicht auf den Kopf gefallen“, sagt Leon, dann wird er todernst. „Ich hätte ehrlich gesagt nicht gedacht, dass du es wirklich versuchst. Was wolltest du eigentlich damit tun?“ Die Scherbe legt er mir an die rechte Wange.

Ich bebe vor Furcht und mache mich noch kleiner.

„Ich habe dich was gefragt!“, brüllt Leon. Da ist nichts freundliches mehr in seiner Stimme, selbst die Anerkennung von eben ist verschwunden.

Mehr Tränen überkommen mich, ich kann nicht mehr klar sehen. „Bitte, ich will doch nur frei sein.“ Meine Stimme zittert so sehr wie mein Körper.

Leon drückt die scharfe Kante in meine Haut, ein Schnitt öffnet sich, Blut läuft mir die Wange hinab. Panisch sehe ich nach oben, hoffe irgendwas Menschliches in seinem Gesicht zu finden, doch da ist nur Wut.

„Wolltest du mich umbringen?“, schnauzt er so laut, dass mir die Ohren wehtun.

Ich senke schuldbewusst den Blick und möchte am liebsten im Boden versinken. Er wird mir kein schnelles Ende bereiten, sicher wird er meinen Tod so lange wie möglich hinauszögern. Noch mehr Schmerz und Qualen? Ich Idiot, mit der Scherbe hätte ich mich selbst umbringen sollen, dann wäre es endlich vorbei.

„Antworte mir gefälligst!“, verlangt er.

Ich zittere am ganzen Körper und bringe kein Wort heraus. All meine Sinne sind auf die Scherbe gerichtet. Wird er mich jetzt damit aufschlitzen?

„Wirst du jetzt endlich reden, oder soll ich weiter machen?“

Meine Lippen beben so stark, in meiner panischen Angst fehlen mir die Worte.

Leon lässt die Scherbe an meinem Gesicht hinabwandern über meinen Hals abwärts. Ich spüre die scharfe Kannte nur flüchtig, ohne verletzt zu werden, doch es reicht aus mir kalte Schauer durch den Körper zu jagen. Als er meinen Oberkörper erreicht, traue ich mich nicht mehr zu atmen, aus Angst, die Bewegung meines Brustkorbes reicht aus, um geschnitten zu werden.

Leon übt mehr Druck aus. Meine Haut gibt nach, winzige Blutstropfen steigen auf.

Ich beiße mir fest auf die Lippe und ziehe die Luft scharf ein. Immer länger wird der dünne Schnitt auf meinem Oberkörper.

Leon stoppt in Höhe meines Herzens. „Wolltest du sie mir vielleicht hier rein rammen?"

Ich schüttle abwehrend mit dem Kopf.

Er hebt die Scherbe aus der Verletzung und führt sie zu meinem Bein. Quer zieht er sie über meinen Oberschenkel und hinterlässt winzige Risse in meiner Haut.

Ich bebe vor Furcht, als er sie an der Innenseite meines Oberschenkels nach oben zieht. „Oder wolltest du sie mir ins Gemächt rammen?", fragt er aggressiv und schreit dann laut, „Rede endlich!" Die Scherbe lässt er an der Wurzel meines Gliedes ruhen. Er wird mich doch nicht auch noch dort schneiden wollen, oder? Wieso ist der Kerl nur so krank? Konnte ich nach all den Jahren bei Senku nicht mal an einen freundlichen Menschen geraten? Gott wie ich sie alle hasse, diese Typen, die sich Menschen kaufen, um ihre kranken Fantasien an ihnen auszuleben. Ich öffne die Augen und blinzle die Tränen weg, als ich Leon wieder klar sehen kann, sage ich: „Ich wollte es dir in den Oberschenkel rammen, dort wo das größte Blutgefäß entlang läuft, dann wärst du in nicht mal einer Minute verblutet."

Leon nimmt die Scherbe weg. „Was warst du bevor du bei Senku gelandet bist?", fragt er.

Warum interessiert ihn das? Ich schweige eisern.

„Muss ich dir erst wieder mit der Scherbe drohen?", fragt er genervt.

Erschwert atme ich aus. Es ist schon so lange her, beinah habe ich das Gefühl, das war damals ein anderer Mensch gewesen und nicht ich. Ich kann mich noch in der Uniform sehen, mit den Streifen auf dem Arm, vor meinem Elternhaus stehend. Gott, wie stolz waren Mutter und Vater da und wie dumm war ich zur Armee gehen zu wollen, um die vorrückenden feindlichen Truppen aufzuhalten, die unseren Frieden bedrohten. Aber wenn er es unbedingt wissen will, bitte: „Ich war Soldat im dritten Weltkrieg. Truppenführer meiner Einheit, in der ich gedient habe."

Leon dreht meinen Oberkörper schräg und betrachtet mich prüfen, als wenn er eine Lüge in meinen Augen suchen würde.

Als ich stur zurück schaue, wird sein Blick anerkennend, er nickt verstehend.

„Also hat dich die Kriegsgefangenschaft in diese Lage gebracht...?" Er spricht mehr mit sich selbst als mit mir.

„Wie alt bist du?"

„25!"

„Also warst du vor 5 Jahren Soldat, dann bist du ja schon mit 20 zum Truppenführer aufgestiegen, na das erklärt so einiges."

Ach ja, und was erklärt es? Ich werde aus seinen Worten nicht schlau.

Wieder dieses seltsame Lächeln auf seinen Lippen und diese Freude in seinen Augen. Was stimmt nur mit dem Kerl nicht?

Mit einem Schwenk seines Kopfes schickt Leon Diamant vom Bett. Er schaut in Richtung Kaminfeuer.

Sein Sklave versteht wortlos, er erhebt sich und gibt meine Beine frei.

Ich atme erleichtert auf, meine Knöchel hätten seinem Gewicht keine Minute länger standgehalten.

„So so, du bist also älter als ich dachte, na gut sei es drum", sagt Leon. Er dreht mich auf den Bauch und fixiert mich an den Schultern. Sein Griff ist so schmerzhaft, dass ich nicht wage mich noch einmal zur Wehr zu setzen.

Der Meister nickt über mich hinweg.

Ein unheilvoller Schatten legt sich über mich, als ich mich nach ihm umdrehe steht Diamant am Rande des Bettes. Er hält einen Stab in der Hand an dessen Ende ein rundes Siegel rot glüht.

Meine Augen weiten sich. Das will er mir doch nicht wirklich an den Körper halten, oder?

Ich wehre mich wieder, trete nach Diamant, doch er setzt sich einfach auf meine Beine.

Die Hitze des glühenden Metalls spüre ich noch bevor es mich berührt. „Nein!", kreische ich und zapple und winde mich. Es hilft nichts. Der Gewalt der beiden Männer habe ich nichts entgegen zu setzen. Das Siegel stößt Diamant mir auf das rechte Schulterblatt. Zischend schmilzt es meine Haut und gräbt sich tief in meinen Körper. Der Gestank von verbranntem Fleisch erfüllt die Luft. Mein ganzer Rücken fühlt sich an, als würde er in Flammen aufgehen. Ich heule, schreie, schluchze und flehe inständig er möge es endlich wegnehmen. Als das Eisen verschwindet, habe ich das Gefühl es reist mir sämtliche Haut vom Rücken mit ab. Alles Schrein und heulen bringt keine Erleichterung mehr.

„Soll ich das Kühlakku noch holen?“, fragt Diamant.

Leons Blick ist eisig, als er sagt: „Nein, das hat er nicht verdient!“

Ich lasse den Kopf sinken und heule ins Laken. Meine Chance auf Flucht habe ich vertan, ich komme hier nie wieder weg. Ermattet gebe ich meine Gegenwehr auf. Es hat sowieso alles keinen Sinn mehr, mit diesem verdammten Siegel auf dem Rücken bin ich endgültig sein Eigentum geworden.

Diamant erhebt sich, sein Gewicht verschwindet von meinen Beinen und auch Leons Hände geben mich frei. Er widmet sich dem Stoffkorsett, das noch unter mir ausgebreitet liegt und legt es mir wieder an. Fest zieht er die Schnallen auf meinem Rücken zu und macht sie immer enger. Ich kann nur noch flach atmen und das wo der Schmerz in meinem Körper mich fast wahnsinnig mach. Auch der Stoff auf den Wunden macht mir zu schaffen. „Bring mich doch einfach um!“, bitte ich inständig.

Er lächelt schon wieder, dieses fließe Grinsen. Wo ist die verdammte Scherbe, ich will es ihm aus dem Gesicht schneiden.

Während er das Korsett noch fester schnürt, sagt er: „Aber nicht doch mein lieber Saphir. Dafür liebe ich unsere kleinen Abenteuer viel zu sehr. Wir machen das ganz anders. Du wirst dich erholen, ich will, dass dein Körper wieder stark wird und wenn es soweit ist, werde ich ihn erneut zerschlagen, dann darfst du dich wieder erholen und dann gibt es sicher einen neuen Grund, dich zu züchtigen.

Am Ende wirst du mich anflehen, dass ich dich bestrafe, damit es nicht mehr ganz so schlimm wird. Und das wird immer so weiter gehen, denn so lange ich lebe und das verspreche ich dir, wirst du niemals frei sein."

Seine Worte treffen mich tief im Herzen und tun mir mehr weh als mein Körper. Es ist wie eine stumme Bestätigung dessen, was ich schon so lange weiß, aber nicht wahrhaben will. Ich muss schon wieder heulen. Mein Traum von Wald und See erscheinen mir in unerreichbare Ferne gerückt. Mit den Schmerzen und der Atemnot des Korsetts werde ich nicht mal schlafen können, um zumindest im Traum aus dieser Hölle zu entkommen. Ich will und kann nicht mehr!

„Bring ihn in den Keller! Dort darf er sich erst mal abkühlen und dann sehen wir weiter."

„Das war's schon? Er wollte euch töten, Meister!"

„Tu, was ich dir sage!", sagt Leon streng.

Diamant atmet hörbar aus. Er packt mich grob am Stoff des Korsetts und schleift mich vom Bett runter. Unsanft lande ich auf dem Boden und werde von ihm zur Tür gezerrt. Die Reibung des Teppichs brennt sich in meine Beine, scharf ziehe ich die Luft ein und schaue zum Bett zurück.

Leon sieht zufrieden aus, er lächelt sogar.

Wird er mich wirklich nicht weiter bestrafen. Ist es vorbei? Für den Mordversuch kommt nichts mehr als eine Nacht im Keller? Das kann ich mir nicht vorstellen. Ich schließe die Augen und harre meinem Schicksal. Wie ich in den Keller gebracht werde und wie es dort aussieht, will ich gar nicht wissen. Nur die Kälte des Bodens, über den ich gezogen werde, lässt mich ahnen wohin es geht. Je weiter wir kommen, umso mehr beginne ich zu frieren. Schließlich halten wir an.

„Ich verstehe es einfach nicht. Was findet er nur an dir?“, murrt Diamant und lässt von mir ab. Ich sacke haltlos in mir zusammen und bleibe auf nassem, kaltem Boden liegen. Es riecht modrig nach Erde. Nur wiederwillig öffne ich die Augen.

Die Wände sind aus Backstein gebaut, nackt und ohne Putz. Ein kalter Wind Pfeift durch sie hindurch. Der Boden ist festgetretene Erde, ich liege in einer Pfütze, von der Decke tropft in unregelmäßigen Abständen Wasser aus einem Schlauch, der aus der Decke kommt. Sonst ist da nichts außer Spinnweben und Moos.

Super, ich werde hier erfrieren. Sehr gut das heißt einschlafen und bereits Morgen habe ich es hinter mir. Der kalte Schlamm tut den Brandwunden gut, wenn ich nur besser Atmen könnte. Dieses verdammte Korsett.

Diamant schaut mich noch immer fragend an.

Mir kommt der Moment in den Sinn, als er Leon gewarnt hat. „Warum hast du nicht einfach die Klappe gehalten?“, frage ich.

Er schaut mich unverständlich an.

„Wir könnten frei sein!“, sage ich mit Wehmut in der Stimme. Gedanklich bin ich wieder bei meinem See. „Begreifst du überhaupt… was das ist, oder bist du schon dein ….ganzes Leben lang in … in … diesem Loch gefangen?“ Immer wieder muss ich meine Worte unterbrechen um nach Luft zu schnappen.

Diamants Blick verfinstert sich, er packt mich am Korsett und zieht mich aus der Pfütze. „Freiheit ist für mich, wenn ich am Tag drei warme Mahlzeiten auf dem Tisch stehen habe und mir keiner seinen widerlichen Schwanz in den Hintern steckt. Und deinetwegen hat mich Leon gestern mit beidem bestraft. Glaub mir, Leon brauchst du hier nicht zu fürchten, ich bin viel schlimmer.“ Diamant dreht mich um, er öffnet die Schnallen an meinem Rücken und zieht sie noch fester zu. Jede einzelne, bis ich nur noch röchelnde Laute von mir gebe, dann stößt er mich zurück in den Schlamm. Ohne einen letzten Blick erhebt er sich und geht.

Ich schaue ihm fassungslos nach. Das will er doch nicht wirklich so lassen oder? Ich werde ersticken!

Diamant verlässt den Keller, die Tür wirft er zu, einen Schlüssel dreht er im Schloss und zieht ihn ab.

...~*~...

Dieser verdammte Bengel wird ihm noch mächtig Ärger machen, Diamant weiß es einfach. Dabei hatte er gehofft nie wieder einen Saphir im Haus ertragen zu müssen. Zumindest keinen, der seinen Job macht. Leon beschäftigen ist gut, ihn provozieren hingegen kann für sie alle schmerzhaft werden. Das hat er schon mehr als einmal miterleben müssen. Wie nur kann er den Kerl loswerden, ohne Leon zu verärgern? Der hat den Jüngling schon viel zu sehr ins Herz geschlossen. Ihn zu töten kommt also nicht in Frage. Auch ihn sterben zu lassen würde nur wieder auf Diamant zurückkommen. Nein, Leon muss ihm selbst überdrüssig werden, nur wie? Diamant hat den Meister noch nie so glücklich gesehen. Wenn er es nicht besser wüsste, könnte er meinen Leon hätte sich verliebt.

Als Diamant das Zimmer seines Meisters erreicht, wartet der bereits am Türrahmen gelehnt auf ihn.

Während Diamant noch nach den richtigen Worten sucht, sagt Leon: „Was hältst du von ihm?“

Diamant runzelt die Stirn. Will Leon jetzt die Wahrheit oder etwas Einschmeichelndes hören? Seine Arme hat der Meister verschränkt, in seinen Augen liegt wirkliches Interesse an Diamants Meinung. Er atmet durch, dann sagt er: „Er ist gefährlich! Wollt ihr euch wirklich jemanden ins Haus holen, der euch töten will?“

Ein zaghaftes Lächeln bildet sich in Leons Mundwinkeln. „Ich hatte seit Jahren nicht so viel Spaß, wie die letzten beiden Tage.“

Diamant schaut zu Boden, um seinen genervten Blick zu verstecken. Die Vorlieben des Meisters sind ihm immer wieder unverständlich. „Was ist wenn es ihm gelingt?“

„Was, mich zu töten?“

Diamant nickt.

„Dann habt ihr alle keine Sorgen mehr.“ Leon lacht.

Von wegen, als wenn Leon nicht auch für den Fall seines Todes vorgesorgt hätte. Wenn in seinem Testament nicht irgendwo etwas vom Tod den Sklaven steht, dann sind sie sicher alle einem anderen Herren versprochen, der die gleichen Vorlieben wie Leon teilt. Diamant macht sich im Kopf eine Notiz. Dieser Frage sollte er in Leons Abwesenheit mal auf den Grund gehen.

Ein neuer Gedanke kommt Diamant, er schaut auf. „Was ist wenn die Anderen mitmachen und ihm helfen?“

Leons Blick wird finster. „Dann machen wir beide unseren Job nicht richtig!“

Diamant schluckt schwer, schnell senkt er den Blick wieder. Das war eindeutig ein Hinweis an ihn. Die anderen

Sklaven zu bändigen ist auch so ein Ärgernis seines Standes im Haus.

Leon stößt sich von der Wand ab, er kommt auf ihn zu. Seine Hand legt der Meister Diamant auf die Schulter.

Diamant zuckt zusammen.

„Nur keine Sorge, die Anderen werden sehen was ich mit ihm anstelle, das wird schon ausreichen, um ihnen Angst zu machen. Außerdem, wem von den Anderen traust du bitte eine Revolte zu? Gold und Rubin sind mir bedingungslos verfallen und Jade - ich bitte dich."

„Silver!", gibt Diamant zu bedenken.

Leon schmunzelt. „Ja, kein schlechter Einwand." Der Meister denkt einen Moment nach, dann sagt er freudig: „Den mache ich heiß auf Saphir, er ist sowieso genau sein Typ und dann ist er auf unserer Seite." Langsam geht Leon an Diamant vorbei, scheinbar will er sich dem Gespräch entziehen. Soll Diamant es trotzdem wagen seine Bedenken auszusprechen? „Meister, ich mache mir wirklich Sorgen, nicht nur um eure, sondern unser aller Sicherheit." Er sieht Leon nach.

Der Meister bleibt stehen, ohne sich umzudrehen sagt er streng: „Saphir bleibt, ich will darüber keine Diskussion mehr hören. Ach und wo wir schon beim Thema sind, sollte sein Wille brechen, mache ich dich dafür verantwortlich, also kümmere dich anständig um ihn."

Auch das noch, das hat Diamant gerade noch gefehlt. Dem Jungen will er den Hals umdrehen nicht ihn noch ermutigen. Finster sieht er Leons Rücken an. Warum muss er sich ausgerechnet um den Jungspund kümmern? So viele Vorteile wie seine Stellung im Haus mit sich bringt so nerv tötend ist sie auch.

„Ach und Diamant!“ Leon dreht sich um.

Augenblicklich zwingt sich Diamant einen neutralen Blick ins Gesicht.

„Behalte Saphirs Körpertemperatur über die Daten des Halsbandes im Auge. Wenn sie unter 34 Grad gefallen ist, wasche ihn so kalt es geht und bring ihn wieder zu mir.“

„Und dann?“, fragt Diamant argwöhnisch.

„Dann wärme ich ihn wieder auf und du hast den restlichen Tag frei. Sehe es als kleine Belohnung für die Mühe die er dir machen wird.“

„Und wenn er euch wieder angreift?“

„Mit 34 C° wohl kaum und mit was auch? Glaubst du er baut sich aus Matsch eine neue Waffe? Jetzt werde nicht albern.“ Leon winkt ab und geht.

„Der Junge ist zu allem entschlossen und er hat nichts zu verlieren. Will er das nicht begreifen?“, murmelt Diamant und atmet schwer aus. Er schüttelt sein Handgelenk, ein Hologramm erscheint auf seiner Haut. Er wischt darin einige male hin und her, bis er die Vitaldaten Saphirs gefunden hat. 37,5 C° - 104 Puls. Er seufzt und schüttelt seinen Arm, das Hologramm verschwindet. Wie er es hasst, den Babysitter zu spielen.

12. Kapitel

~Kälte~

Es ist so verdammt kalt hier unten und die Atemnot in diesem Korsett ist nicht zum Aushalten. Ich zittere am ganzen Körper doch meine Muskeln schaffen es nicht mehr mich warm zu halten. Sicher gehe ich hier drauf, ganz bestimmt sogar. Mein flacher Atem steigt als Wasserdampf auf, während wieder und wieder Tropfen auf meine Wange fallen. Ich muss aus dieser Pfütze raus, unbedingt! Der Versuch, mich zu drehen, misslingt. Meine letzte Kraft habe ich im Kampf gegen Leon und Diamant verbraucht und woher soll neue kommen? Ich habe noch immer nichts im Magen. Das bisschen Brei ist sicher längst aufgezehrt.

Jetzt, wo der Adrenalinrausch in meinen Adern langsam nach lässt, spüre ich meine verbrannte Schulter und die restlichen Wunden wieder viel zu deutlich. Ich kann nicht mal meine Atemtechnik anwenden, um es erträglicher zu machen. Wenn ich nicht durchdrehen will muss ich hier weg, wenigstens Gedanklich:

Wie es wohl daheim aussehen mag? Das Haus meiner Kindheit steht nicht mehr, meine Eltern sind darin umgekommen, nur mein kleiner Bruder war kurz vor Ende des Krieges noch am Leben …

Ob du wohl noch irgendwo da draußen bist, Danny? Sein fröhliches Gesicht und seine strahlenden Augen habe ich noch ganz genau vor mir. Er war so eine Nervensäge, hat mich meist schon um sechs Uhr morgens geweckt und ist auf mir herum gesprungen, überallhin wollte er mitkommen. Selbst zu meinen Freunden musste ich ihn mitschleppen. Wie mir das damals auf die Nerven ging. Ich lächle und spüre warme Tränen auf meinen kalten Wangen. Sein fröhliches ‚Guten Morgen' noch einmal zu hören, es wäre so wundervoll.

Als unsere Eltern im Bombenhagel umkamen, war er gerade mal 13 und ich konnte an der Front nichts für ihn tun. Wir haben nicht mal Verwandte zu denen er hätte gehen können, die sind noch vor unseren Eltern dem Krieg zum Opfer gefallen. Ich hätte für ihn da sein müssen, aber ich kann es nicht einmal jetzt. Immer mehr Tränen überkommen mich. Wenn er noch am Leben ist, ob er dann auch so ein beschissenes Dasein fristen muss? Wie ich mich dafür hasse, dass es uns nicht gelungen ist den Feind aufzuhalten. Was Danny wohl ertragen musste, als die feindlichen Truppen einmarschierten? Konnte er dieses Chaos überhaupt überleben?

Wo immer du steckst Bruderherz, ich hoffe wenigstens du kannst ein friedliches Leben führen. Fünf Jahre ist das Kriegsende jetzt her. Du wärst jetzt 18 Jahre, volljährig. Ich kann mir meinen kleinen Bruder gar nicht so erwachsen vorstellen. Wahrscheinlich würde ich ihn nicht mal erkennen, würde er mir über den Weg laufen.

Welcher Tag wohl heute ist? Ich erinnere mich an das Video in Leons Schlafzimmer. 20.09.2051, dann ist heute der 21. September? Dann ist Danny ja heute 18 geworden. Unvorstellbar, wie schnell die Zeit vergangen ist. In meinen Erinnerungen ist der Kurze immer noch 13, dabei ist er mittlerweile schon fast ein Mann. „Alles Gute zum Geburtstag, Danny", murmle ich und höre auf gegen die Müdigkeit anzukämpfen. Wenn du doch schon tot sein solltest, sehen wir uns ja vielleicht heute wieder. Meine Muskeln haben ihren Dienst bereits aufgegeben. Meine Zehen und

Finger spüre ich nicht mehr. Nach und nach wird alles taub. Irgendwie wohltuend. Es ist still hier unten, das bisschen Licht, das durch das rechteckige, kleine Fenster herein fällt, ist nicht ausreichend, um mich hier unten zu erreichen und Schläge gibt es auch keine mehr, die mich wachhalten. Vielleicht ist es ja jetzt Zeit zu gehen. Ich habe so lange verbissen an diesem Leben festgehalten und wofür? Um am Ende in einer Pfütze aus Matsch zu sterben. Wie passend, ich zwinge mir ein letztes Lächeln ins Gesicht. Ein Glück weiß mein kleiner Bruder von all dem hier nichts, dann könnte er sicher nicht mehr so fröhlich lachen, wie in meinen schönen Erinnerungen. Leb wohl Kurzer. Mögest du nie erfahren was aus mir geworden ist. Dass ich als Kriegsheld draufgegangen bin, ist sicher eine schönere Vorstellung, als die Realität.

Ein Schlüssel dreht sich im Schloss, die Scharniere knarren, das Holz der Tür kratzt über den Boden.

Oh man… hätten sie nicht noch fünf Minuten warten können? Ich will nicht ins Leben zurückgeholt werden. Da hinten im Nebel glaube ich bereits meine Eltern zu sehen, last mich doch einfach zu ihnen gehen und wir haben alle unsere Ruhe.

Eine starke Hand packt den Stoff des Korsetts in meinem Rücken und hebt mich daran aus dem Matsch. Ich hänge schlaff in meinen Fesseln, da ist überhaupt keine Spannung mehr in meinem Körper und auch die Augen bekomme ich nicht mehr auf. Sicher bin ich schon tot, ihr könnt euch eure Mühe sparen. Werft mich einfach in ein Loch - Erde drauf und gut.

Ein kurzer Atemzug verlässt mich und erinnert mich daran, doch nicht tot zu sein. Verdammter Körper, hör endlich auf mich zum Leben zu zwingen.

Je weiter wir laufen umso wärme ist die Luft, doch als ich abgesetzt werde ist der Boden eiskalt. Die Schnallen an meinem Rücken werden geöffnet, der Druck auf meiner Lunge verschwindet. Augenblicklich holt sich mein Körper worum er die ganze Zeit kämpfen musste. Ich huste unter den schnellen, tiefen Atemzügen die er fordert. Je mehr Sauerstoff zurück in mein Blut wandert umso klarer werden meine Sinne. Das grelle Licht, das von oben kommt ist unbarmherzig, alles ist weiß, der Boden, die Wände und die Decke. Es sticht mir in den Augen. Die Schritte die sich durch den Raum bewegen erscheinen mir so laut, als wenn es ein LKW währe. Ich will nicht in dieses Leben zurück verdammt!

Hart trifft mich ein eiskalter Wasserstrahl im Rücken, direkt auf das Schulterblatt mit der Brandwunde. Grausam kehrt die Qual in meinen tauben Körper zurück. Obwohl nur meine Schulter getroffen wird, fühlt es sich so an, als würde mein ganzer Rücken in Flammen stehen. Ich schreie und versuche weg zu kriechen, doch mein Körper weigert sich zu gehorchen.

Diamants Gestalt taucht vor mir auf, den Wasserstrahl lässt er auf mein Schulterblatt gerichtet. Sein Gesicht ziert ein spöttisches Lächeln. Er ist wirklich schlimmer als Leon.

Als er vor mir in die Knie geht, nimmt er den Wasserstrahl endlich weg. „Ich kann dich auf den Tod nicht ausstehen!“, sagt er.

„Geht … geht mir … genauso“, presse ich heraus und versuche wieder zu Atem zu kommen.
„Schön, jetzt wo das geklärt ist, zwei Regeln.“
Ich betrachte ihn Fragend. Was soll das werden? Glaubt er wirklich hier den Chef raushängen lassen zu können? Ist nicht Leon der Meister und wir alle seine Sklaven?
„Nummer 1 – Du tust was ich dir sage, ohne irgendwas in Frage zu stellen!“
Das kann er schon mal vergessen. Wenn ich nicht mal auf Leon höre, dann mit Sicherheit auch nicht auf ihn.
„Nummer 2 – Du hältst dich von den anderen Sklaven fern!“
Warum? Wovor hat der Kerl Angst? Ich versuche seine Gedanken zu ergründen. Ob es wohl unter den Anderen welche gibt mit denen ich mich zusammen tun kann? Vielleicht dieser Junge, der von Leon so misshandelt wird. Der hat seinen Meister sicher satt.
„Und Nummer 3 …“
Ich dachte er wollte nur zwei aufzählen? Was für ein Idiot!
„… Wenn Leon im Haus ist hast du deine Aufgabe als Saphir zu erfüllen, schaffst du das nicht, werde ich dich höchst persönlich zu Senku fahren.“
Schon wieder diese überflüssige Drohung. So langsam habe ich es geschnallt, ich bin doch nicht blöd. Ich rolle mit den Augen.
„Was schaust du so komisch?“
Krampfhaft zwinge ich meinen Atem unter Kontrolle, als ich sage: „Regel Nummer 1: Komm mir besser nicht zu nah, wenn ich wieder fit bin, denn du stehst noch vor Leon auf meiner Liste.“

Sein Blick wird ratlos, den Mund lässt er offen stehen.

Ich nutze sein Schweigen um gleich noch zwei andere Sachen klar zu stellen: „Regel Nummer 2: Halte deine sexuellen Triebe im Zaum, sonst kastriere ich dich im Schlaf. Und Regel Nummer 3 …"

Diamant hebt den Kopf stolz, den Wasserschlauch richtet er auf mein Gesicht, mit der freien Hand fixiert er meinen Kopf am Boden. Ich komme nicht mehr zum Sprechen, nicht mal zum Luft holen. Dieser verdammte Bastard!

„Du ahnst gar nicht, wie gern ich dich ersäufen würde", sagt er, seine Stimme nimmt einen diabolischen Klang an. Den Schlauch hält er noch dichter an mein Gesicht, lässt das Wasser direkt über Nase und Mund strömen.

Schon wieder ersticken? Das halte ich nicht mehr aus. Ich muss wirklich lernen meine Klappe zu halten. Mein Körper zwingt mich zum Atmen, immer wieder gerät dabei Wasser in meine Lunge.

Endlich nimmt Diamant den Schlauch weg.

Ich huste und würge, die Erschütterung in meinem geschundenen Körper ist nicht zu ertragen. Klein rolle ich mich zusammen und hoffe dass es endlich vorbei geht.

Diamant richtet sich auf. Er hebt etwas Glänzendes vom Boden auf und schraubt es auf den Schlauch. Lauernd umkreist er mich und bleibt hinter mir stehen, er geht in die Knie.

Was jetzt noch? Ich bin doch schon am Ende und fast erfroren. Er kann sich die Mühe der Folter sparen.

Etwas Spitzes bohrt sich in meinen Hintern, eisiges Wasser läuft mir in den Darm. Ein Einlauf? „Aber wozu? Ich habe doch nichts gegessen", frage ich schwer atmend. Ich hasse das, es schmerz in meinem Bauch und wird mich nun auch von Innen auskühlen.

Diamant schweigt und hält den Schlauch in Position. Immer mehr Wasser füllt meine Eingeweide, sie denen sich aus, der Druck wird immer schlimmer. Meine Muskeln beginnen wieder zu zittern, verzweifelt versuchen sie der Kälte entgegen zu wirken. „Bitte, genug!“, sage ich. Das sollte doch reichen um das wenige zu entfernen, was da noch sein könnte.

Wieder schweigt Diamant.

Mehr und mehr füllt sich mein Inneres, mir ist wie platzen. „Warum?“, keuche ich und drehe mich nach ihm um. Meine Arme schlinge ich um den schmerzenden Bauch. Er ist eiskalt.

„Ich sagte doch, ich kann dich nicht ausstehen!“, sagt er emotionslos. Er greift nach dem Knauf an der Wand und dreht ihn weiter auf.

Mit mehr Druck schießt mir das Wasser in den Hintern. Ich schreie auf, immer heftiger zittert mein Körper, ob vor Schmerz oder Kälte, ich weiß es längst nicht mehr.

Ein leises Piepen ertönt, einem Warnruf gleich wird es immer schneller und lauter. Diamant stöhnt, er wirft einen Blick auf sein Handgelenk und schüttelt es. Der Ton verschwindet.

Er zieht die Metallspitze aus meinem Hintern. Augenblicklich verlässt mich das angestaute Wasser. Der Druck auf meinem verletzten Schließmuskel lässt mich schreien. Es wird erst besser als auch der letzte Rest mich verlassen hat. Ich keuche und verliere alle Spannung in meinem Körper nicht mal die Arme kann ich noch um meinen Bauch halten, dabei schmerzt er entsetzlich. Wäre ich doch nur im Keller schon verreckt.

Alle Geräusche werden dumpf, selbst das grelle Licht wird immer dunkler. Werde ich jetzt endlich ohnmächtig?

Diamants Schritte eilen um mich herum, seine Hände wandern über meinen Körper. Er schäumt meine Haut ein und wäscht mich zügig, schließlich kann ich weichen Stoff spüren, der mich trocknet. Noch immer kämpfen meine Muskeln um den letzten Rest Wärme in mir zu erhalten. Selbst als ich trocken bin wird es nicht besser. Unbändige Müdigkeit ergreift von mir besitz. Wenn ich ihr nachgebe, ist es doch vorbei, oder?

Diamant wirft mich auf seine Schulter und trägt mich. Sein Körper fühlt sich selbst durch den Stoff seines Shirts hindurch heiß an, das ist fast schon angenehm, wenn nur das Auf und Ab seiner Schritte nicht wäre.

Je weiter wir uns bewegen umso wärmer wird die Raumluft. Als wir in das Zimmer Nummer 1 eintreten, lodert dort das Kaminfeuer hell und knisternd. Ich betrachte es durch den trüben Schleier meiner Müdigkeit und wünsche mich direkt hinein. Wenn ich mich auf dem brennenden Holz einrolle, ist mir bestimmt wieder warm.

Diamant nimmt mich von der Schulter und stellt mich vor sich ab.

Meine Beine knicken sofort ein, er muss mich an den Armen festhalten, damit ich nicht zusammen sacke.

Auf der schwarzen Lederbank vor dem Bett sitzt Leon völlig nackt, wie ein König auf seinem Thron. Mit der Hand deutet er auf den Boden.

Diamant tritt mir in die Kniekehlen, ich sacke einen halben Meter tiefer und sehe den Hünen verständnislos an.

War das wirklich nötig? Ständig diese Gewalt. Er hätte mich einfach loslassen können, dann wäre ich von alleine umgefallen. Wenn er mich nicht im Rücken stützen und meine Arme noch immer festhalten würde, ich läge längst am Boden.

Der Teppich ist so schön weich und warm. Ich liebe diese Fußbodenheizung und dieses Kaminfeuer. Ein wohliges Seufzen gebe ich von mir. Wieder sehne ich mich zwischen die Holzscheite und schaue ins Kaminfeuer. Mein Blick klart langsam wieder auf. An meiner kalten Haut nagt die Wärme. Wie tausend Nadelstiche frisst sie sich in meinen Körper. Ich ziehe die Luft scharf ein. Okay ins Feuer zu kriechen ist vielleicht doch keine so gute Idee. Aua!

Diamant zwingt meinen Kopf zurück, bis ich Leon wieder im Blickfeld habe. „Entschuldige dich!“, zischt er.

Entschuldigen? Wofür denn? Meine Gedanken scheinen mir noch immer eingefroren zu sein, sie bewegen sich wie eine zähflüssige Masse durch meinen Kopf.

„Entschuldige dich!“, fordert er wieder. Seine Hand berührt meine Schulter, den Daumen drückt er mir auf das eingebrannte Siegel. Der Schmerz holt mich gänzlich zurück. Ich schreie auf und sehe Leon nun ganz deutlich vor mir, mit seinem blöden Grinsen im Gesicht. Er hebt ein Bein auf die Bank und schaut erwartungsvoll. Sein Glied hängt über den Rand des Leders herab. Er scheint sich in dieser Meisterrolle wirklich selbst zu gefallen.

Entschuldigen also, na schön von mir aus, es gibt da tatsächlich etwas: „Tut mir leid, dass es mir nicht gelungen ist euch zu töten, Meister!“, sage ich und lege all meine Abscheu und meinen Hass hinein.

In Leons Gesicht bildet sich ein sanftes Lächeln, seine Augen bekommen einen seltsamen Glanz. Er nimmt das Bein herunter und faltet die Hände zusammen. Während er mir direkt in die Augen sieht sagt er: „Das ist es! Genau so habe ich mir meinen Saphir immer vorgestellt.“ Sein Gesicht kommt mir immer näher, er küsst meine bebenden Lippen, flüchtig fast schon zärtlich.

Verdammt, ist der Kerl krank! Ich verziehe angewidert das Gesicht. Gibt es denn gar nichts womit ich ihn aus der Fassung bringen kann? Mag er diese Spielchen hier denn wirklich so sehr?

„Du kannst gehen!“, sagt Leon an Diamant gerichtet.

„Baue ja keine Scheiße mehr“, flüstert Diamant mir ins Ohr.

Wie überflüssig, als wenn ich noch zu irgendwas fähig wäre.

Seine Hände geben mich frei, er stößt mir in den Rücken und geht.

Ich falle haltlos nach vorn um, Leon direkt in die Arme.

Er fängt mich auf und schließt mich in eine innige Umarmung.

Warum auf einmal? Was soll das? Ach, eigentlich ist es auch egal, ich will nur noch ausruhen dürfen. Ich bin am Ende meiner Kraft. Nicht mal wenn ich wollte könnte ich mich losreißen. Wie demütigend!

Warum nur ist sein Körper so schön warm? Selbst sein Aftershave riecht gut. Ach verdammt Lucca, reiß dich zusammen. Nur weil du halb erfroren bist muss dir das nicht auch noch gefallen. Trotzdem tut diese liebevolle Geste nach allem irgendwie gut. Wann war eigentlich das letzte Mal jemand zärtlich zu mir? Ich weiß es nicht mehr. Aber ich sehne mich danach mal nicht geschlagen oder angeschrien zu werden. Wie ist es wohl wenn eine Berührung nicht gleich Schmerz bedeutet?

In seine Wärme gehüllt entspannen sich meine Muskeln, das unerträgliche Zittern wird erträglicher. Ach, verdammt, ich hätte jetzt so gern den Halt eines geliebten Menschen, der mich beschützt, wenigstens mal für einen Tag. Verbissen kämpfe ich gegen die Tränen an.

„Gut gemacht mein Saphir!“, flüstert Leon mir mit weicher Stimme ins Ohr.

Was soll das denn jetzt? Ich will nicht auch noch was Nettes von ihm hören. Der Kerl ist doch für mein Leid der letzten Stunden verantwortlich. „Ach sei doch einfach still“, murmle ich und lehne mich an den Halt seines Körpers.

Er lacht leise auf.

Die Tür fällt ins Schloss, wir sind allein. Ob das Spiel aus Wohltat und Folter jetzt weiter geht? Ich erschaudere bei dem Gedanken.

Er sagt kein Wort, hält mich einfach nur in seiner Umarmung gefangen. Sein Schweigen ist unerträglich, die ganze Zeit erwarte ich irgendwas Bösartiges. Ermattet sage ich: „Können wir für heute aufhören? Bitte! Ich kann wirklich nicht mehr.“

Leon bleibt wieder stumm, dafür fährt sein rechter Arm meinen Rücken hinab über meinen Hintern und unter meine Oberschenkel. Meine Arme legt er sich um den Hals, dann erhebt er sich. Wie eine Puppe trägt er mich ins Bett und legt mich auf der linken Hälfte ab.

Ich seufze gequält, als mich sein warmer Körper verlässt. Augenblicklich beginnen meine Muskeln wieder den

Kampf gegen die Kälte aufzunehmen, meine Lippen beben, meine Zähne klappern. Ich rolle mich klein zusammen.

Leon legt sich hinter mich, er holt sich beide Decken und wickelt uns darin ein. Seine Arme schlingt er um mich. Da ist sie wieder diese wunderbare Wärme, die meine Muskeln entspannt. Mich überkommt ein wohliges Stöhnen. Warum nur fühlt sich das so gut an? Ich will mich doch gar nicht wohlfühlen. Er ist immer noch dasselbe Monster, oder hat er einen Zwillingsbruder von dem ich noch nichts weiß? Seine gespaltenen Wesenszüge sind unheimlich. Die ganze Zeit warte ich darauf, dass er wieder etwas Grausames tut, doch er hält mich einfach nur fest, es kommt auch kein feindseliges Wort mehr. Sein Atem geht ruhig und gleichmäßig, sein muskulöser Körper ist völlig entspannt. Das ist doch nicht derselbe Kerl, der mich eben noch aufgeschlitzt und in den Keller hat werfen lassen.

Die Bettdecke und das Laken erwärmen sich, mit jeder Minute wird es angenehmer einfach nur so da zu liegen. Selbst das Kissen lädt zum Schlafen ein. Ob er es merkt, wenn ich die Augen schließe?

Er rückt näher an mich heran, sein Becken schmiegt er eng an meinen Hintern. Er reibt seinen Schritt an mir, sein Glied richtet sich auf. Die Eichel schiebt er zwischen meine Pobacken Richtung Anus.

Ich seufze ermattet. Nicht schon wieder das. „Ist das eigentlich das Erste was dir morgens einfällt und das Letzte wenn du zu Bett gehst?" Wie kann man nur so sexsüchtig sein? Ich habe mich fast in dieser Wärme wohlfühlen können, da kommt er wieder mit dem Mist an.

„Gibt es denn noch etwas Schöneres, als das hier?"

„Du brauchst dringend ein Hobby!"

„Du bist jetzt mein Hobby“, sagt er und lacht.

Na ganz toll. Ich lasse den Kopf im Kissen liegen und ihn einfach machen.

Er dringt ganz langsam ein, fast schon vorsichtig. Seine Größe Stück für Stück bewältigen zu dürfen ist deutlich angenehmer. Auch als er sich zu bewegen beginnt, wird er nicht schneller. Nur sein Atem in meinem Nacken beschleunigt sich.

Ich schließe die Augen. Dann soll er eben seinen Orgasmus haben. Wenn er dabei weiter so friedlich bleibt, von mir aus. So müde wie ich bin, schlafe ich auch dabei ein. Ich will mich nicht mehr wehren, keinen neuen Schmerz ertragen müssen. Wenn ich hier überleben will, werde ich mir meine Kraft in Zukunft einteilen und meine Kämpfe weiser wählen müssen.

13. Kapitel

~Erholungspause~

Wie schön sich sein Körper anfühlt, wenn er mal nicht kämpft und ganz entspannt ist. So frei konnte sich Leon das letzte Mal nicht in ihm bewegen. Dass er keine Gewalt anwenden muss entspannt auch ihn. Mal von den Verletzungen abgesehen ist Saphirs Haut glatt und ebenmäßig und das obwohl er nun schon den zweiten Tag hier ist. Senku muss ihm sämtlichen Haarwuchs entfernen lassen haben, denn da ist nicht ein Stoppel der störend kratzt. Leon kann nicht aufhören den jungen Körper zur erforschen und den unverletzten Nacken zu küssen. Dieser Saphir wird sicher noch der schönste seiner Edelsteine werden.

Die Atmung des Jünglings wird immer gleichmäßiger, das Zittern seines Körpers hat aufgehört, seine Haut ist wieder warm. Doch schon seit einer ganzen Weile bewegt er sich nicht mehr.

Ist er etwa eingeschlafen? Leon stutzt und drückt sich mit dem Ellenbogen hinauf um seinem Sklaven ins Gesicht schauen zu können.

Saphir hat tatsächlich die Augen geschlossen.

Wie kann das sein? Es ist noch nie jemand bei ihm eingeschlafen, schon aus Angst sind seine Sklaven wach geblieben. Danach vor Erschöpfung ja, aber dabei? Leon rüttelt Saphir an der Schulter. „Hey, pennst du etwa?“, fragt er.

Der Jüngling murrt und dreht seinen Arm weg.

„Wie kannst du jetzt schlafen?“

Saphir vergräbt das Gesicht im Kissen. „Du bist nicht so gut und unwiderstehlich im Bett, wie du denkst. Also werde fertig und lass mich schlafen“, nuschelt der Knabe im Halbschlaf.

Ist das eigentlich zu fassen? Dieser verdammte Mistkerl! Selbst in dem Zustand gibt er noch solche Antworten. Woher nimmt er nach den letzten Stunden noch den Mut dafür? Leon könnte ihn mit einer etwas festeren Umarmung töten, so schwach ist er und trotzdem ist da noch immer dieses Feuer. Einfach der Wahnsinn! Wie wahrscheinlich war es, dass er so jemanden tatsächlich findet, dass es so jemanden überhaupt gibt? Bisher waren die jungen Männer die er zum Saphir ernannte, gerade mal in der Lage gewesen sich seinen Befehlen zu widersetzen, doch sobald er etwas ernster wurde, waren sie sofort bereit sich zu unterwerfen. Bisher hat er sich nur in seiner Fantasie vorstellen können, wie es mit jemanden ist, der einen wirklichen Willen besitzt.

Leon unterbricht sein Liebesspiel und nimmt sich die Zeit den schlafenden Jungen zu betrachten. Die blonden Haare sind matt und strohig, die Wangen eingefallen. Nicht mal in seinem Gesicht ist noch die Spannung von Muskelkraft zu erkennen. Die Hypothermie ist noch nicht ganz ausgestanden, so wie Saphir zittert, doch so lange seine Muskeln noch arbeiten, hat sein Körper Reserven. Leon tastet nach dem Puls des Jünglings an dessen Hals, er ist schwach aber regelmäßig.

Die Bettdecken hebt Leon an, um den ganzen Körper des Jünglings betrachten zu können. Die Atmung in seinem Brustkorb ist kaum sichtbar, dafür stechen ganz deutlich die Rippen und Hüftknochen hervor. Seine Haut ist leichenblass, nur die vielen roten Striemen, Wunden und blauen Flecke verleihen ihr Farbe. Lippen, Finger, und

Zehen haben eine leichte, bläuliche Färbung geschuldet der Kälte in ihm. Das weiße Laken unter seinem Hintern färbt sich zunehmend rot. Sicher hat sich die Verletzung ihrer ersten Vereinigung wieder geöffnet. Leons Penis ist mit dem Blut des Jünglings besudelt. Wie seltsam, dass Saphir ihn trotzdem so ungehindert hat eindringen lassen, er hat keinen Laut von sich gegeben. Der Junge ist seltsam.

Ein Patient der so zu ihm käme, den würde Leon sofort Klinisch aufnehmen und auf Station überwachen lassen. Dabei würde er ihm etliche Infusionen legen, mit Schmerzmitteln, Kochsalzlösung und Antibiotika. Wie konnte der Knabe in dem Zustand überhaupt rebellieren? Er muss starke Schmerzen haben, die zwar durch die niedrige Körpertemperatur etwas weniger in sein Bewusstsein vordringen dürften, aber dennoch müsste er deutlich mehr damit zu kämpfen haben. Jeder Andere hätte längst um Gnade gebettelt. Die ganze Zeit hat Leon darauf gewartet, dass Saphir aufhört ihn zu duzen, dass er respektvoller wird und ihn dann anfleht aufzuhören. Für gewöhnlich legt er dort eine Grenze fest, doch als Saphir endlich bereit dazu war, war die scheinbar schon vor Stunden überschritten. Wann genau war eigentlich der Moment, als sein Körper genug hatte? Bisher hat Leon das immer am Geisteszustand festgemacht, noch nie ist der Körper vor dem Geist gebrochen. All seine bisherigen Erfahrungen sind bei diesem Saphir nutzlos. Der Kerl überspringt seine körperlichen Grenzen ohne mit der Wimper zu zucken. Das war schon so als Leon ihn das erste Mal nahm. Er muss hier dringend dazulernen und zwar schnell.

Saphirs Atmung beschleunigt sich, seine Arme legt er sich selbst um den Körper und rollt sich immer kleiner zusammen. Sein Magen macht gurgelnde Geräusche. Als Leon ihm ins Gesicht sieht, ist es verbissen und leidverzerrt. Na kein Wunder, so wie sein Körper inzwischen aussieht, dass er nicht die ganze Zeit schreit und heult ist schon seltsam.

Leon seufzt und legt die Decken wieder über Saphir, dann rutscht er zum Bettrand. Die Körpertemperatur seines Edelsteins wird er Schrittweise wieder erhöhen müssen, um nicht noch ernsthaftere Probleme zu riskieren. Wenn die Unterkühlung ausgestanden ist, wird der Stoffwechsel sicher wieder hochfahren, aber um den Rest muss Leon sich dringend kümmern. Von all den Dingen die er jetzt bräuchte hat er lediglich Schmerzmittel und Antibiotika da, der Rest muss über die Nahrung kommen. Stimmt ja, da war ja auch etwas. Dank dieser Scherbenaktion, hat Leon ganz vergessen, ihm etwas zu Essen zu bringen. Ob Diamant zumindest in dem Fall vorgesorgt hat? Besonders Aufmerksam ist er bisher nicht gewesen, wenn es um Saphir geht. Dass der Alarm der biometrischen Daten anging als er den Jüngling waschen sollte, ist auch besorgniserregend gewesen. Da wird er sich Diamant noch mal vorknöpfen müssen, doch jetzt gibt es erst einmal Wichtigeres.

Das qualvolle Stöhnen Saphirs lässt Leon schneller zu seiner Kommode laufen. Er öffnet die zweite Schublade und sucht darin nach zwei Fläschchen und einer Spritze. Als er alles gefunden hat und die Kanüle in den ersten Deckel sticht, sieht er noch mal zum Bett zurück. Wie viel mag der Jüngling wohl wiegen? Er ließ sich recht leicht tragen und er ist nicht größer als 1,70 m - 40 Kilo höchstens. Leon schätzt die Dosis ab, dann kehrt er zum Bett zurück.

…~*~…

Verdammter Einlauf, wie ich das hasse und mein leerer Magen macht die Bauchschmerzen auch nicht besser. Ich bin doch schon fast eingeschlafen gewesen, doch das Stechen in meinen Eingeweiden lässt mir keine Ruhe. Ich zittere schon wieder heftig und umschlinge mich selbst, ganz klein rolle ich mich zusammen. Je wärmer mein Körper wird, umso deutlicher spüre ich all meine Verletzungen. Gibt es eigentlich auch noch eine Stelle an diesem Körper, die nicht weh tut?

Warum Leon die Decke angehoben hat und mich so blöd mustert wird mir zunehmend egal. Nicht mal, dass er, aus welchem Grund auch immer, von mir abgelassen hat, macht es erträglicher. Ich stöhne gequält und wünsche mich in den kalten Matsch zurück, der meine Sinne betäubt hat.

Er legt die Decke wieder um mich, die Matratze hebt sich, seine Schritte bewegen sich durch den Raum. Er öffnet eine Schublade. Was hat er denn jetzt schon wieder vor? Ich dachte er holt sich seinen Orgasmus und gibt dann endlich Ruhe. Schwer atmend zwinge ich mich die Augen zu öffnen und nach ihm zu sehen.

Er kommt auf das Bett zu, in seinen Händen hält er verschiedene Dinge, unter anderen eine Spritze.

Entsetzt sehe ich zwischen der Nadel und seinem Gesicht hin und her. Seine Mimik ist eine undurchschaubare Maske. Was hat er denn vor? Was ist da drin? Gift? Drogen? Ich rolle mich noch kleiner zusammen und versuche mich unter der Decke zu verstecken. Ich wehre mich doch schon gar nicht mehr, wozu also?

Die Matratze senkt sich unter seinem Gewicht, er hebt die Decke.

Ich sehe ihn zitternd an und schüttle abwehrend den Kopf. „Bitte, wir wollten doch aufhören für heute. Ich ertrage wirklich nicht mehr.“

Leon rollt mit den Augen, er greift sich meinen Arm und zieht ihn grob zu sich. Um meinen Oberarm bindet er ein blaues Band, mein Blut beginnt sich zu stauen, die Adern in meiner Armbeuge treten deutlicher hervor. Mit einem feuchten Tupfer reinigt er die Haut, dann sticht er kommentarlos die Nadel hinein und schießt mir den Inhalt der Spritze in die Adern. Als die Spritze leer ist, zieht er die Nadel heraus, das Band löst er von meinem Arm und drückt mit dem Tupfer auf die Einstichstelle.

Ich atme langgezogen aus und warte angespannt auf die Wirkung. Bei Senku war es meist etwas, das Krämpfe ausgelöst oder mich willenlos gemacht hat. Inständig hoffe ich auf Letzteres, irgendeine Droge, die zumindest meinen Geist benebelt. Doch nichts dergleichen passiert.

Über meinen Arm verteilt sich ein Brennen in meinem ganzen Körper, ich verziehe angespannt das Gesicht. Je länger das Mittel durch meine Adern wandert, umso weniger Leid erreicht meine Sinne, alles wird irgendwie taub. Ich fühle mich zunehmend leichter und wohl dabei. War das etwa Schmerzmittel? Verdammt, ist das Zeug gut. Selbst die Brandwunde auf meiner Schulter tritt in den Hintergrund, die Bauchschmerzen verschwinden. Eine Schwere legt sich über mich und lässt mich wie in Watte gepackt zurück. Was ist das bitte? Morphium? Ich atme erleichtert durch, meine Arme lasse ich ins Laken sinken, sie müssen meinen Magen nicht länger stützen. Oh man, so ist es also wenn einem mal nichts weh tut? Gott, tut das gut! Darf ich von dem Zeug einen ganzen Vorrat haben? Bitte!

Leon legt die leere Spritze, gemeinsam mit den anderen Dingen auf den Nachttisch, dann richten sich seine blauen Augen wieder auf mich. Ist das Sorge in seinem Blick? Warum auf einmal diese Wohltat? Ich begreife gar nichts mehr.

„Saphir, eines solltest du vielleicht noch wissen", Leons Stimme ist ganz sanft. Wo ist der diabolische Unterton hin? Was kommt wohl jetzt? Da muss es doch einen Haken geben. Hat er irgendwas vor, was nur mit Schmerzmittel auszuhalten ist? Mir stellen sich die Nackenhaare auf bei dem Gedanken, ein Schauer rinnt mir den Rücken hinab. Angespannt warte ich darauf, dass er weiter spricht.

Er atmet hörbar aus, dann sagt er: „Es geht mir gewiss nicht darum dich umzubringen."

Ich ziehe die Augenbrauen hinauf. Na was für eine Erleichterung. Seine Taten und die seines Diamanten lassen was Anderes vermuten.

„Ja, meine Sklaven leiden unter mir und besonders du als Saphir hast ein schweres Los hier, aber für gewöhnlich erkenne ich die Grenzen meiner Spielzeuge. Ihr seid teuer gewesen und auch wenn ich euch nach meinem Willen benutze, will ich noch lange Freude an euch haben. Deswegen höre ich für gewöhnlich auf, bevor es wirklich problematisch wird. Aber deine Grenzen sind mir nach zwei Tagen immer noch ein Rätsel. Kennst du sie eigentlich selbst noch?"

Die Frage ist tatsächlich ernst gemeint, ich kann es in seinen Augen sehen.

Nachdenklich schaue ich vor mich hin. Müdigkeit ergreift von mir Besitz und macht es mir immer schwerer meine Gedanken zu ordnen. Wann habe ich das letzte Mal aufgehört mich zur Wehr zu setzen, wenn es wirklich weh tat? Mal abgesehen von dem Moment gerade, als er mich im Arm hielt, will mir keine Situation einfallen.

„In meiner langen Zeit als Meister ist noch nie der Körper vor dem Geist gebrochen. Für gewöhnlich flehen die Menschen schon lange bevor es wirklich ernst wird um Gnade. Ich habe dir gestern schon gesagt, dass Schmerz ein Schutzmechanismus ist. Du übergehst den einfach, nicht nur mal kurz, sondern Stundenlang. Das ist nicht normal!"

Als wäre der Kerl viel ‚normaler'. Ich wende den Blick ab und vergrabe den Kopf im Kissen. Senku hat es nie interessiert, dass meine Schmerzgrenze erreicht war. Es hat überhaupt nichts gebracht um Gnade zu betteln, zumindest nicht wenn ich das getan habe. Wenn ich jetzt so zurückdenke, war er bei den anderen Sklaven nicht so grausam. Ich habe es irgendwann einfach aufgegeben. Mehr als Selbsterniedrigung kam dabei nicht herum. Um mich nicht gänzlich zu verlieren war es einfacher vorlaut zu sein, dann konnte ich nach der Folter wenigstens noch einen Funken Stolz für mich selbst aufbringen.

Aber hier bei Leon ist alles anders. Senku hatte noch genug mit den anderen Sklaven zu tun, die täglich neu hinzugekommen sind. Mal von der Strafe für den Mord an Maike abgesehen, musste ich seine und die Aufmerksamkeit seiner Schergen nie länger als ein bis zwei Stunden ertragen. Leon hingegen kann diese Spiele den ganzen Tag spielen. Muss ich also in Zukunft auch den letzten Rest meines Selbst aufgeben, nur damit er es nicht übertreibt? Das kann und will ich nicht!

„Ich werde dich auch in Zukunft an deine Grenzen führen. Ich liebe es nun mal zu sehen, wie Menschen sich dann verhalten und gerade bei dir ist das noch viel aufregender. Aber dafür muss ich dich deutlich besser kennenlernen.“ Er legt mir seine Hand auf den Kopf und streichelt mich zärtlich.

Ich zucke zusammen. Seine Worte beruhigen mich kein Stück. Das heißt doch nur, dass dieses Spiel aus Wohltat und Folter immer weiter geht und er nur lernen will, mich dabei nicht umzubringen. Dann ist nicht mal der Tod ein Ausweg. Vielen Dank auch für diese trostlosen Aussichten in meine Zukunft. Ich seufze und schweige eisern. Meine Muskeln zum Sprechen zu bewegen wird mir ohnehin, mit jeder weiteren Minute die vergeht, zu viel.

Seine Hand streichelt weiter meinen Kopf. „Ich werde eine Woche länger bleiben, als ich vor hatte und so Leid es mir auch tut, meine ganze Aufmerksamkeit wird in dieser Zeit dir gehören.“

Ich bin begeistert! Angespannt atme ich ins Kissen. Obwohl seine Stimme so sanft ist, ist da noch immer nichts in seinen Worten, was es für mich leichter macht.

Seine Hand wandert in mein Gesicht und tiefer bis zu meinem Kinn. Er hebt meinen Blick und zwingt mich ihn anzusehen. Tief schauen mir seine Augen in die Seele als er sagt: „Ich will dieses Feuer in dir ergründen und dann will ich es beherrschen!“

Gänsehaut überzieht meinen ganzen Körper bei seiner tiefen Stimmlage. Was bitte stellt er sich unter beherrschen vor?

14. Kapitel
~Silver~

Nachdem Leon ausgesprochen hat, was ihm wichtig war, lässt er den Kopf des Jünglings ins Kissen fallen. Mit dem Mittel im Blut wird Saphir eine weitere Unterhaltung ohnehin zu schwer fallen. Leon beschließt ihn mit seinen Gedanken allein zu lassen und steht auf.

Nach einem kurzen Abstecher ins Bad, wo er sich das Blut Saphirs vom Penis wäscht, verlässt er das Zimmer. Auf dem Weg in die Küche kann Leon das schrille Quietschen Jades hören. Er heult und brummt. Ohne den Raum betreten zu müssen, ahnt er schon wer dafür verantwortlich ist. „Silver", murmelt Leon genervt. Dem Kerl muss er auch dringend wieder seine Aufmerksamkeit schenken, aber gerade hat er so gar keine Lust auf ihn.

Leon öffnet die Tür zur Wohnküche. Ein großer, heller Raum mit links und rechts verglasten Wänden. Direkt in Blickrichtung liegt die Küchenzeile, sie nimmt die ganze Wand ein. Davor ist eine freistehende Arbeitsfläche, einem Tresen gleich, mit Hockern davor und einem eingebauten Herd in der Mitte. Diamant steht dort vor einem großen Topf und schöpft mit einer Kelle den Inhalt heraus. Er füllt einen tiefen Teller mit dampfender Suppe. Vor ihm stehen bereits vier fertige Mittagsgerichte.

„Mach mir für Saphir auch eine kleine Schüssel, aber nur mit Brühe!", sagt Leon und hält auf den Tresen zu.

Diamant nickt und holt aus einem der Hängeschränke eine Schale. Gerade mal eine Kelle der Suppe passt hinein.

Leon erreicht die Hockerreihe und setzt sich. „Mach mir noch so einen Topf Suppe, mit viel Flüssigkeit und stelle sie portionsweise in den Kühlschrank!“

Diamant nickt stumm und schiebt die gefüllte Schüssel in Leons Richtung.

Der Meister nimmt sie entgegen. Leon setzt einen ernsten Blick auf, mit dem Zeigefinger deutet er zwischen sich und Diamant hin und her. „Wir beide werden auch noch mal ein ernstes Wort miteinander…“

Ein schrilles Quietschen übertönt seine Worte, gefolgt von einem wilden Knurren.

Leon seufzt und dreht sich um.

Links vom ihm steht ein großes Sofa vor einer Anrichte mit einer Glasscheibe, die darüber aufgehängt ist. Der Fernseher ist eingeschaltet, es läuft ein Porno mit vielen Männern, die über einen einzelnen Kerl herfallen.

Auf dem Sofa sitzt ein junger Mann mit roten, kurzen Haaren. Er ist vor einem Monat 21 Jahre geworden. Sein Halsband ist ganz aus Silber. Der Oberkörper Silvers ist durchtrainiert. Seit Leon das letzte Mal hier war, hat er offensichtlich wie befohlen an seiner Fitness gearbeitet. Neben ihm auf dem Sofa hockt auf allen vieren Jade. Silver hat ihn am Kopf gepackt und drückt ihn mit der Wange voran in die Rückenlehne des Sofas. Seinen schnellen Bewegungen nach zu urteilen, nimmt er Jade gerade.

Eine Armlänge vom Kopf des Jungen entfernt, steht Jades Fressnapf. Er streckt die Finger danach aus, kommt aber nicht heran. Laut knurrt und quietscht er, doch nicht wegen Silvers harten Stößen, sondern weil der ihm seinen Fressnapf in unerreichbare Ferne gestellt hat. Immer dasselbe Spiel. Wenn Leon die beiden hier zusammen antrifft, dann ausschließlich in dieser Position. Als wieder Jades Quietschen den Raum füllt, sagt Leon ernst: „Jetzt gebe ihm schon den verdammten Napf! Das Geschrei ist ja nicht auszuhalten.“

Silver intensiviert seine Bewegungen. Jades Blick wird verkrampft, er stöhnt gegen die Lehne. „Nein, ich mag es wenn er Quietscht!“, sagt Silver. Hart schlägt er den Jungen über dem Hintern, genau dort wo Leon die Hiebe mit der Gerte platziert hat. Ein heller Schrei füllt die Wohnküche. „Ja, schrei für mich, los!“, sagt Silver und schlägt noch mal zu.

Jade quietscht, Tränen sammeln sich in seinen Augen. Weit streckt er den Arm nach seinem Napf aus.

Leon stellt die Schüssel für Saphir auf der Arbeitsplatte ab, dann steht er auf. Geradewegs hält er auf Silver und Jade zu. Im Vorbeigehen nimmt er den Napf und legt ihn Jade in die fordernde Hand, dann packt er Silver an den Haaren. Grob zerrt er ihn von dem Jungen weg.

Silver schaut erschrocken, er greift die Hände seines Meisters und versucht seine Finger zu lösen, vergebens.

Den Kopf fest im Griff reist Leon ihn vom Sofa und wirft ihn auf den Boden. Wild strampelt der Sklave und lässt sich nur mit aller Gewalt zu Boden ringen. Um ihn zu fixieren stemmt Leon sein rechtes Knie in den Rücken des Jünglings. Den linken Arm verdreht er ihm auf den Rücken, so weit bis Silver aufschreit und seine Gegenwehr aufgibt.

Jade flüchtet unterdessen über die Rückenlehne vom Sofa. Schutz suchend rennt er mit seinem Napf in der Hand in die Küche und versteckt sich hinter Diamant.

Der Hüne sieht genervt auf ihn herab und stößt ihn weg. „Hau ja ab!“, schimpft er.

Jade entfernt sich einen Schritt, bleibt jedoch in Diamants Schatten.

Leon verdreht den Arm Silvers weiter, bis es in seinem Gelenk knackt.

Er schreit auf, Tränen steigen ihm in die Augen. „Es tut mir leid!“, sagt er mit zusammengebissenen Zähnen.

„Wenn ich dir einen Befehl gebe, dann hast du ihn auszuführen, was ist so schwer daran?“ Mehr Körpergewicht verlagert Leon auf sein Knie.

Silver stöhnt und windet sich, doch Leons Griff ist eisern.

„Ja, ich weiß. Es tut mir doch leid!“, sagt Silver zähneknirschend.

Leon sammelt den Speichel in seinem Mund und spukt ihn Silver ins Gesicht.

Der Jüngling läuft rot an vor Zorn, wagt aber nichts zu sagen. Gedemütigt und unterworfen zu werden, kann Silver nicht ausstehen. Es ist das perfekte Mittel den Wildfang unter Kontrolle zu bekommen, wobei es da noch etwas gibt, das deutlich mehr Wirkung erzielt. Für seine Frechheit hat er sich eine Strafe verdient. Leon überkommt ein fieses Grinsen. Er setzt sich Silver in den Rücken. An Diamant gewandt sagt er: „Hol seinen Keuschheitsgürtel!“

Augenblicklich weicht alle Farbe aus Silvers Gesicht. Entsetzt schaut er über die Schulter zu Leon auf. „Nein! Bitte nicht, ich durfte ihn doch erst gestern abnehmen!“

„Ganz richtig! Aber du nervst mich gerade gewaltig.“

„Warum? Nur weil ich Jade genommen habe?“

„Erzähl keinen Scheiß, nimm Jade so viel du willst, dafür ist er ja da, aber macht nicht so einen Lärm dabei. Verstanden?“

Jade wird hinter Diamant immer kleiner, er schaut in den Napf, sein Blick wird leer und freudlos.

„Ja, aber er ist so langweilig, wenn er nicht wenigstens ein bisschen Schreit!“

Leon muss schmunzeln. Das kann er sogar nachvollziehen. Er selbst hat Jade noch nie genommen, ohne ihn vorher zu verprügeln.

„Dann lass dir was anderes spannendes mit ihm einfallen. Hören will ich euch dabei auf keinen Fall, verstanden?“, fragt Leon.

„Ja, ist angekommen! Darf ich jetzt wieder aufstehen?“, fragt Silver

„Nein!“

Diamant kommt zu ihnen. Er bückt sich über Silvers Schritt. Den Penis des Jünglings zieht er unter dessen Bauch hervor und sperrt ihn in einen Metallkäfig.

Silver sieht den Hünen finster an. „Das bekommst du so was von zurück!“

„Jetzt hab dich nicht so. Du warst jetzt einen Monat keuch und konntest dich gestern austoben. Das muss reichen“, sagt Leon streng.

„Aber..!“, versucht Silver sich an einem Protest.

Leon beugt sich über seinen Rücken und legt seinen Kopf an Silvers Ohr. Er flüstert ihm zu: „Ich bleibe noch eine Woche länger und an meinem vorletzten Tag habe ich eine Überraschung für dich.“

Silver gibt seine Gegenwehr auf, er lauscht angestrengt. „Was denn?“

„Unser neuer Saphir hat gestern versucht mich umzubringen. Dafür muss er noch bestraft werden.“

„Ist er hübsch?“, fragt Silver, seine Stimme bebt vor Aufregung.

„Blonde Haare, blaue Augen, spindle dürr.“

„Wann darf ich?“

„Nächste Woche Freitag.“

„Muss ich bis dahin keuch bleiben?“

„Ja!“

…~*~…

Gedankenverloren sehe ich an die Decke. Jetzt, wo ich gegen nichts mehr kämpfen muss, spuken unaufhörlich Leons Worte durch meinen Kopf. Werde ich wirklich niemals frei sein, gefangen in seinem Wahnsinn aus Leid und Erholung? Das kann doch nicht alles sein, was mich im Leben noch erwartet. Das darf es einfach nicht! Ich kämpfe die wachsende Panik in mir hinunter. Es muss einen Weg geben. Mein Blick fällt auf den Nachttisch. Die Spritze liegt noch immer dort. Dunkel kommt mir in den Sinn mal irgendwo gehört zu haben, dass Luft in Blutgefäßen tödlich ist. Soll ich es noch mal versuchen, jetzt? Ich will meinen Arm heben, doch es geht nicht, ich bekomme nicht mal die Decke weggeschoben. Wieder so eine gute Gelegenheit und mein Körper ist einfach zu schwach dafür. Das ist zum Verzweifeln. Es bringt nichts. Ich muss erst mal wieder auf die Beine kommen. Was nützt mir Leons Tod in diesem Zustand schon? Ob er mir wirklich die Zeit geben wird, wieder zu Kräften zu kommen? So sehr mich die Vorstellung auch gruselt ich muss jetzt geduldig sein. Er ist nicht perfekt, das Versehen mit der Spritze beweist es deutlich.

Es wird eine neue Gelegenheit geben, ganz gewiss. Ich schließe die Augen und versuche mich zu entspannen.

Schritte bewegen sich auf dem Flur, die Tür wird geöffnet. Ein Duft nach gekochtem Gemüse und Fleisch dringt herein. Mir läuft das Wasser im Mund zusammen. Ob die Anderen jetzt wohl zu Mittag essen?

Leons Schritte kommen zum Bett. „Hier!“, sagt er.

Ich öffne die Augen.

Eine dampfende Schüssel streckt er mir entgegen, der Duft nach Suppe ist so intensiv, dass ich sie bereits auf der Zunge schmecken kann. Mit großen Augen schaue ich in die Schüssel. Eine klare Brühe, mit großen Fettaugen auf der Oberfläche, sonst nichts. Es ist nicht viel mehr als der Brei am Tag zuvor, aber immerhin etwas. Ich will danach greifen, es in einem Zug leertrinken, doch wieder kann ich die Arme nicht heben. Sehnsüchtig schaue ich in die Schüssel, sie ist so nah und ich kann sie trotzdem nicht erreichen. Das treibt mir die Tränen in die Augen.

„Was ist?“, fragt Leon und schwenkt sie vor mir.

„Ich schaffe es nicht, ich kann die Arme nicht heben“, sage ich mit weinerlicher Stimme.

Leon legt den Kopf schief, er betrachtet mich einen Moment lang, dann stellt er die Schüssel auf dem Nachttisch ab.

Sehnsüchtig sehe ich sie an. Ob er sie jetzt weckschütten wird? Dabei zusehen zu müssen wäre furchtbar.

Leon wickelt mich aus den Decken aus, an den Armen richtet er mich auf und setzt sich dann hinter mich.

Misstrauisch beobachte ich ihn.

Als er es sich gemütlich gemacht hat, lehnt er mich mit dem Rücken an seinen Brustkorb und holt sich die Schüssel. Er führt sie zu meinem Mund und kippt sie so, dass ich auch ohne Arme trinken kann.

In schnellen Zügen giere ich nach der Nahrung. Mein Magen macht gurgelnde Laute, als sich die warme Flüssigkeit darin verteilt. Wie gut das schmeckt. Davon könnte ich locker noch drei vier Schüsseln trinken. Am besten mit Gemüse und Fleisch drin. Mal was Richtiges zum Kauen, was wäre das für ein Hochgefühl? Viel zu schnell ist die kleine Schüssel leer und wird von Leon auf dem Nachtisch abgestellt.

„Du bekommst jetzt aller drei Stunden was, dann solltest du dich spätestens in zwei Tagen wieder allein bewegen können."

Ungläubig starre ich vor mich hin. Aller 3 Stunden? Habe ich mich verhört? Ich darf also den ganzen Tag essen? Heute und Morgen? „Hast du deinen bösen Zwilling in den Schrank gesperrt, oder was ist hier faul?" Die ganze Zeit brennt mir diese Frage nun schon auf der Seele.

Leon schmunzelt ich spüre die Bewegung in seinem Gesicht.

Er legt seine Arme um mich und sein Kinn auf meinem Kopf ab. „Ach, mach dir mal keine Sorgen mein kleiner Saphir. Ich will nur das du wieder fit wirst, denn dass du mich umbringen wolltest, habe ich dir noch immer nicht vergeben." Immer enger legen sich seiner Arme um meinen Körper, er lässt mir nur noch wenig Platz zum Atmen. Ja das passt schon deutlich besser zu ihm, mit diesem fiesen Anteil kann ich umgehen. Meinen Blick richte ich auf die Spritze auf dem Nachttisch. Ich werde meine Chance schon bekommen, du blödes Arschloch und dann gnade dir Gott.

15. Kapitel

~Die Ruhe vor dem Sturm~

Seit zwei Tagen alle drei Stunden etwas essen und jeden Morgen eine Spritze. Wie seltsam es ist nicht jeden Moment dieses Stechen im Magen zu spüren und mal keine Schmerzen zu haben. Ich hebe meinen rechten Arm und betrachte meine Hand. Leon hat nicht zu viel versprochen, ich kann mich wieder bewegen. Einige der Striemen verblassen langsam, auch die blauen Flecke sind heller geworden. Wenn ich doch nur noch ein zwei Wochen so leben könnte wie jetzt, was wäre dann wieder möglich? Ich lasse den Arm sinken und schließe die Augen. Es ist so warm und weich in diesem Bett. Kein Hunger, kein Schmerz. Warum kann es nicht einfach so bleiben? „Sag mal besteht die Möglichkeit, dass wir deinen bösen Zwilling im Schrank lassen und alles so bleibt wie jetzt?“, frage ich Leon und suche seine Gestalt auf dem Bett.

Er sitzt neben mir, den Rücken an das Bettgestell gelehnt. Ein flüchtiges Lächeln huscht ihm über die Lippen. Während er in den Fernseher sieht und weiter das Nachrichtenprogramm verfolgt, fragt er: „Besteht die Möglichkeit, dass du mich nicht mehr umbringen willst?“

Jetzt muss ich schmunzeln. „Guter Einwand!“

„Dein Blick auf die Spritze ist mir im Übrigen nicht entgangen und du solltest wissen, dass ich sie da nicht vergessen habe.“

Ein imaginärer Kloß macht sich in meiner Kehle breit und lässt mich schlucken. Ich rutsche ein Stück von ihm weg.

Seine blauen Augen richten sich auf mich. Von oben herab mustert er mich. „Ich wollte wissen, ob du es gleich wieder versuchen würdest oder ob du den Plan aufgegeben hast.“

Das war also ein Test? Ob er so etwas von nun an regelmäßig macht? Dann muss ich ihn wohl sehr lange in Sicherheit wiegen, um eine wirkliche Chance zu bekommen. Ich wende mich ab und murmle in mich hinein: „Als wenn ich als Saphir aufgeben dürfte.“

Leon schaltet den Fernseher aus, er dreht sich zu mir, den Kopf stützt er mit der Hand, den Ellenbogen ins Kissen vergraben. „Egal was du tust, eines solltest du tunlichst vermeiden.“

„Ach ja und was?“, frage ich angriffslustig.

„Versuche nicht mir zu gefallen oder dich einzuschmeicheln.“

Ich lache auf. „Nur keine Sorge, das würde mir im Traum nicht einfallen.“

„Sicher? Du hast doch gerade um bessere Lebensbedingungen gefeilscht.“

„Ist es so unverständlich für dich, dass ich mich danach sehne nicht misshandelt zu werden?“

„Nein, aber das ist nicht deine Aufgabe!“

Ich seufze. Meine Hoffnung wir könnten einfach so weiter machen wie jetzt zerschlägt sich. Er liebt diese Folterspielchen, daran wird er festhalten, egal wie es gerade zwischen uns läuft.

„Wenn es dir wieder besser geht, wirst du ein eigenes Zimmer bekommen“, sagt er auf einmal und dreht sich auf den Rücken, während er die Decke betrachtet fährt er fort: „Es wird völlig leer sein. Für gewöhnlich beschenke ich meine Sklaven bei gutem Benehmen mit Möbeln. Selbst Jade hat welche.“ Er sieht mich wieder an. „Du wirst keine bekommen, egal was du tust.“

Ich betrachte sein fieses Grinsen und spüre erneut Wut in mir aufsteigen. Ich bin also der Einzige der für den Rest seines Lebens auf dem Boden schlafen muss? Wie nett!

„Ist schon gut, du musst dir keine Mühe mehr geben. Ich hasse dich bereits wieder!“

Er lacht und strahlt fröhlich. „Das hat nichts mit dir persönlich zu tun. Der Saphir soll einfach keinen Anreiz haben, sich für bessere Lebensumstände mir zu unterwerfen.“

Ich muss schwer an mich halten nicht die Beherrschung zu verlieren. Dieses Arschloch! „Ist dir schon mal in den Sinn gekommen, deinem Saphir für den Mist den er mit dir erdulden muss, einfach ein möbliertes Zimmer von vornherein zu geben? Dann hätte er es nicht nötig sich einzuschleimen.“

In Leon beginnt es zu arbeiten, er betrachtet mich einen Moment prüfend, dann kehrt das fiese Grinsen zurück: „Du feilschst schon wieder.“

„Und, bringt es was?“

„Nein!“, sagt er ernst, „Aber ich finde es süß.“

Ganz toll, genau das was ich erreichen wollte. Ich rolle mit den Augen. „Bist du eigentlich als Arschloch geboren worden, oder hat dich irgendwann mal der Blitz getroffen und dann warst du so?“

Er schmunzelt. „Ich bin eigentlich ganz umgänglich im normalen Leben und genau das ist das Problem. Das kotzt mich an. Ich will gar nicht nett sein.“ Er legt die Arme hinter den Kopf und schaut an die Decke.

„Also so geboren worden. Großartig!“, sage ich. Wenn es wenigstens irgend ein Trauma wäre, das ich Triggern könnte, aber das ist wohl in meinem beschissenen neuen Leben zu viel verlangt.

Unheimliches Schweigen schleicht sich zwischen uns. Wenn er so still ist fürchte ich jedes Mal er heckt was aus. Obwohl ich seit meiner Ankunft beinah Tag und Nacht mit ihm zusammen bin, kann ich ihn noch immer nicht einschätzen. Nur an seiner Stimmlage kann ich langsam erahnen ob er friedlich ist oder nicht.

„Für welches Land hast du gekämpft?“, fragt er auf einmal und scheint in Gedanken weit weg zu sein.

Ich versuche die Frage zu analysieren. Ist das wirkliches Interesse oder will er damit nur irgendwas für seine blöden Spielchen herausfinden?

Leon betrachtet weiter die Decke, als wenn er dort etwas Spannendes sehen würde. Schwelgt er gerade in Erinnerungen an etwas?

Ich gebe mir einen Ruck und antworte: „Für Deutschland.“

„Wo?“, fragt er weiter.

„Berlin.“

„Also direkt am Fronstreifen?“

Ich stutze, woher weiß er das? Wir sind hier in Amerika, Amis wissen für gewöhnlich gar nicht wo sich Europa gegen Ende des Krieges genau bekämpft hat. Sie haben zwar auch mitgemischt, aber Zivilisten haben nie einen solch tiefen Einblick über das Kampfgeschehen vor Ort erhalten.

„Ja?“, frage ich vorsichtig.

„War ein ganz schönes Gemetzel gegen Ende, oder?“

„Du warst auch dort?“, frage ich erstaunt und drehe mich zu ihm.

Er wendet sich mir zu. In seinen Augen glaube ich denselben Schrecken zu lesen, den ich selbst dort erlebt habe. Kann das wirklich sein? Ist die Welt so klein?

„Ja. Ich bin Arzt, zum Zusammenflicken werden wir in der Hölle immer gebraucht.“

„Für Amerika?“, frage ich aufgeregt. Bisher habe ich mit keiner Menschenseele über die Erlebnisse an der Front gesprochen, doch mit jemanden der selbst dort war, ist das etwas ganz anderes.

„Nein, für Deutschland“, sagt er.

„Du bist Deutscher?“

Er nickt.

„Welche Einheit?“

„Sanitätstrupp Vier.“

Vier? Ich versuche mich zu erinnern. Die Vier, die waren im Osten der Stadt stationiert, also am anderen Ende als wir. War das nicht auch da, wo die Bomben mitten ins Lazarett gefallen sind? „Haben die euch nicht in die Luft gejagt?“, frage ich ganz in der Vergangenheit versunken.

„Ja, das war echt heftig.“

„Wie hast du überlebt?“

„Ich hatte einfach nur Glück. Als die Bomben fielen war ich in der einzigen Apotheke die noch stand und habe Medikamente geholt. Gebraucht habe ich sie bei meiner Rückkehr allerdings nicht mehr.“

„Wieso bist du nicht in Kriegsgefangenschaft geraten?“

„Ich war in Kriegsgefangenschaft. Einen Tag, dann hat mein Vater mich freigekauft und in die USA geschickt, hier her wo ich schon mein Studium gemacht habe. Das ist eben der Vorteil wenn man reich ist."

Ich lasse mich ins Kissen sinken. Ob mich meine Eltern auch hätten freikaufen können, wären sie noch am Leben gewesen? Sicher nicht. Auf dem Haus waren zwei Hypotheken und mein Vater war bereits mit 50 Rentner.

Leon dreht sich auf die Seite, er sieht mich direkt an, als er fragt: „Welchem Trupp hast du angehört?"

„Trupp Eins."

„Also ganz im Westen der Stadt? Da wo die heftigsten Kämpfe getobt haben?"

Ich nicke und dränge die Bilder der letzten Tage an der Front in den hintersten Winkel meines Gedächtnisses.

Leon legt die Arme hinter den Kopf. „Die Welt ist klein", sagt er und betrachtet die Decke.

Ob wir uns damals schon begegnet sind? Ich betrachte sein Gesicht eingehend und versuche mich daran zu erinnern, welchen Ärzten ich über den Weg gelaufen bin. Nein, es will mir keine Begegnung einfallen. Trotzdem, irgendwie fühle ich mich ihm jetzt verbunden. Wir haben in derselben Hölle gekämpft und überlebt, sind sogar Landsmänner. Ob alles anders wäre, wären wir uns auf dem Schlachtfeld begegnet und nicht bei Senku?

„Wie du wohl in Uniform aussahst?", fragt er und lächelt.

„Und du im Arztkittel?" Ich muss lachen.

„Vielleicht besorg ich dir mal eine Uniform von damals, natürlich nur, um sie dir möglichst schnell wieder auszuziehen und ein paar ärztliche Untersuchungen vorzunehmen."

Ich rolle mit den Augen. Er weiß auch jeden positiven Moment mit seinen sexuellen Anspielungen zu verderben.

„Wo wir schon dabei sind. Darf ich überhaupt mal wieder Klamotten tragen?“ Ich besitze nicht mal eine Unterhose. Es nervt gewaltig immer nackt zu sein.

Er lächelt süffisant. „Nein! Mal von Diamant abgesehen, braucht hier keiner Kleidung. Ich will doch bewundern können, was ich gekauft habe.“

Mit anderen Worten, er will uns jeder Zeit und unkompliziert flachlegen können. Kotz!

…~*~…

Als Saphir in der Nacht eingeschlafen ist, liegt Leon noch lange wach. Dass sie beide auf derselben Seite gedient haben, sogar zusammen in Berlin stationiert waren, lässt ihn nicht los. Krampfhaft versucht er sich zu erinnern, ob er mit Trupp Eins irgendwann mal Kontakt hatte. Sicher war von denen auch mal einer bei ihm im Lazarett, aber war Saphir es auch? Seine Narben scheinen ausschließlich aus seiner Zeit bei Senku zu stammen. Leon sieht im Schein der Nachttischlampe noch einmal unter der Decke nach. Nein keine Schusswunde oder größere Vernarbung die von dem Splitter einer Bombe herrühren könnte. Er scheint unverletzt durch diese Hölle gekommen zu sein. Trotzdem lässt Leon die Frage nicht los, ob er dem Jüngling an der Front begegnet ist. Irgendwann hält er es im Bett nicht mehr aus und steht auf. Er geht zu seinem Schreibtisch und sucht einen Ordner heraus. In ihm bewahrt er die Kaufverträge seiner Sklaven auf. Da Saphir sein letzter Kauf war, muss er nicht lange suchen, seine Unterlagen liegen ganz oben auf. Er geht das Formular mit Saphirs Daten durch. Da steht es ja: Lucca Wolfenstein. Wolfenstein, das sagt ihm tatsächlich etwas. Der Name ist in den letzten Tagen des Krieges ab und an mal gefallen, nur der Zusammenhang will ihm nicht mehr ins Gedächtnis kommen. Schon irgendwie verrückt, wie das Leben so spielt. Wären sie sich dort begegnet, was dann wohl passiert wäre. Der Junge in Uniform und fit, das hätte sicher seine Aufmerksamkeit erregt. Lächelnd sieht Leon zum Bett zurück. Er wird ihm auf jeden Fall eine Uniform besorgen, nur um zu sehen, wie das an ihm wirkt.

Saphir bewegt sich unruhig im Schlaf, er dreht sich von einer zur anderen Seite und schlägt die Decke von sich. „Nein!“, schreit er in unregelmäßigen Abständen immer wieder. Sieht nach einem heftigen Alptraum aus. Leon stellt den Ordner ins Regal zurück und geht zum Bett.

Saphir tritt und schlägt um sich, er schreit.

Leon muss seine Arme bändigen um an ihn heran zu kommen und ihn aufrichten zu können. Er rüttelt ihn: „Saphir, wach auf!“

Der Junge reist die Augen auf, panisch sieht er Leon an und versucht sich aus seinem Griff loszureißen. Wild wandern seine Pupillen nach rechts und links, sein Atem rast. Er scheint noch ganz in seinem Traum gefangen zu sein.

„Du bist jetzt wach, es ist alles gut!“, sagt Leon bestimmt aber mit sanfter Stimme.

Saphirs Augen fixieren seine, er beruhigt sich langsam, dann senkt er den Blick.

„Senku?“, fragt Leon und gibt den Jüngling wieder frei.

Saphir schüttelt den Kopf, er fährt sich durch die verschwitzten Haare. „Nein, Diamant!“, sagt er und atmet tief durch.

Leon stutzt. Ein Trauma wegen Senku oder des Krieges, das für Alpträume sorgt, könnte er ja noch verstehen, aber wegen Diamant? „Was hat er angestellt?“

Saphir lässt sich wieder ins Kissen fallen, den rechten Arm bettet er auf der Stirn. „Was spielt das schon für eine Rolle?“

„Je nach dem was er getan hat, könnte ich ihn mir vorknöpfen!“

„Danke, nein! Ich kann meine Kämpfe alleine ausfechten. Wenn ich wieder fit bin, dann ...“

Leon überkommt ein verträumtes Lächeln. Sicher wird Saphir Diamant ordentlich auf Trab halten. Er freut sich jetzt schon auf die Geschichten, die er bei seiner Rückkehr darüber hören wird.

„… was schaust du denn so komisch?“

„Ich hätte dir schon damals begegnen sollen, dann wären die letzten fünf Jahre nicht so langweilig gewesen.“

…~*~…

Nach gut einer Woche fühle ich mich kräftig genug endlich wieder aufzustehen und immer wenn Leon nicht da ist, mich im Zimmer zu bewegen. Erst ist der Weg bis zum Klo eine Herausforderung doch mit jeder neuen Mahlzeit und einer weiteren Nacht in einem weichen Bett, schaffe ich größere Strecken.

Als Leon in der neunten Nacht wieder zu mir kommt, bin ich den ganzen Abend auf den Beinen gewesen und habe mich bemüht dem Abbau meiner Muskeln entgegen zu wirken. Zehn Kniebeugen sind mir gelungen und immerhin fünf Liegestütze. Selbst in die Badewanne bin ich allein hinein gestiegen und habe das warme Wasser ausgiebig genossen. Ich trockne mir gerade die Haare, als ich aus dem Badezimmer komme und er in der Tür steht.

Sein Blick fährt mich von oben bis unten ab. „Du scheinst dich ja wieder normal bewegen zu können“, sagt er.

Ich strahle ihn an und freue mich selbst über den Fortschritt. „Ja, die meisten Striemen und blauen Flecken sind auch weg.“ Ich drehe mich um mich selbst, um es ihm zu zeigen.

„Gut, dann kannst du ja ab heute wieder im Käfig schlafen.“

Bitte was? Mir gleitet das Handtuch aus den Händen, meine gute Laune verschwindet. Ich schaue neben das Bett zu dem Gitterverschlag. Dank der Fußbodenheizung ist es dort zwar warm, aber auch hart und ungemütlich. Ich habe mich bereits an das weiche Bett gewöhnt und auch wenn er mit drin liegt, bin ich mehr als glücklich mit diesem Schlafplatz, den will ich nicht wieder aufgeben.

„Was ist? Geh!“

„Nein!“, sage ich trotzig und gehe zum Bett.

„Wie, nein?“ Unverständlich sieht Leon mich an.

„Nein, ich bin der Saphir, ich muss mich dir wiedersetzen“, sage ich spitzfindig und lasse mich lächelnd ins Kissen fallen.

Seine Mundwinkel heben sich, ein fieses Grinsen legt sich auf seine Lippen. Er kommt zu mir und legt sich über mich, meine Hände nimmt er an den Gelenken und fixiert sie über meinem Kopf. Ich spüre sein Glied an meinem Hintern. „Wenn du in meinem Bett schlafen willst, dann werde ich meine Finger nicht von dir lassen können, dann bist du die ganze Nacht fällig. Willst du das?“

Ich schaue nachdenklich vor mich hin. Bett und Sex oder schlafen in dem engen Käfig auf dem harten Boden, eingesperrt wie ein Hund?

„Was ist?“, fragt er ungeduldig.

„Ich überlege noch.“

Leon erhebt sich, er gibt meine Hände frei und steht auf. Am Arm zerrt er mich aus dem Bett und stößt mich Richtung Käfig. Mit ausgestrecktem Zeigefinger deutet er in sein Inneres.

„Du weißt schon, dass ich ungefesselt viel leichter daraus kommen kann, oder?“

Leons Blick bleibt streng.

Ich seufze ergeben und steige in den Käfig. „Zufrieden?“

„Hinlegen!“

Die Arme verschränke ich vor der Brust. „Ich will aber nicht in diesem verdammten Käfig schlafen. Ich bin nicht dein Hund!“

Leons Blick wird das erste Mal seit unserem Gespräch wieder wirklich ernst. Ohne ein Wort hält er auf mich zu, seine Haltung ist angespannt und sein Kopf hoch erhoben. Ich komme mir in seinem Schatten immer kleiner vor. Wenn er schweigt und so schaut, ist das kein gutes Vorzeichen so viel glaube ich in zwischen gelernt zu haben. Er meint das wirklich ernst. Dabei dachte ich wir verstehen uns nach diesem Gespräch über unsere Zeit in der Armee besser.

„Hinlegen!“, fordert er streng.

Ich schwanke zwischen Rebellion und Gehorsam. Wenn ich mich wiedersetze, wird er sicher Gewalt anwenden und wieder irgendeine Strafe ersinnen, dann waren die letzten Tage der Erholung umsonst und ich muss damit von vorn beginnen. Ich knirsche mit den Zähnen und gebe widerwillig nach.

Als ich liege lässt Leon den Deckel fallen, es scheppert laut, die Gitterstäbe vibrieren. Finster schaut er auf mich herab, einer Warnung gleich, dann geht er zum Nachttisch. Aus der Schublade kramt er ein Schloss und bringt es neben dem Riegel an. So viel zu meiner Chance hier aus eigener Kraft wieder heraus zu kommen.

„Keinen Mucks will ich heute Nacht von dir hören!“, sagt er.

Ich senke den Blick und brauche meine ganze Beherrschung still zu bleiben.

Leon geht zum Bett, er schaltet die Nachttischlampe aus und rollt sich in seiner Decke ein.

Wütend beobachte ich ihn dabei. Ich bin so ein verdammter Narr. Wie kam ich nur auf den dummen Gedanken, er würde mich, nur weil wir uns einmal gut unterhalten haben, wie einen Menschen behandeln. Wird Zeit dass ich wieder fit werde, um diesem Wahnsinn endlich entkommen zu können.

...~*~...

Leon vermeidet es, noch einmal in den Käfig zu schauen. Verdammt sah der Jüngling mit den nassen Haaren heiß aus und dann noch dieses unwiderstehliche Lächeln. Wenn Saphir erst mal wieder gänzlich genesen ist, wird er wirklich der schönste Edelstein seiner Sammlung sein. Das ist gar nicht gut. Leon fühlt sich zu diesem neuen Spielzeug schon viel zu sehr hingezogen. Saphir ist zu gefährlich um sich auf irgendwelche Gefühle einzulassen. Ihn benutzen, wenn Leon danach ist, ist gut, aber sich in irgendwelche Gefühlsduseleien zu verlieren kommt nicht in Frage. Nein, es ist so wie jetzt richtig. Saphir hat in seinem Käfig zu schlafen und kommt ihm nur zum ficken ins Bett. Das ist ein ausgewogenes Verhältnis zwischen Meister und Sklave, genauso wie es sein sollte.

Leons Blick fällt auf die leere Hälfte seines Bettes. Ein Seufzen überkommt ihn, dann zieht er sich die Decke über den Kopf.

16. Kapitel
~Diamants Rache~

Der Morgen bricht unbarmherzig mit lautem Knall der Gitterstäbe über mich herein. Ich fahre zusammen und will mich instinktiv aufrichten, doch der Käfig ist im Weg. Ich stoße mir den Kopf und sacke auf den Boden zurück. Mein ganzer Körper ist verspannt, jeder Muskel tut mir weh. Verdammter Käfig, wie ich ihn hasse!

Ein unheilvoller Schatten legt sich über mich, die gehässige Stimme Diamants erfüllt den Raum laut und bedrohlich sagt er: „Wie schön, jetzt bist du endlich wieder da, wo du hingehörst. Hat sich ausgezahlt Leon ins Gewissen zu reden."

Ich reibe mir den gestoßenen Hinterkopf und schaue auf.

Diamant lehnt auf dem Käfig und er grinst süffisant, während er auf mich herab blickt. Er trägt lediglich sein Sakko und darunter ein Hemd, Hose und Unterhose fehlen. Dann ist er also für den Sinneswandel Leons verantwortlich? Was hat er denn davon?

„Was hast du eigentlich für ein verdammtes Problem?", frage ich ihn. War es für ihn denn nicht zu ertragen, dass Leon mich mal nicht gefoltert hat?

„Weist du, was Leons Abschiedsgeschenk heute Morgen war?"

Abschiedsgeschenk? Heißt das, Leon ist weg? Ich schaue zum Bett, dort liegt niemand mehr. Lediglich die zurückgeworfene Decke zeugt noch davon, dass er dort geschlafen hat. Ist das jetzt gut oder schlecht für mich? Ich richte meine Aufmerksamkeit wieder auf Diamant.

Sein Grinsen ist aufgesetzt und seine ganze Haltung spiegelt Wut und Abscheu wieder.

„Weil ich mich bisher nicht gut genug um dich gekümmert habe, muss ich noch den ganzen Tag einen Plug tragen, der die Größe einer Faust hat.“ In seiner Stimme klingt etwas Diabolisches nach.

Leon du Idiot! Genau deswegen wollte ich das allein mit Diamant klären. Ich kämpfe meine wachsende Panik hinunter und schaue den Hünen finster an, als ich sage: „Vielleicht hast du es ja genau so verdient!“

Diamants Stirn legt sich in Falten. Er hebt stolz den Kopf und richtet sich auf. Seine Hände werden dabei sichtbar. Auf seinem Arm leuchtet ein Display mit einem Regler, der aussieht als könne man ihn verschieben.

Mir stellen sich die Nackenhaare auf. Das sieht genauso aus, wie das Menü was Leon für mein Halsband verwendet hat. Die Erinnerung an die Elektroschocks überkommt mich. Ich lasse die Schultern hängen und drücke mich gegen die Gitterstäbe in meinem Rücken.

Diamant legt den Finger auf den Regler. „Und weißt du, was du verdient hast?“ Er schiebt ihn hinauf.

Strom flutet meinen Hals und lässt mich zusammen fahren. Ich schreie und umschlinge das Halsband. Es lässt sich nicht lösen. Immer wieder durchzuckt mich der blitzartige Schmerz.

„Ich weiß nicht was du mit dem Meister angestellt hast, aber ich heiße nicht gut, dass du für den Mordversuch ungeschoren davon gekommen bist und auch nicht dass du jede Nacht in seinem Bett schlafen darfst. Das Risiko, dass du ihn dabei im Schlaf umbringst, ist einfach zu groß.“ Er stoppt die Stromstöße.

Ich atme durch doch seine Worte verhindern, dass ich mich entspanne. Reicht es ihm denn nicht, dass er mich an dem Tag fast ertränkt hat und ich beinah erfroren wäre?

Diamant stützt sich auf den Käfig, seine Stimme ist leise als er sagt: „Leon hatte so eine schöne Bestrafung für dich und ich werde bestimmt nicht Silvers Laune ertragen, wenn er nicht bekommt, was ihm versprochen wurde. Und deswegen, werden wir in den einzigen Raum gehen wo keine Kameras sind, du bekommst einen Knebel in den Mund und dann ziehen wir die Sache durch. Dann wird mit dir hoffentlich auch besser auszukommen sein."

„Du bist so was von krank!" Was immer er plant, ich werde da bestimmt nicht mitmachen. Sobald er diesen Käfig öffnet suche ich mein Heil in der Flucht. Und wenn ich mich in irgendein Badezimmer einschließen muss.

„Zum Mitschreiben für dich Grünschnabel. Wenn Leon nicht da ist, habe ich hier das Sagen und er ist nicht da. Also bin ich für die nächsten drei Wochen mehr als der liebe Gott für dich. Verstanden?"

„Du bis auch nichts weiter als ein Sklave dieses Hauses", erinnere ich ihn.

„Falsch! Ich bin die Nummer Eins hier im Haus und das wirst du jetzt schmerzlich lernen." Diamant öffnet das Schloss und klappt den Deckel auf, einige Schritte geht er zurück, den Finger auf dem Hologramm. „Los, raus da!"

Er ist vorsichtig, das ist verdammt schlecht. Langsam erhebe ich mich und steige gehorsam aus dem Käfig. „Und jetzt?", frage ich angriffslustig.

„Jetzt gehen wir erst mal in die Drei."

Die Drei? War das nicht dieser geflieste Raum? Mir läuft es eiskalt den Rücken hinab. Noch mal da rein, mit ihm allein? Kälte steigt in mir auf, ich fühle mich wie in meine Alpträume geworfen. „Nein!“, sage ich.

„Abmarsch!“ Diamant deutet auf die Tür.

Ich schaue mich verzweifelt nach etwas um, dass ich als Waffe benutzen könnte, doch hier ist nur das Bett und die Anrichte auf der nichts steht, nicht mal eine Vase, die ich zerbrechen könnte. Hoffentlich habe ich im Flur mehr Glück. Langsamen Schrittes schleiche ich an Diamant vorbei. Als ich hinaus trete, schnauzt er: „Nach rechts!“

Ich schlage die vorgegebene Richtung ein.

Mit zwei Schrittlängen Abstand folgt er mir. Sein Gang ist steifbeinig und irgendwie ungelenk. Ob der Plug wirklich so groß ist, das er ihn beim Gehen behindert. Ich schmunzele in mich hinein. Geschieht ihm ganz recht.

Der Flur ist vollkommen leer, es gibt weder Bilder an den Wänden noch irgendwelche Gegenstände oder Möbel. Ob das Absicht ist?

Wir erreichen eine weiße Tür auf der groß die Zahl 3 geschrieben steht. Das gibt es doch nicht. Wir sind schon da und es gab nichts was nützlich gewesen wäre. Mein Puls beschleunigt sich weiter, furchtsam sehe ich auf Diamant zurück.

„Du gehst dich jetzt waschen, von innen und außen und zwar gründlich. Beschmutzt du uns mache ich dir einen Einlauf.“

Ich atme angespannt aus. Seine Art einen Einlauf zu machen habe ich noch deutlich genug in Erinnerung. Das brauche ich wirklich nicht noch mal.

„Du hast zehn Minuten Zeit. Dann schalte ich den Strom wieder ein.“

Na zumindest kommt er nicht mit, das erleichtert mich etwas. Ich drücke die Klinke und trete in den gefliesten Raum, die Tür lasse ich nach mir ins Schloss fallen. Schnell scanne ich das Zimmer. Es gibt nur noch den Schlauch an der Wand und eine Shampooflasche auf dem Boden. Alle Ketten und Handschellen, die zuvor hier waren, sind verschwunden. Verdammt, dieser Mistkerl ist viel zu vorsichtig. Es gibt nicht mal mehr die Metallspitze, mit der er mir den Einlauf verpasst hat. Ich soll den Schlauch also blank benutzen? Ganz toll! Wozu überhaupt mich so gründlich reinigen? Das kann doch nur wieder irgendwas mit Sex zu tun haben. Ich seufze ergeben und rolle den Schlauch von der Wand ab. Zehn Minuten also bevor er dieses verdammte Halsband wieder auslöst. So lange der Kerl die Kontrolle darüber hat, bin ich ihm ausgeliefert.

Aus dem Schlauch kommt nur kaltes Wasser, einen Knauf für warmes gibt es nicht. Mich in der Dusche in Zimmer Eins zu waschen kam wohl nicht in Frage? Dieser kranke Mistkerl gehört noch vor Leon ausgelöscht.

Ich dusche mich kurz mit dem Schlauch ab, dann nehme ich mir die Flasche mit dem Shampoo. Während ich mich einseife frage ich mich unentwegt, wie viel Zeit wohl schon vergangen sein mag. Zwei, drei oder gar schon fünf Minuten? Ich sollte mich beeilen. Mit nasser Haut will ich wirklich nicht unter Strom gesetzt werden und der Einlauf wird auch seine Zeit brauchen. Nach dem ich jeden Winkel meines Körpers und auch die Haare eingeschäumt habe, beiße ich kräftig die Zähne zusammen und übergieße mich mit dem Wasser aus dem Schlauch. Die Kälte sticht wie tausende Nadeln in meine Haut. Eilig wasche ich mir den Schaum aus, dann wandert mein Blick erneut umher. Es gibt kein Klo, soll ich also direkt hier auf den Boden machen? In der Mitte des Raumes ist ein Abfluss mit einem Gitter darüber. Alles Wasser strömt durch ein Gefälle im Boden dahin.

Na besser als nichts. Wenn ich hier auf den weißen Fliesen die Hinterlassenschaften meiner letzten Mahlzeit verteile, wird das Diamants Laune sicher nicht verbessern. Mit dem Schlauch in der Hand gehe ich zum Abfluss und hocke mich darüber. Umständlich versuche ich das Schlauchende einzuführen. Ohne die ergonomisch geformte Metallspitze ein schwieriges Unterfangen. Ich brauche all meine Konzentration mich weit genug dafür zu entspannen. Das bekommt der Mistkerl auf jeden Fall zurück. Ob es so Menü auch für sein Halsband gibt? Ich könnte ihn auch einfach aus der Haustür stoßen, dann wird er im Garten gegrillt. Der Gedanke gefällt mir, den behalte ich auf jeden Fall im Hinterkopf.

Während die erste Spülung im Abfluss versickert, grüble ich über diesen anderen Sklaven nach. Silver hat er ihn glaube ich genannt. Was hat Leon dem wohl versprochen? Eine Nummer mit mir? Ich bin bisher davon ausgegangen er ist der Einzige, der seine Sklaven missbraucht. Dass ich auch noch mit den anderen schlafen muss… Ob Leon es geil findet dabei zuzusehen? Zu ihm passen würde es ja. Wenn ich nur schon wieder richtig fit wäre, aber dem Hünen vor der Tür habe ich noch nichts entgegen zu setzen. Nicht mal Schnelligkeit.

Ich betrachte das Wasser, das meinen Hintern verlässt. Es ist klar, dafür gurgelt es in meinem Bauch. Wie ich Einläufe hasse!

„Du hast noch eine Minute!“, schallt es von draußen.

„Na danke für die Warnung“, murmle ich und spüle die letzten Reste von meinem Hintern. Mit dem Shampoo und Wasser reinige ich ihn noch einmal gründlich, dann stehe ich auf.

Ein brennendes Zucken durchflutet meinen Hals, über meine nasse Haut verteilt es sich über meinem ganzen Körper. Meine Muskeln gehorchen mir nicht mehr. Unkontrolliert beginnen sie zu zucken und rauben mir den Halt auf den Beinen. Ich sacke auf dem Boden zusammen. Dieser elende Hurensohn!

Die Tür öffnet sich, steifbeinig kommt Diamant herein. Auf seinem Gesicht liegt ein fieses Grinsen. In seinen Händen hält er ein Seil und einen Knebel in Form eines runden Balls mit Lederverschnürung.

Ich keuche und Kämpfe gegen die Krämpfe an. „Ich bin doch …. doch schon fertig“, presse ich heraus.

„Ja, aber ich traue dir nicht.“

Was hätte ich hier drin denn bitte verwenden sollen? Den Schlauch um ihn damit zu strangulieren? Ach verdammt, der Gedanke kommt mir eindeutig zu spät.

Diamant schaltet den Strom aus, dann hockt er sich zu mir.

Meine Muskeln schmerzen noch immer, ich schaffe es nicht die Kontrolle über sie zurückzugewinnen.

Der Hüne verdreht mir die Arme auf den Rücken und bindet sie an den Handgelenken zusammen. Seine Knoten sind fest und unmöglich für meine Finger zu erreichen. Der Mistkerl weiß was er tut. Wenn das so weiter geht, bin ich ihm und diesem Silver gleich wehrlos ausgeliefert. Ich versuche eine neue Taktik. „Warum müssen wir uns eigentlich gegenseitig bekämpfen. Reicht es nicht dass wir Leon ertragen müssen?“

„Leon ist nicht mein Problem, sondern neue Sklaven, die sich nicht an die Regeln halten.“

„Er hat dir das Riesending eingeführt, nicht ich, also …“, gebe ich zu bedenken.

Diamant schiebt mir den Ball in den Mund, zügig verknotet er die Lederbänder hinter meinem Kopf. „So ist es schon viel besser, jetzt muss ich dein dummes Gequatsche nicht mehr ertragen. Und jetzt steh auf!“ Diamant zieht mich am Arm auf die Beine. Nur mühsam gelingt es mir auf ihnen Halt zu finden. Als ich stehe, bindet er meine Arme mit dem langen Seil kunstvoll von unten bis oben an meinem Körper fest. Egal wie sehr ich jetzt auch zu rebellieren versuche, aus dieser Verschnürung kann ich nicht mehr entkommen. Gibt es denn wirklich nichts, mit was man den Kerl erreichen kann? Wie kann er nur so eiskalt sein?

„So jetzt komm!“ Er bugsiert mich durch die Tür und zerrt mich am Arm in den Flur zu einer Treppe hinauf in den zweiten Stock.

Mein Herz hämmert mir hart in der Brust, eiskalt sind meine Hände. Hastig ziehe ich die Luft durch die Nase ein. Ob es etwas bringt wenn ich einfach stehen bleibe? Wird er mich dann weiter prügeln? Ich will nicht in den Raum ohne Kameras zu diesem Silver. Warum überhaupt ein Raum ohne Kameras? Werden wir von Leon sonst überall überwacht?

Ich lasse meinen Blick umher schweifen. Tatsächlich gibt es in jeder Ecke Objektive und blinkende rote Lichter. Heißt das, Leon kann uns jeder Zeit zusehen, auch wenn er nicht da ist? Das ist beängstigend. Aber warum in dem einen Raum nicht und warum wollen sie ihre Bestrafung dort machen? Soll Leon davon nichts wissen? Würde er sie sonst dafür zur Rechenschaft ziehen? Der Gedanke macht mir noch mehr Angst. Ich bleibe stehen und stemme mich mit meinem ganzen Körpergewicht gegen Diamants Zug.

Er wird in seinem schnellen Schritt gestoppt und bleibt ebenfalls stehen. Als er sich nach mir umdreht, sehe ich ihn flehend an und schüttle mit dem Kopf.

Diamant zieht die Augenbrauen tief ins Gesicht, er hebt den Arm mit dem Hologramm und holt Luft um etwas zu sagen, als hinter uns Schritte zu hören sind. Sie kommen zügig näher.

„Ist er das?", fragt Jemand mit ausgelassener Stimme.

Als ich mich umdrehe kommt ein junger Kerl auf uns zu, nicht viel älter als zwanzig. Seine roten Haare stehen ihm zerzaust vom Kopf ab. Sein Halsband ist ganz aus Silber, das lässt keine Fragen mehr offen. Ich weiche einen Schritt zur Seite, naher an die Wand.

Der Brustkorb des Kerls ist gut trainiert, nicht so muskulös wie Diamant aber deutlich definiert ist jeder Muskel an seinem Körper zu erkennen. Ganz toll, zwei vor Kraft strotzende Typen. Heute ist wirklich nicht mein Tag. Meinen Blick lasse ich in Silvers Schritt wandern, in der Hoffnung was immer mich dort erwartet ist nicht zu groß.

Sein Penis ist in einem kleinen Käfig gefangen. Seine wahre Größe darin abzuschätzen fällt schwer, aber es erleichtert mich auch. Heißt das doch kein Sex, zumindest nicht mit ihm?

„Er ist ja wirklich lecker! Da hat Leon nicht zu viel versprochen."

Also hat Leon ihm meinen Körper tatsächlich versprochen? Ich bin ein Idiot gewesen mir was auf seine nette Art der letzten Tage einzubilden. Er wollte nur dass ich zu Kräften komme, damit ich seine perversen Spiele überleben kann.

Silver tritt einen Schritt näher an mich heran.

Ich versuche weiter zurück zu weichen, doch da ist bereits die Wand.

Seine rechte Hand greift nach mir, er packt mein Gesicht derb am Kinn und dreht es hin und her, während er mich eingehend betrachtet. „Wunderschöne blaue Augen!“

Bei seinem gierigen Blick erbebe ich, scheu schaue ich ihn an. Ich will gar nicht hübsch gefunden werden, schon gar nicht von ihm. Hätte die Natur mich doch nur mit Hässlichkeit gesegnet. Krumme Beine, Segelohren, Buckel, irgendwas in der Richtung, dann hätten diese Kerle sicher keine Lust auf mich.

Silver lächelt zufrieden, dann fährt sein linker Arm unter meine Oberschenkel. Die Hand nimmt er aus meinem Gesicht, ohne Mühe hebt er mich in seine Arme und trägt mich wie eine Trophäe.

Ich atme hektisch aus und strample mit den Beinen.

Silver stört meine Gegenwehr wenig, er faltet mich eng zusammen, bis meine Knie meinen Oberkörper berühren und ich keinen Spielraum mehr zum Zappeln habe. Das macht er mit Sicherheit nicht zum ersten Mal. Was für Menschen leben hier? Sind das alles geisteskranke Verbrecher?

„Sehr schön und wohin jetzt?“, fragt er Diamant.

Der Hüne geht voraus. „Ins Theater!“ antwortet er.

„Uh, gute Idee. Da sind wir unter uns, mein Hübscher." Seine letzten Wortet richtet er mit einem freudigen Strahlen an mich.

Mir dreht sich der Magen um. Wenn ich ihm doch wenigstens meinen Hass ins Gesicht schreien könnte, dann hätte ich nicht mehr so viel Platz für Angst.

Wir bleiben vor einer reich verzierten Holztür stehen, die aus zwei Flügeln besteht. In ihrem Schloss steckt ein dicker Schlüssel, den Diamant dreht und die Türen für uns öffnet. Als wir eintreten betätigt er den Lichtschalter.

Drei Reihen von Sesseln und Stühlen, ein dutzend kunstvoll verzierte Sofas, füllen das große Zimmer. Sie alle sind auf einen Punkt im Raum ausgerichtet. Eine Art Bühne auf einem erhöhten Podest. Auf ihm steht in der Mitte ein Stuhl, der einem König gehören könnte. Reich verzierte Schnitzereien sind in das Holz eingearbeitet. Die Armlehnen enden jeweils in einem goldenen Löwenkopf. Der Sitz und die Rückenlehne sind mit rotem Stoff bezogen. Auch über die Armlehnen spannt er sich.

Hinter dem Stuhl ist ein Vorhang, er verbirgt Möbel von denen ich nur einen Fuß und einen Spiegel erahnen kann.

Was bitte soll dieser Raum für eine Funktion haben? Theater hat Diamant es genannt. Aber was wird hier bitte aufgeführt?

Nein, ich will es gar nicht wissen. Energisch stemme ich mich gegen Silvers festen Griff, versuche mich herauszuwinden, doch seine Arme lassen sich nicht bewegen. Ich komme mir vor wie in einer Schraubzwinge gefangen. Warum nur ist mein verdammter Körper noch so schwach? Ich will nicht hier sein, schon gar nicht mit diesen beiden Spinnern.

Diamant nimmt den Schlüssel aus dem Schloss, er schließt die Tür und verriegelt sie von innen.

Immer mehr Panik wächst in mir und lässt mein Herz schneller schlagen. Verdammt noch mal, ich war doch gerade dabei mich zu erholen. Was immer die Zwei vorhaben, ist sicher nicht gut für mich.

Diamants Haltung entspannt sich, als wenn eine Last von ihm abfallen würde. Er geht zu einem der Stühle und stellt seinen linken Fuß darauf, dann greift er sich an den Hintern. Mit verbissenem Gesicht entfernt er einen Analplug, der tatsächlich locker die Größe einer Faust erreicht. Er lässt ihn auf den Stuhl fallen. Als er ihn los ist, atmet er erleichtert durch.

Silver trägt mich unterdessen durch den Raum, seine Schritte sind beschwingt, in seinen Augen glänzt Vorfreude. Auf halbem Wege zur Bühne, dreht er sich nach Diamant um. Freudestrahlen fragt er: „Wollen wir den Thron nehmen? So wie Leon bei einer Orgie?"

Orgien? Dafür ist dieser Raum gut? Wusste ich doch, dass es um Sex geht. Haben die hier keine anderen Hobbys? Nicht mal die Sklaven? Ich muss aus diesem Haus raus, so schnell wie möglich!

„Aber so was von! Heute will ich mal der Meister sein.", sagt Diamant. Er geht voraus.

Er als Meister, dann häng ich mich auf. Ich mache mich in Silvers Armen immer kleiner. Zitternd sehe ich ihm in die Augen.

Er strahlt noch immer voller Vorfreude. „Nur keine Sorge mein Hübscher. Ich war jetzt zehn Tage lang keuch. Ich kann es dir so oft besorgen, dass du für die nächsten Wochen keinen Sex mehr brauchen wirst."

Und wo ist jetzt der Punkt, an dem ich mir keine Sorgen mehr machen muss?

Diamant steigt auf die Bühne, er setzt sich in den Thron und spreizt die Beine weit auseinander. Als König scheint er sich dabei zu sehen. Ob er wohl am liebsten mit Leon tauschen würde? Ist er deswegen so ein Arsch, weil er ihn übertreffen will? An Leons selbstsichere Körperhaltung kommt er jedenfalls nicht heran. Dafür ist sein Blick zu unsicher und seine Schultern und das Rückgrat zu gebeugt. Möchtegern Meister – was für ein Spinner! Träum ruhig weiter Diamant, du wirst nie sein wie er!

„Ich will aber auch mal dort sitzen“, sagt Silver und richtet sich vor dem Thron zu voller Größe auf.

„Jetzt werde mal nicht übermütig! Du darfst es mit ihm treiben obwohl Leon dagegen war, also bestimme ich wie das abzulaufen hat.“

Leon war dagegen? Ich dachte es wäre seine Idee gewesen. Verflucht, was wird hier nur gespielt?

„Na schön und wie hättest du‘s jetzt gern?“

„Gib ihn mir!“, fordert Diamant.

„Aber ich will ihn!“

„Du bekommst ihn doch, aber jetzt gib her!“ Mit den Händen winkt Diamant ihn zu sich.

Mein Gott! Bin ich denn auch für die beiden lediglich ein Spielzeug zur Befriedigung?

Silver reicht mich weiter.

Als mich seine Schraubstockarme freigeben, trete ich um mich. Diamant gegen das Schienbein und Knie, Silver an den Oberschenkel.

Diamant zuckt lediglich zusammen.

Der Rotschopf weicht zurück, weit genug weg, dass ich ihn nicht mehr treffen kann. Dieser Feigling!

„Oh ein wehrhafter Neuling. Hat Leon ihn deshalb genommen?“, fragt Silver, Freude klingt in seiner Stimme.

„Ja, aber unterschätze ihn nicht. Er hat schon einen Mord bei Senku begangen und einen Versuch bei Leon.“

Ganz richtig ihr Arschlöcher und ihr seid die nächsten! Ich wehre mich weiter, strample und zapple mit den Beinen.

„Ui, wie spannend!“, sagt Silver.

„Jetzt halte gefälligst still, das ist ja nicht zum Aushalten“, schimpft Diamant und greift meine Beine an den Unterschenkeln. Er winkelt sie an und zieht sie mir eng an den Körper. Wieder habe ich keinen Platz um mich zu bewegen. Wie viele Sklaven hat der Kerl wohl schon vor mir gebändigt und zerstört, um sich so gut zu helfen zu wissen?

„Los hol von hinten ein paar Seile, dann binden wir seine Beine fest.“

„Ah, wie vor zwei Wochen bei dem anderen Saphir. Er hat so geheult, weißt du noch?“

„Jetzt hol schon die Seile!“

„Ja, ist ja schon gut.“

Wie bei dem anderen Saphir? Der, der nach nicht mal zwei Tagen aufgegeben hat? Verdammt, ich kann ihn so gut verstehen. So langsam bekomme ich das Gefühl nicht Leon ist hier das Problem, sondern die beiden.

Silver verschwindet hinter uns, er sucht etwas herum und kommt schließlich mit einem Haufen Seilen zurück. Er türmt sie auf dem Boden vor uns.

Ich sehe ihn kopfschüttelnd an, versuche noch einmal mich gegen Diamant zu behaupten, jedoch erfolglos. Seiner Kraft habe ich einfach nichts entgegen zu setzten.

Während Diamant mich in Position hält, bindet Silver mir das Seil um Oberschenkel und Schienbein, er schnürt es fest zusammen, macht immer neue miteinander verbundene Windungen, beinah wie bei einem Spinnennetz. Ich kann mein Bein nicht mehr strecken.

Während er mit dem anderen Bein ebenso verfährt, sagt Diamant auf das Knäul Seile deutend, das noch am Boden liegt: „Mach die an seinen Knie und zurre es am Stuhl fest, dann müssen wir seine Beine nicht die ganze Zeit hoch halten."

Ich komme nicht mehr gegen die Panik in mir an. Wild atme ich an dem Ball in meinem Mund vorbei. Wenn doch wenigstens jemand in den Raum hereinkommen und diesen Mist unterbinden könnte, aber Diamant hat abgeschlossen. Trotzdem, kann mir nicht wenigstens einmal jemand zur Hilfe kommen?

Sehnsüchtig schaue ich zur Tür, doch es sind keine Schritte zu hören.

Silver knotet zwei zusätzliche Seile je eines an die Verschnürung an meinem Knie, dann geht er hinter den Thron.

Ich drehe den Kopf und folge ihm mit den Augen. An den Stuhlbeinen sind Ösen und Ringe angebracht. Sie reichen bis hinauf zur Rückenlehne. Dieser verdammte Stuhl ist wirklich nur dazu da, Sklaven zu binden und sie einem Publikum zu präsentieren. Warum nur denken sich Menschen so was aus?

Silver fädelt das erste Seil durch die oberste Öse der Rückenlehne. Straff zieht er mein Bein seitlich nach oben.

Diamant schiebt mich auf seinen Schoß ein Stück nach unten, so reicht mein Bein weiter hinauf und mein Hintern steil nach vorn. Offen für was auch immer ihnen in den kranken Kopf kommt.

Ich schließe die Augen und atme wild, das Herz trommelt hart gegen meine Rippen. Hilfe – bitte ich stumm.

Silver zieht auch mein zweites Bein weit nach oben, bis es von der Zugkraft des Seils in Position gehalten wird. Dann kommt er um den Stuhl herum nach vorn.

„Bekomme ich jetzt endlich den Schlüssel?“, fragt Silver aufgeregt.

Diamant bewegt den Kopf seitlich. „Sie sind in meiner Brusttasche.“

Ich öffne die Augen wieder um sehen zu können, was vor sich geht.

„Oh jähr!“, Silver greift an mir vorbei in die Brusttasche von Diamants Anzug. Er fischt einen kleinen Schlüssel heraus. Hastig öffnet er damit das Schloss an seinem Peniskäfig.

Da habe ich mich wohl zu früh gefreut, zumindest von ihm verschont zu werden. Aber Diamant hatte ja angedeutet dass es hierbei um Silver gehen wird. Ich bin schon wieder in der Hölle verloren und selbstverständlich sind keine Schritte auf dem Flur zu hören. Seit ich Sklave bin, kam noch nie Hilfe.

Den Käfig samt Schlüssel lässt Silver achtlos zu Boden fallen. Augenblicklich wandert seine Hand an den befreiten Penis. Er reibt ihn schnell und schonungslos und tritt dabei an uns heran. Vor meinem Gesicht wedelt er herum und zwingt sich in nicht mal einer halben Minute einen Orgasmus aus dem Glied.

ich drehe den Kopf weg, sein heißer Saft trifft mich auf der Wange und läuft widerlich stinkend an mir hinab. Ich werfe ihm einen finsteren Blick zu, doch er beachtet mich gar nicht.

Die Arme stemmt er in die Seite, sein Glied ragt mir noch immer steil ins Gesicht. „Oh man, das war nötig“, sagt er zufrieden.

„Schön für dich, jetzt hol meinen Analplug!“, sagt Diamant streng.

Silver dreht sich nach dem Stuhl um, auf dem das Riesenteil zurückgeblieben ist.

„Aber ich will ihn nehmen“, protestiert Silver.

„Du hast doch gerade und brauchst eh einen Moment, also hol den verdammten Plug!“ Diamant beugt sich zu meinem Ohr vor, seine Worte richtet er mehr an mich, als an Silver: „Ich will, dass er zu spüren bekommt, was ich die letzten Tage seinetwegen erdulden musste.“

Angstschweiß kriecht mir den Rücken hinab, das Zittern meines Körpers kann ich nicht länger unterdrücken. Ich will dieses Riesenteil nicht in meinem Hintern. Wo soll der bitte in meinem schmächtigen Körper hin? Wimmernde Laute überkommen mich. Das kann er doch nicht wirklich ernst meinen.

Silver setzt sich in Bewegung, ohne Umwege hält er auf den Stuhl zu und kommt einen Moment später mit dem Plug zurück. Triumphierend hebt er ihn in die Höhe und grinst mich an.

Angstschweiß läuft mir aus den Haaren ins Gesicht. Bei dem Anblick sinke ich immer weiter in mir zusammen.

Diamant schiebt seine Hände unter meinen Hintern, er hebt mich ein Stück weiter nach vorn und zieht dann meine

Pobacken auseinander. Viel zu offen steht Silver mein Loch nun zur Verfügung. Tränen steigen mir in die Augen, nur mit aller Mühe schaffe ich es sie zurück zu halten.

Der Rotschopf geht vor uns in die Hocke. „Mit oder ohne Gleitmittel?“, fragt er Diamant.

Mit, oh bitte, wenigstens mit!

„Sind wir mal freundlich und sagen mit!“

„Na gut, er heult ja auch schon fast“, sagt Silver gehässig lachend.

Unter dem Stuhl sucht er nach etwas. Das Öffnen eines Flaschenverschlusses ist zu hören. Silver streicht den Plug großzügig ein. Den Rest an seinen Fingern schmiert er mir in die Ritze und ans Loch. Sein Daumen kreist an meinem Schließmuskel.

Ganz automatisch kneife ich die Pobacken zusammen.

„Ich an deiner Stelle würde locker lassen!“, sagt Silver und schiebt seinen Daumen in meinen Anus. Ich atme tief ein. Nicht so schlimm, versuche ich mir einzureden, dass ist noch klein.

Silver bewegt seinen Finger in mir, er dehnt meinen Muskel. Ich versuche locker zu lassen, doch die ganze Situation lässt keine Entspannung zu.

„Jetzt mach nicht so lange rum! Schieb‘s ihm einfach rein!“, schnauzt Diamant.

Dieser verfluchte Mistkerl. Wie ich ihm den Tag mit dem Teil im Arsch gönne. Sobald er dieses Zimmer verlässt, wird er ihn sicher wieder tragen müssen, hoffe ich inständig. Dass er keine Hose an hat, soll bestimmt sicherstellen, dass er ihn sich nicht entfernen kann, ohne dass es auffällt.

„Du hast ihn gehört“, sagt Silver und zieht seinen Finger heraus. Beinah gleichzeitig spüre ich die Spitze des Plugs an meinem Loch. Mein Schließmuskel öffnet sich der Spitze, doch viel zu schnell wird es breiter und breiter. Ich bin der Größe nicht gewachsen. Alles in mir sträubt sich dagegen dieses Ding aufzunehmen. Trotzdem muss mein Muskel der Kraft weichen, die Silver aufbringt. Ich werfe den Kopf zurück und versuche zu Schrein, doch der Knebel lässt nur gedämpfte Laute zu. Verflucht, ist der denn immer noch nicht drin? Wie groß ist dieses Teil denn bitte? Ich stöhne gequält und gebe keuchende Laute von mir. Doch es geht immer noch tiefer und breiter.

„Oh, ist er etwa zu groß für dich, tut es weh? Ich habe dieses scheiß Teil schon den ganzen Tag drin.“ Sein Hintern ist auch verdammt noch mal größer! Fuck, fuck, fuck. Der passt da nicht rein, raffen die das nicht?

Silver schiebt und drückt, doch der erlösende Moment, wenn der größte Teil des Plugs den Schließmuskel passiert und er wieder dünn wird, den erreichen wir nicht.

„Der ist zu groß!“

Ja allerdings!

„Ach komm, ich fick ihn einfach und gut“, sagt Silver und stoppt seine Bemühungen.

Ich nicke hastig. Sein Penis ist zwar verdammt lang aber deutlich dünner. Alles ist besser als dieses gigantische Teil.

„Siehst du, er will es auch“, sagt Silver.

„Nein, erst hat er den zu bewältigen. Los, nimm die Pfoten weg!“

Silver lässt den Analplug los, stattdessen wandern Diamants Finger von meinen Pobacken zum Plug. Mit beiden Händen drückt er ihn tiefer und tiefer.

Ich atme nur noch ruckartig, der zerreißende Druck raubt mir fast die Sinne. Ich gebe meinen Kampf gegen die Tränen auf, das lässt sich nur heulend ertragen. Dumpfe schreie gebe ich von mir.

„Oh man, ich möchte jetzt echt nicht in deiner Haut stecken, Saphir!“, sagt Silver spöttisch und beobachtet unser Bemühen mit verschränkten Armen und kritischem Blick.

Nach und nach bewältig mein Schließmuskel die Größe, der letzte Rest verschwindet in einem Ruck, dann wird es endlich kleiner. Ich atme hektisch, doch der verdammte Knebel lässt mir zu wenig Luft, um gegen die heftige Empfindung anzukommen. Verdammt, wie kann sich Diamant mit dem Teil überhaupt bewegen? Das ist nicht auszuhalten.

Der Hüne nimmt mein verheultes Gesicht am Kinn und dreht mich, bis ich ihn ansehen muss.

„Na, ein tolles Gefühl, oder?“, fragt er süffisant grinsend. Gott, wie gern würde ich ihm jetzt einen Dolch ins Herz stoßen. Oder besser in den Hintern und ihn aufschneiden bis zum Bauchnabel. Keuchend versuche ich dem Plug Herr zu werden, doch es wird nur unmerklich besser.

„Darf ich jetzt endlich?“, fragt Silver, seine Stimme klingt genervt.

Diamant gibt mein Gesicht frei und wendet sich Silver zu. „Ja, von mir aus. Aber zieh ihn in einem Ruck raus und steck deinen gleich wieder rein. Ich will, dass es so richtig weh tut.“

Was? Hat er den Verstand verloren? Das hier tat schon genug weh. Ich will dieses verdammte Spiel nicht mehr ertragen. Neue Tränen fluten meinen Blick, flehend sehe ich Silver an.

„Du kannst ganz schön grausam sein, weißt du das?“, fragt Silver.

Ist da vielleicht doch ein funken Menschlichkeit? Ich pflichte ihm nickend bei und hoffe inständig wenigstens er hat Mitleid.

„Jetzt mach!“, sagt Diamant.

„Mach du doch! Ich mache ihn nicht kaputt. Das kannst du dann Leon erklären.“

Ich atme erleichtert aus, wenigstens einer von Beiden hat ein Einsehen.

„Feigling!“, sagt Diamant. Seine Hände wandern an den Plug.

Ich ahne sein Vorhaben und versteife in Erwartung des Schmerzes.

Diamant zieht und zerrt an dem Plug doch seine Hände können in ihrer Position nicht die nötige Gewalt aufbringen.

Silver beobachtet seine Mühen einen Moment lang, dann kniet er sich vor uns. Die Hände Diamants schlägt er weg. „Atme mal tief ein!“, sagt er an mich gewandt, seine Stimme ist sanft fast schon freundlich.

Ich folge seinem Rat und atme ein.

Silver zieht an dem Plug gerade so weit, dass der größte Teil von meinem Schließmuskel freigegeben wird.

So müssen sich Frauen bei der Geburt fühlen. Au fuck!

Ganz langsam lässt Silver den Plug hinausgleiten. Als er mich endlich verlässt atme ich erleichtert durch.

„Was verstehst du an schnell nicht?“, fragt Diamant.

„Jetzt reg dich wieder ab.“ Silver geht in die Hocke und legt sein Glied an mein noch vor Schmerz vibrierendes Loch, dann fährt er in seiner ganzen Länge hinein. Ich bäume mich auf und schreie auf den Ball. Wild kaue ich auf ihm herum.

„So besser?“, fragt Silver.
„Naja, er heult nicht mehr, also machst du was falsch!“, sag Diamant.
Silver schaut fröhlich, er legt mir seine Hand an die Wange und wischt mir mit dem Daumen die Tränen weg.
Finster funkle ich ihn an. Nur weil er eben bei dem Plug vorsichtig war, verzeihe ich ihm das hier noch lange nicht.
Er lehnt seine Stirn an meine und sagt mit süßlicher Stimme: „Er muss doch auch nicht heulen, stöhnen reicht völlig.“
Ganz bestimmt nicht! Den Gefallen werde ich ihm sicher nicht tun.
Er zieht sich aus mir zurück bis ich nur noch seine Eichel spüren kann, dann stößt er erneut zu.
Mein überdehnter Schließmuskel schmerzt entsetzlich. Ich werfe den Kopf zurück und beiße fest in den Ball, um keinen Laut machen zu müssen.
Silvers Hand fährt unter meinen Hinterkopf, er zwingt mich zurück. „Sieh‘ mich an!“, fordert er, „Ich will deine schönen Augen bewundern.“
Wieder und wieder fährt er ruckartig in seiner ganzen Länge in meinen Hintern.
Ich zwinge mir all meinen Hass ins Gesicht, doch je öfter mich seine ganze Härte trifft, umso weniger komme ich mit dieser Empfindung klar. Es tut so verdammt weh. Wenn sie mir doch wenigstens zuvor den Plug erspart hätten.
In immer kürzeren Abständen stößt er sich in meine Eingeweide, Tränen steigen mir unwillkürlich in die Augen. Silvers Hände wandern an meine Schultern, er zwingt sich meinem Körper entgegen. Noch tiefer dringt er ein.

Alles Atmen bringt nichts mehr, mit dem Knebel im Mund ist mir wie ersticken.

Wie ein wild gewordenes Tier bewegt er sich in mir, stöhnt und keucht dabei heftig.

Ich schließe die Augen. Diesen lüsternen Blick ertrage ich nicht länger. Seine Hände wandern weiter von meinen Schultern zum Hals. Er legt mir seine Finger um die Kehle und presst sie zusammen. Mir steigt das Blut in den Kopf.

„Sieh‘ mich gefälligst an!“, fordert er.

Ich schaue ängstlich auf.

„Hast du schon mal beim Sex einen Rausch gehabt?“, fragt Silver.

Ich bin mir nicht sicher was er meint und schüttle den Kopf.

„Das ist geil, pass auf!“ Er schnürt mir die Luft ab.

Mit der Atemnot werden seine wilden Bewegungen deutlich intensiver. Adrenalin schießt mir ins Blut, meinen Körper überzieht ein Kribbeln, das Herz schlägt mir bis zum Hals. Warum darf ich nicht wenigstens Atmen?

Sein Griff um meinen Hals lockert sich, das angestaute Blut sackt zurück in meinen Körper. Ich ringe nach Sauerstoff, doch durch die Nase und am Knebel vorbei atmen bringt nicht genug. Mir dreht sich alles. Immer heftiger pulsiert das Blut in meinen Adern.

Silver lässt mir nur einen kurzen Moment, dann sind seine Hände wieder fest um meinen Hals geschlungen.

Ich drehe den Kopf hin und her, zu mehr bin ich in meinen Fesseln nicht in der Lage.

Wieder und wieder fährt er so fort. Seine Augen betrachten mich wild und voller Gier, wie ein Tier das im Blutrausch ist. Er lässt mich nicht mehr zu Atem kommen, sein Griff bleibt eisern.

Die Welt verschwimmt vor mir, alle Geräusche wirken irgendwie dumpf. Ich schaue zur Tür. Kann mich nicht wenigstens einmal jemand retten? Bitte! Die bringen mich noch um.

Diamants Atem streift mein Ohr. „Silver ist übrigens zur Sklaverei verurteilt worden, weil er immer wieder Menschen vergewaltigen musste und jetzt hat er bei dir Blut geleckt, der wird dich von nun an keine Minute mehr in Ruhe lassen. Wir sind also quitt", flüstert er.

Seine Worte kann ich nicht mehr erfassen, meine Gedanken werden immer langsamer. Es wird dunkel, alle Geräusche verschwinden. Hilfe, irgendwer – ist das Letzte was mir in den Sinn kommt, bevor sich mein Bewusstsein auflöst.

17. Kapitel
~Sonnenlicht~

Ein tiefer Atemzug holt mich ins Leben zurück. Meine Kehle fühlt sich an wie zugeschnürt, ich huste und würge. Augenblicklich flutet die Erinnerung an Diamant und Silver meinen Geist. Ich reiße die Augen auf. „Nein, aufhören!“, schreie ich laut, trete und schlage um mich. Meine Hände und Arme kommen in mein Blickfeld. Sie sind frei. Ich bin nicht mehr gefesselt? Panisch schaue ich mich um. Vier weiße Wände, eine Tür, zwei Fenster und ein dunkler Teppich. Sonst ist da nichts. Weder Menschen noch Möbel. Habe ich nur geträumt?

Ich huste und würge noch immer, Schmerz flutet meinen Hintern und pulsiert unaufhörlich darin.

Das war kein Traum, gewiss nicht. Ich rolle mich klein zusammen. Ein wilder Adrenalinrausch tobt in meinen Adern, er lässt meinen Körper erzittern. Meine Arme schlinge ich um mich selbst und mache mich noch kleiner.

Diese elenden Schweine. Es ging mir gerade erst ein bisschen besser. Leon war halbwegs zu ertragen gewesen und dann kommen diese beiden Bastarde. Tränen fluten meinen Blick und lassen das Zimmer verschwimmen. Ich will und kann einfach nicht mehr. Wenn selbst die Sklaven hier so grausam sind, wie soll ich das überstehen? Dafür habe ich einfach keine Kraft mehr. Wenn ich mich doch wenigstens umbringen könnte. Ja genau, der Tod. Dann hat es ein Ende.

Ich blinzle die Tränen weg und schaue umher. Hier gibt es nichts, nichts außer zwei Fenster. Durch sie kann ich lediglich den blauen Himmel sehen. In welchem Stockwerk ich hier wohl bin? Ob es hoch genug ist und die Fenster zu öffnen gehen?

Ich betrachte das Licht, dass sich als Viereck auf dem Boden sammelt. Es erscheint mir wie ein Ausweg, raus aus dieser Hölle. Schwer atmend sammle ich Kraft, dann zwinge ich mich auf die Beine. Mein Hintern schmerzt bei jedem Schritt, doch die Aussicht auf ein Ende von Allem treibt mich weiter. Als ich die Fenster erreiche greife ich nach den beiden Griffen, und ziehe an ihnen. Sie lassen sich tatsächlich bewegen. Schwungvoll reiße ich sie hoch und die Fenster auf. Da sind Bäume ganz tief unter mir, ich kann bis weit in die Ferne sehen. Es ist hoch genug, schießt es mir, doch die Aussicht wird von etwas silbern Glänzendem durchschnitten. Eng aneinander gereiht trennen Metallstäbe den Blick hinaus. Ein Gitter? Ich greife nach den Stangen rüttle sie, doch sie sind fest im Gemäuer verankert. „Aber warum?", entfährt es mir. Wieso darf ich nicht mal in den Freitod springen? Ich sacke auf die Knie und lasse meine Finger an den Stäben herabrutschen, bis meine Arme auf einem breiten Fenstersims zum Liegen kommen. All meine Verzweiflung bricht in einer Flut aus Tränen aus mir heraus. Ein Schluchzen überkommt mich laut und immer lauter werde ich. Ich will nicht mehr! Einfach nur noch sterben, ist das denn zu viel verlangt? Es ist genug, es reicht mir für dieses Leben!

Meine Arme lege ich auf dem Fenstersims übereinander und bette meine Stirn darauf. Mehr und mehr Tränen fallen mir von den Wangen. Sie sammeln sich auf dem kalten Marmor und bilden eine immer größere Pfütze.

Ich weiß nicht wie lange ich auf den Knien hocke und einfach nur heule. Meine Beine sind nass, über den Fenstersims tropfen meine Tränen auf sie herab. Auch auf meinen Armen haben sie sich gesammelt. Doch irgendwann ist da nichts mehr in mir, was noch heulen kann, keine Empfindung, kein Leid, einfach nur Leere. Mir ist als wäre ich schon gestorben und nur noch meine Hülle würde hier hocken.

Ein kühler Wind weht herein, er streichelt mir durch die Haare, es riecht nach frisch gehauenem Gras. Der Gesang von Vögeln dringt in mein Bewusstsein.

Ich hebe den Kopf und sehe über meine Arme hinweg nach draußen:

Die Sonne strahlt hell an einem blauen Himmel. Nur vereinzelte dünne Wolken ziehen über ihn hinweg. Da unten sind Bäume, viele Bäume, ein ganzer Wald. Zwischen ihnen glitzert etwas, etwas das nach Wasser aussieht. Eine große türkisfarbene Oberfläche, die von sanften Wellen bewegt wird.

„Da ist ein See", flüstere ich warm auf die kalte, nasse Haut meiner Arme. „Dieser Mistkerl hat sogar meinen See." Okay, da sind doch noch Tränen in mir. Sie laufen mir heiß über die Wangen. Ich lege den Kopf wieder auf die Arme.

Die Sonne muss gewandert sein, denn immer mehr ihrer Strahlen fallen auf meinen Kopf und die Arme, es ist richtig warm, fast schon heiß. So war das also im Sommer, wenn die Sonne schien und einem die Haut wärmte. Ich bin schon so unendlich lange nicht mehr draußen gewesen.

Wie war es gleich noch mal mit nackten Füßen im Gras zu stehen und dahin zu gehen wohin man wollte? Wie war es einfach das Haus zu verlassen, Freunde zu treffen und mit ihnen einen schönen Sommertag am See zu verbringen? Wie hat es sich angefühlt zu schwimmen, so lange und so weit, bis man das andere Ende des Teiches erreicht hat?

Ich zwinge mich den Blick wieder zu heben und hinaus zu schauen. Der Wald reich von rechts nach links durch mein gesamtes Blickfeld. Er endet an einer Rasengrenze.

Um besser sehen zu können richte ich meinen Rücken auf.

Das Haus ist von einer großen Grasfläche umgeben, an die der Wald grenzt. Da sind keine Blumen oder Büsche, einfach nur Rasen und dann Unmengen an Bäumen. In mitten ihres satten Grüns glänzt mein See. Verdammt, das sieht haargenau so aus, wie ich es mir immer vorgestellt habe. Was für ein fieser Zug des Schicksals, mich an diesen Ort zu bringen und mich dann hier im Haus einzusperren.

Ich gebe mir einen Ruck und stehe auf. Um die schöne Aussicht besser betrachten zu können, setzte ich mich auf den Fenstersims und ziehe die Beine eng an den Körper. Der kalte Marmor kühlt meinen wunden Hintern, das ist fast schon angenehm. Seitlich lehne ich mich an die Gitterstäbe, um der Außenwelt so nah wie möglich zu sein. Ich will dort raus. Irgendwo dort zwischen den Bäumen an das Ufer des Sees. Die Beine ziehe ich noch enger an und lege meinen Kopf auf die Knie, das Gesicht nach draußen gerichtet.

Die Sonne strahlt warm auf meine weiße Haut, ein sachter Wind streichelt mich. Es ist fast wie eine Berührung, eine, die mal nicht weh tut. Ich muss wieder heulen.

Von weit her dringen Schritte in meinen müden Geist. Sie enden vor der Zimmertür, die Klinke wird gedrückt.

Ich zucke zusammen und ziehe die Beine noch enger an den Körper. Die Nägel meiner Finger bohre ich in meine Oberarme, um nicht vor Panik aufzuspringen und wegzurennen. Wo hin auch? Hier gibt es keinen sicheren Ort.

„Saphir, los komm frühstücken!" Diamants Worte gehen mir durch Mark und Bein, was er sagt höre ich gar nicht bewusst, nur der Klang seiner Stimme hallt in mir wider.

„Lass mich einfach! Bitte, geh weg", wimmere ich.

Die Tür kratzt über den Boden. Schritte kommen in den Raum.

Mir stockt der Atem, jeder Muskel in meinem Körper spannt sich an.

„Was denn, hat der böse, totbringende Soldat jetzt etwa Angst?"

Ja, ich habe Angst. Es gab nie einen Moment wo ich keine hatte. Ich bin doch nur so frech und vorlaut damit das keiner merkt, auch ich selbst nicht. Noch kleiner kauere ich mich zusammen und stütze mich haltsuchend an das Gitter. „Geh weg…", flüstere ich.

„Jetzt krieg dich mal wieder ein. Ich habe dir gesagt wir sind jetzt quitt und ich bin nicht nachtragend. Solange du tust was ich dir sage und Leon zufriedenstellst, hast du von mir nichts zu befürchten. Und jetzt komm essen, du brauchst was auf den Rippen, Junge." Diamants Schritte entfernen sich, die Tür bleibt offen.

Als er weg ist, atme ich erleichtert aus. Ob er das ernst meint? Er wird mich in Ruhe lassen, so lange ich seine Erwartungen erfülle? Will ich die überhaupt erfüllen?

„Ich habe keine Kraft mehr zu rebellieren", murmle ich und sinke noch tiefer zusammen. Ich kann nicht der Saphir sein und Leon zufrieden stellen. Das kann kein Mensch aushalten und offensichtlich hat das auch noch keiner vor mir geschafft. „Ich kann das nicht, ich habe zu viel Angst", flüstere ich verzweifelt und fange an zu zittern.

Ein warmer Wind umweht mich und bringt meine Haare durcheinander. Mir kommen die Worte meines Vaters in den Sinn, die er immer predigte, wenn mir als Kind etwas Angst gemacht hat: „Mut ist nicht die Abwesenheit von Angst, sondern zur Tat zu schreiten, obwohl du Angst hast."

Wenn ich mich jetzt nicht da raus wage, werde ich mich für immer hier vor Angst verkriechen. Aber kann ich wirklich noch mal aufstehen und mich diesen wilden Bestien stellen, nur für etwas zu essen, nur um weiter zu leben? Ich schaue wieder hinaus.

Da draußen liegt mein Traum, direkt vor mir, zum Greifen nah. Ich strecke meine Hand zwischen den Gitterstäben hindurch.

Die Sonne ist so schön warm, der Himmel so blau und der See glitzert noch immer verlockend zwischen all den Bäumen. Es muss einfach einen Weg da hinaus geben. Ich bin doch schon so nah dran. Eigentlich ist es nur ein Schritt aus der Haustür hinaus.

„Steh auf Lucca, vom Boden aus ist die Perspektive auch nicht besser", sage ich mir selbst. Noch so ein blöder Spruch meines Vaters. Ich muss lächeln und löse die Umklammerung meiner Arme um mich selbst, dann zwinge ich mich auf die Beine.

18. Kapitel

~Frühstück bei den wilden Tieren~

Ich stehe im Türrahmen und wage nicht, die Schwelle zu überschreiten. Lediglich in den Flur zu schauen traue ich mir zu.

In Leons Zimmer standen sechs Bücher, als er meines aus dem Regal holte. Ob das bedeutet wir sind hier sechs Sklaven? Diamant und Silver, dann noch dieser misshandelte Junge. Sind mit mir vier. Sprich es gibt noch zwei, denen ich noch nicht begegnet bin. Also noch zwei, die ich nicht einschätzen kann, die vielleicht noch gefährlicher sind als Diamant und Silver?

Mein Atem beschleunigt sich, ich kann mich nicht überwinden mein Zimmer zu verlassen.

Eine der Türen steht offen, durch sie fällt Licht in den dunklen Flur. Das Klappern von Besteck auf Tellern ist zu hören, gefolgt von quietschenden Lauten und Knurren. Wie im Zoo zur Fütterungszeit. Das sind keine Menschen, in meiner Fantasie können dort nur wilde Tiere hocken, doch nicht um einen Trog mit Futter, sondern einem Menschenopfer in ihrer Mitte.

Ach verdammt Lucca, hör auf dir so einen Mist auszudenken, so traust du dich nie da raus. Ich greife mir ans Herz und atme noch einmal tief durch, dann überschreite ich die Schwelle. Mit verbissenem Gesicht versuche ich dem Schmerz beim Gehen Herr zu werden, meine Schritte sind langsam und irgendwie steifbeinig. Ich komme mir vor wie Diamant. Wie ich ihm gönne, dass er dieses riesen Teil noch den ganzen Tag tragen muss.

Vor mir auf dem Boden erscheint das helle Lichtband, das aus der Tür in den Flur fällt. Die Geräusche sind nun viel lauter, das Quietschen ist noch schriller und das Knurren zu einem dumpfen Brummen geworden.

Ich richte meinen Blick an die Decke. Will ich wirklich sehen, was da drin vor sich geht?

Der Duft von gebratenem Speck, Eiern und frisch gebackenen Brot steigt mir in die Nase. Wie köstlich, mal was Richtiges. Keinen Brei oder Suppe, sondern was zum Beißen. Das ist echt verlockend.

Ich schaue vorsichtig um den Türrahmen herum, gerade so weit, um einen Teil des Raumes einsehen zu können und die Hoffnung zu haben, selbst nicht bemerkt zu werden.

Dort ist ein großes Sofa in Form eines Us. Zwei Männer sind dort, die sich wie ein Ei dem anderen gleichen. Lediglich die Steine in ihren Halsbändern sind unterschiedlich. Einer rot, der andere – was ist das – vielleicht Gold? Also Gold und Rubin? Schlussfolgere ich. Das sind also die anderen Beiden? Rubin sitzt auf dem Sofa, die Beine übereinander geschlagen. Mit den Ellenbögen stützt er sich auf die Rückenlehne und beugt sich genüsslich nach hinten.

Sein Bruder kniet vor ihm, den rechten Fuß des Zwillings in beiden Händen. Gold leckt den Zwischenraum seiner Zehen, einen um den anderen.

Stöhnende Laute kommen aus Rubins Richtung. Er legt den Kopf in den Nacken und scheint diese Berührung wirklich zu genießen.

Sanft fährt Gold dem Bruder dabei mit den Händen die Wade hinauf und an der Innenseite des Oberschenkels entlang.

Ein wohliger Seufzer verlässt Rubin.

Ich hebe eine Augenbraue fragend und kann nicht nachvollziehen, was die da treiben. Die beiden sind doch ganz offensichtlich eineiige Zwillinge, wieso tun sie das miteinander? Augenblicklich muss ich an Danny denken. Mich schüttelt es.

Ich wende den Blick schnell ab und lasse ihn weiter schweifen.

Hinter einer Reihe von Hockern ist ein Tresen, mit einer großen Arbeitsplatte und dahinter steht Diamant. Vor ihm liegen fünf Teller, Wasserdampf steigt über ihnen auf.

Diamants Kopf dreht sich in meine Richtung, er winkt mich zu sich.

Ein Stich durchfährt mein Herz, ich ziehe den Kopf zurück, in den Schatten hinter dem Türrahmen. Soll ich wirklich seiner Aufforderung folgen? Vielleicht ist es ja eine Falle und ich lande auf dem Opfertisch. Schon wieder dieser blöde Gedanke. Wenn ich doch nur dieses Kopfkino abschalten könnte.

Doch der leckere Duft des Frühstücks lockt mich, ich gebe mir einen Ruck und trete ein. Eilig gehe ich an den Zwillingen auf dem Sofa vorbei, ohne ihnen länger als nötig meine Aufmerksamkeit zu schenken. Stur halte ich auf den Tresen zu. Fest nehme ich mir vor, mir lediglich mein Frühstück zu holen und dann wieder zu verschwinden.

Auf halbem Wege, gibt das Sofa meinen Blick frei auf ein nacktes Hinterteil, das sich in schnellem Rhythmus bewegt. Keuchende Laute kommen aus dieser Richtung.

Ich bleibe abrupt stehen.

Der Rücken dieser seltsamen Kreatur ist gebeugt, sein Kopf ist so tief dass ich nur den roten Haarschopf erkennen kann. Die Beine sind in einer tiefen Kniebeuge gehalten und bewegen sich mit dem Hinterteil.

Zu den keuchenden Lauten gesellt sich immer wieder das dumpfe Brummen.

Tiere, eindeutig! Da fickt ein Nacktaffe einen Hund, oder etwas in der Art.

Das Wesen vor dem Rotschopf hockt auf allen Vieren, mehr kann ich nicht erkennen.

Wieder winkt mich Diamant mit der rechten Hand zu sich, die linke deutet auf einen der Hocker direkt vor ihm.

Ich umrunde die Tiere am Boden großzügig. Von der Seite kann ich auch den Hund besser erkennen. Der Kopf des Jungen steckt in einem Napf, aus dem ich auch schon essen musste. Die Hand des Nacktaffen hat ihn fest im Genick gepackt und drückt ihn tiefer hinein. Kein Wunder das der Hund nur brummende Laute von sich geben kann, so wie er in sein Fressen getunkt wird. Haben die hier eigentlich nur Sex im Kopf?

Ich wende mich ab und Diamant zu.

Der Hüne schmunzelt amüsiert. „Nur keine Sorge, das ist hier jeden Morgen so."

Und wieder frage ich mich, wo hier der Punkt ist, der mir meine Sorgen nehmen soll.

Außerdem, Morgen ist gut, als mein Blick zur Uhr an der Wand über der Küchenzeile wandert, ist es bereits 12 Uhr 35. Ist es ihnen denn erlaubt so lange zu schlafen, wenn sie erst jetzt Frühstücken? Bei Senku sind wir um 6 Uhr geweckt worden, meistens mit einem Eimer kaltem Wasser, den er über uns ausleerte. Na zumindest dieses Ritual bleibt mir hier erspart.

Meine Sinne werden von dem betörenden Duft des Frühstücks gefangen genommen, auf den fünf Tellern liegen Brotscheiben und darauf je zwei Spiegeleier, gebratener Speck und saure Gurken. Daneben für jeden eine Gabel, die Messer fehlen.

Ich strecke meine Hand danach aus, als der Nacktaffe beginnt wohlig zu stöhnen.

Er räkelt sich auf seinem Hundeopfer, dann erhebt er sich. Die roten Haare kommen nun gänzlich zur Geltung, der muskulöse Oberkörper strafft sich. Das silberne Halsband wird sichtbar. Ich kann es nicht mehr mit Tiermetaphern verstecken, dass Silver nun vor mir steht.

Ganz automatisch weiche ich einen Schritt zurück. Als sich unsere Blicke treffen, strahlen seine Augen dieselbe Gier aus, die ich noch viel zu deutlich in Erinnerung habe. Ich gehe einen weiteren Schritt rückwärts und stoße dabei mit der Hüfte an einen der Hocker. Erschrocken fahre ich zusammen.

Ein fieses Grinsen breitet sich in seinen Mundwinkeln aus. „Na sieh mal einer an, wer sich da zu uns traut. Unser neuer Saphir ist mutiger als der Alte“, sagt er.

Bei seiner Stimme trommelt mir das Herz noch härter an die Brust, alle Sinne in mir schlagen Alarm und raten mir zur Flucht, doch meine Beine zittern so stark, dass ich mich nicht bewegen kann.

„Lass ihn zufrieden!“, sagt Diamant und klingt nur gespielt ernst. Mit einem Schwenk seines Kopfes deutet er in eine Ecke des Raumes.

Silvers Blick folgt seinem und auch ich schaue in diese Richtung.

Eine Kamera blickt von dort auf uns herab. Das rote Leuchten eines kleinen Lämpchens unter dem Objektiv zeigt deutlich, dass sie aktiv ist. Also bin ich erst mal da sicher, wo es Kameras gibt? Ich versuche mich wieder zu fangen, doch als Silver einen Schritt näher kommt und mir seinen Arm auf die Schultern legt, versteife ich komplett und schaue ihn furchtsam an. Ekel steigt in mir auf, ich kämpfe gegen den Brechreiz an. Meine Hände balle ich zu Fäusten. Nein, ich will vor dem Kerl keine Angst haben. Ich will ihn hassen! Der Wut gebe ich allen Platz in meinen Gefühlen. Das ist deutlich besser zu ertragen. Mein Blick landet bei den Gabeln.

„Ach, ich bin doch ganz lieb zu ihm", sagt er lächelnd und flüstert mir dann ins Ohr: „Wie war der Rausch, den ich dir verschafft habe?"

Okay das Maß ist voll, endgültig! Ich bin nicht mehr gefesselt und wehrlos und ich bin nicht mehr ihr Opfer, sondern ihr schlimmster Alptraum – rede ich mir ein. In einer fliesenden Bewegung greife ich mir eine der Gabeln und ramme sie Silver von unten gegen das Kinn. Seinen Kopf hebe ich damit bis er sich nach hinten überdehnt. „Fass mich nicht an! Nie wieder!"

Silvers Arm hebt sich von meiner Schulter, er weicht zurück.

Das macht mir neuen Mut. Schnell bringe ich Abstand zwischen uns und halte ihm die Gabel drohend ins Gesicht.

Er nimmt den Kopf wieder runter, in seinem Blick liegt Freude. „Das ist ja mal ein wirklicher Saphir", sagt er.

Eine Hand packt meinen Arm am Gelenk, grob werde ich daran zum Tresen gezerrt. Diamant reißt mir die Gabel aus der Hand. „Lass das!“, sagt er und bugsiert mich zu einem der Hocker. „Und jetzt setz dich und iss!“

Ich denke nicht daran. Mit wütender Miene schicke ich Silver drohende Blicke.

Diamants Aufmerksamkeit wandert auf ihn: „Und was dich angeht. Du legst dir den jetzt wieder an!“

Aus einer Schublade unter der Arbeitsplatte kramt Diamant einen Peniskäfig heraus und schiebt ihn in Silvers Richtung.

Dieser verschränkt die Arme vor der Brust und lacht, während er sagt: „Ganz bestimmt nicht!“

„Muss ich dich erst wieder unter Strom setzen?“

Beide tauschen feindselige Blicke, schließlich nimmt Silver den Käfig. Er verkrampft die Finger um das Metall, sein Arm zittert unter der Anspannung, doch in seinem Gesicht liegt ein Lächeln. „Du kannst es ja versuchen, aber ich werde langsam Immun dagegen.“

Ich schaue zwischen den Beiden hin und her und bin froh aus der allgemeinen Aufmerksamkeit entkommen zu sein. Ich nehme mir einen der Teller, dann schleiche ich an ihnen vorbei und gehe langsamen Schrittes rückwärts, zum letzten Hocker, der am weitesten von ihnen entfernt steht. Darum bemüht so wenig wie möglich Last auf meinen verletzten Schließmuskel zu laden, setze ich mich.

Ohne den Blick zu senken, schüttelt Diamant sein Handgelenk, ein Bildschirm leuchtet auf seiner Haut auf. Er braucht nicht mal hinzusehen, seine Finger wischen blind darin herum und werden am Ende von seinem Zeigefinger gestoppt.

Silver verzieht das Gesicht, sonst zeugt nichts davon, dass sich etwas verändert hat. „Siehst du, macht mir nichts aus“, sagt er mit zusammen gebissenen Zähnen.

„Du gehst mir auf die Nerven. Leg ihn an!“

Silver streckt ihm die Zunge raus, dreht sich herum und rennt weg. „Da wirst du mich schon zwingen müssen!“, sagt er.

Diamant atmet genervt aus, er schiebt einen leuchtenden Regler auf dem virtuellen Display nach oben.

Noch bevor Silver den Türrahmen passieren kann, grillt ihn das Halsband. Zuckend geht er zu Boden und bleibt auf der Schwelle zum Flur liegen.

Diamant geht langsam um den Tresen herum. Noch immer trägt er lediglich sein Hemd und das Sakko. Als er mir den Rücken kehrt, ist deutlich das Ende des Plugs in seinem Hintern zu sehen.

Ich rolle mit den Augen und wende mich ab. Wilde Tiere, alle zusammen. Die beiden Zwillinge müssen aus Sodom und Gomorra stammen, Silver ist dem Gefängnis entsprungen und Diamant einem schlechten Krimi. Wenn ich irgendwo den Verstand verliere, dann mit Sicherheit hier.

Während ich mich dem Brot auf meinem Teller widme, spüre ich unentwegt einen Blick auf mir. Das Gefühl wird so intensiv, dass ich es nicht länger ignorieren kann. Ich schaue zur Seite.

Am anderen Ende des Tresens hockt noch immer der Hundejunge auf allen Vieren. Seine grünen Augen mustern mich. Als er sich darüber klar wird, dass ich ihn bemerkt habe, steckt er den Kopf schnell in den Napf und tut so als würde er weiter essen. Doch ich kann immer wieder seine Augen in meine Richtung wandern sehen. Sein Rücken ist noch immer voller blauer Striemen, besonders über dem Hintern, dort, wo Leon so gnadenlos zugeschlagen hat. Der Knabe scheint mir hier noch der normalste zu sein, auch wenn er am Boden hockt und Laute wie ein Hund von sich gegeben hat.

Am besten ich fange mit ihm an. Lächelnd frage ich ihn leise: „Wie ist dein Name?"

Er hebt den Kopf, Ei fällt ihm aus dem Gesicht. Er schluckt seinen letzten Bissen umständlich hinunter, dann nimmt er seinen Napf und verschwindet hinter der Theke aus meinem Blickfeld.

Mache ich ihm etwa Angst? Wie seltsam. Ich erhebe mich um über die Arbeitsplatte schauen zu können, doch ich kann nur seinen gestreiften Rücken erkennen.

„Saphir, lass Jade in Ruhe! Er hat keine Erlaubnis zu sprechen, schon gar nicht mit dir", schallt von hinten Diamants dunkle Stimme.

Als ich mich nach ihm umdrehe, sitzt er auf Silvers Rücken und versucht ihm den Peniskäfig wieder anzulegen. Silver scheint sich von dem Elektroschock erholt zu haben, denn er strampelt mit Beinen und Armen um Diamant los zu werden.

So, so, Jade darf also nicht sprechen und niemand sich mit ihm unterhalten? Silver scheint jeden Morgen über ihn rüber zu rutschen wenn er kann und Leon vermöbelt ihn regelmäßig. Na den auf meine Seite zu ziehen, sollte ein Kinderspiel sein.

Wieder spüre ich den Blick des Knaben auf mir. Als ich mich nach ihm umdrehe, schaut er um den Tresen herum vorsichtig in meine Richtung. Nur ein schwarzer Haarschopf, seine Stirn und die grünen Augen kann ich erkennen.

Ich lächle und beuge mich etwas nach unten. Leise flüstere ich: „Mein Name ist Lucca."

Der Kopf des Jungen verschwindet wieder hinter dem Tresen und taucht nicht wieder auf.

Ich schmunzle und wende mich meinem Eibrot zu, als meine Aufmerksamkeit von einer Glasplatte eingefangen wird, die auf dem Tresen direkt neben mir liegt. Blaues Licht sammelt sich in ihrer Mitte und bildet einen angebissenen Apfel. Das ist ja ein Tablet. Meine Aufmerksamkeit wandert an das obere rechte Ende. Dieses Symbol in der Ecke, das ist für den W-Lan Zugriff. Die haben hier Zugang zum Internet? Mir fällt mein letzter Bissen aus dem Gesicht. Verstohlen sehe ich hinter mich nach Diamant und Silver.

Sie kämpfen noch immer um das Anlegen des Peniskäfigs.

In mir wächst neue Hoffnung, diese Gelegenheit kann ich nicht verstreichen lassen. Ich tippe die Glasplatte wie beiläufig an. Der Apfel verschwindet, das Hauptmenü öffnet sich. Keine Passwortabfrage. Oh mein Gott, das muss mein Glückstag sein. Ich schiebe das Tablet unter meinen Teller und hebe beides zusammen an, dann stehe ich auf.

Geradewegs halte ich auf die Tür zum Flur zu. „Ich esse in meinem Zimmer, hier ist es mir zu laut!", verkünde ich und steige über Diamant und Silver, die sich noch immer am Boden bekämpfen.

Die Beiden sind so miteinander beschäftigt, dass sie mich nicht beachten.

Gut so, schnellen Schrittes lasse ich die Küche hinter mir und verschwinde im Flur. Mein Zimmer wieder zu finden ist einfach. In großen Buchstaben steht Saphir an der Zimmertür. Ich trete ein und werfe die Tür nach mir zu, dann erst gestatte ich es mir durchzuatmen. Geschafft, jetzt aber schnell. Mein Diebstahl wird nicht ewig unbemerkt bleiben.

Ich gehe zum Fenstersims des noch immer weit geöffneten Fensters und setze mich vorsichtig hin, darauf bedacht meinen Schließmuskel nicht mehr als nötig zu belasten, dann stelle ich den Teller vor mir ab und widme mich dem Tablet. Das Menü ist noch offen, ich suche nach dem Internetbrowser. Da unten links der orangene Fuchs, das muss es sein. Ich klicke darauf: Google öffnet sich. ‚Okay Lucca ruhig Blut. Atme mal tief durch' – sage ich mir selbst und halte kurz inne. Wie könnte ich am besten Suchen? Erst mal sein Name:

Danny Wolfenstein (Enter)
750.000 Ergebnisse.

Ganz toll. Ich habe nicht die Zeit alle durchzuklicken. Da muss ein neuer Plan her. Vielleicht bei Intsterface. Ja genau. Hoffentlich bekomme ich noch mein Passwort zusammen.

www.Insterface.com
Login: Lucca Wolfenstein
Passwort: *****

Ach verdammt, das ist so lange her. War es ‚Nervensäge-danny123‘ oder ‚Dannynervensäge321‘

Eingabe ungültig!
Eingabe ungültig!

Vielleicht ohne Zahlen:

Eingabe ungültig!
Eingabe ungültig!
Wollen sie sich ein neues Passwort zuschicken lassen?
(Nein verflucht – das Passwort für meinen Email-Account ist dasselbe)

Jetzt komm schon:

Login: Lucca Wolfenstein
Passwort: Dannydunervst123

Die Webseite öffnet sich. Mir schlägt das Herz bis zum Hals. Das gibt es nicht, ich bin drin!

3090 Mails
1500 Reactions

Ach du Scheiße! Die kann ich doch nie alle Lesen. Ich öffne mein Postfach.

Danny Wolfenstein - 17.08.2048 (2048? Die letzte Nachricht ist drei Jahre her?)
Miriam Klein - 20.01.2048

Danny Wolfenstein	- 24.12.2047
Lina Kura	- 24.12.2047
Danny Wolfenstein	- 06.03.2047
Danny Wolfenstein	- 17.01.2046
Danny Wolfenstein	- 16.01.2046
Danny Wolfenstein	- 15.01.2046

Drei Jahre, das heißt Danny muss noch zwei Jahre nach Kriegsende gelebt haben. Dieser zähe kleine Hund. Aber heißt das auch er lebt jetzt nicht mehr, oder hat er einfach aufgegeben mir zu schreiben?

Ich halte den Atem an und zwinge mich zur Ruhe, dann öffne ich die letzte Mail:

Alles Gute zum Geburtstag Bruderherz,

ich hoffe du bist wohl auf und noch irgendwo am Leben. Ich bete darum dass es dir gut geht. [...]

Mir schießen die Tränen in die Augen, sie trüben meinen Blick, ich kann nicht weiter lesen. Mir geht es schon seit fünf Jahren beschissen. Sicher auch an dem Tag, als Danny diese Nachricht geschrieben hat. Wie gern würde ich ihm all mein Leid erzählen und ihn anflehen mich hier raus zu holen, doch ich bin hier der große Bruder und wer weiß in welcher Situation er im Moment steckt.

‚Reiß dich zusammen Lucca' – sage ich mir selbst und wische mir die Tränen aus den Augen. Jetzt kann ich den Rest der Nachricht lesen:

Ich habe versucht dich zu finden, aber die Unterlagen der Archive führen nur in die USA und dann verliert sich deine Spur. Wenn du noch irgendwo da draußen bist und Internetzugang hast, dann schreibe mir bitte. Du fehlst mir Großer!

Danny

Erneut steigen Tränen in mir auf. „Du fehlst mir auch Kleiner!“, murmle ich und klicke auf E-Mail beantworten.

Meine Zimmertür öffnet sich, nur einen Spalt breit. Grüne Augen lugen verstohlen herein.

Ich fahre zusammen und ziehe die Knie nach oben, um das Tablett dahinter zu verstecken.

Schwarze Haare fallen durch den Spalt.

Ich atme erleichtert durch, das ist nur der Jadehund. Noch kein Grund zur Sorge. Aber bei dem muss ich unbedingt aufpassen. Der ist deutlich aufmerksamer als die Anderen, sicher schon aus Selbstschutzgründen.

Ich sollte mich beeilen. Schnell beginne ich zu tippen:

Ich lebe noch, mehr oder weniger! Und du?

Die Tür wird weiter aufgeschoben, zwei gleiche Gesichter starren neben Jade herein. Ruhig Blut Lucca nur die Zwillinge. Tippe weiter!

Wo kann ich dich finden?

Schnelle Schritte eilen auf mich zu. Ich fahre den Bildschirm herab, um auf Senden zu klicken, in dem Moment reist mir jemand die Glasplatte aus der Hand.

„Was fällt dir ein? Gib das sofort her!“, schreit Diamant. Er baut sich bedrohlich vor mir auf.

Ich muss schwer an mich halten nicht auf zu springen und ihm eine runter zu hauen. Das Echo würde ich sicher nicht überleben. Mich zur Ruhe zwingend, sage ich: „Gib es wieder her!“

„Ach und dann? Willst du etwa Hilfe rufen? Glaubst du wirklich die Polizei kommt und rettet einen Sklaven? Träum weiter.“

„Gib es her!“, sage ich noch einmal und balle die Hände auf den Knien zu Fäusten. Ich muss doch nur noch auf Senden drücken, verflucht.

Diamant dreht das Tablett um, er betrachtet die aufgerufene Seite. Ein spöttisches Lächeln legt sich auf seine Lippen. „Du hast seit langem mal wieder Internet und das erste wo du drauf gehst ist Insterface? Willst du etwa deiner Freundin schreiben?“, spottet er.

„Was ist denn hier los?“, fragt Silver und kommt ebenfalls herein. In seinem Schritt baumelt der Peniskäfig.

Verdammt nochmal! Hätte er sich nicht noch etwas länger wehren können? Der Kerl ist zu nichts nütze!

„Unser kleiner Saphir wollte sich verabreden“, lacht Diamant und dreht mir den Rücken zu. „Er hat sicher eine ganze Menge Verehrerinnen die nach ihm suchen. 3089 ungelesenen Mails. Er ist sicher ein Kassanova.“

„Na wie niedlich. Zeig mal her!“, fordert Silver.

Diese Mistkerle werden die Nachrichten meines Bruders noch vor mir lesen. Wie ich sie hasse und alle am liebsten erschießen würde, doch mit roher Gewalt komme ich hier nicht weiter. Damit handle ich mir nur eine neue Strafe ein. Einmal atme ich tief durch und kämpfe die Wut über ihre Worte hinunter, dann sage ich völlig ruhig: „Danny ist mein kleiner Bruder."

Diamant hält inne, er stoppt die Übergabe des Tablets an Silver.

Habe ich den Kerl etwa gerade erreicht? Kann man ihn mit Familie ködern? Sein zögern ist interessant, ich spreche im selben ruhigen Tonfall weiter: „Die letzte Nachricht von ihm erhielt ich vor fünf Jahren. Ich war noch an der Front und er hat mir geschrieben, dass an diesem Tag unsere Eltern bei einem Bombenangriff ums Leben gekommen sind. Da war er gerade mal 13 Jahre alt. Mit 13 schon ganz auf sich allein gestellt und ich konnte an der Front nichts für ihn tun. In seiner Nachricht stand auch, dass er sich jetzt zu mir durchschlagen will um mit mir gegen die feindlichen Truppen zu kämpfen und unsere Eltern zu rächen. Einen Tag später wurde unsere Stellung überrannt und ich geriet in Kriegsgefangenschaft. Mein Handy wurde konfisziert und seitdem habe ich keine Ahnung was aus ihm geworden ist. Auf Insterface hat er mir das letzte Mal vor 3 Jahren eine Nachricht geschrieben. Der zähe kleine Kerl hat zumindest zwei Jahre allein überlebt." Ich atme noch einmal tief durch, um nicht doch noch ausfallend zu werden, dann sage ich: „Also wenn du in deiner Brust noch einen Klumpen vertrocknetes Restherz hast, dann gibst du mir jetzt das Tablet zurück und lässt mich meinem kleinen Bruder eine Nachricht schreiben, damit er weiß, dass ich noch am Leben bin!"

Während die Zwillinge fragend auf Jade schauen, gestikuliert der in Gebärdensprache mit ihnen.

Silvers Blick wird weich, er legt den Kopf schief. „Ach komm! Jetzt gibt es ihm schon!“, sagt er an Diamant gewandt.

Diamant atmet hörbar aus. Er dreht sich nach mir um. „Du hast 10 Minuten und ich sehe zu, was du schreibst.“ Das Tablet reicht er in meine Richtung.

„Danke!“, zwinge ich mich zu sagen und nehme es ihm ab. Schnell drücke ich auf Senden, bevor er seine Meinung noch einmal ändert. Im selben Moment öffnet sich ein Chatverlaufsfenster.

Lisa: (Schulfreundin)
Lucca? Bist du das, oder hat jemand deinen Account gehackt?

Ein weiterer öffnet sich

Miriam: (Alte Flamme)
Lucca? Bist du das?

und dann noch zwei:

Bruno: (Kumpel vom Fußball)
Mann Alter, du lebst noch?

Lars: (Kamerad aus der Armee)
Hey, wer bist du? Lucca ist tot, hör auf seinen Account zu benutzen, du mieses Schwein!

Oh man Leute, wenn ihr nur wüsstet wie gut es tut von euch zu hören. Ich freue mich riesig, dass wenigstens ihr es geschafft habt, diese ganze Scheiße zu überleben. Mir ist als wenn ich auf einmal wieder in meinem alten Leben angekommen wäre. Mit Freunden, Freiheit und Familie. Ich muss schwer an mich halten, nicht schon wieder in Tränen auszubrechen.

Diamant beobachtet mich aufmerksam, sein Schatten liegt über dem Tablet. Er schaut ungeduldig auf mich herab. Der lässt mir mit Sicherheit keine zehn Minuten. Ich muss mich entscheiden, was gerade am wichtigsten ist.

Mit Daumen und Zeigefinger ziehe ich alle Chats zusammen, so landen sie in einem Chatroom. Dann tippe ich schnell:

Keine Zeit für lange Erklärungen! Lebt Danny noch? Weiß einer von euch wo er steckt?

Bruno:
Du bist es also wirklich?

Miriam:
Du lebst?

Lars:
Lucca ehrlich? Du zäher Hund du, du lebst also noch?

(Ich rolle mit den Augen. Leute für stundenlange Wiederholungen habe ich keine Zeit.)

Lisa:

Danny? Dein Bruder? Nein, ewig nichts von ihm gehört. (Wenigstens eine die mir auf meine Frage antwortet!)

Hört euch um! Findet ihn und last ihn wissen, dass ich noch am Leben bin. Haltet mich hier auf dem Laufenden. Ich versuche wieder online zu kommen so bald …

„So das reicht!“, sagt Diamant und nimmt mir das Tablet aus den Händen. Ohne einen Blick zurück drängt er sich an den Anderen vorbei und verlässt mein Zimmer.

Ich sehe ihm finster nach. „Arschloch“, murmle ich in mich hinein.

19. Kapitel

~Selbstgespräch~

Als Diamant den Flur erreicht, dreht er sich noch einmal zu allen um und sagt: „Los Abmarsch, sucht euch eine Beschäftigung! Von Saphir habt ihr euch in Zukunft fern zu halten." Er sieht mich mahnend an. „Ich will nicht, dass sein Verhalten auf euch abfärbt."

Aha, wird das jetzt Einzelhaft für mich? Wovor hat der Kerl denn Angst? Gibt es also doch eine Chance eines dieser Tiere auf meine Seite zu ziehen?

Die Anderen wenden sich ab, sie gehen. Als letztes ist es Silver der noch in der Tür steht. Er zwinkert mir zu und sagt: „Ich komme dich heute Abend besuchen, wenn er schläft."

Ich lege den Kopf schief und ziehe die Augenbrauen tief ins Gesicht. „Was von komm mir nicht mehr zu nah, hast du nicht verstanden?"

Er lächelt, dann geht er und schließt die Tür.

Mich schüttelt es. Diamant hat nicht zu viel versprochen. Den Kerl werde ich wohl nicht mehr los. Das ist nicht gut. Wenn der hier raus und rein spazieren kann wie er will, mache ich heute Nacht kein Auge zu. Ich stehe auf und gehe zur Tür. Im Schloss steckt kein Schlüssel. Ich drücke die Klinke und schaue außen nach. Auch dort gibt es keinen. Verdammt! Ich kann mich hier also nicht mal einschließen.

Silver ist noch auf dem Flur, er bemerkt mich und dreht sich um. Das Lächeln von eben liegt noch auf seinen Lippen. Er wirft mir einen Handkuss zu.

Ich schaue noch finsterer und strecke ihm meinen Mittelfinger entgegen, dann kehre ich in mein Zimmer zurück. Mit dem Rücken lehne ich mich an die geschlossene Tür und atme tief durch. Jedes Mal wenn ich den Scheißkerl sehen muss, schlägt mir das Herz bis zum Hals. Das kann was werden dem jeden verdammten Tag über den Weg zu laufen. Ich muss mich ganz dringend ablenken und kehre zum Fenster zurück. Wieder setze ich mich auf den Fenstersims und sehe hinaus. Vielleicht ist es ganz gut so, dass gerade keiner bei mir sein darf. So habe ich Zeit meine wirren Gedanken zu ordnen:

Danny lebt vielleicht noch. Was für eine Nachricht. Auch wenn es nur ein Wunschtraum ist möchte ich daran glauben, dass es so ist. Das wäre nach fünf Jahren endlich mal eine gute Nachricht und das kann ich gerade mehr als brauchen.

Ich winkle die Knie an und lehne meine Stirn an sie, meine Arme schlinge ich um die Beine.

Zumindest die Wirren nach Kriegsende hat er überlebt. Alles was danach kam, das war sicher viel leichter. Wenn er so weit gekommen ist, dann ist die Wahrscheinlichkeit doch wirklich groß, dass er sich in seinem neuen Leben irgendwie zurecht gefunden hat. Er war zwar eine Heulsuse und ein Mamasöhnchen, aber wenn es drauf ankam war auf ihn verlass. Es geht ihm gut, es muss einfach. Ich schließe die Augen und atme tief durch.

Seine letzte Nachricht will mir nicht aus dem Kopf gehen. Er hat also nach mir gesucht und er weiß dass ich in den USA bin. Ob er inzwischen mehr herausgefunden hat? Ist er vielleicht schon hier? Keine Ahnung wie er sich so viel

Geld für den Flug beschafft haben will, aber wer weiß. Ich würde an seiner Stelle auch jeden Hebel in Bewegung setzen und jede Chance nutzen und er war noch verbissener als ich, wenn er sich mal etwas in den Kopf gesetzt hatte.

Mein Herzschlag beschleunigt sich. Was ist wenn er wirklich herausfindet wo ich bin, wenn er her kommt? In dieses Haus voller Irrer!

Adrenalin schießt mir ins Blut, mein Atem beschleunigt sich. Ich greife mir ans Herz.

Das darf auf keinen Fall passieren! Ich muss ihn irgendwie erreichen, bevor er so weit kommt. Aber könnte ich ihn dann aufhalten, will ich ihn überhaupt aufhalten? Mein kleiner Bruder unter diesen Monstern, das wäre schrecklich. Trotzdem ist da ein stummer Wunsch in mir gerettet zu werden.

Ich umschlinge meine Beine fester. Nein, meine Freiheit ist es nicht wert ihn in Gefahr zu bringen. Wenn ich das nächste Mal ins Internet komme, sollte ich ihm schreiben, dass er auf keinen Fall weiter suchen darf, sondern dass ich ihn finden werde, sobald ich entkommen bin. Ja, das ist vernünftiger. Aber ich gäbe wirklich was dafür Ihn wieder zu sehen, oder einen meiner Freunde. Ich will zurück in mein altes Leben. Es war so schön zu sehen, dass sie mich nicht vergessen haben. Auch die vielen ungelesenen Nachrichten waren eine Wohltat. Auch wenn sie es wohl nach zwei Jahren aufgegeben haben, mir zu schreiben. Sicher bin ich längst offiziell für tot erklärt worden. Aber ich bin nicht tot! Ich bin hier und ich würde es am liebsten in die Welt hinausschreien und mit einem Hilferuf versehen. Wenn alle, die ich kenne, gemeinsam hier auftauchen würden, dann hätte weder Leon noch Diamant oder Silver eine Chance.

Mit der Hand wandere ich über meine rechte Schulter hinab. Sacht berühre ich das Brandmahl, ein stechender Schmerz breitet sich auf meinem Schulterblatt aus. Selbst wenn sie mich mitnehmen würden, Leon könnte mich vor Gericht zurückfordern. Keine Botschaft der Welt würde einem Sklaven helfen und auch keine Polizei. Ich käme nicht mal aus dem Land raus. Ich habe keinen Pass mehr und auch sonst nichts, was mich ausweist. Zumindest in dem Punkt hat Diamant Recht. Keine staatliche Stelle wird mir helfen, ich habe meine Menschenrechte verloren und werde vor dem Gesetz wie ein Gegenstand behandelt.

Bei Senku sind immer wieder Sklaven entlaufen, die in ihre Heimat zurück wollten. Ausnahmslos alle sind nur wenige Stunden nach ihrer Flucht wieder zurückgebracht worden. Egal, was sie der Polizei erzählt haben, es hat keine Rolle gespielt. Noch so ein Problem für das ich keine Lösung habe. Selbst wenn ich aus diesem Haus fliehen kann, ich könnte mir kein normales Leben mehr aufbauen. Alle Transaktionen und Geschäfte, Käufe und Mietverträge laufen über einen DNA-Abgleich und meine ist in der Sklavendatenbank der USA hinterlegt. Werde ich als Gesucht gemeldet, kann ich nicht mal einen Schokoriegel im Supermarkt kaufen ohne aufgegriffen zu werden. Dieses System ist schon fast zu perfekt durchdacht und unsere modernisierte Gesellschaft macht die Kontrolle so einfach, selbst simple Kameras auf den Straßen haben den DNA-Abgleich integriert. Bisher war ich so auf das Überleben bei Senku fixiert und auf das einfach nur entkommen, dass ich den Gedanken der Flucht nie zu Ende gebracht habe.

Ich bin immer durch irgendwelchen Schmerz oder Hunger unterbrochen worden. Doch jetzt bin ich satt und bei klarem Verstand. Es gibt eigentlich nur eine einzige Chance.

Ich hebe den Blick und sehe zur Zimmertür. Leon muss einen Antrag stellen, mich aus der Sklavendatenbank löschen lassen und mir damit die Freiheit schenken. Das Ganze ist auch nicht billig – das doppelte des Kaufpreises plus Steuern. Ob in der Geschichte der neuen Sklavenhaltung jemals dieses Formular ausgefüllt wurde? Sicher liegt darauf eine dicke Staubschicht. Vielleicht gibt es das auch gar nicht und Senku hat uns das nur erzählt, um die Sklaven heiß auf einen Meister und damit die Hoffnung auf Freiheit zu machen. Aber selbst wenn diese Möglichkeit existiert, wie groß ist die Wahrscheinlichkeit bei meinem Meister? Seine Worte waren glaube ich: ‚So lange ich lebe, wirst du niemals frei sein.' Und wenn er meiner dann überdrüssig geworden ist, wird er mich los. Wie genau er das tut, will ich mir gar nicht ausmalen und ich traue mich auch nicht danach zu fragen. Bliebe nur ihn irgendwie zu beeinflussen und dazu zu bringen, einen Haufen Kohle in die Hand zu nehmen und…

Ich lache auf. Ja klar, Lucca, träum weiter. Der liebt was er mit mir tut viel zu sehr, um mich frei zu lassen. Muss ich mich wirklich mit der Situation abfinden und in diesem Zoo für bedrohte Verbrecher und schwer Gestörte klar kommen? Kann ich das?

Beim Gedanken an Silver wird mir kotzübel und bei Diamant packt mich die Mordlust. Wenn ich hier bleibe, nimmt es für uns alle kein gutes Ende, aber deswegen zu Senku zurück?

„Auf keinen Fall!“ Hier konnte ich mich wenigstens erholen. Leon ist Wochenlang nicht da. Ich muss seine Strafen also nur eine Woche im Monat ertragen. Dann zwar deutlich heftiger und geballt aber immer noch besser als jeden Tag, so lange bis mein Körper aufgibt. Dass Senku mich zurück will, wenn Leon meiner überdrüssig geworden ist, ist doch nur ein Zeichen dafür das er mein Meister sein will und wenn ich die Wahl habe, dann doch lieber der Zoo und Leon. Ach verdammt wie ich es drehe und wende, ich bin am Arsch.

Mir kommt der Gedanke an meinen kleinen Bruder und die Möglichkeit seine Suche könnte erfolgreich sein, wieder in den Sinn. Was sie wohl mit ihm anstellen, wenn er hier unverhofft vor der Tür steht? Nein, ich will es mir gar nicht ausmalen. Vielleicht war es eine dumme Idee von mir von ihm zu erzählen, aber ich wollte ihm unbedingt schreiben und ich konnte in den Augen der Anderen lesen, dass es sie nicht kalt gelassen hat. Wenn ich sie nicht für mich einnehmen kann, ist mein Los hier noch schwerer zu ertragen.

Ich seufze. Was soll ich nur machen?

Ich muss Danny auf jeden Fall warnen, auch so dass er sich nicht animiert fühlt nun erst recht etwas zu unternehmen. Aber Moment, wenn er etwas von außen bewirkt und ich von hier drin, dann ergibt sich vielleicht ein Weg, den ich jetzt noch nicht sehen kann. Solange er nicht her kommt und er nicht in den USA ist, ist alles gut. Was ich jetzt am dringendsten brauche sind Informationen.

Ich mache mir im Geiste eine Checkliste:

Nr. 1:
Ich brauche ganz dringend einen neuen Weg ins Internet, um mich mit meinen Freunden über Dannys Verbleib auszutauschen und meinem Bruder noch eine Nachricht zu schreiben.

Nr. 2:
Dafür brauche ich mehr Infos über alle Räumlichkeiten dieses Hauses. (Bisher kenne ich nur Zimmer 1: offenbar Leons Schlafzimmer, Zimmer 3 der gefliester Raum, mein Zimmer hier, die Küche, den Flur, das furchtbare Theater – das ich hoffentlich nie wieder von innen sehen muss - und es muss noch diese Folterkammer geben, in der Jade gequält wird.)

Nr. 3:
Ich brauche ganz dringend Verbündete. Dafür in Frage kommt im Moment eigentlich nur Jade. Dass er mir als erster nachgeschlichen ist muss einen Grund haben. Hat er mich verraten wollen oder war er einfach nur neugierig und die Anderen sind ihm gefolgt? Das muss ich herausfinden. Blöd nur, dass er nicht sprechen darf.

Nr. 4:
Ich muss mehr über alle anderen Sklaven in Erfahrung bringen. Jede Kleinigkeit kann hilfreich sein. Dasselbe gilt für Leon.

Mir kommt Jades Gefuchtel mit den Händen in den Sinn. Ob er sich mit den Zwillingen in Gebärdensprache unterhalten hat, weil sie taub sind? Hat Jade ihnen die Situation auf diese Weise erklärt? Der Junge scheint schlauer zu sein, als sein Hundestatus glauben lässt. Ich brauche ihn, entscheide ich, auch wenn er mich gerade verraten haben sollte. Weiter im Text. Was ist mit den Zwillingen? So widerlich sie sind, könnten sie trotzdem nützlich sein. Sollte nur Jade Gebärden beherrschen, können sie zumindest kein Geheimnis ausplaudern. Allerdings kann ich mich genau so wenig mit ihnen unterhalten. Ich kann keine Zeichensprache. Das sollte ich auf meine zu lernen Liste setzen. Und wieder ist Jade dabei der Schlüssel, denn im Internet recherchieren wird mir nicht lange genug möglich sein und wenn ich wirklich mal Zugriff habe, will ich es erst mal für die Suche nach meinem Bruder nutzen. Ein Königreich für ein Handy! Gut, dann also zu allererst die Umgebung auskundschaften.

20. Kapitel

~PlayStation 9~

Als ich das erste Mal wieder von meinen Gedanken aufsehe, ist es bereits dunkel. Draußen vor dem Haus wie in meinem Zimmer. Wann ist das denn passiert? War ich so weg, dass ich nicht mal gemerkt habe wie die Sonne untergegangen ist? Diamant hat mich nicht geholt zum Abendbrot, oder einem verspäteten Mittagessen. Na, ich weiß ja jetzt wo die Küche ist, wahrscheinlich reicht ihm das. Etwas Essen und Trinken ist auf jeden Fall ein Grund mich noch mal unter die wilden Tiere zu wagen und ich sollte weg sein, bevor Silver seine Drohung wahr macht und her kommt.

Ich stehe auf und muss mich erst mal strecken. Meine Glieder sind total verspannt und meine Beine eingeschlafen. Es kribbelt unangenehm. Einen Moment brauche ich bis das Gefühl erträglicher wird und die Kraft in meine Muskeln zurück kehrt, dann gehe ich zur Tür und durch sie in den Flur hinaus.

Alles ist dunkel und still. Wie seltsam. Den ganzen Tag über waren Gespräche oder Jades Quietschen zu hören. Wie spät es wohl inzwischen ist? Ich erinnere mich an die Uhr in der Küche und beschließe erst mal dorthin zu gehen, dann kann ich mich auch gleich um mein leibliches Wohl kümmern, vorausgesetzt die Zootiere haben mir was übrig gelassen.

Ich folge dem Flur in die Küche, auch hier ist alles dunkel und verlassen. Ich suche den Lichtschalter und werde an der rechten Wand neben der Tür fündig. Die Deckenlampen fluten den Raum mit hellem Licht.

Ich muss blinzeln, meine Augen brauchen einen Moment, sich an die neuen Lichtverhältnisse zu gewöhnen, dann schaue ich an die Uhr. Schon Neun Uhr? Man, war ich in meinen Gedanken gefangen.

Auf dem Tresen steht etwas, sieht nach zwei Tellern aus. Ich gehe dort hin.

Tatsächlich zwei Teller einer mit Kartoffeln, Gemüse und einem Stück Fleisch, dazu wieder nur eine Gabel, auf dem anderen sind zwei Scheiben Brot mit Wurst und Käse. Auf beiden ist ein Zettel mit meinem Sklavennamen gelegt, dazwischen ein Stift der scheinbar achtlos zurückgelassen wurde.

Zu hungern brauche ich hier offensichtlich nicht, noch ein Grund mehr meine Position im Haus fürs erste zu sichern. Na schön, mir bleibt wohl keine Wahl. So lange ich keine Hilfe von außen habe, muss ich erst mal mitspielen. Aber wenn dann nach meinen Regeln. Ich nehme den Stift und eines der Namensschilder, Saphir streiche ich durch und schreibe darunter Lucca. Beides lasse ich auf dem Tresen liegen und nehme mir die zwei Teller mit zum Sofa.

Den mit dem Fleisch und Gemüse will ich sofort essen, den andern stelle ich auf dem Couchtisch ab. Während ich mir die erste Kartoffel in den Mund schiebe fällt mein Blick auf die Fernbedienung und von ihr zu einer länglichen Glasscheibe die an der Wand montiert ist. Das ist mir am Morgen gar nicht aufgefallen. Die dürfen hier Fernsehen? Eine Quelle nutzen, die Informationen bietet? Was wohl in der Welt passiert ist, seit ich von der Bildfläche verschwunden bin? Ich verschiebe die Mahlzeit und tausche den Teller mit der Fernbedienung. Den Powerschalter finde ich direkt, es ist das größte Feld auf dem beleuchteten Display.

Von den Rändern nach innen wandert blaues Licht in die Glasplatte, dann flackert ein Bild auf, es wird dreidimensional in den Raum projiziert. Was ist das denn?

Verschiedene Symbole tanzen im Kreis um mich herum. Eines erkenne ich sofort wieder, das für die PlayStation 9. Neun? ich hab noch auf der Acht gespielt. Naja es sind fünf Jahre vergangen. Ich betrachte die andren Symbole: Ein kleiner Fernseher ist dabei, das Symbol für Google, eine Karte … Moment Google? Ich strecke meine Hand schwungvoll danach aus. Die Logos beginnen sich um mich zu drehen und kommen schließlich wieder zum Stehen. Das Symbol, auf das mein Finger nun zeigt, wird ausgewählt und tanzt in Großformat vor mir. Ich habe die PlayStation erwischt. Der Raum vom Sofa bis zum Fernseher wird schwärzer als die Nacht.

Ich bekomme das Gefühl ein Abgrund tut sich unter mir auf, erschrocken ziehe ich die Beine an. Diese Technik ist mir völlig unbekannt. Als würde es aus dem Boden wachsen steigt das PlayStation-Logo auf. Daneben dreht sich die 9 einige Male um sich selbst und kommt mit einem Glockenschlag zum Stehen. Oh man, was ist das? Virtual Reality ohne Brille? Heftig! Und wie bedient man das jetzt?

Ich berühre das Logo, als meine Hand darin eintaucht, werden meine Finger von Licht eingehüllt und ein virtueller, silberner Handschuh legt sich über meine Haut. Sieht aus wie von einer mittelalterlichen Rüstung, so täuschend echt, als wenn ich ihn tatsächlich tragen würde. Der dunkle Raum vor dem Fernseher verschwindet, eine ganze Welt erscheint, wie ein Tor in eine andere Dimension. Wald im

Hintergrund mit seltsamen Fabelwesen, die mich lauernd betrachten, ein fließender Fluss erscheint dort, wo eigentlich der Boden und der Couchtisch steht. Alles so gestochen scharf, als wenn es tatsächlich da wäre. In der Mitte des Raumes prangert ein Schriftzug: Final Fantasy 30. Das ganze Zimmer wird vom Klang epischer Musik erfüllt, so bassintensiv, dass der Boden und das Sofa erbeben.

Oh man, ich war echt zu lange in der Hölle gefangen. Das letzte FF, an das ich mich erinnern kann, war die 28 und das war noch mit dem VR-Headset, bei dem man sich hinlegen musste und das Spiel direkt ins Gehirn übertragen wurde.

Was wohl passiert, wenn ich ganz in diese Welt eintrete? Startet dann das Spiel? Ich bin neugierig und stehe auf. Vorsichtig, um nicht den Couchtisch zu treffen, der in dieser Illusion nicht mehr zu sehen ist, stehe ich auf. Je weiter ich in das Licht des Spiels eintauche, umso mehr der Rüstung erscheint auf meinem Körper. Hey, ich habe ja mal wieder Klamotten an!

Der Schriftzug verschwindet. Aus allen Ecken laufen Lichtstreifen nach vorn zusammen und öffnen einen Tunnel. Es fühlt sich an als wenn ich direkt dort hinein gezogen werde.

Fasziniert betrachte ich die Bildmitte, als ich im Augenwinkel eine Bewegung wahrnehme. Ein Arm erscheint rechts von mir und wird vom Laserlicht ebenfalls mit einer Rüstung überzogen, doch diese ist schwarz.

Das ist keine Illusion, das muss ein echter Mensch sein. Ich reiße meinen Arm schützend vors Gesicht.

Im selben Moment spüre ich einen harten Oberkörper im Rücken, kaltes Metall berührt meinen Oberschenkel. Der

Arm legt sich über meine Schulter und mir um den Hals, die Hand wird zur Faust. „Saphir, mein Hübscher, hier steckst du also. Ich habe dich schon gesucht."

Angriff von hinten: Arm weg vom Hals, nach rechts wegducken und aus der Armbeuge rausdrehen, Arm packen und nach hinten verdrehen, Knie in die Niere, auf den Boden drücken und fixieren.

Ganz automatisch läuft in mir meine Ausbildung ab. Ich denke nicht, ich handle einfach nur. Einen Moment später liegt Silver neben mir auf dem Boden. Vom Hintern bis zu den Füßen ist sein Körper vom Laserlicht in eine schwarze Rüstung gehüllt, der Rest liegt nackt auf dem Sofa. Sein Arm ist auf dem Rücken verdreht. Er keucht und hält sich die getroffene Flanke. Ich lege ein siegessicheres Lächeln auf. „Netter Versuch!", sage ich und gebe meiner Stimme einen überheblichen Klang.

„Gar nicht mal so übel, …", sagt er und drückt sich gegen meinen Griff. Seine Beine stemmt er in den Boden, er steht auf.

Mir vergeht meine siegessichere Stimmung. Der Kerl hat Kraft, viel zu viel davon. Ich verdrehe seinen Arm weiter, doch ihm macht es nichts aus. Stattdessen greift er mit seiner freien Hand nach hinten. Er macht sie ganz flach und schlägt mit der Kante zu.

Ich reagiere zu spät und spüre im selben Moment ein heftiges Vibrieren im Oberschenkel, es lässt mich auf die Knie gehen. Verdammt, wäre die Rüstung echt, hätte er sich jetzt wenigstens die Hand gebrochen. Ich verliere seinen Arm aus dem Griff und will nach hinten ausweichen, doch da spüre ich bereits seinen Ellenbogen im Magen. Der

Schmerz zieht mich nach vorn, ich falle gegen das Sofa und schlinge meine Arme um die getroffene Stelle.

Silver dreht sich zeitgleich zur Seite weg. Einen Moment später spüre ich ihn schon wieder hinter mir. Mit seinem ganzen Gewicht drängt er meinen Oberkörper auf die Sitzfläche des Sofas. Meine Hände werden unter mir eingeklemmt.

Silvers Arm legt sich wieder über meinen Hals, er drückt fest zu. Sein Atem stößt mir in den Nacken. „Nettes Vorspiel!“, sagt er.

Brechreiz steigt in mir auf, ich fühle mich wie ins Theater zurückgeworfen. Nein, ich will das nicht noch mal erleben. Warum ist der Kerl nur so? Er kann doch mit dem Käfig eh nicht. Trotzdem spüre ich seine widerlichen Küsse über meinen Nacken hinab zur Schulter wandern. Mein ganzer Körper versteift. Ich versuche zu treten, doch er hat seine Beine über meine gelegt. Der Mistkerl wiegt sicher das Doppelte wie ich. Ich habe schon wieder keine Chance. „Lass mich …“, keuche ich, während mir unter seinem festen Griff langsam die Luft ausgeht. Meine Stimme ist nicht lauter als ein flüstern, ich bin mir nicht mal sicher, ob er mich verstanden hat.

„Du ahnst gar nicht, wie gern ich jetzt in deinen Hintern will!“, sagt er lüstern.

Schauer rinnen mir den Rücken hinab. Ich strample und zapple, doch ich komme nicht frei. Tränen fluten meinen Blick. Bitte, nicht schon wieder.

Seine freie Hand wandert an meinen Hintern, seine Finger schieben sich zwischen meine Pobacken, sie dringen in meinen Anus ein. Ich heule noch mehr.

„Es war so herrlich da drin. Viel enger als bei Jade!“

Mein Magen dreht sich um, ich spüre wie mir die Kartoffel wieder in die Speiseröhre steigt, doch sein fester Würgegriff lässt mich nicht erbrechen. Immer weniger Luft bekomme ich, Blut staut sich in meinem Kopf, mir wird schwarz vor Augen, während mein Herz heftig gegen meinen Brustkorb schlägt.

Immer tiefer kann ich seine Finger in mir spüren, immer mehr führt er ein und bewegt sie darin. Der Schmerz lässt mich noch mehr heulen. Warum habe ich nur einfach keine Chance gegen ihn? Er soll aufhören, bitte.

Die Atemnot nimmt mir die Kraft, mein Körper verliert an Spannung, alle Geräusche stumpfen ab. Gleich bin ich ohnmächtig, dann kann er mit meinem Körper machen, was er will, die Vorstellung gruselt mich. Ich hoffe inständig, dabei wenigstens nicht wieder aufzuwachen.

Silver schreit auf.

Ich spüre ein Stechen im Rücken wie von einem Stromstoß und zucke zusammen.

Sein Arm gibt mich frei, seine Finger verlassen meinen Hintern.

Ich ringe nach Atem und beginne zu husten. Das Leben fließt mit voller Wucht in meinen Körper, es bringt das Licht der Deckenbeleuchtung zurück, der Sound des Spiels wird unerträglich laut. Ich keuche und würge und bekomme doch nicht genug Luft.

Silver rollt sich zur Seite weg und greift nach seinem Halsband. Vergeblich versucht er es zu entfernen, während sein Körper unkontrolliert zuckt.

Langsam kehrt die Kraft in meine Muskeln zurück, ich rutsche auf dem Boden weg von ihm und fasse mir an den schmerzenden Hals. Noch immer fühlt sich mein Kehlkopf an wie eingedrückt. Ich huste weiter.

Silver rutscht mit dem ganzen Körper vom Sofa auf den Boden, immer heftigere Krämpfe quälen ihn. Er windet sich und schreit.

Ich schaue mich nach Diamant um, doch da ist niemand. Silver und ich sind allein. Aber wie kann das sein?

Das Licht der Deckenbeleuchtung erlischt.

Ich fahre erschrocken zusammen. Mit Silver allein im Dunkeln, das schürt neue Panik in mir. Weiter rutsche ich von der schreienden Geräuschquelle am Boden weg. Was geht hier nur vor sich?

Einzelne Strahler an der Decke schalten sich an. Sie bilden eine Reihe die in den Flur führt, dann erlöschen sie der Reihe nach wieder. Das seltsame Lichtspiel wiederholt sich in regelmäßigen Abständen. Erinnert mich irgendwie an einen Wegweiser. Ich zwinge mich auf die Beine.

Silver kämpft am Boden noch immer mit den Elektroschocks, er streckt seine Hand nach mir aus. Sein vor Schmerz verzerrtes Gesicht ist wie die Maske aus einem Horrorfilm.

Hier halte ich es keine Minute länger aus. Noch immer hustend und auf wackligen Beinen folge ich der Lichtspur in den Flur. Das Band der Strahler, die immer wieder nach einander angehen und in derselben Reihenfolge erlöschen, führt durch den ganzen Gang bis zu einer Weggabelung und von dort nach rechts. Wie seltsam? Wer steuert das?

Silvers keuchende Laute sind noch zu hören. Er schreit weiter. Gänsehaut überzieht meinen Körper. Ob mein Halsband auch gleich auslöst, und ich dann so daliege wie er? Während ich dem Lichterspiel folge, schaue ich mich im Gang um. Alles ist still, selbst unter den Türen brennt kein Licht. Ich biege in den Flur nach rechts ab. Die Deckenlampen führen zum vorletzten Zimmer im Flur, doch noch bevor ich es erreiche erlischt die Beleuchtung gänzlich. Ich mache die letzten Schritte schneller und flüchte in den angezeigten Raum, die Tür werfe ich nach mir zu und lehne mich mit dem Rücken an sie. Mit der Hand suche ich die Klinke und halte sie aufrecht, in der Erwartung Silver könnte sich erholt haben und mir gefolgt sein.

Es ist stockfinster hier, doch ich wage nicht die Klinke loszulassen und nach einem Lichtschalter zu suchen.

Ein leises Klicken ist zu hören, in der Klinke spüre ich eine Bewegung. Hat sie sich gerade verriegelt? Bin ich jetzt hier eingeschlossen? Ich versuche die Tür zu öffnen – es geht nicht. Neue Panik wächst in mir. Bin ich gerade Wegs in eine Falle gerannt? Ist hier jemand?

Der Raum wird in helles Licht getaucht. Das Bett, die Anrichte, der Käfig in der Ecke. Ich kenne dieses Zimmer bereits auswendig. Das ist die Eins. Die Klappe in der Decke öffnet sich, der Bildschirm fährt herunter. Licht fliest in seine Mitte. Ein leuchtender Punkt erscheint dort wo es sich sammelt, über ihm beginnen sich Buchstaben in der Folge des Alphabetes zu bewegen. Sie bilden ein Wort: „Käfig!“

„Leon?“, spreche ich in den Raum.

Erleichterung erfüllt mich und lässt mich an die Tür gelehnt zu Boden sinken. Mein Atem kratzt noch immer rau in meiner Kehle, doch so langsam bekomme ich ihn wieder unter Kontrolle. Mein Körper erholt sich.

Die Buchstaben beginnen sich erneut zu bewegen: „Mich beim Vornamen nennen 30 Punkte.“

Ich betrachte die Worte schmunzelnd. Das kann nur er sein. Aber Moment, hat er uns beobachtet? Hilft er mir etwa gerade? Dann war er das, der Silver gegrillt hat?

„Gesammtpunktzahl [675]“, erscheint auf dem Bildschirm, gefolgt von, „Bei meiner Rückkehr haben wir also einen Termin miteinander. Die 500 sind längst voll!“

Ich muss unwillkürlich lächeln. Er und sein verdammtes Buch. Was mich wegen der 500 Punkte erwartet ist mir gerade ziemlich egal. Ich bin einfach nur froh darüber Silver nicht weiter ausgeliefert zu sein. Schon wieder bekomme ich das Gefühl Leon danken zu müssen, dabei ist er doch für all das hier verantwortlich. Trotzdem fällt mir eine Last von den Schultern. Ich lehne mich zurück und nehme einige tiefe Atemzüge. Die Hand lege ich mir an mein bebendes Herz. Noch immer rast Adrenalin durch meinen Körper. Aber zumindest scheine ich in dieser Nacht vor den wilden Tieren sicher zu sein. Ich versuche mich wieder zu fangen.

Die Buchstaben auf dem Bildschirm haben sich verändert: „In den Käfig, sofort!“

Obwohl mir nach dem Überfall Silvers noch immer zum Heulen zumute ist, kann ich nicht anders als zu lächeln. Ich schaue in die Kamera und schüttle mit dem Kopf. Langsam erhebe ich mich und gehe zum Bett. Die Kamera an der Decke folgt mir. Als ich mich auf meine Seite des Bettes lege und zudecke, erscheint ein: „!“

„Mach das Licht aus, ja!“, sage ich.

„700“, erscheint auf dem Bildschirm.

Ich muss lachen und ziehe das Kissen der leeren Betthälfte zu mir. Es riecht nach den Tagen mit Schmerzmittel, viel Schlaf, leckerem Essen und nach dem Moment, als wir uns so gut unterhalten haben. So verrückt es ist, ich fühle mich in diesem Raum schon seit einer ganzen Weile sicher.

Der Bildschirm macht knackende Geräusche, das Gehäuse schleift während der Bewegung, etwas wird verschlossen. Das Licht erlischt.

Ich muss wieder Lächeln und wickle mich enger in der Decke ein.

21. Kapitel

~Allsehende Augen~

Eigentlich hatte Leon geplant noch einen Tag länger zu bleiben und Saphir den anderen Sklaven vorzustellen. Bei der Gelegenheit wollte er ein paar Regeln im Umgang mit ihm aufstellen, so wie er das sonst auch immer mit neuen Mitgliedern seines Harems tut. Doch der alarmierende Anruf seiner Frau hat ihm einen Strich durch die Rechnung gemacht. Dass seine Tochter Lisa wieder mit ihren Anfällen zu kämpfen hat, ist zum Haare raufen. In den drei Jahren, die das Kind nun schon auf der Welt ist, sollte seine Frau doch inzwischen gelernt haben, damit auch mal alleine klar zu kommen. Betty verlässt sich viel zu sehr auf ihn als Arzt. Was ist, wenn er mal wirklich auf Geschäftsreise muss und nicht innerhalb einer Stunde daheim sein kann? Stirbt die Kurze dann?

Leon seufzt und liest eine weitere Passage aus dem Kinderbuch vor, das er auf seinem Tablet geladen hat: „Am Montag fraß sie sich durch einen Apfel, aber satt war sie noch immer nicht."

Seine Tochter liegt ihm auf der Schulter. Ihr Atem kratzt in der Lunge und sie hustet wieder, doch es ist schon deutlich leiser geworden. Dem Kind fallen immer wieder die Augen zu. Schließlich steckt sie sich den Daumen in den Mund und lässt ihren Kopf zur Seite fallen. Ein deutliches Zeichen dafür, dass sie langsam mürbe wird.

„Am Dienstag fraß sie sich durch zwei Birnen, aber satt war sie noch immer nicht", liest Leon weiter.

Das Lieblingsbuch der Tochter hat er an diesem Abend bereits das fünfte Mal durchgelesen, doch die Kleine ist heute verdammt zäh. Der ständige Husten hilft auch nicht gerade sie endlich zum Einschlafen zu bringen. Dieses Lungenleiden wird sie wohl ihr Leben lang quälen. Dass er als Arzt nichts dagegen tun kann, ist schon grausam und dabei bekommt sie bereits die teuersten Behandlungen.

„Am Mittwoch fraß sie sich durch drei Pflaumen, aber satt war sie noch immer nicht.“

Der Atem des Kindes geht ruhig und gleichmäßig, sie ist endlich eingeschlafen.

Aufzustehen und sie in ihr Bett zu bringen, wagt Leon jedoch nicht. Er wird sicher die ganze Nacht hier sitzen, das ist die sichererste Methode, dass sie durchschläft und sich erholen kann. In seinen Armen hat sie sich schon immer am wohlsten gefühlt. Er gibt ihr einen Kuss auf die Wange.

Lisa bewegt sich nicht, nur ihr Atem röchelt noch immer leise in ihrer Lunge.

Leon schließt die Datei des Buches und schaut neben sich. Betty liegt auf dem Sofa, den Kopf auf die Armlehne gelegt, die Augen geschlossen. Auch sie schläft bereits. Die Sorge um das Kind hat sie sicher erschöpft. Sehr gut!

Leon geht seine Apps durch. Er bleibt bei einem goldenen Löwenkopf hängen. Noch einmal schaut er zum Sofa und versichert sich, dass seine Frau auch wirklich schläft.

Betty rührt sich nicht.

Leon kramt aus seiner Hosentasche kleine Stöpsel die er sich in die Ohren steckt, dann klickt er den Löwenkopf an. Ein Menü öffnet sich, das einem Onlinespiel gleicht. Er hat es extra von einem befreundeten Spieleentwickler entwerfen lassen. Hier kann er alle elektronischen Geräte im Anwesen steuern. Er könnte selbst den Mixer oder die Kaffeemaschine anwerfen, wenn ihm danach wäre. In der App sieht das dann so aus, als würde er eine Lebenssimulation spielen. Von jedem Raum gibt es ein Fenster in das er hineinzoomen und in Echtzeit miterleben kann, was daheim vor sich geht. Allerdings nur in Echtzeit. Jeden Tag 24 Stunden Aufzeichnungen zu speichern hätte die Kapazität der App gesprengt. Doch auch so ist es ein nützliches Hilfsmittel, nachzuschauen, was in seinem Harem vor sich geht.

In der Mitte des Bildschirms ist der letzte Raum zu sehen, den Leon aufgerufen hat. Es ist die Küche. Er hatte den Jungs auf der Heimfahrt beim Frühstücken zugesehen, um ein Foto von Saphir zu machen, das er jetzt als Hintergrund für das Tablet eingestellt hat.

Am Morgen schienen alle wohlauf und in guter Stimmung zu sein. Nur eine Sache war merkwürdig. Er glaubt, sich gut daran erinnern zu können, Silver bei seiner Abfahrt mit Peniskäfig gesehen zu haben. Dass Diamant ihm den wieder anlegen musste, war mehr als seltsam gewesen.

Jetzt ist die Küche dunkel und verlassen und der Bildschirm deswegen schwarz. Um kurz vor 9 Uhr abends? Das ist genauso ungewöhnlich. Leon geht die Liste der Namen auf der rechten Seite durch, sie ist Alphabetisch geordnet.

Diamant
Gold
Jade
Rubin
Saphir
Silver

Er fährt die Liste mit den Namen hinunter und bleibt bei Saphir hängen. Was der Junge wohl an seinem ersten Tag allein so treibt? Heute Morgen war sein Angriff auf Silver verdammt lustig mit anzusehen gewesen. Es wird wirklich mal Zeit, dass er einen Saphir hat, der sich auch gegen den zur Wehr zu setzen weiß.

Leon klickt auf Saphirs Namen. Das Bild in der Mitte bleibt unverändert schwarz. Leon stutzt. Eigentlich müsste jetzt das Zimmer angezeigt werden, in dem Saphir sich aufhält. Über die Halsbänder wird der Standort jedes Einzelnen erfasst und in der App verarbeitet. Leon schaut am oberen Bildschirm nach. Dort steht der Name des Raumes: Saphirs Zimmer.

Es hat sich also doch etwas getan. Sitzt Saphir im Dunkeln in seinem Zimmer? Pennt er schon? Wie langweilig. Leon seufzt, da hatte er sich doch mehr erhofft. Er spielt kurz mit dem Gedanken das Licht im Zimmer anzuschalten und ihn zu wecken, lässt es aber im letzten Moment sein. Der Knabe braucht seine Ruhe, Leon hat so viel mit ihm vor, wenn er wieder abkömmlich ist, da muss Saphir ausgeruht und fit sein.

Da kommt ihm ein Gedanke. Er kehrt ins Hauptmenü zurück und klickt die App Amazonbay an. Als sie sich öffnet ist bereits eine Suche gestartet:

[„Uniform 3. Weltkrieg Deutschland“]

Etliche Uniformen werden ihm untereinander angezeigt. Leon sucht die eines Truppenführers. Auf der zweiten Seite wird er tatsächlich fündig, sie ist nur viel zu Groß. Als er auf das Angebot klickt wird schon aus der aufwendigen Artikelbeschreibung klar, dass es sich um einen Shop handeln muss. Leon ruft den Verkäufer und dessen Angebote auf. Tatsächlich handelt der mit Uniformen. Leon sieht seine Waren durch. Er hat Militärkleidung aus allen möglichen Ländern im Angebot. 1.324 Artikel im Ganzen. Sich durch die alle durchzuklicken würde Stunden dauern. Leon entscheidet sich dafür, den Verkäufer direkt anzuschreiben:

Schönen guten Abend,

Ich habe gesehen, dass sie auch Uniformen aus Deutschland im Angebot haben. Ich brauche die eines Truppenführers aus dem 3. Weltkrieg, Größe …

Leon hält inne. Er geht im Geiste noch einmal den Körperbau Saphirs durch. Bis er wieder zurück ist wird der Jüngling sich sicher etwas erholt und hoffentlich zugenommen haben. Trotzdem wird er wohl nicht über XS hinaus kommen.

… Größe XS und S.

Mit freundlichen Grüßen
Leon Burkhard

Leon schickt die Nachricht ab, dann wendet er sich wieder seinem „Spiel“ zu. Der Bildschirm in der Mitte ist nicht mehr schwarz. Es steht auch nicht mehr Saphirs Zimmer oben, sondern Wohnküche.

Leon beginnt zu lächeln. Also schläft sein Saphir doch nicht? Er hat wach in seinem dunklen Zimmer gehockt? Was für ein seltsamer Kautz.

Saphir sitzt nun auf dem Sofa, einen Teller in der Hand. Seine Augen entdecken die Fernbedienung und den Fernseher.

Was er sich wohl nach der langen Zeit bei Senku als erstes ansehen wird?

Leon betrachtet gespannt den Bildschirm.

Saphir schaltet den Fernseher ein. Die Hologramme sammeln sich um ihn. Er betrachtet sie verwirrt.

Sein verwunderter Gesichtsausdruck belustigt Leon. Saphir kann schon ganz niedlich sein, wenn er nicht gerade versucht ihn umzubringen.

Der Jüngling will ein Programm wählen, doch seine Bewegung ist zu schwungvoll. Das System glaubt er möchte das Auswahlmenü bewegen und dreht es um ihn herum. Als es zum Stehen kommt, steht sein Zeigefinger auf der PlayStation. Die Konsole wird gestartet. Der Raum vor dem Fernseher wird dunkel, so schwarz, dass es nach einem Abgrund aussieht. Saphir zieht die Beine auf das Sofa, seine Augen weiten sich. Das sieht so lustig aus, dass Leon einen Screenshot davon macht.

Leise muss er auflachen. Die PS9 ist erst dieses Jahr auf den Markt gekommen und ihre Funktion ist noch ganz neu, die kann der Jüngling noch nicht kennen.

Das PlayStation-Logo steigt aus dem Boden auf. Leon beobachtet den faszinierten Blick seines Saphirs und wie er die Hand danach ausstreckt. Als sich das Laserlicht darüber ergießt und ihm eine Rüstung auf die Finger projiziert, ist sein Blick wie verzaubert. Na wie schön dass er sich etwas amüsiert.

Neue Nachricht auf Amazonbay…

Das ging aber schnell. Leon wechselt die App.

Abend Herr Burkhard,
Ich habe die Uniform in beiden Größen da.

Sehr gut. Leon Antwortet:
„Wie viele jeweils?"

Der Verkäufer ist online, so braucht er nicht lange zu warten. Es kommt sofort eine Antwort:
2x XS
3x S

Besser als nichts.
„Ich nehme alle, machen sie mir ein Paket fertig, ich zahle sofort!"

Gern!

Einen Moment später zeigt ihm die App den Paketkauf an. Leon klickt auf bezahlen.

Der Bildschirm vibriert. Ohne dass Leon etwas tun muss, wechselt das Fenster zurück in die App des Anwesens. Das ganze Menü ist rot. Saphirs Name steht in der Mitte. Schon wieder? Das ist heute schon das zweite Mal. Leon klickt darauf.

Saphirs biometrische Daten werden angezeigt. Sein Herzschlag ist stark erhöht und die Sauerstoffsättigung im gelben Bereich.

Leon schaltet um auf Diamant.

Der Hüne sitzt in seinem Zimmer am Schreibtisch in irgendwelche Unterlagen vertieft. Auf seinem Arm leuchtet rot die Warnung auf, die Leon eben auch bekommen hat. Er schiebt sie unbeachtet weg.

Leon betrachtet ihn noch einen Moment lang, wartet darauf, dass er aufsteht und sich darum kümmert, doch er tut es nicht.

Da kann doch irgendwas nicht stimmen. Das war schon am Morgen seltsam, doch Leon war mitten im Gespräch mit seiner Frau und als er endlich Zeit hatte sich in die App zu locken, saß Saphir auf seinem Fensterbrett und sah gesund aus. So hat er es als Fehlfunktion abgetan. Es kommt schon mal vor, dass das Halsband bei einer Bewegung verrutscht und dann falsche Daten liefert.

Saphirs Name leuchtet wieder rot über das Display, der Bildschirm wechselt in die Küche. Die Kamera zeigt Silver, der über Saphir hockt und ihn unter sich auf dem Sofa fixiert. Er schnürt ihm die Luft ab und hat seine Hand am Hintern des Jünglings.

Leon schüttelt genervt den Kopf. Dass es Silver aber auch nicht lernen will. Er sucht rechts den Namen und klickt ihn an. Silvers biometrische Daten öffnen sich. Sein Herzschlag rast noch mehr als der von Saphir. Er ist mal wieder in einem seiner Rauschzustände. So wird er sich nicht mehr selbst kontrollieren können. Ganz unten ist ein Symbol eines Halsbandes. Leon klickt darauf und wählt die mittlere Stufe.

Ein lauter Aufschrei ist in den Kopfhören zu hören, dann das Husten Saphirs. Der Alarm im Bild verschwindet.

Leon schaltet wieder zurück zur Kamera. Silver liegt bereits am Boden und zappelt von den Elektroschocks gequält. Saphir sitzt neben ihm und ringt nach Atem, er rutscht von Silver weg und hustet heftig. Tränen liegen in seinen Augen. Da ist nichts mehr von der fröhlichen Faszination von eben.

„Die Anderen setzten dir wohl ganz schön zu mein Kleiner", murmelt Leon. „Ich hätte halt doch noch den einen Tag bleiben müssen. Na schön, aber nur ausnahmsweise."

Leon öffnet das Menü für die Elektrogeräte. Er sucht die Lampen der Küche und schreibt dann ein Programm. Eine Lichtspur soll von der Küche in das Zimmer Eins führen. Als das Programm fertig ist, startet Leon es. Das Licht in Küche und Flur wird gelöscht, das Programm beginnt zu arbeiten. Der Reihe nach leuchten die Lampen auf und markieren einen Weg.

Ob Saphir die Botschaft verstehen wird?

Der Jüngling schaut an die Decke.

„Na komm mein Hübscher, steh schon auf", sagt Leon leise.

Saphir erhebt sich tatsächlich und folgt der Lichtspur.

Leon wechselt die Kamera in den Flur und als Saphir ins Zimmer Eins eintritt auf sein Schlafzimmer. Dann verriegelt er die Tür. „So jetzt hast du erst mal deine Ruhe", murmelt er. Einen Moment wartet Leon noch ab, doch da Saphir scheinbar nicht gewillt ist das Licht einzuschalten, macht Leon es, um etwas sehen zu können.

Der Jüngling sieht sich verwirrt um, als er sich bewusst wird, wo er sich befindet, entspannt sich seine Haltung.

Kann es denn wirklich sein, dass er sich in Leons Zimmer sicher fühlt, nach allem was er dort mit ihm angestellt hat? Leon schüttelt sich den Gedanken aus dem Kopf. Er hat dem Jüngling zwar geholfen, aber nun sollte er erst mal klarstellen wo sein Platz ist, denn eigentlich hat niemand in seiner Abwesenheit dieses Zimmer zu betreten.

Leon wechselt wieder zu den E-Geräten und lässt den Fernseher von der Decke. Er hackt sich in sein System und schreibt ein Wort: „Käfig!"

„Leon?", fragt Saphir in den Raum hinein. Er wirkt erleichtert und rutscht mit dem Rücken an der Tür herab.

Leon muss schmunzeln. Dass er es einfach nicht lassen kann. Jetzt nennt er ihn schon beim Vornamen. Was kommt wohl als nächstes? Bei aller Freundlichkeit, aber das muss er unterbinden. Leon schreibt eine neue Nachricht: „Mich beim Vornamen nennen 30 Punkte."

Saphir lächelt, dieses wunderschöne Lächeln. Leon muss sich selbst ermahnen. Das hat ihm nicht auch noch zu gefallen, der Kerl nimmt ihn noch immer nicht ernst. Wird Zeit, ihm mal etwas ins Gedächtnis zu rufen. „Gesamtpunktzahl [675] – Bei meiner Rückkehr haben wir einen Termin miteinander. Die 500 sind längst voll." Wie als wenn Amazonbay ihn bestätigen will, erscheint oben die Kauf- und Versandbestätigung seiner bestellten Uniformen. Oh ja er wird sich Zeit für Saphir nehmen und wenn er zwischen drin von der Arbeit abhauen muss.

Saphir lächelt noch immer. Die Drohung scheint ihn nicht zu stören. Es wird wirklich Zeit mit ihm eine Session durchzuziehen, damit er die Bedeutung der Punkte fürchten lernt. Aber erst mal gehört er in seinen Käfig. „In den Käfig, sofort!", schreibt Leon.

Saphir schaut grinsend in die Kamera, er lächelt und schüttelt mit dem Kopf, dann erhebt er sich. Ohne Umwege hält er auf das Bett zu.

Dieser kleine Mistkerl! Leon schreibt: „!"

Doch wieder ignoriert Saphir seine Aufforderung. Er legt sich auf dieselbe Seite, die Leon ihm während seiner Genesung zugestanden hat und rollt sich in die Decke ein. „Mach das Licht aus, ja!", sagt er.

Dieser freche Hund. Leon will wütend sein, doch seinen Mundwinkel bekommt er nicht herunter gekämpft. Schmunzelnd schüttelt er mit dem Kopf und sieht ihm dabei zu, wie er sich das zweite Kissen holt. Er nimmt es mit unter die Decke und rollt sich darum ein.

Leon legt den Kopf schief. Er fühlt sich an die letzte Nacht im Anwesen erinnert, als er ewig wach lag und erst einschlafen konnte, als er sich Saphirs Kissen geholt hat. Kann es denn wirklich sein, das der Jüngling ihn auch ein bisschen vermisst? Ach verdammt, da ist es wieder, dieses nagende Gefühl in seinem Herzen. Das muss er loswerden, ganz dringend. Er schaltet den Fernseher und das Licht aus, um den Jungen nicht länger sehen zu müssen, dann wechselt er die Ansicht in die Küche.

Keuchende Laute dröhnen ihm über die Kopfhörer in den Ohren. Leon fährt die Lautstärke herunter, dann geht er auf Silvers Halsband. Die Intensität stellt er auf Stark und gibt einen Intervall von einer Minute und zehn Sekunden mit einer Pause von drei Minuten vor. Das Ende der Bestrafung legt er auf morgens ein Uhr fest.

Das Keuchen in den Kopfhörern wird zu einem langgezogenen Schrei, der in röchelnde Laute untergeht, als Silvers Muskelkrämpfe ihm nicht mehr erlauben zu Atmen.

Mal sehen ob das Wirkung zeigt. „Immer dasselbe mit ihm“, murmelt Leon. Jedes Mal wenn sie einen Neuen haben, ist es das Schwerste, Silver von ihm fern zu halten. Es war richtig, ihn doch nicht auf Saphir anzusetzen, der hat noch keine Chance gegen ihn. Trotzdem merkwürdig, dass Silver sich den Übergriff vor den Kameras getraut hat. Das macht er doch sonst nur, wenn er schon Blut geleckt hat und sich dann noch schwerer unter Kontrolle halten kann. Irgendwie merkwürdig.

Leon schaltet um auf Diamants Zimmer. Der Hüne sitzt noch immer selenruhig an seinem Schreibtisch. Seit Saphir im Haus ist, ist sein Verhalten eigenartig. Das kann Leon so nicht lassen. Er schließt die App und wechselt zu seinen Kontakten, dort scrollt er die Namen durch. Bei Erik Weinhaus hält er an. Ein grüner Punkt verrät ihm, dass sein Kumpel online ist, so öffnet Leon das Symbol für den Chat:

„Erik, hast du Zeit?“

„Hey du alter Sklaventreiber. Für dich habe ich immer Zeit.“

Leon muss über den Wortwitz schmunzeln.

„Selber Sklaventreiber!“

„;-) – Was gibt’s?“

„Hast du Bock, dich mal ein paar Tage um meinen Diamanten zu kümmern? Ich bin Familiär gerade zu sehr eingespannt und kann nicht weg.“

„Der Muskelprotz, der immer so schön jammert, wenn man ihn nimmt? Klar! Der ist heiß!“

Leon schmunzelt. Erik steht auf diesen Typ Mann. Es war klar, dass er sofort anbeißt.

„Wie lange?“, schreibt Erik.

Leon muss einen Moment überlegen. Das letzte Mal als Diamant einen Tag bei Erik war, kam er gebrochen wieder. Es hat Wochen gedauert bis er sich getraut hat wieder aufzumucken.

„Drei Tage! Und tu mir einen Gefallen, ja?“

„Welchen?“

„Befrage ihn bei der Folter mal ein bisschen. Ich hab das Gefühl in meinem Harem läuft was mächtig schief und er scheint mir der Grund dafür zu sein.“

„Geht klar. Ich lass mir was Schönes einfallen. Wann soll ich ihn holen?“

„Kannst du heute noch? Ich will ihn erst mal raus haben.“

„Ja, klar, ist doch gleich um die Ecke.“

„Ich schicke dir die Zugangsberechtigung fürs Haus und Diamants Halsbanddaten. Aber mache ihn nicht ganz kaputt. Ich kann nicht auf ihn verzichten. Er ist als Verwalter eigentlich ganz brauchbar.“

„Geht klar, ich bin zwischendurch auch mal lieb zu ihm. Du bekommst ihn in einem Stück zurück.“

„Danke, du hast was gut bei mir.“

„Kein Ding, außerdem danke ich dir. Ich bin schon ein bisschen neidisch auf deinen Diamanten.“

„Wenn er weiter solche Zicken macht, schick ich ihn dir öfter.“

„Klingt gut. Und sonst so? Wie läuft‘s mit deinem Saphir?“

„Hab lange nicht so viel Spaß gehabt.“

„Ehrlich? Ich dachte du wolltest den loswerden?“

„Hab mir einen anderen bei Senku geholt.“

„Zeig mal Bild!“

„Warte!“

Leon sucht seine Aufnahmen durch, die er im Laufe des Tages gemacht hat. Das mit der Gabel und Silver war ganz lustig. Auch das, als er so erschrocken auf dem Sofa saß und sich unter ihm der Abgrund der PlayStation auftat. Wobei, am besten war noch das von eben. Mit Leons Kissen im Arm, diesem schönen Lächeln im Gesicht und den strahlend blauen Augen. Das ist gut. Leon legt es als neues Hintergrundbild fest, dann schickt er es seinen Freund.

Es dauert einen Moment, bis Erik sich wieder meldet, dann schreibt er: „Liegt er da bei dir im Bett? Das ist doch von heute Abend, oder?"

Das ist wohl eine Anspielung auf Ort und Datum aus der App, die unter jedem Bild angezeigt wird. Erik war schon immer verdammt aufmerksam.

„Er wollte nicht in seinen Käfig und ich bin nicht im Anwesen. Er ist der Saphir, was soll ich machen?"

„Also echt mal, für mich wäre das nichts. Ich habe meinen Jade und einen Diamant, damit bin ich völlig zufrieden. Saphire bringen nur Unruhe rein."

„Ja das ist ja das tolle. Er hat versucht, mich mit einer Glasscherbe umzubringen."

„Was? Und da lebt er noch?"

„Ich find ihn so heiß und ich liebe…" schreibt Leon und hält inne. Ihm wird erst jetzt bewusst, dass er hier zu ehrlich ist, besonders zu sich selbst. Er löscht die Worte wieder, bevor er sie verschickt. Gedanklich versucht er es irgendwie anders zu formulieren. Doch es will ihm nichts Treffendes einfallen. Also schreibt er nur:

„Ja….!"

„Leon? Alles gut?"

„Nein…"

„Klingt so als wenn du dich mit ihm übernommen hast. Soll ich dir helfen? Wir können ja mal was zusammen mit ihm machen. Wenn du ihn unbedingt behalten willst, bekommen wir ihn schon gebrochen.“

„NEIN, den hat keiner zu brechen. Ich will ihn genauso, wie er jetzt ist.“

„Mordlüstern?“

„Nein, frech und vorlaut und zu allem entschlossen. Sein Wille ist der Hammer. Hast du jemals einen gehabt, bei dem der Körper noch vor dem Geist gebrochen ist?“

„Hey Mann, sei vorsichtig! Bei unserem Hobby stehen wir immer mit einem Bein im Grab. Menschen sind unberechenbar, vergiss das nicht. Vielleicht bleibt es nicht bei einem Mordversuch. Außerdem so wie du ins Schwärmen gerätst. Das kenne ich von dir gar nicht. Sobald Gefühle ins Spiel kommen machst du dich angreifbar. Dann musst du ihn loswerden. Das ist eine der obersten Regeln! Du weißt doch wie es bei mir geendet hat.“

Leon Atmet tief durch. Er weiß, dass Erik Recht hat, aber den Jungen wieder zu Senku zu bringen, das kann er sich nicht mehr vorstellen. Leon wechselt den Chat mit seiner App vom Anwesen. Er klickt sich in sein Schlafzimmer und schaltet die Nachtischlampe auf Saphirs Seite an. Ihr Schein erhellt die Gesichtszüge des Jünglings. Sie sind ganz entspannt, nicht mal das plötzliche Licht scheint ihn zu wecken. In seinen Armen liegt noch immer Leons Kissen.

Er wirkt nicht gefährlich, eher süß und zum vernaschen. Wie schade, dass Leon heute nicht im Anwesen sein kann. Ihm kommen gerade hundert Ideen auf einmal, den Jüngling für das Schlafen in seinem Bett zu bestrafen.

Egal, was Erik sagt, ganz gleich ob es verrückt ist, Leon will diesen Saphir beherrschen und wenn es ihn sein Leben kostet. Auf das Gefühl von Lebendigkeit, das ihn die letzten Tage begleitet hat, kann und will er nicht mehr verzichten.

22. Kapitel

~Leons Vergehen~

Es ist so friedlich hier, so still und weich. Ich könnte den ganzen Tag einfach nur im Bett bleiben. Die Sonne scheint schon ewig durch die großen Fenster herein, doch ich bringe es nicht über mich aufzustehen und nachzusehen, ob die Tür noch immer verschlossen ist. Erst der Drang mal aufs Klo zu müssen zwingt mich auf die Beine. Auf dem Weg ins Badezimmer komme ich am Regal mit den Büchern vorbei. Ich halte inne. Informationen sammeln war ein Punkt auf meiner Liste und ich bin hier im Zimmer Leons. Wo kann ich besser danach suchen, als hier. Auf den Buchrücken stehen unsere Sklavennamen. Ich suche mir zuerst meines heraus und nehme es mit ins Bad.

Während ich mich auf der Klobrille niederlasse, schlage ich die erste Seite auf. Wie ich wohl die 700 Punkte so schnell voll bekommen habe? Mir kommt Leons Androhung in den Sinn. Was er sich wohl unter einer Bestrafung vorstellt? Ob es mir so ergehen wird wie dem Jadehund? Schnell schüttle ich mir den Gedanken aus dem Kopf. Darüber will ich mir im Moment wirklich keine Gedanken machen. Besser, ich finde erst mal heraus, was Leon als bestrafenswert erachtet. Ich betrachte die Auflistung:

Duzen und Beleidigen 100
Mich nicht eindringen lassen 50
Meinen Samen nicht schlucken wollen 20
Beschweren, dass ich dich missbrauche 10
Meister verletzen 200
Duzen und Beleidigen 235

Mordversuch - schon bestraft (Ach wirklich? Damit sind wir durch? Irgendwie erleichtert mich das jetzt. Ob er das gemacht hat, weil ich sonst längst die 1000 voll hätte?)

Nicht im Käfig schlafen wollen 50
In meinem Bett schlafen 35
[700]
500 voll, dringend Session ansetzen!

Wie seltsam. Wie kann das von gestern Abend im Buch stehen? Leon war gar nicht zu Hause um es reinzuschreiben. Oder war er doch hier? Oder Diamant? Nein, mein Schlaf war so leicht, selbst das Rauschen des Windes in den Bäumen hat mich immer wieder geweckt. Eigenartig!

Ich blättere um. Die nächste Seite ist unbeschrieben, trotzdem ist irgendwas an dem Buch seltsam. Das ist kein Papier, fühlt sich irgendwie nach Plastik an. Wenn ich Druck ausübe, leuchtet es blau. Das ist was Elektronisches? Ich schlage das Buch zu und betrachte den Einband. Der Saphir auf der Vorderseite ist von einem blauen Kreis umgeben, der von Licht durchströmt wird, es dreht sich immer wieder im Kreis um den Edelstein. Das scheint mit dem Internet verbunden zu sein. Wahrscheinlich kann Leon, egal wo er ist, etwas hinein schreiben. Ob er dann auch lesen kann, wenn ich etwas hinein schreibe? Ein Lächeln schleicht sich mir in die Mundwinkel, als mir eine Idee kommt. Den Stift nehme ich aus der kleinen Halterung an der Seite und schlage die erste Seite wieder auf, um ein paar Änderungen vorzunehmen:

~~Duzen und Beleidigen 100~~ **(Das gefällt dir, also kannst du das streichen. Sonst höre ich auf damit. Willst du das?)**
Mich nicht eindringen lassen 50 **(Wer ficken will muss freundlich sein)**
Meinen Samen nicht schlucken wollen 20 **(Hast du den mal selbst probiert? Der ist widerlich!)**
Beschweren, dass ich dich missbrauche 10 **(Dann lass es doch einfach)**
Meister verletzen 200 **(Ja von mir aus, lass das stehen)**
~~Duzen und Beleidigen 235~~ **(Das Gleiche in hellgrün. Streiche das oder ich rede kein Wort mehr mit dir!)**
Mordversuch - schon bestraft **(Sehe ich auch so, ich wäre fast drauf gegangen du Arsch!)**

Nicht im Käfig schlafen wollen 50 **(Ich bin nicht dein Hund!)**
In meinem Bett schlafen 35 **(Dann gib mir gefälligst ein eigenes Bett!)**
Neue Gesammtpunktzahl:
[200] – **und keinen Punkt mehr**
~~500 voll, dringend Session ansetzen!~~

So wird schon eher ein Schuh daraus, Herr Meister! Lachend lese ich noch einmal alles durch. Schade, dass ich sein Gesicht nicht sehen kann, wenn er das liest. Wenn ich es recht überlege, kommt mir da noch ein Gedanke. Ich schlage eine leere Seite auf und beginne eine neue Liste:

Leons Vergehen:

1. Schultern einrenken ohne Betäubung und Muskeln entspannende Medikamente +50
2. Mich vergewaltigen an meinem ersten Tag hier + 100
3. Mich zwingen deinen Samen zu schlucken + 20
4. Mich mit dem Halsband grillen, nur, um mir die Funktion zu erklären +100
5. Mich wie deine Gummipuppe missbrauchen +50
6. Mich mit der Glasscherbe aufschlitzen + 50
7. Mich im Keller fast erfrieren lassen + 150
8. Mich zwingen, in deinem beschissenen engen Käfig zu schlafen + 10
9. Diamant veranlassen, mich mit einem kalten Einlauf fast umzubringen + 200
10. Auf die Idee kommen, Silver auf mich los zu lassen + 300
11. Vergewaltigung von Silver und Diamant im Theater + 1000 (Die haben mich fast umgebracht, ist dir das überhaupt klar? Warum sind in diesem beschissenen Theater keine Kameras?)

[+2030]

Ich schaue wütend über die Liste und merke wie mir der Puls bis an die Kehle schlägt. Je mehr ich über all diese Dinge nachdenke umso weniger verstehe ich, warum ich trotzdem immer wieder das Gefühl von Dankbarkeit verspüre. Das ist mehr als unangebracht! Ich schaue durch die offene Tür zum Bett zurück und von ihm zum Käfig. Augenblicklich kommt mir sein erster Befehl nach der Rettung vor Silver in den Sinn. Das war nach allem seine einzige Sorge, dass ich in dem blöden Käfig schlafe. Die Situation mit Silver auf dem Sofa steigt in mir auf. Ich dachte wirklich das war's jetzt und dann kam dieser elektrische Schlag. Das erste Mal, seit ich Sklave geworden bin, musste ich mal etwas nicht bis zum Ende ertragen. Na gut, er hat mich vor Silver gerettet und ich habe mir schon so oft vergeblich gewünscht, dass mir mal jemand hilft. Auch die Behandlung mit der Salbe und die Spritze mit dem Schmerzmittel waren ganz nett gewesen. Na gut, ich sollte da was gegen rechnen:

Mich im Dunkeln schlafen lassen – 50
Mir einen Orgasmus verschaffen +- 0
Mich umarmen, als es mir richtig dreckig ging, auch wenn du daran schuld warst, du Arschloch – 100
Mich wieder aufwärmen – 50
Mich mit Schmerzmittel vollpumpen – 250
Meine Wunden versorgen – 100
Essen, wann immer ich Hunger habe – 100
Mich vor Silver retten – 500
[-1150]

Gesamtpunktzahl: [880]
Die 500 sind voll und die 1000 ist nicht mehr weit weg. Wir sollten dringend mal ne Session ansetzten und die Strafe für dich beim Erreichen der 1000 Punkte festlegen!

Ich klappe das Buch zu, in dem sicheren Wissen, dass mir das eine noch heftigere Strafe einbringen wird. Aber das alles musste einfach mal raus. Um mich wieder zu beruhigen atme ich einige Male tief durch, dann bringe ich meinen Toilettengang zu Ende und verlasse das Badezimmer, das Buch stelle ich ins Regal zurück.

Was wohl bei den Anderen so drin steht? Womit sie wohl den Meister verärgern? Ich gehe die Bücherrücken durch und suche mir zuerst den Jadehund heraus:

Sprechen ohne Erlaubnis 20
Um einen Orgasmus betteln 50 (Ja, ist schon schlimm wenn Jade für die heftigen Schläge eine Gegenleistung wünscht, Leon du Vollidiot, gönne ihm doch wenigstens das!)
Beim Sex mit Silver das ganze Haus zusammen schreien 100 (Er darf doch schon nicht reden, was soll er den noch alles ertragen?)
[170]

Ach Leon du Idiot, willst du hier eigentlich einen Psychopathen erschaffen, der irgendwann mit einer Knarre rumläuft und uns alle erschießt? Ein Wunder, dass er es noch nicht getan hat. Jade ist und bleibt meine erste Wahl, der Junge braucht hier auch dringend einen Verbündeten. Ich stelle das Buch wieder zurück ohne etwas hinein geschrieben zu haben. So wie ich Leon einschätze bekommt es sonst nur Jade ab und der hat hier schon genug Probleme.

Nun, wen als nächstes?
Silver:
Zu laut beim Sex mit Jade – 100 (Hey, immerhin bekommt er auch Punkte dafür, das ist ja schon fast fair.)
Peniskäfig nicht freiwillig anlegen wollen 50

Peniskäfig seltsamer weise noch mal neu anlegen müssen 200 (Das hat er mitbekommen? Na immerhin ahnt er, dass was nicht stimmt.)
Übergriff auf Saphir – sofort bestraft (Ja, das habe ich mitbekommen, war schon ein Fest, ihn am Boden zucken zu sehen. Ob er sich inzwischen erholt hat?)
[450]

Mich wundert ehrlich gesagt, dass Silver sich all seine Übergriffe noch traut. Offensichtlich lässt Leon ihm nichts einfach so durchgehen. Ob Diamant ihn anstachelt und seine Schwäche für Sex ausnutzt?

Gute Überleitung schauen wir uns doch mal Diamants Buch an:

Saphir in der Dusche noch vor mir unsittlich berührt 20
Sich nicht um Saphir gekümmert, als ich bei den Zwillingen übernachtet habe 30
Saphirs Halsband zu spät besorgt 10
Bei der Bestrafung rumgejammert wie ein Kleinkind 50
Saphirs biometrische Daten in den roten Bereich gebracht beim Waschen 150
Saphirs biometrische Daten am Morgen in den roten Bereich steigen lassen – was war da los? 150 (Wenn er es wüsste, ob dann mehr Punkte dort stehen würden?)
Angriff von Silver auf Saphir ignoriert 200 (Diamant hat davon gewusst? Na sicher gab es einen Alarm wie beim Einlauf.)
[610]
Bestrafung bei Erik! (Erik? Was das wohl bedeutet?)

Aber, ach du Scheiße. Na kein Wunder, dass Diamant so gut auf mich zu sprechen ist. Die 500 voll und das ausschließlich durch mich. Ich kann es ja schon fast ein bisschen verstehen, dass er da sauer ist. Das müssen wir in Zukunft irgendwie anders Regeln.

Ich tausche Diamants Buch gegen das von Gold.

…

[0] (?)
Was ist das den für ein höriger Idiot? Nicht ein mickriger Punkt?

und sein Bruder?

Rubin:

…

[0]
Nicht zu fassen. Was machen die dafür, hier nichts drin stehen zu haben? Gut sie können nicht sprechen, aber trotzdem. Ich sollte bei denen vorsichtig sein. Wenn sie so hoch in Leons Gunst stehen, sind sie sicher auf seiner Seite.

…~*~…

Am Morgen ist Leon im Sessel mit der Tochter auf dem Arm und dem Tablet auf dem Schoss eingedöst.

Schritte bewegen sich um ihn herum, er nimmt es gerade noch so wahr. Die Tochter wird ihm aus den Armen genommen, eine Hand legt sich auf seine Schulter. „Schatz, geh doch ins Bett, du warst sicher die ganze Nacht wach. Ich kümmere mich um die Kinder."

Leon zwingt seinen Geist zurück. Schlafen im Bett, das wäre jetzt wirklich eine gute Idee. Er streckt sich ausgiebig, dann nimmt er das Tablet vom Schoss und steht auf. Als er in Richtung Schlafzimmer gehen will, versperrt Betty ihm den Weg. „Lass doch das blöde Tablet hier. Du sollst schlafen, nicht arbeiten!"

Leon wirft einen flüchtigen Blick auf das Display. In der Mitte pulsiert blau ein angebissener Apfel. Ein Zeichen dafür, dass er mindestens eine neue Nachricht hat.

„Du hast mich doch von der Arbeit weggeholt. Ich müsste nicht zu Hause arbeiten, wenn ich mal zu Ende bringen könnte, was ich dort anfange. Und jetzt geh mir aus dem Weg." Leon drängt sich an seiner Frau vorbei.

Ihr stechender Blick verfolgt ihn im Nacken. „Ist es denn so schlimm, für deine Familie da zu sein?", ruft sie ihm nach.

Leon rollt mit den Augen. Er ist doch da, hat die Kurze die ganze Nacht im Arm gehabt, damit sie schlafen konnte. Dafür hat er sogar Saphirs Einführung in den Harem ausfallen lassen. Verdammtes Familienleben!

Leon zieht sich ins Schlafzimmer zurück und wirft die Tür klangvoll nach sich zu. Wenn Betty schon wieder auf dem Trip ist, wird es umso schwieriger, sie von einer neuen Geschäftsreise zu überzeugen. Er braucht dringend einen freien Tag im Krankenhaus, von dem sie nichts weiß, oder wenigstens eine verschobene Schicht. Am besten er fragt mal seinen Kumpel Janik. Der hat schon oft seine Schicht mit Leon getauscht, vielleicht klappt das ja noch diese Woche, dann kann er wenigstens mal für ein paar Stunden zurück zu den Jungs. Leon wirft sich auf das Ehebett und wischt den Apfel weg. Der Chat mit Erik ist noch offen:

Erik: Dein Diamant hat ganz schön rumgezickt. Hab ihn zwei Mal unter Strom setzen müssen um ihn mitnehmen zu können. Der braucht wirklich ne anständige Session. Irgendwelche besonderen Wünsche?

Leon ist gerade nicht danach zu antworten und sich mit Diamant auseinander zu setzen. Erik wird sich schon was einfallen lassen. Leon geht seine Kontakte durch und sucht Janik, als er fündig wird, öffnet er ein neues Chatfenster.

„Hey Janik, hast du diese Woche mal Zeit meinen Dienst zu übernehmen oder mit mir zu tauschen? Ich übernehme dann auch zwei Schichten von dir."

Während Leon auf Antwort wartet, kommt eine E-Mail rein.

Saphirs Bestrafungsbuch neue Einträge.

Leon stutzt. Wie kann das sein? Diamant ist doch bei Erik. Es kann überhaupt keine neuen Einträge geben. Mit fragendem Blick öffnet Leon die E-Mail und folgt dem Link darin. Er wird in das Buch Saphirs eingeloggt:

~~Duzen und Beleidigen 100~~ **(Das gefällt dir, also kannst du das streichen. Sonst höre ich auf damit. Willst du das?)**
Mich nicht eindringen lassen 50 **(Wer ficken will muss freundlich sein)**
Meinen Samen nicht schlucken wollen 20 **(Hast du den mal selbst probiert? Der ist widerlich!)**
Beschweren, dass ich dich missbrauche 10 **(Dann lass es doch einfach)**
Meister verletzen 200 **(Ja von mir aus, lass das stehen)**
~~Duzen und Beleidigen 235~~ **(Das Gleiche in hellgrün. Streiche das oder ich rede kein Wort mehr mit dir!)**
Mordversuch - schon bestraft **(Sehe ich auch so, ich wäre fast drauf gegangen du Arsch!)**

Nicht im Käfig schlafen wollen 50 **(Ich bin nicht dein Hund)**
In meinem Bett schlafen 35 **(Dann gib mir gefälligst ein eigenes Bett!)**
Neue Gesammtpunktzahl:
[200] – und keinen Punkt mehr
~~500 voll, dringend Session ansetzen!~~

Leon schläft das Gesicht ein. Er braucht einen Moment, bis ihm klar wird, wer sich an dem Buch vergriffen hat, dann überkommt ihn ein Schmunzeln, das sich zu einem Lächeln ausweitet.

Saphir, dieser freche Hund! Er liest die Worte wieder und wieder und muss dabei Lachen.

Schließlich löscht er alles und schreibt eine neue Liste:

Meister verletzten 200
Nicht im Käfig schlafen wollen 50
In meinem Bett schlafen 0 **(Ein eigenes Bett kannst du so was von vergessen, du gehörst in meines wenn ich da bin und ansonsten auf den Boden, wie das bei Hunden üblich ist!)**
Um bessere Lebensbedingungen feilschen 150
In deinem Buch herumkritzeln 50

Leon sucht nach noch einem Grund, mit dem er die 500 voll machen kann. Als ihm auffällt, dass das Buch nun zwei Seiten hat, blättert er um.

Leons Vergehen: (Was soll das werden?)

1. Schultern einrenken ohne Betäubung und Muskeln entspannende Medikamente +50
2. Mich vergewaltigen an meinem ersten Tag hier + 100
3. Mich zwingen, deinen Samen zu schlucken + 20
4. Mich mit dem Halsband grillen nur um mir die Funktion zu erklären +100
5. Mich wie deine Gummipuppe missbrauchen +50
6. Mich mit der Glasscherbe aufschlitzen + 50
7. Mich im Keller fast erfrieren lassen + 150
8. Mich zwingen, in deinem beschissen engen Käfig zu schlafen + 10

Na bei 10 Punkten kann der Käfig ja nicht so schlimm gewesen sein, Leon lacht.

9. Diamant veranlassen, mich mit einem kalten Einlauf fast umzubringen + 200
10. Auf die Idee kommen, Silver auf mich los zu lassen + 300
11. Vergewaltigung von Silver und Diamant im Theater + 1000 (Die haben mich fast umgebracht, ist dir das überhaupt klar? Warum sind in diesem beschissenen Theater keine Kameras?)
[+2030]

Leon stolpert über Punkt 9 und 11. Also war der Einlauf im Badezimmer der Grund für den Alarm und Silver und Diamant waren mit Saphir im Theater? Leons Blick verfinstert sich zunehmend. Das erklärt so einiges. Was die beiden da mit seinem Saphir angestellt haben, kann er sich nur zu lebhaft vorstellen. Wie durchtrieben, den einzigen Raum dafür zu benutzen, den Leon bewusst nicht mit Kameras ausgestattet hat. Der ist nur für Gäste und die wollen inkognito bleiben. Doch so wie die Sachlage jetzt ist, kann sich Leon gut vorstellen, dass die beiden diesen Umstand nicht zum ersten Mal ausgenutzt haben. Ob Saphirs Vorgänger deswegen so schnell eingeknickt ist? Das erklärt dann auf jeden Fall warum Silver am Morgen keinen Peniskäfig trug. Leon wechselt zu seinen Chatverläufen und dort auf das Gespräch mit Erik.

„Behalte Diamant eine Woche, tu mit ihm wonach dir ist. Die Befragung kannst du dir sparen. Ich weiß inzwischen was vorgefallen ist. Du brauchst ihn auch nicht schonen. Ich bin gerade echt sauer."

Leon klickt sich zurück in das Buch. Da stand noch etwas, was er noch nicht gelesen hat. Er überfliegt die Worte und muss schon wieder lächeln, dann schreibt er etwas dazu:

Mich im Dunkeln schlafen lassen – 50
Mir einen Orgasmus verschaffen +- 0 **(Daran sollten wir beim nächsten Mal arbeiten. 0 Punkte? Da geht mehr!)**
Mich umarmen, als es mir richtig dreckig ging, auch wenn du daran schuld warst, du Arschloch – 100 **(Na spannend, du stehst also auf Umarmungen nach einer harten Session?)**
Mich wieder aufwärmen – 50
Mich mit Schmerzmittel vollpumpen – 250
Meine Wunden versorgen – 100
Essen, wann immer ich Hunger habe – 100
Mich vor Silver retten – 500 **(Gern geschehen!)**
[-1150]

Gesamtpunktzahl: [880]
Die 500 sind voll und die 1000 ist nicht mehr weit weg. Wir sollten dringend mal ne Session ansetzten und die Strafe für dich beim Erreichen der 1000 Punkte festlegen! **(Ja, lass dir da mal was einfallen! Ich bin gespannt!)**

Dann wechselt Leon zurück auf die Erste Seite und schreibt dazu:

Deinem Meister Vorhaltungen machen 250

[700]
Nach meiner Rechnung sind wir immer noch bei 700 Punkten, du bist das nächste Mal fällig, egal wie viel du feilschst!

23. Kapitel

~Frühstück ohne Diamant~

Als ich das letzte Buch ins Regal zurück stelle, beginnt etwas zu vibrieren.

Ich fahre erschrocken zusammen. Die Vibration ist so stark, dass sich eines der Bücher zu bewegen beginnt und aus dem Regal nach vorn wandert. Als es an der Kante steht und fällt, fange ich es auf.

Es ist mein eigenes. Vom Buch schaue ich zur Kamera. Ob er das war? Heißt das er hat schon geantwortet? Augenblicklich schlägt mir das Herz bis zum Hals. Wie er das wohl aufgenommen hat?

Ich schlage das Buch auf:

Meister verletzten 200
Nicht im Käfig schlafen wollen 50 (War ja klar, dass er Befehlsverweigerung nicht löscht, aber der Rest scheint weg zu sein. Ehrlich jetzt?)
In meinem Bett schlafen 0 **(Ein eigenes Bett kannst du so was von vergessen, du gehörst in meines wenn ich da bin und ansonsten auf den Boden, wie das bei Hunden üblich ist!)**

Dieser elende … aber Moment, ich gehöre in sein Bett, wenn er da ist? Wie soll ich das jetzt verstehen? Warum auf einmal? Doch sicher nicht zum Schlafen, oder? Mir kommt der letzte Abend mit ihm in den Sinn. Seine Androhung dann nicht die Finger von mir lassen zu können. Ich will immer noch ein eigenes Bett, jetzt erst recht!

Um bessere Lebensbedingungen feilschen 150 (Hat doch was gebracht, die Punkte nehme ich dafür gern)
In deinem Buch herumkritzeln 50 (Ach Leon, ich bitte dich! Er hat doch hundert pro gelacht dabei!)
Deinen Meister Vorhaltungen machen 250 (Ja, schon klar, das will er nicht hören)
[700]
Nach meiner Rechnung sind wir immer noch bei 700 Punkten, du bist das nächste Mal fällig, egal wie viel du feilschst! (Ach verflucht, die Punkte hat er sich doch sicher aus den Haaren gesaugt, um wieder auf die 700 zu kommen.)

Eintrag gelöscht! (Aha, über seine Verfehlungen will er also nicht sprechen?)
Gesamtpunktzahl: [880]
Die 500 sind voll und die 1000 ist nicht mehr weit weg. Wir sollten dringend mal ne Session ansetzten und die Strafe für dich beim Erreichen der 1000 Punkte festlegen! **(Ja, lass dir da mal was einfallen! Ich bin gespannt!)** (Da würde mir sofort was einfallen. Meine Freiheit, zum Beispiel! Aber ich denke damit Pokere ich noch zu hoch.)

Mich im Dunkeln schlafen lassen – 50
Mir einen Orgasmus verschaffen +- 0 **(Daran sollten wir beim nächsten Mal arbeiten. 0 Punkte? Da geht mehr!)** (Oh Fuck! Habe ich jetzt seinen Ehrgeiz geweckt?)
Mich umarmen, als es mir richtig dreckig ging, auch wenn du daran schuld warst, du Arschloch – 100 **(Na spannend, du stehst also auf Umarmungen nach einer harten Session?)** (Wer hat das denn bitte behauptet? Verdammt, wa-

rum habe ich hier 100 geschrieben? Ich bin eindeutig zu ehrlich… Das sollte ich lassen.)
Mich wieder aufwärmen – 50
Mich mit Schmerzmittel vollpumpen – 250
Meine Wunden versorgen – 100
Essen, wann immer ich Hunger habe – 100
Mich vor Silver retten – 500 **(Gern geschehen!)**
[-1150]

P.S.: Diamant ist die Woche nicht im Anwesen und Silver sollte ziemlich fertig sein. Verbring die Zeit mit den anderen Dreien, die sind recht umgänglich. (Die beiden sind erst mal kein Problem? Das wäre ja fast zu schön, um wahr zu sein)

Na schön lassen wir das mal unkommentiert so stehen. Um eine Session mit ihm werde ich wohl nicht herum kommen. Egal welche Augmente ich bringe, er wird sich einfach wieder was Neues einfallen lassen. Dann muss ich da eben durch. So viel schlimmer wie Diamant und Silver kann er nicht sein. Hoffe ich. Unter allem schreibe ich nur eine Frage:

Wann kommst du wieder?

Ich warte einen Moment. Tatsächlich beginnen sich die Buchstaben der Frage zu verändern. Sie bilden einen neuen Satz:

Vermisst du mich etwa schon?

Dieser blöde Sack. Ich nehme das Buch mit zur Lederbank und setze mich. Was wird das jetzt hier? Ein Chat in Buchform? Ich muss lächeln und antworte:

S: Ganz bestimmt nicht!
L: Kannst es ruhig zugeben. Ich habe ein Beweisfoto.

Auf der Seite erscheint ein Bild. Ich kann mich selbst sehen mit seinem Kissen im Arm. Augenblicklich steigt mir Hitze in die Wangen. Verflucht! Was hat mich da eigentlich geritten? Warum fand ich seinen Geruch nur so geil? Bei dem ganzen Psychoterror hier, drehe ich anscheint langsam durch. Besser ich übergehe die Anspielung und gehe gleich auf Angriff.

S: Wozu machst du Bilder von mir? Holst du dir darauf etwa einen runter?
L: Vielleicht!
S: Perverses Arschloch!
L: Ich würde es auch lieber auf oder in dir tun.
S: Das ist nicht besser, du Idiot!
L: Vielleicht gefällt es dir ja, wenn du dich drauf einlässt.

Immer wärmer werden meine Wangen. Wut brodelt in meinem Bauch.

S: Ganz gewiss nicht. Ich bin nicht schwul!
L: Ja, schauen wir mal wie es ist, wenn ich mit dir fertig bin.

Ich balle die Hände zu Fäusten. Gott wie er mich aufregt. Er hält sich auch für unwiderstehlich.

S: Du bist nicht so geil, wie du denkst!

Leon antwortet nicht. Er blendet das Bild noch mal ein.

Ich schlage das Buch zu und werfe es vors Bett. Dieser arrogante Schnösel. Wie ich ihn hasse!

Das Buch vibriert am Boden, doch ich denke nicht daran es aufzuheben. Ich habe keinen Bock mehr auf dieses Gespräch.

Die Klappe in der Decke öffnet sich, der Fernseher sinkt herab. Ach verdammt diese scheiß Technik in diesem Haus.

Ich setze mich in den Schneidersitz und verschränke die Arme vor der Brust, den Kopf drehe ich weg, nicht gewillt zu lesen, was er schreibt. Im Augenwinkel kann ich es dennoch sehen.

Du bist süß wenn du wütend wirst…

Ich lasse mich zurück fallen und hole mir eines der Kissen, dann werfe ich es gegen die Kamera. „Hör auf mich zu beobachten!“

Ein leises Klicken ist in der Tür zu hören. Die Buchstaben auf dem Bildschirm verändern sich.

Los geh, hab einen schönen Tag. Wir sehen uns irgendwann die Woche.

P.S. Lass uns weiter über das Buch schreiben, dann habe ich bis wir uns wieder sehen wenigstens was zu lachen. Diamant und die Anderen habe ich gerade aus der Berechtigung entfernt, jetzt können nur noch wir beide es öffnen.

„Dann kann Diamant auch keine Strafen mehr reinschreiben?“, frage ich in den Raum hinein.
Nein! - erscheint auf dem Bildschirm.

Ich stehe noch lange unschlüssig an der Tür und wage nicht, sie zu öffnen. Hier drin fühle ich mich sicher, da draußen ist immer noch die Hölle der wilden Tiere und auch wenn eines heute Nacht gebraten wurde, traue ich den anderen noch lange nicht. Mir kommt der lustige Gedanke, dass nun vielleicht Silver auf dem Opfertisch liegt, kross gebraten und mit einem Apfel im Mund. Ich muss lachen, das Hilft ein bisschen. Noch einmal atme ich tief durch, dann öffne ich die Tür und trete in den Flur hinaus.

In der Küche sind die Bewegungen von Schritten zu hören, die auf und ab gehen. Irgendetwas schlägt gegen Porzellan. Die wilden Tiere sind wach, so viel steht fest.

‚Nur Mut Lucca, du musst die Anderen kennenlernen wenn du hier was erreichen willst.‘ – sage ich mir selbst und gehe zur Küche. Vorsichtig spähe ich um den Türrahmen. Auf dem Boden vor dem Sofa liegt Silver, beinah in derselben Position wie ich ihn zurück ließ. Seine Haare sind klitsch nass und sein Körper mit Schweißperlen überzogen. Er atmet schwer und rührt sich nicht. Seine Muskeln sind völlig erschlafft und die Haut um sein Halsband herum ist stark gerötet. Er hat die Augen geschlossen. Gut, der scheint gerade wirklich kein Problem zu sein.

Ich lasse meinen Blick weiter schweifen. Auf einem Hocker sitzt Jade, seinen Napf auf dem Tresen vor sich. Er spielt mit seinem Finger darin herum und lässt ihn auf der Arbeitsplatte tanzen. Seine Beine schaukelt er und schlägt mit den Zehen gegen die Standfläche des Tresens.

Rubin sitzt neben ihm, die Arme auf dem Schoss und wippt mit den Beinen, während sein Bruder in der Küche auf und ab läuft, die Arme ineinander verschränkt. Alle scheinen auf etwas zu warten.

Mir kommt in den Sinn das Diamant das Frühstück gemacht hat, ob das seine Aufgabe hier ist? Heißt dass es gibt in seiner Abwesenheit nichts zu essen für uns? Leon hat von einer Woche gesprochen. Das ist deutlich länger als ich bereit bin ohne Nahrung auszukommen. Aber dort steht doch ein großer Kühlschrank, ist der leer, oder warum schaut da keiner rein?

Ich betrachte die hilflosen Tiere vor ihren leeren Fressnäpfen noch einen Moment lang, dann gehe ich in die Küche.

Während mir die Blicke der Anderen folgen, halte ich auf den Kühlschrank zu und bete inständig, er möge voll sein. Erschrockene Gesichter starren mich an, als ich ihn öffne. Ich bekomme das Gefühl, hier die größte Todsünde zu begehen, doch ein Blick ins Innere erleichtert mich. Wurst, Käse, Gemüse, Fleisch, Obst, von allem ist reichlich vorhanden. Damit sollten wir auskommen bis Diamant zurück ist.

Als ich nach einem Teller mit Trauben greife, steht Gold hinter mir. Er nimmt meine Hand am Gelenk, sacht fast schon vorsichtig. Mit dem Kopf schüttelnd gibt er mir zu verstehen, dass ich den Teller zurückstellen soll.

Ich schaue von ihm zu Jade. Der Junge wird übersetzen müssen, also wende ich mich an ihn: „Kannst du ihm sagen, das Diamant nicht kommen wird. Er ist für eine Woche bei einem Erik. Wenn ihr essen wollt, müsst ihr es euch wohl oder übel selbst machen.“

Jade schaut mich mit großen Augen an. Das Spiel mit seinem Napf stoppt er, indem er den Zeigefinger stark in die Mitte presst.

Gold und Rubin sehen Jade fragend an, doch Jade macht keine Anstalten zu übersetzen.

„Was ist denn? Du kannst doch Gebärden oder nicht?“, frage ich.

Jade beginnt zögerlich mit den Händen zu sprechen. Gold lässt mich los, er und sein Bruder tauschen sich mit Jade aus, ihre Gesichter werden leichenblass. Die allgemeine Stimmung scheint gedrückt. Ist es denn so ein Weltuntergang, wenn Diamant nicht da ist?

„Diamant ist weg?“, kommt in einer erbärmlich kratzigen Stimme von hinter dem Sofa.

Augenblicklich stellen sich mir die Nackenhaare auf. Wie ich diese Stimme bereits verabscheue. Ich gebe mir alle Mühe, nicht dem Fluchtinstinkt in mir nach zu geben. Stattdessen sage ich so kalt und emotionslos wie möglich: „Wie schade, du lebst ja noch.“

Silver hustet, sein Rücken taucht kurz über der Sofalehne auf, doch sein Körper bricht wieder in sich zusammen.

Wie lange Leon ihn wohl noch gegrillt hat? Er sieht echt fertig aus. Die Anderen scheint sein Schicksal nicht wirklich gekümmert zu haben, wenn sie hier sitzen und auf ihr Essen warten, während er da halb tot am Boden liegt. Was für eine nette Runde.

„Ob du es glaubst oder nicht Saphir, aber ich mag dich“, spricht Silver aus seiner Ecke. Sein roter Haarschopf taucht hinter dem Standfuß der Seitenlehne auf.

Versteht er überhaupt, was er da sagt? „Man erwürgt niemanden, den man gern hat“, sage ich harsch. Dass ich so was hier überhaupt erklären muss. Wilde Tiere alle zusammen und er ist der schlimmste.

„Tut mir leid, ja?“, keucht Silver und zieht sich ein Stück nach vorn. Sein Gesicht wird sichtbar, die Augen sind blutunterlaufen und von tiefen Ringen gerahmt. Gruselig!

Ich wende mich ab und nehme mir die Trauben aus dem Kühlschrank, dann setze ich mich an den Tresen. „Glaub ja nicht, dass ich dir verzeihe.“

„Schon klar, aber ein bisschen reden können wir doch, oder? Diamant ist ein Arsch und die anderen Drei quatschen ja nicht.“

Na Wahnsinn, wir sind uns in einem Punkt einig. Auch wenn ich seltsam finde, das Silver Diamant gar nicht mag. Ich dachte, die stecken unter einer Decke.

„Ich habe dir nichts zu sagen, außer halte dich von mir fern!“, sage ich.

„Ja, schon klar…“, Silver gibt seine Bemühung auf sich zu bewegen. Er rollt sich in sich selbst ein und atmet weiter gequält.

Ich versuche ihn zu ignorieren und will mir die erste Traube in den Mund schieben, als mich Gold festhält. Sein Blick ist sorgenvoll, er schüttelt den Kopf.

Ich lasse die Hand sinken und schiebe seine Finger weg. Dann sage ich laut genug, damit auch Silver es hören kann: „Schön, was nun? Diamant ist eine Woche nicht da. Wollen wir hungern so lange, oder plündern wir jetzt den Kühlschrank? Ich bin fürs Essen. Hab Kohldampf!"

„Wir dürfen nichts aus dem Kühlschrank nehmen", sagt Silver.

„Ach ja, sagt wer?"

„Diamant!"

Ich atme erschwert aus. „Ihr hörigen Idioten", murmle ich. Was mache ich jetzt mit denen? Die scheinen mir völlig hilflos zu sein und an diesen seltsamen Regeln festhalten zu wollen. Warum gibt es die überhaupt? Ganz gleich, wir müssen jetzt irgendwie klar kommen und wegen denen hungere ich bestimmt nicht. „Na schön!", sage ich. Ich nehme den Teller mit den Trauben und lege sie Gold in die Hand. Eine zupfe ich vom Grün ab und stecke sie ihm in den Mund. Dann tätschele ich seine Wange. „Iss!", sage ich auch wenn er es nicht hören kann. Er betrachtet mich entsetzt und scheint sich nicht sicher zu sein, ob er die Traube nun schlucken darf oder nicht.

Ich zupfe mir eine Zweite ab und stecke sie mir selbst in den Mund. Während ich sie genüsslich zerkaue sage ich: „Die sind lecker."

Seine Augen weiten sich, wie zur Salzsäule erstarrt betrachtet er mich, die Traube noch in der Wange steckend. Rubin hat denselben Ausdruck im Gesicht, seine Beine haben keinen Schwung mehr, sie ruhen am Bein des Hockers, die Zehen um das Metall gekrallt.

Ich beachte die Beiden nicht weiter und gehe zum Kühlschrank. Als ich ihn öffne sehe ich zu Jade. „Worauf hast du Hunger?", frage ich ihn.

Er will etwas sagen, doch im letzten Moment beißt er sich auf die Unterlippe.

Ich rolle genervt mit den Augen. „Rede gefälligst!“

Er schüttelt den Kopf.

„Na schön.“ Etwas, das Jade schmecken könnte. Vielleicht was süßes? Mir fällt ein Schokoladenpudding auf. Den nehme ich und schaue die Schubladen der Küche durch. In einer ist ein Besteckset, bestehend aus Löffeln und Gabeln, schon wieder keine Messer, ob das einen Grund hat? Ich nehme einen der Löffel und gehe damit zu Jade. „Hier und wehe du frisst aus dem Napf.“ Vorsichtshalber nehme ich den Napf an mich und stelle ihm stattdessen den Pudding vor die Nase, den Löffel lege ich daneben. „So lange Diamant nicht da ist, benehmen wir uns ausnahmsweise mal wie Menschen. Wie wäre das?“

„Oh, Diamant wird dich dafür vierteilen und bei Leon melden“, sagt Silver.

„Diamant ist nicht da und mit Leon hab ich sowieso ne Session. Also scheiß drauf!“

„Du hast ja keine Ahnung“, sagt Silver keuchend.

„Du meinst, weil er dich gegrillt hat? Das hattest du verdient! Ich mach uns ja nur Frühstück und bringe keinen von euch um.“

Silver dreht sich, den Kopf weg von uns. „Es ist deine Beerdigung…“

Ich kann mir nicht vorstellen, dass Leon was dagegen hätte, dass wir uns was zu essen machen. Er hat zwar viele Macken, aber Essen hat er mir bisher noch keines Vorenthalten. Ich beschließe nichts auf Silvers Geschwätz zu geben und widme mich wieder dem Kühlschrank. Wenn ich mich recht entsinne hatte Diamant gestern Speck und Spiegeleier gemacht. Vielleicht beruhigen sie sich ja, wenn es heute dasselbe gibt. Ich hole mir die nötigen Zutaten und stelle sie auf die Arbeitsplatte. Bei der Gelegenheit betrachte ich Jade. Der Junge sitzt unentschlossen vor dem Pudding, seine Augen betrachten ihn gierig. Der Mund steht ihm offen, er schluckt immer wieder den Speichel runter, der sich darin sammelt.

„Wie man den aufmacht, weißt du aber schon, oder?“, frage ich.

Jade reagiert nicht, er greift mit zitternder Hand nach dem Becher, lässt es aber im letzten Moment sein.

Ich muss schwer an mich halten. Vielleicht muss ich bei ihm doch Kleinschrittiger anfangen. Ich nehme ihm den Pudding weg und öffne ihn, mit dem bereitgelegten Löffel fülle ich ihn in den Napf um und steche den Löffel dann hinein. Den so angerichteten Nachtisch schiebe ich wieder zu Jade. „Aber nimm wenigstens den Löffel!“

Jade betrachtet mich eingehend, schließlich nimmt er den Napf hastig an sich und verschwindet damit in einer Ecke der Küche. Hinter einer Zimmerpflanze versteckt beginnt er zu essen. Sogar mit Löffel. „Na, ich mache schon noch Menschen aus euch“, murmle ich und wende mich an Rubin und Gold. „Weiß einer von euch wo die Pfannen sind?“, frage ich sie und merke erst an ihren ratlosen Blicken, dass es sinnlos war.

„Linker Schrank ganz unten“, murmelt Silver aus seiner Ecke.

Hey, der Kerl war wenigstens einmal in seinem Leben nützlich. Ich suche den beschriebenen Schrank und werde tatsächlich fündig.

Als ich mich umdrehe hat sich Gold zu seinem Bruder gesetzt, der Teller mit den Trauben steht zwischen ihnen. Sie bedienen sich und schauen mich erwartungsvoll an.

„Bekomme ich auch was ab?“, fragt Silver kleinlaut und dreht sich wieder zu uns.

Er sieht wirklich erbärmlich aus. Das kann unmöglich von dem kurzen Moment stammen, in dem Leon mich vor ihm gerettet hat. „Wie lange bist du heute Nacht noch gegrillt worden?“, frage ich ihn.

Silver dreht sich auf den Rücken und schaut an die Decke. Er scheint nachzudenken, dann sagt er: „Ich glaube, um ein Uhr hat es endlich aufgehört.“

Ich versuche mich an die letzte Uhrzeit zu erinnern, die ich im Kopf hatte. Neun, ja es war neun als ich in die Küche bin und da auf die Uhr gesehen habe. Silvers Angriff war kurz danach. Also hat Leon ihn noch ganze vier Stunden mit dem Strom gefoltert? Wenn ich daran denke wie heftig die Krämpfe bei mir waren, ich habe nicht mal atmen können. Ach verflucht, na gut, ich habe fast ein bisschen Mitleid mit ihm. Im Grunde sind wir ja alle Gefangene im selben Wahnsinn und ich muss sicher noch eine ganze Weile mit dem Kerl auskommen. „Na gut. Wenn du aufstehen kannst, dann kannst du auch mit uns essen. Aber du bleibst auf der anderen Seite vom Tresen.“

„Ja, ist gut“, sagt Silver kleinlaut. Ihn so Handzahm zu erleben hat was. Leon sollte ihn öfters grillen. Vielleicht wäre das ein gutes Gesprächsthema fürs Buch. Doch erst mal Essen machen.

Ich brate für uns Speck und Eier und suche die Schränke nach Tellern ab. Dabei finde ich auch eine Schublade mit Brot. Perfekt!

Als ich für jeden eine Portion fertig habe, hat Silver es geschafft, sich zu erheben. Er schleicht wie ein alter Mann zu uns. Sieht nach einem mächtigen Muskelkater aus. Mit einem Stöhnen lässt er sich auf einem der Hocker nieder.

Ich schiebe ihm und den Zwillingen je einen Teller zu, dann schenke ich meine Aufmerksamkeit der Zimmerpflanze.

Jade hockt noch immer dort und leckt die letzten Reste aus seinem Napf. Sein ganzes Gesicht ist voller Schockopudding. Okay, er mag scheinbar Süßes. Das sollte ich mir merken.

„Jade komm. Das Essen ist fertig!"

Er schaut mich verstört an, den Napf lässt er sinken. Von der Stirn bis zum Kinn ist er mit Pudding beschmiert. Bei dem wird es wohl noch etwas dauern, ihn in die Zivilisation zurück zu holen. Armes Wolfskind.

„Was ist, kommst du?"

Er erhebt sich und kommt zu uns gelaufen. Am Tresen angekommen streckt er mir den Napf entgegen.

Erwartet er etwa, dass ich sein Essen dort rein tu? Den Napf nehme ich ihm aus der Hand und deute auf einen der Hocker. „Setzten!", sage ich streng und schiebe einen Teller zu ihm.

Jade zögert.

„Er darf nicht bei uns sitzen", sagt Silver.

„Dürftest du auch nicht, ich hatte nur meinen Großzügigen. Also halt die Schnauze!", keife ich Silver an und packe Jade am Arm. Ich bugsiere ihn zum Hocker und drücke ihn an den Schultern in eine sitzende Position. „Iss!", weise ich ihn an.

Jade fühlt sich sichtlich unwohl. Er greift mit zitternden Händen zur Gabel und schafft es kaum mit ihr einen Bissen zum Mund zu führen. Schließlich lässt er es bleiben und nimmt die Finger.

Wolfskind, eindeutig!

Ich setze mich ebenfalls und nehme mir den letzten Teller.

„Du wirst mächtig Ärger bekommen!“, sagt Silver, während wir essen.

„Und? Schlimmer, als eure Aktion im Theater, wird es schon nicht werden.“

Silver senkt den Blick. Er stochert in seinem Essen rum. „Ich hatte halt schon ewig nicht mehr. Da werde ich immer etwas ungehalten.“

„Ungehalten?“ Ich bin kurz davor über den Tresen zu springen und Silver zu erwürgen. „Ihr habt mich fast umgebracht! Und gestern Abend noch mal dasselbe. Was stimmt eigentlich in deinem kranken Kopf nicht?“

Silver schaut wie geohrfeigt. Er nimmt seinen Teller und erhebt sich. Wie ein schwerverletztes Tier humpelt er davon und setzt sich auf das Sofa. Ich schaue ihm irritiert nach. Habe ich ihn gerade mit meinen Worten verletzt? Diesen groben, fiesen Vergewaltiger? Ich schüttle mir den Gedanken aus dem Kopf. Nein, kein Mitleid mit dem. Je weiter der von mir weg bleibt umso besser. Meine Zielperson ist eine ganz andere.

Ich betrachte Jade eingehend.

Die Haltung des Jungen hat sich entspannt. Er kaut genüsslich auf seinem Stück Eibrot herum. Ob das daran liegt das Silver gegangen ist? Na kein Wunder, von uns allen leidet er noch am meisten unter dem Mistkerl.

„Jade, hast du heute schon was vor?“, frage ich den Jungen.

Die grünen Knopfaugen wenden sich mir zu. Er schaut scheu, fast ein bisschen ängstlich.

„Nicken oder Kopfschütteln reicht!“, gestehe ich ihm zu.

Er schüttelt vorsichtig den Kopf.

„Sehr schön, kannst du mir dann die Gebärdensprache beibringen? Ich will mit den Beiden sprechen können.“ Dabei deute ich auf Rubin und Gold.

Die Zwillinge heben den Kopf und schauen fragend erst mich, dann Jade an. Jade legt sein Brot beiseite, er bewegt die Hände in Zeichensprache. Scheinbar übersetzt er meine Worte.

Gold und Rubin fangen an zu strahlen. Sie springen von ihrem Hocker auf und kommen um den Tresen herum. Wild gestikulieren sie dabei. Immer näher kommen sie mir. Gold ergreift meine Hände und betrachtet mich als wenn ich ihm gerade die Freiheit versprochen hätte.

„Hey, ruhig Blut, noch verstehe ich kein Wort“, versuche ich ihnen klar zu machen. Dass sie mir auf einmal so auf die Pelle rücken, ist mir unangenehm.

Gold lässt meine Hände los, er kratz sich verlegen am Hinterkopf und scheint ganz aufgeregt, während sein Bruder hinter ihm stehen bleibt und ihn an der Taille umarmt.

Also an dieses geturtelt zwischen den Brüdern muss ich mich erst noch gewöhnen, sieht immer noch grotesk aus.

„Na toll, bei denen willst du sogar lernen, mit ihnen zu reden“, murrt Silver ohne sich nach uns umzudrehen. Klingt da Traurigkeit aus seiner Stimme? Irgendwie seltsam, als wenn er ein anderer Mensch wäre. Ob das was mit Diamants Abwesenheit zu tun hat? Nein, Lucca, lass es - ich will mir über den Kerl keine Gedanken machen. Mit mir hatte er auch kein Mitleid.

24. Kapitel

~Gebärdensprache~

Nach dem Frühstück zerrt Jade mich über den Flur in einen Teil des Hauses, in dem ich bisher noch gar nicht war. Während uns die Zwillinge folgen, steigen wir eine Treppe hinauf und gehen dort zur ersten Tür, die vor uns auftaucht. Sie ist riesig und besteht aus zwei Flügeln. Als Jade sie öffnet knarren die Scharniere unter der Last des massiven Holzes. Durch eine lange Fensterfront auf der linken Seite wird der große Raum von Licht durchflutet. Direkt davor stehen Tische mit Leselampen. Über und über ist das restliche Zimmer mit Regalen bestückt, die bis unter die Decke reichen. Sie sind gefüllt mit Büchern. Eine kleine Treppe führt rechts einer Erhöhung im Boden hinauf, wo es noch mehr Regale und noch mehr Bücher gibt. Eine ganze Bibliothek.

Ich wusste gar nicht, dass es noch Bücher in gedruckter Form gibt. Der Wahnsinn! Das muss ein Vermögen wert sein. Staunend schaue ich mich um. Ich wäre nie darauf gekommen, dass es hier so etwas gibt.

Jade springt davon. Zielsicher hält er auf ein Regal zu. Er scheint sich hier auszukennen, denn er fährt die Buchrücken ab und wird schnell fündig. Mit einem Buch in der Hand kommt er zu mir zurück und hält es mir hin.

Auf dem Einband steht „Zeichensprache" und verschiedene Hände sind darauf in unterschiedlichen Haltungen dargestellt.

Ich nehme es ihm ab und blättere darin herum. Viele Zeichnungen und daneben die passende Erklärung. Die

Seiten sind vergilbt und das Buch im Ganzen abgegriffen. Ob Jade diese Sprache wohl damit selbst gelernt hat?

Ich will ihn gerade danach fragen, als ich Golds Hände auf meinen Schultern spüren kann. Er bugsiert mich zu einem der Tische, während Rubin meine rechte Hand nimmt und mich ebenfalls in diese Richtung zerrt. Die beiden scheinen ja ganz versessen auf ein Gespräch zu sein. Doch ich bezweifle, dass ich diese Sprache so schnell lernen werde, dass wir uns gleich unterhalten können.

Ich gebe ihrem Drängen nach und setze mich in einen der Stühle.

Gold und Rubin lassen sich mir gegenüber auf einer Bank nieder. Rubin legt die Arme an den Ellenbögen auf den Tisch und stützt sein Gesicht mit den Händen. Er grinst breit und wippt mit den Füßen während er mich erwartungsvoll ansieht.

Gold hingegen öffnet das Buch, was ich vor mir abgelegt habe und blättert auf die dritte Seite. Mit dem Zeigefinger deutet er darauf.

Das Alphabet ist dort untereinander aufgelistet und daneben die passende Handhaltung. Es gibt also ein Alphabet in Zeichensprache? Dann brauche ich ja theoretisch nur 27 Zeichen erlernen. Auch wenn ich es mir mühsam vorstelle jedes Wort zu Buchstabieren.

Während ich die einzelnen Zeichnungen betrachte, dreht Jade einen Stuhl des Nachbartisches zu uns, mit der Lehne voran setzt er sich und stützt die Arme auf. Gespannt betrachtet er mich.

Was soll ich ihnen als erstes sagen? Vielleicht meinen richtigen Namen? Ich deute mit dem Zeigefinger auf mich und Suche dann die Zeichen für die Buchstaben. Na L ist einfach, Daumen und Zeigefinger abspreizen und die anderen einknicken. Sieht aus wie ein L. U ist schon etwas anders. Zeigefinger und Mittelfinger bleiben stehen die restlichen Finger sind abgeknickt. C hingegen ist wieder einfach. Ein geformtes C mit der ganzen Hand. Das A ist eine geballte Faust mit geradem Daumen.

Na zumindest das Alphabet sollte ich recht schnell lernen. Einige Sachen sind schon fast logisch.

Rubin und Gold sehen mich verständnislos an. Habe ich es doch falsch gemacht?

Ihr Blick wandert zu Jade. Der Junge gestikuliert so schnell, das ich keine Ahnung habe was er sagt. Nur der Schluss kommt mir bekannt vor. Es sind dieselben Handzeichen die ich eben benutzt habe. Also mein Name?

Die Zwillinge richten ihre Aufmerksamkeit wieder auf mich. Gold schüttelt den Kopf, seine Hände formen Buchstaben, doch viel zu schnell um sie im Buch wieder zu finden. Ich lege meine Hand über seine um ihn zu stoppen.

„Langsamer!", sage ich aus Gewohnheit, bis mir klar wird, dass er es nicht hören kann. Ich schaue im Buch nach und Buchstabiere: L a n g s a m e r

Gold nickt.

Ich lasse seine Hand los, seine Finger formen den ersten Buchstaben und halten dann inne.

D

Als ich den Buchstaben gefunden habe fährt er fort.

U

Nach und nach kommt so ein Satz zu Stande:

„Du bist hier Saphir."

Als ich verstanden habe, rolle ich mit den Augen. Dasselbe wie mit dem Kühlschrank.

„Habt ihr nur euren Sklavennamen?“, frage ich und sehe von einem zum Anderen.

„Geboren in Sklaverei!“, sagt Rubin und deutet mit dem Zeigefinger im Kreis herum. Gold und Jade nicken.

Das erklärt warum sich ausgerechnet diese Drei zusammen getan haben. Mit dem Sprechen haben alle ein Problem und sie kennen nur dieses Leben, das schweißt sicher zusammen.

„Seid ihr schon immer bei Leon?“, frage ich weiter.

Alle drei schütteln den Kopf.

Jade beginnt mit den Händen zu erzählen, doch ihm über mehr als einen Satz zu folgen ist verdammt anstrengen. Ich winke ab. „Kannst nicht wenigstens du mit mir sprechen? Ich bin noch nicht gut darin und müsste langsam mitschreiben was du sagst, um nicht die Hälfte wieder vergessen zu haben bis der Satz zu Ende ist.“

Jade zieht die Beine mit auf den Stuhl, er umschlingt seine angewinkelten Knie mit den Armen und schüttelt den Kopf. Langsam buchstabiert er: „Verboten!“

„Ja, das hab ich mitbekommen, aber bekommst du nicht auch Schläge, wenn du nichts falsch machst?“

Jade verschränkt die Arme und schaut zur Seite weg.

Ich seufze. Den kann ich so schnell nicht aus der Reserve locken, langsam sollte ich aufhören, meine eigenen Maßstäbe bei ihm anzusetzen. Was er jetzt ist hat man aus ihm gemacht. Er kann ja nichts dafür. Ich schaue mich in der Bibliothek um. Mir fällt ein Stapel weißes Papier auf und ein Halter mit Stiften.

„Könnt ihr schreiben?“, buchstabiere ich.

Rubin und Gold nicken, schauen aber auf einmal wie sieben Tage Regenwetter.

Ich hole trotzdem Papier und für jeden einen Stift. Als ich damit zurückkomme, ist die Stimmung bei den Zwillingen noch schlechter. Mit hängenden Schultern nehmen sie ihr Blatt Papier entgegen.

Was stört sie denn auf einmal? Gold klappt das Buch zu das noch auf meinem Platz liegt und nimmt es an sich.

Ich verstehe und greife danach. Als er mich ansieht schüttle ich mit dem Kopf und nehme es ihm aus den Händen. Ich schlage die Seite mit dem Alphabet auf und buchstabiere: „Ihr schreibt eure Geschichte. Ich lerne weiter und erzähle euch mit meinen Händen dann meine Geschichte!" Das erscheint mir deutlich leichter. Sie sind an den Umgang mit dieser Sprache gewohnt. Selbst wenn ich langsam buchstabiere sollten sie meine Worte im Kopf behalten können bis der Satz zu Ende gesprochen ist. Ich hingegen werde schon genug damit zu tun haben das erst mal zu lernen. Da ist mir lieber lange Sätze auf dem Papier zu lesen.

Rubin und Gold lächeln wieder, doch nur Rubin beginnt zu schreiben. Ihre Geschichte sollte identisch sein. Es reicht sicher, wenn es einer aufschreibt.

Jade schaut noch immer verbissen.

„Jade, es tut mir leid. Ich will dich nicht in Schwierigkeiten bringen."

Der Junge sieht mich wieder an.

Ich halte ihm Stift und Papier hin. „Du musst nicht reden, schreibe einfach. Wir leben ja jetzt zusammen hier, da will ich euch einfach etwas besser kennen lernen. Okay?"

Der Junge atmet aus, dann entspannt er seine Haltung und nimmt mir Papier und Stift ab.

Während alle drei Schreiben, blättere ich in dem Buch herum. Neben dem Alphabet sind noch viele andere Zeichen darin. Scheinbar gibt es auch noch eine Wortschrift. Das würde den Erzählfluss sicher deutlich erleichtern, als nur zu Buchstabieren. Trotzdem bleibt vieles einfach nur Körpersprache. Das Zeichen für Augen zum Beispiel ist auf die Augen zu zeigen. Da bekommt der Ausspruch sich mit Händen und Füßen unterhalten einen ganz neuen Sinn. Ich schmunzle, als mich Jade mit dem Zeigefinger an der Schulter an stupst. Er wedelt mit dem Blatt Papier vor mir herum. Auf ihm stehen gerade mal zwei Sätze:

„Du brauchst mich jetzt nicht mehr, oder?

Ich gehe lesen!"

Er erhebt sich und verschwindet über die kleine Treppe in den hinteren Bereich der Bibliothek. Ob ich es wohl übertrieben habe, oder traut er mir einfach nicht? Na wahrscheinlich eine Mischung aus beidem.

Er geht die Regalreihen durch, sucht sich ein Buch aus und läuft weiter bis zu einer gepolsterten Bank die nah eines Fensters steht. Mit ausgestreckten Beinen macht er es sich dort gemütlich, den Rücken lehnt er an den Fenstervorsprung und beginnt zu lesen.

Ich sehe mich in der Bibliothek um. Es ist gemütlich hier und still. So wie ich Silver einschätze hat der nichts übrig für Bücher und wird sich nicht hier her verirren. Das hier ist Jades Rückzugsort, wird mir klar. Ob er all sein Leid ertragen kann ohne verrückt zu werden, weil er sich in diese Bücher flüchtet? Ich betrachte den Jungen lange und bekomme immer mehr den inneren Drang ihm helfen zu müssen.

Ein Zeigefinger berührt mich an der Schulter. Ich drehe mich um. Gold deutet durch die Bibliothek und buchstabiert dann: „Leon gebaut und Bücher gekauft für Jade."

„Ehrlich?", buchstabiere ich. Es geht mir schon erstaunlich leicht von der Hand.

Dass die Bibliothek von Leon wirklich eigens für Jade angelegt wurde kann ich kaum glauben, so wie er mit ihm umgeht. Aber es gibt auch keinen Grund warum Gold mich belügen sollte. Irgendwie erleichtert und freut mich das. Leon hat also doch mehr für den Jungen übrig, als nur Gewalt?

Rubin schiebt mir sein Blatt Papier zu. Ich beginne zu lesen:

„Mein Bruder und ich sind seit fünf Jahren hier. Davor waren wir bei vielen anderen Meistern und alle waren brutal und grausam. Leon ist anders, er ist lieb, wir haben hier essen, ein Bett und dürfen uns frei im Haus bewegen. Bitte verärgere ihn nicht. Wir wollen nicht weggeschickt werden."

Ich senke das Blatt wieder. Leon und lieb? Was stimmt denn mit denen nicht? Reicht ihnen denn wirklich ein Bett und was zu essen?

In den Augen der Zwillinge liegt Sorge. Wenn ich es hier übertreibe, müssen sie dann darunter leiden? Jetzt bekomme ich schon Gewissensbisse, weil ich mir die Freiheit wünsche? Verflucht! Hier bei Verstand zu bleiben wird härter als ich dachte. Ich deute auf Jade und gestikuliere: „Ist er auch gern hier?" Das kann ich mir beim besten Willen nicht vorstellen. Wenn dem wirklich so sein sollte, falle ich vom Glauben ab.

Gold schreibt etwas auf sein Blatt: „Jade war Küchenjunge bevor er zu uns gekommen ist. Sein alter Meister hat ihn in einem modrigen Keller gehalten und nur zum Arbeiten raus gelassen. Er hat lediglich die Küchenabfälle bekommen und wurde jeden Tag verprügelt. Hier hat er Essen, es ist warm und wenn Leon nicht da ist kann er den ganzen Tag hier sein.“

Ich lese mit während er schreibt. Meine Frage beantwortet es jedoch nicht, also stehe ich auf und gehe zu Jade um ihn direkt zu fragen.

Er ist so vertieft in sein Buch, dass er erst aufsieht als ich bereits vor ihm stehe. Erschrocken fährt er zusammen und drückt sich an die Wand in seinem Rücken. Die Beine zieht er an.

Um nicht mehr so groß für ihn zu wirken, setze ich mich auf die Bank, den Blick von ihm abgewandt. Während ich meine Finger knete, frage ich ihn: „Bist du wirklich gern hier? Von allen Sklaven musst du doch am meisten leiden.“

Jade zieht das Buch vors Gesicht und versteckt sich dahinter, er sinkt noch etwas weiter in sich zusammen. So kann ich über das Buch hinweg seinen Blick erfassen. Die Wangen sind rot, sein Blick ist scheu, als wenn er sich bei einem Gedanken erwischt fühlt, der unangenehm ist.

Gold erhebt sich, er Buchstabiert: „Leon“ und ballt dann beide Fäuste, über Kreuz legt er sie sich an die Brust und drückt sie fest an sich. Sieht fast aus wie eine innige Umarmung. Okay, das verstehe ich auch ohne das Buch studiert zu haben.

Jade sieht zu Gold, Zorn legt sich in seinen Blick. Er wirft das Buch in Richtung der Brüder, es landet auf dem Tisch. Noch immer ist sein Gesicht rot vor Scham.

Das verwirrt mich nur noch mehr. „Wirklich? Aber er schlägt dich doch fast tot!“

Jade verschränkt die Arme vor der Brust und schaut demonstrativ nach draußen.

Von ihm werde ich wohl keine Antwort bekommen, also sehe ich wieder zu den Brüdern. Rubin ballt die Hand zur Faust, den Daumen drückt er zwischen den geschlossenen Fingern hindurch.

Ich hebe die Schultern, die Gebärde kenne ich noch nicht.

Gold Buchstabiert: „Sex!“

Jade atmet genervt aus, die Verschränkung seiner Arme wird noch fester.

Ich schüttle verständnislos mit dem Kopf. Haben die hier echt keine anderen Themen?

Ob Leon wohl wirklich so gut ist, dass Jade seine Schmerzen dabei vergisst? Ach verdammt! Ganz blöder Gedanke, Lucca. Vergiss den ganz schnell wieder. Verflucht nochmal, diese Tiere färben echt ab!

25. Kapitel

~Diamants Bestrafung~

Erik nippt an seinem Kaffee, er ist inzwischen kalt, so intensiv hat er den Artikel konsumiert. Die Gesetzeslage für zur Sklaverei verurteilter Verbrecher ist dabei, sich zu verändern. Was bisher nur eine Empfehlung war, ist im Gespräch Pflicht zu werden. Nicht mehr als eine warme Mahlzeit am Tag, kein Bett, nur eine Matratze, kein Kontakt zur Außenwelt, körperliche Züchtigung bei Vergehen. Wie soll man da seine Sklaven fit und bei Laune halten? Erik schüttelt mit dem Kopf. Das sollte er bei Gelegenheit mal mit Leon besprechen. Der hat immerhin auch zwei Sklaven, auf die das zutreffen würde und sein neuer Saphir ist sicher auch kein unbeschriebenes Blatt.

„Meister Erik, bitte schaltet es ab!“, sagt eine weinerliche Stimme vor ihm.

Erik schlägt die Beine übereinander und faltet die Zeitung auf seinem Schoß zusammen. Die Kaffeetasse stellt er auf einen kleinen Tisch zu seiner rechten.

„Ach, du großes Riesenbaby! Die Maschine fickt dich doch gerade mal eine Stunde. Sei doch einfach froh, dass ich es nicht bin“, sagt Erik und schaut zu seinem Diamanten. Ein muskulöser Mann mit schwarzer Hautfarbe und langem erregten Glied.

Sein Sklave versteht den Hinweis, er dreht an einem Knopf der sich an einer Maschine befindet. Die Bewegungen des Bolzens der hydraulischen Anlage beschleunigen sich. Er treibt eine Metallstange an auf der vorn ein großer Dildo angebracht ist. In schnellen Schüben dringt er in den Hintern von Leons Diamanten ein. Erik hat ihn auf allen

Vieren hockend auf einen Bock geschnallt. Der Hüne schreit und windet sich in seinen Fesseln.

„Was hast du denn eigentlich ausgefressen, dass dich dein Meister gleich für fünf Tage zu mir schickt?“, fragt Erik und lehnt sich nach vorn. Den Kopf stützt er mit der Hand und betrachtet zufrieden wie die Maschine sich stets aufs Neue in den muskulösen Hintern schiebt. Diamant windet sich dabei so wunderbar, dass jeder Muskel an seinem schönen Körper betont hervordringt. Es ist schon wirklich schade, dass Leon ihn nicht hergeben will. Der Kerl würde perfekt in seine Sammlung passen.

Sein Opfer antwortet nicht, er ist zu beschäftigt mit der Empfindung in seinem Hintern und schreit und jammert dabei.

„Nur zu deiner Information, die Maschine hat noch drei höhere Stufen. Also rede!“

„Ich weiß es nicht“, sagt der Hüne mit fest zusammengepressten Zähnen. Tränen laufen ihm über die Wangen.

Erik betrachtet seinen Diamanten. Der Sklave erhöht die Geschwindigkeit.

Schreie erfüllen den Raum, wieder stemmt sich der Hüne mit seiner ganzen Kraft gegen die Fesseln, doch sie sind aus Stahl und auch für ihn nicht zu überwinden. „Na gut, ich rede ja, nur macht es langsamer, bitte!“

Erik macht eine flüchtige Handbewegung in Richtung seines Sklaven, die Bewegung der Maschine wird gedrosselt.

„Ich hab mich vielleicht ein bisschen an seinem Saphir vergriffen.“

„Von dem hat er erzählt. Er scheint einen ganz schönen Narren an ihm gefressen zu haben. Wie ist er denn so?“

Der Hüne zieht die Nase hoch, er heult noch immer und bittet mit brüchiger Stimme: „Bitte, können wir die Maschine ausmachen, wenn wir uns unterhalten?“

„Nein! Wir können sie aber schneller machen, wenn dir danach ist.“

„Bitte nicht!“

„Dann rede doch einfach, dann bin ich vielleicht zu abgelenkt, um meinem Sklaven den Befehl dazu zu geben.“

„Na gut. Er … Er ist ein richtiger Saphir.“

Erik dreht den Kopf schief. Was genau will ihm der Kerl damit sagen? „Erklär das genauer!“

„Man kann ihn nicht brechen. Ich habe es versuch, um ihn los zu werden. Doch sobald man ihn von seinen Fesseln befreit, wehrt er sich weiter. Ich habe ihn von Silver richtig hart vergewaltigen lassen, doch als er ihm später gegenüber stand, hatte er keine Angst. Stattdessen hat er ihn mit einer Gabel bedroht um ihn auf Abstand zu halten. Ich will so jemanden nicht bei uns. Er hat schon einen Menschen getötet und versucht meinen Meister mit einer Scherbe umzubringen. Könnt ihr nicht mal mit dem Meister reden. Der Junge ist gefährlich.“

Erik lehnt sich zurück. Ihm kommt das Gespräch mit seinem Freund wieder in den Sinn. Leon hatte das mit der Glasscherbe auch angedeutet, doch er wirkte glücklich dabei. Dieser Saphir muss ihm ganz schön den Kopf verdreht haben. Das sollte Erik im Auge behalten. Er hatte auch mal so einen Problemfall an der Backe, ein junger Kerl, genau sein Fall, Muskeln bis zum abwinken und unterwürfig, dass es eine Freude war. Er hatte so viel Spaß mit ihm, bis zu jener Nacht, als der ihm etwas in den Drink kippte. Wäre Leon an diesem Abend nicht zufällig vorbei gekommen und hätte ihn röchelnd am Boden gefunden, es wäre aus mit ihm gewesen. So leid es Erik auch tat, den Jungen musste er vom Hohen Gericht exekutieren lassen. Wie seltsam, dass dieser Saphir noch lebt, wenn er schon einen Menschen auf dem Gewissen hat.

„Wieso wurde er nicht nach dem Mord beseitigt?", fragt Erik.

„Senku wollte ihn für sein Privatvergnügen. So wie Saphir bei seiner Ankunft aussah, wollte er die Exekution wohl selbst durchführen."

„Der Junge kommt also von Senku. Wie seltsam, dass er da nicht fügsam ist." Die ganze Sache gefällt Erik immer weniger. Wenn er Leon seinen Sklaven zurück bringt, sollte er ihn sich noch mal zur Brust nehmen und sich bei der Gelegenheit ein Bild von seinem Saphir machen. Vielleicht kann er Leon ja zu einer gemeinsamen Session überreden. Dabei lässt sich noch immer am besten das Potential eines Sklaven herausarbeiten. Genau so, wie bei diesem Diamant hier.

Erik betrachtet den Hünen lüstern. Er hat sich genug sattgesehen, jetzt braucht er etwas Aktion. Er wendet sich an seinen Sklaven. „Stell sie ab!"

Leons Diamant atmet auf, als der Dildo seinen Hintern verlässt.

Erik lächelt fies. Zum Freuen hat der Hüne nun wirklich keinen Grund. „Nimm du ihn von hinten!", sagt er.

Die Gesichtszüge des starken Mannes entgleisen, er schüttelt mit dem Kopf.

Erik geht zu ihm und hockt sich vor ihn. Sein Gesicht nimmt er am Kinn und flüstert ihm auf die Lippen. „Ach komm, das letzte Mal hast du das doch so schön genossen.

Sein Penis ist sogar noch etwas größer als der Dildo auf der Maschine."

„Nein bitte, nicht!", fleht der Hünen.

Erik öffnet den Reisverschluss seiner Hose. Seinen Penis zieht er heraus, eine Wohltat, so erregt wie er bereits ist, hatte er keinen Platz mehr dort drin.

Die Lippen des Diamanten verschließen sich, er versucht den Kopf wegzudrehen, doch Erik hält ihn fest umschlossen. Mit einem Kopfnicken sieht er über den Rücken des Hünen hinweg seinen Sklaven an. Dieser fährt in seiner ganzen Länge in den Hintern des muskulösen Mannes.

Leons Diamant bäumt sich auf, er schreit und öffnet dabei den Mund weit.

Erik nutzt den Umstand und schiebt ihm seinen Penis in den Rachen. Tief dringt er ein und lässt ihn darin kreisen. Das Würgen seines Opfers überhört er. „Komm nimm ihn bis zu den Hoden auf!", sagt er und dringt tiefer ein. Im selben Rhythmus bewegt er sich mit seinem Sklaven in dem Mann, sie schieben sich den starken Körper dabei gegenseitig zu. Das werden vergnügliche fünf Tage werden. Erik sollte seinem Freund dafür auf jeden Fall eine teure Flasche Schnaps mitbringen, wenn sie sich wieder sehen.

26. Kapitel

~Leons Rückkehr~

Nach vier Tagen komme ich so langsam mit dieser neuen Sprache klar und mit jedem neuen Gespräch kommen wieder Worte hinzu. An diesem Morgen können wir uns schon richtig angeregt unterhalten.

Während wir uns über unseren Meister austauschen, sitzt Silver auch heute wieder abseits auf dem Sofa und schaut uns aus der Ferne zu. Er hat sich inzwischen erholt, hält aber gebührend Abstand zu mir. Doch je ausgelassener unsere Stimmung ist, um so geknickter wirkt er.

„Man, worüber lacht ihr eigentlich die ganze Zeit?", murrt er irgendwann.

Ich zeige ihm in Zeichensprache: „Leon"

Sein Gesicht läuft rot an vor Zorn.

Als er sich erhebt, vergeht mir die gute Laune.

Mit festem Schritt stampft er auf mich zu.

Das Lachen am Tisch verstummt. Alle weichen einen Schritt zurück, weg von mir.

Ich muss mich zusammenreißen nicht ebenfalls aufzuspringen und wegzurennen, doch den Gefallen will ich ihm nicht tun. Einen finstersten Blick setze ich auf und warte auf einen Angriff.

Silver lässt sich auf den Hocker neben mich fallen. „Ich will das auch lernen!", sagt er entschlossen.

Mir bleibt der Mund offen stehen. „Echt jetzt?" Ich hab mit allem gerechnet, aber nicht damit.

„Ja, was hast du gerade gesagt?"

Ich wiederhole die Handbewegungen und sage die Buchstaben dazu: „L, E, O, N – Leon!"

Silver legt den Kopf schief. „Ihr lacht über den Meister?"

„Ihr lacht über mich, aha!", ertönt eine tiefe, dunkle Stimme.

Mir gefriert das Blut in den Adern. Furchtsam sehe ich zur Küchentür.

Tatsächlich steht Leon dort. Er trägt etwas, das er an einem Kleiderbügel über der Schulter hängen hat, es wird von seinem Körper verdeckt. Augenblicklich schießt mir in den Kopf, was ich so gut verdrängt habe. Seine Bestrafung! Dann ist das also heute? Jetzt?

Totenstille breitet sich aus. Alle Blicke senken sich, ich bin versucht dem Beispiel der Anderen zu folgen, doch dann hätte er gewonnen. Mit meinem Herzschlag am Hals zwinge ich mich ihm direkt in die Augen zu schauen.

Da ist keine Wut, nur Vorfreude und ein gehässiges Grinsen auf seinen Lippen. Ich atme erschwert aus und kralle die Finger in das Leder meines Hockers.

Leon kommt auf uns zu, geradewegs führt ihn sein Weg zu mir.

Ich atme hektisch gegen den Fluchtimpuls in mir an, bis er schließlich vor mir steht. Sein Schatten legt sich über mich. Ich fühle mich immer kleiner und schaffe es nicht mehr seinem Blick standzuhalten. Betreten schaue ich gen Boden. Was blüht mir jetzt wohl? Ich habe bisher vermieden darüber nach zu denken, doch jetzt sehe ich unentwegt die Foltervideos mit Jade vor mir. Ein imaginärer Kloss presst sich mir in die Kehle und lässt mich schwer schlucken.

Leon kommt meinem Gesicht ganz nah, seine Lippen legt er an mein Ohr und flüstert: „Geh dich waschen, gründlich und zieh das an, dann komm in die Zwei!" Er hebt den

Kleiderbügel von der Schulter und legt mir etwas in den Schoss. Was es ist sehe ich gar nicht. In meinem Geist tobt die Zahl. Inzwischen habe ich das ganze Haus erkundet. Die Zwei, das ist das Zimmer, in dem er Jade vermöbelt hat. Verdammt! Ich werde auf dem Hocker noch kleiner. Unfähig mich zu rühren betrachte ich was er mir in den Schoss gelegt hat. Eine Uniform? Oh man, darüber hatten wir doch nur gescherzt. Das war irgendwas mit Arztspielchen. Verdammt! Warum war ich gleich noch so vorlaut gewesen? Ich hasse mich gerade dafür.

„Du hast zehn Minuten, sonst lege ich noch eine Stunde oben drauf!"

Eine Stunde? Wenn eine Stunde zusätzlich eine Drohung ist, wie viele hat er denn dann für die Session eingeplant? Mir erscheinen gerade selbst zehn Minuten zu viel. Meine Arme beginnen zu zittern, ich bringe es nicht über mich aufzustehen.

Leons warme Hand legt sich um mein Kinn, er hebt meinen Blick.

Scheu sehe ich ihm in die Augen.

„Nur keine Sorge, wir werden Spaß haben", sagt er und legt seine Lippen auf meine.

Ich verharre stocksteif. Dass er Spaß haben wird, das glaube ich sofort, bei mir bezweifle ich das doch stark.

Als ich mich noch immer nicht bewege, schiebt Leon mich vom Hocker und stößt mich Richtung Tür.

„Na los, geh!" Er holt aus und schlägt mir seine flache Hand auf den Hintern.

Ich stolpere einen Schritt nach vorn. Die Empfindung auf meine Haut holt mich aus meiner Schockstarre zurück. Ich drehe mich wütend nach ihm um: „Ich hasse dich!“, schnauze ich ihn an.

Er lacht und lächelt fröhlich. „Los, zisch ab!“

Ich seufze und werfe die Uniform über die Schulter. Wie zu meiner Hinrichtung trotte ich in mein Zimmer und dort ins Bad.

Wenig später stehe ich gründlich gewaschen und angezogen vor den Spiegelfliesen. Wie seltsam es ist nach so langer Zeit wieder Kleidung zu tragen. Irgendwie kratzig und beengend. Warum wollte ich noch mal wieder was zum Anziehen haben? Irgendwie fühle ich mich in dem Stoff nicht mehr wohl. Je länger ich ihn trage umso wärmer wird mir. Mein Körper ist längst darauf getrimmt seine Wärme ohne Kleidung zu regulieren. Das kann was werden eine Session in dieser Sauna. Ob das schon die erste Folter ist?

So sah ich also vor meiner Zeit als Sklave aus? Irgendwie surreal. Sie passt haargenau, hat Leon meine Größe so gut abschätzen können? Ich drehe mich um mich selbst. Mein Hintern macht in dieser Hose eine viel zu gute Figur. Das wird dem Mistkerl sicher gefallen, verflucht!

Ich kann gar nicht mehr verstehen, was ich mal so toll daran fand in Uniform herum zu laufen. Die Zeit als Soldat hat mich doch erst in diese Scheiße hier rein geritten. Hätte ich mich damals nur nicht freiwillig gemeldet. Ich seufze. Es bringt nichts über das was wäre wenn zu grübeln, Leon wartet und ich habe keine Lust noch eine Stunde länger mit ihm ertragen zu müssen. Wenn ich den Mist nur schon hinter mir hätte. Ich muss all meinen Mut aufbringen, das Bad und mein Zimmer zu verlassen. Auf wackligen Beinen folge ich dem Flur bis ich schließlich vor der Tür mit der großen Zwei stehe. Meine Hand zittert, als ich sie auf die Klinke lege. Ich bringe es nicht über mich, die Tür zu öffnen. Wieder schwer verletzt in irgendeiner Ecke liegen? Das brauche ich echt nicht.

Ob er das ernst gemeint hat. Werden wir beide Spaß haben? Bestimmt nicht, seine Art von Spaß kenne ich. Jade sah so schrecklich aus in seinen Fesseln.

Aber Leon war so nett in letzter Zeit – versuche ich mir einzureden. Vielleicht ist ja heute sein guter Zwilling am Zug. Ach verdammt Lucca, jetzt geh da rein und bring es hinter dich, du hast schon Schlimmeres überstanden. Ich atme noch einmal tief durch, dann trete ich ein.

Leon steht in der Mitte des Raumes. Neben ihm hängt eine Kette von der Decke an dessen Ende zwei Lederfesseln gebunden sind, die er in der Hand hält. Ich werde also angebunden sein? Das macht mir noch mehr Angst. Hoffentlich darf ich wenigstens stehen.

Leon trägt nur seine Unterhose. Die Anspielung gründlich waschen, war ja schon ein Hinweis, dass mich neben Schlägen auch Sex erwartet, aber ihn so zu sehen, lässt keinen Zweifel mehr zu. Mir hämmert das Herz bis an die Kehle.

Er mustert mich von oben bis unten, seine Augen bekommen etwas Lüsternes.

Wusste ich es doch, dass ich ihm in dem Fummel gefallen werde. Kotz!

„Heiß!“, sagt er.

„Klappe!“, sage ich und senke den Blick. Ich schließe die Tür dann trotte ich wie auf meine eigene Beerdigung.

„Wie süß du bist, wenn du mal Angst hast“, sagt er.

Ich ziehe die Augenbrauen tief ins Gesicht und sehe ihn wütend an. „Wie schön, dass wenigstens du deinen Spaß hast."

„Ja, sehe ich auch so", sagt er und lacht.

Gott, wie ich ihn hasse! Meinen Blick wende ich ab und biete ihm meine Handgelenke dar. „Schon gut, hör auf zu lachen und lass es uns hinter uns bringen", sage ich.

Er bindet mir die Lederriemen um die Handgelenke und zieht sie fest zu. „Hinter uns bringen, ja? Oh du wirst mich noch darum anflehen, dass ich nicht aufhören soll", sagt er.

Ich sehe ihm ins Gesicht. Da ist es wieder, dieses überhebliche Grinsen, das mich so auf die Palme bringt. „Ganz sicher nicht!", keife ich ihn an.

Er lächelt gehässig und zieht kräftig an dem Seil, das mit der Kette und meinen Fesseln verbunden ist. Meine Arme werden hinauf gezogen. Ich schreie auf, nicht vor Schmerz, sondern aus Schreck. Meine Füße verlieren den Halt auf dem Boden, lediglich mit den Zehen kann ich ihn noch erreichen. Genau wie bei Jade. Ich erschaudere bei all den Bildern, die ich dazu noch im Kopf habe.

Leon geht mit dem Seil auf Spannung zu einem Haken in der Wand und bindet es dort fest. Sicher verknotet er es, dann wandert er an den Wänden entlang und fährt im Vorbeigehen die Griffe der Peitschen und Gärten ab.

Mich gruselt es, furchtsam beobachte ich sein Auswahlverfahren.

Er hat keine Eile, seine Schritte bewegen sich sicher und aufrecht durch den Raum. „Ich habe dich ganz schön vermisst, weißt du das?", sagt er.

Ich wende den Blick ab. „Ich kam ganz gut ohne dich klar", sage ich. Nach dem Silver handzahm geworden ist, war es ganz lustig. Die Zwillinge hatten viel redebedarf und spannende Geschichten über Leon zu erzählen. Dass er sich gern die Zehen lecken lässt, war voll widerlich. Aber es passt zu seinem verdorbenen Charakter. Der Hass, den ich bei dem Gedanken sammeln kann, gibt mir die Kraft ihn wieder anzusehen.

Er hat sich für eine Peitsche entschieden, sie ist lang und dünn. Den Griff schlägt er sich klangvoll in die flache Hand. „Jetzt kränkst du mich aber", sagt er gespielt ernsthaft.

Mir fällt kein guter Konter mehr ein, ich sehe nur noch das Schlagwerkzeug in seinen Händen. Diese dünnen langen Lederschnüre schmerzen entsetzlich, sie schlingen sich um den ganzen Körper und landen fast immer einen Rundumschlag. War klar dass er gleich mit so was Fiesem startet.

Er kommt auf mich zu, die Lederschnur schleift auf dem Boden. Gute zwei Schrittlängen von mir entfernt hält er inne und hebt den Arm.

Ich schließe die Augen und drehe den Kopf weg, angespannt warte ich auf den ersten Schlag. Sein Hieb trifft meinen Rücken, die Schnur legt sich dabei über meine Oberschenkel und fällt herab. Ich spüre es kaum. Für gewöhnlich wäre die Haut an dieser Stelle jetzt heiß geworden, doch die Kleidung absorbiert die Wucht fast gänzlich. Auch die nächsten fünf Hiebe sind nicht der Rede wert. Ich entspanne mich und schaue ihn fragend an. Was soll das werden?

Er umrundet mich und trifft meinen Oberkörper. Einer der Knöpfe wird von der Wucht getroffen und reißt ab. Auf dem Boden rollt er davon.

„Du machst die Uniform kaputt!“, sage ich gelangweilt.

Er lächelt verschlagen, kommt näher und sagt: „Gute Idee. Eine Kriegsbeute sollte keine intakte Kleidung haben.“

Kriegsbeute? Was soll das hier werden? Eine Art Rollenspiel?

Vor mir bleibt er stehen und greift zwischen den Stoff meiner Jacke. Mit Schwung zerrt er sie auf. Die restlichen Knöpfe reißen alle auf einmal ab. Meinen Oberkörper befreit er.

„Das ist schon besser“, sagt er wollüstig und fährt mit der flachen Hand von meinem Schlüsselbein abwärts bis zum Bauch.

Ich erschaudere unter seiner sanften Berührung.

„Du hast zugenommen, das ist gut!“, sagt er in einem fast fürsorglichen Ton, dann hebt er den Schlagarm. Er zieht sich zwei Schritte von mir zurück, dann holt er weit aus.

Die Peitsche trifft mich zielsicher genau dort, wo die Haut frei ist. Ein Brennen breitet sich aus. Meine aufkeimende Überheblichkeit vergeht mir. Okay, das tat schon deutlich mehr weh. Als ich an mir hinab schaue bildet sich ein roter Streifen schräg über meiner Brust.

Leon schlägt wieder zu. Einmal, zweimal, dreimal. Immer wieder trifft er irgendeinen Teil meiner blanken Haut. Er ist extrem treffsicher und das mit dem langen Riemen. Daneben schlagen ist scheinbar keine Option. Verdammt! Ich bin mir sicher, dass er, wenn er es will, immer wieder dieselbe Stelle treffen kann. Die Vorstellung treibt mir noch mehr Panik ins Herz. Ich atme hastig dagegen an und sehe ihm furchtsam in die Augen. Wie lange wird er das hier spielen wollen?

Leon schlägt noch zwei Mal zu, dann lässt er die Peitsche ruhen. Er schließt zu mir auf und fährt meinen Brustkorb ab. Seine Hand ist warm und seine Haut weich, trotzdem vibriert seine Berührung auf den getroffenen Stellen. „Deine Haut ist extrem empfindlich. Wir müssen da echt aufpassen“, sagt er.

„Wir könnten auch ganz aufhören“, schlage ich vor.

Er betrachtet mich und zieht eine Augenbraue hinauf. Den Griff der Peitsche steckt er mir quer in den Mund und sagt dabei: „Halt mal!“

Während ich die Peitsche zwischen meinen Zähnen einklemme, verschwindet er hinter mir.

Ob er mich damit zum Schweigen bringen wollte? Dass ich jetzt schon rumjammere gefällt ihm sicher nicht. Der Saphir muss rebellieren, aber ich hasse die Peitsche und alles was mit Schlägen zu tun hat. Davon musste ich einfach zu viele in meinem Leben ertragen. Mein Blick landet auf dem Stab, der mir rechts und links lang aus dem Mund ragt. Ob es was bringt wenn ich in Leons Abwesenheit alle Schlaggegenstände vernichte? Vernichten! Gute Idee. Ich kaue auf dem stockartigen Griff herum. Das muss doch zu brechen gehen. Es gibt tatsächlich etwas nach.

Leons Schritte kommen wieder näher.

Augenblicklich unterbreche ich mein Tun und versuche unschuldig zu schauen.

Er wirft mir einen prüfenden Blick zu, dann bleibt er hinter mir stehen. Ich spüre etwas Kaltes, das sich unter die Jacke an meinem Rücken schiebt. Was ist das? Es bewegt sich durch den Stoff und teilt ihn. Eine Schere? War ja klar, dass ich den Schutz der Kleidung nicht ewig behalten darf.

Noch ein Grund mehr diese verdammte Peitsche zu zerbrechen. Auch wenn der ganze Raum voll davon ist, ist es eine weniger und für ihn ein deutliches Zeichen meiner Wertschätzung. Während er damit beschäftigt ist, meine Jacke im Rücken in Streifen zu schneiden, lege ich mir den Peitschengriff mit der Zunge im Mund zurecht und kaue auf ihm herum, bis ich ein Knacken hören kann, dann schaue ich mit einem fiesen Grinsen hinter mich.

Leon scheint das Geräusch ebenfalls war genommen zu haben, denn er sieht von seinem Werk auf.

Ich lächle ihn an und spucke ihm die zerbrochene Peitsche vor die Füße.

Er betrachtet erst die Peitsche dann mich. In seinem Mundwinkel kämpft ein Lächeln gegen den Rest seiner finsteren Mine. „Du bist heute aber ganz schön auf Krawall gebürstet, was?“

„Dir soll ja nicht langweilig werden“, sage ich und wende mich ab.

Leon zerschneidet weiter den Stoff auf meinem Rücken. Er trennt ein großes Stück heraus und wirft es vor mir zu Boden. Es scheint mir die ganze Rückenfläche zu sein. Heißt das mein Rücken ist jetzt komplett ungeschützt? Kalte Schauer überkommen mich.

„Du siehst echt heiß in den Fetzen aus.“

Wirklich? Man, hat er eine kranke und verdrehte Vorstellung von Schönheit.

Er fährt mir mit den Fingern die Wirbelsäule herab und küsst die Stellen nach und nach, die sie freigeben. „Die wirst du heute den ganzen Tag für mich tragen!“, haucht er mir auf den Rücken.

Ich erschaudere.

Leon läuft zu der Auswahl an der Wand mir gegenüber. Besonders provokant geht er die Peitschen durch. Er sucht sich eine kurze aus, mit vielen Lederbändern. Die lassen sich eigentlich ganz gut aushalten, so lange die Wucht nicht zu groß ist.

Als Leon meinen erleichterten Blick bemerkt, greift er eine Peitsche daneben, die doppelt so lange Bänder hat. Dieser Mistkerl! Er umrundet mich, seine Schritte verklingen hinter mir.

Ich senke den Blick und atme tief ein, dann beiße ich fest die Zähne zusammen. In schneller Schlagfolge trifft mich die Peitsche im Rücken und wandert an mir auf und ab. Ich atme hastig gegen die brennende Empfindung an, die sie zurück lässt. Es wird immer mehr und heißer. „Wann ist eigentlich der Punkt an dem es mir auch Spaß machen soll?“, frage ich zwischen den Hieben.

Leon lächelt ein fieses Grinsen, ich kann es förmlich spüren. Er tritt an mich heran und fährt meinen Rücken mit den Händen ab. „Die verträgt deine Haut eindeutig besser. Dann nehmen wir die für den Anfang.“

Er lehnt den Oberkörper gegen meinen Rücken, seine Haut ist angenehm kühl, das tut fast schon gut.

Seine rechte Hand wandert über meine Hüfte seitlich nach vorn und macht am Knopf meiner Hose halt. Er öffnet ihn und wandert mit seinen Fingern hinein. Eine Unterhose gab es nicht für mich, so erreicht er meine Mitte ungeschützt.

Kalte Schauer durchströmen mich, als er mein Glied berührt.

„Hat dich schon mal jemand zwischen den Schlägen zum Orgasmus gebracht?“, fragt er mit zuckersüßer Stimme.

„Nein?“ Warum auch? Es ging doch um Bestrafung. Außerdem … „Als wenn ich bei den Schmerzen einen hoch bekommen hätte.“, murmle ich leise.

„Ich habe dir das letzte Mal ne halbe Flasche Desinfektionsmittel in die Wunden gekippt, du bist trotzdem gekommen.“

Kann er nicht einfach mal die Klappe halten? An den peinlichen Moment will ich nicht denken. Ich drehe den Kopf so weit wie möglich weg von ihm.

Seine Hand bewegt sich weiter in meiner Hose. Ich kämpfe verbissen gegen das warme Gefühl an, dass sich mir in die Lenden zwingt. Nein, das gefällt mir nicht!

„Seitdem habe ich da so einen Verdacht, warum du so viel aushältst. Deswegen machen wir jetzt einfach weiter und sehen mal was passiert“, sagt er im selben zuckersüßen Tonfall.

Seine Hand gibt meinen Penis frei.

Ich atme erleichtert aus. Gerade noch rechtzeitig, bevor ich dem Gefühl nicht mehr hätte wiederstehen können.

Leons Hände greifen den Saum der Hose, in einem Ruck reißt er sie mir von den Schenkeln. Der Stoff sammelt sich mir zu Füßen und macht es mir schwerer auf meinen Zehen Halt zu finden. Ich tänzle vor und zurück bis ich mein Gleichgewicht wieder gefunden habe.

Leons Schritte entfernen sich, sein Körper verschwindet als Halt im Rücken. Ich muss mich neu ausrichten. Gerade als ich wieder sicher stehe, trifft ein harter Schlag der Peitsche meinen Hintern.

Ich fahre zusammen.

Neue Hiebe folgen, immer rechts und links treffen sie abwechselnd meine Pobacken. Meine Haut erwärmt sich mit jedem neuen Schlag wird sie heißer. Vergeblich versuche ich die Wucht der Schläge auf meinen Zehen auszugleichen. Immer öfter hänge ich einfach nur in meinen Fesseln. Verbissen kämpfe ich gegen den Drang, aufschreien zu müssen, an. Keinen Mucks wird er von mir hören. Den Gefallen tu ich ihm bestimmt nicht. Am Geschrei kann er sich bei Jade erfreuen, gewiss nicht bei mir.

Als die Peitsche endlich verstummt, lasse ich den Kopf fallen und atme gegen die heftige Empfindung meiner Haut an. Schweiß läuft mir aus der Achsel und am Rücken hinab. Ein Trommelfeuer an Adrenalin rauscht in meinem Blut und tobt in meinem Herzen. Nur mit Mühe bekomme ich meine Atmung wieder unter Kontrolle.

Kühle Haut berührt mich im Rücken und am Hintern. Seine Unterhose ist verschwunden, deutlich spüre ich sein erregtes Glied an meinem Oberschenkel. Warum nur macht ihn das hier so an?

Seine Hand wandert in meinen Schritt, die Finger umschlingen mein Glied, der Daumen zieht kleine Kreise auf meiner Eichel.

Ach Verdammt, das ist echt fies. Mein Atem beschleunigt sich wieder. Vergeblich versuche ich meine Gedanken umzulenken, doch seine Finger sind so eng an meinem Glied und sein Daumen an dieser empfindlichen Stelle, das ist nicht zum Aushalten. Ich drehe den Kopf zur Seite und beiße mir selbst in den Oberarm, hastig atme ich auf meine nasse Haut. Es bringt nichts, der wachsenden Erregung habe ich nichts entgegen zu setzen.

„Von wegen du bekommst keinen hoch unter Schmerzen!“, sagt er.

Mir schießt die Hitze in den Kopf. Warum muss er den peinlichen Moment auch noch kommentieren?

„Kannst du nicht einfach mal still sein?", murre ich und versuche noch immer seiner Berührung Herr zu werden. Wieso bekommt er das überhaupt hin? Mein Hintern feuert noch immer und der Flächenbrand auf meinem Rücken ebbt gerade erst ab. Doch mit seiner Hand da fühlt es sich wie ein Rauschzustand an. Selbst wenn er noch mal zuschlagen würde, ich würde es sicher kaum spüren.

„Hältst du noch ein paar Hiebe für mich aus?", fragt er.

Ich lasse von meinem Arm ab und schaue ihn forschend an. „Ich habe eine Wahl?"

„Nein, noch nicht!", sagt er und entfernt sich.

„Noch?", frage ich, doch da trifft mich schon wieder eine Schlagfolge im Rücken. Ich spanne meine Muskulatur an um die Wucht abzufangen. Von rechts nach links und zurück lässt Leon die Peitsche wandern. Nach und nach taucht sie jeden Zentimeter meines Rückens in heiße Flammen.

Ich beiße mir in den Oberarm und atme schnell. Leons Hiebe wandern an mir hinab und über meinen Hintern, neue Hitze breitet sich darüber aus. Ich schreie gedämpft in meinen Biss. Dann hört es auf. Vergeblich versuche ich mich wieder zu fangen und mein rasendes Herz zu beruhigen, ich zittere.

Leons Oberkörper stützt mich im Rücken, ich lehne mich gegen seine kühlende Haut.

Wieder legt er seine Hand an meinen Penis. Dieses Mal bilden seine Finger einen Ring, der an meinem Glied auf und ab wandert und mit jedem Mal enger wird. Adrenalin und Endorphine mixen sich in meinem Blut und jagen wohlige Schauer durch meinen Körper. Der Schmerz verschwindet und hinterlässt ein Kribbeln auf meiner Haut, das sich in meinen Lenden zu sammeln beginnt. Immer mehr Härte schlägt sich in mein Glied. Was für ein seltsames Gefühl. Ich kann dem Drang mich in seiner Hand bewegen zu wollen kaum mehr wiederstehen. Was macht der Kerl nur mit mir?

Die Empfindung auf meinem Rücken und Hintern ebbt ab, der Rausch in meinem Blut wird weniger. Irgendwie schade.

„Noch eine Runde?", fragt er.

„Ja", höre ich mich selbst sagen. Moment, was?

Als er von mir weg tritt, hat sich mein Kopf wieder eingeschaltet. „Warte, nein ich hab es mir anders…" Eine neue Schlagfolge trifft meinen Rücken. Ich schreie auf und beiße die Zähne aufeinander. Von neuem jagen Flammen über meine Haut den Rücken hinab bis weit über den Hintern. Ich atme gequält. Mein Körper zittert heftig.

Als er endlich von mir ablässt habe ich Mühe mich noch auf den Zehenspitzen zu halten.

Sein kühler Oberkörper erscheint wieder hinter mir. Ich bin froh über die Stütze und lehne mich dankbar dagegen. Im selben Moment ist seine Hand schon wieder in meiner Mitte und treibt den Rausch in meinen Adern an. Ein leises Stöhnen überkommt mich. Ich muss mir auf die Lippen beißen, damit ich nicht lauter werde. Mit der Hitze auf meiner Haut ist das so heftig da. Je länger seine Finger den Rausch über meinen Penis treiben, umso weniger kann ich mich beherrschen. Mein gequälter Atem geht in lautes Stöhnen über. Ich gebe es auf mit den Füßen nach Halt zu suchen und lasse mich ganz in meinen Fesseln hängen.

Sein Rücken als Stütze reicht völlig. Warum nur macht mich das so wahnsinnig geil?

„Soll ich aufhören?", fragt er mit einem gehässigen Unterton.

„Was nein… ja… ich.."

Er intensiviert seine Bewegungen.

Ich bekomme kein Wort mehr heraus, kann nur noch stöhnen. Das ist so verdammt gut, dass ich mich der Empfindung entgegen strecke und mich in seiner Hand zu bewegen beginne. Sein Griff wird fester, schneller schiebe ich mich vor und zurück. Die Lust strömt mir ins Glied. Nur noch ein zwei Stöße, dann…

Leon öffnet die Hand und entfernt sich von mir. Seinem Halt im Rücken beraubt, falle ich in meine Fesseln. Mein Körper zuckt unkontrolliert, mein Glied streckt sich sehnsuchtsvoll einer Berührung entgegen, die nicht mehr da ist. Aber warum? Ich wäre doch fast gekommen. „Du mieses ...", will ich ihn anschreien, doch erneut wandert die Peitsche über meinen Rücken.

Ich suche nach Halt doch da ist keiner, nur dieses heiße Gefühl der Peitschenhiebe. Neues Adrenalin durchflutet meine Sinne und lässt meinen Körper erzittern. Da ist kein Schmerz mehr, nur ein neuer Rausch der sich durch meine Adern frisst.

Als Leon wieder hinter mir auftaucht habe ich kaum realisiert das die Peitschenschläge aufgehört haben. Meine Haut fühlt sich auch ohne sie kochend heiß an. Ich stöhne bei der wohligen Erleichterung, die mir der Halt seins kühlenden Körpers verschaffen. Ungeduldig sehne ich mich nach seinen Fingern an meinem Glied. Doch dieses Mal taucht seine Hand mit der Peitsche vor meinem Gesicht auf.

„Festhalten!“, befiehlt er und schiebt mir den Peitschengriff in den Mund.

Ich tue was er sagt und hoffe inständig er macht weiter.

Leons Hände wandern an mir herab, an den Stofffetzen meiner Jacke vorbei und über meine Flanken tiefer.

Ich erschaudere vor Erregung und wünsche sie mir beide an mein Glied zurück, doch sie treffen sich an meinem Hintern. Etwas Kühles schmiert er mir an mein Loch. Mit kreisenden Bewegungen öffnet er meinen Schließmuskel und verteilt das gelartige Zeug in mir.

Ich erwache aus meinem Rausch und schaue ihn über die Schulter hinweg an. Sacht schüttele ich mit dem Kopf. Das war die letzten Male einfach nur Horror, ich will das nicht.

Leon ignoriert meine Geste, stattdessen küsst er meinen Nacken. Seine Hände wandern an mir nach vorn. Eine Hand legt sich um meine Hoden und knetet sie sanft, die andere schließt sich um mein Glied.

Je länger er so fortfährt umso mehr übernimmt der Rausch wieder die Oberhand in mir. Ich stöhne an der Peitsche im Mund vorbei.

„Du bist gerade so geil, wollen wir’s versuchen?“, haucht er mir zwischen seinen Küssen auf die Schulter.

Ich bin mir nicht ganz sicher was er meint. Erst als ich seine Eichel an meinem Anus spüren kann, erahne ich sein Vorhaben.

Ganz automatisch presse ich meine Pobacken zusammen.

„Ich bin vorsichtig“, sagt er lüstern und küsst sich meinen Hals wieder hinauf.

Ein neuer Schauer der Erregung durchströmt mich. Ich verliere die Kontrolle über meinen Hintern.

Leon lässt sich nicht lange bitten, seine Eichel dringt in mich ein. Seine Hände an meinem Penis überspielen diese Empfindung. Ich öffne mich ihm. Als er weiter eindringt ist da kein Schmerz, auch kein Ekel, nur ein neues Gefühl das den Rausch in meinen Adern schürt.

„Los, stöhn für mich!“, befiehlt Leon und beginnt sich in mir zu bewegen.

Unter einem tiefen Atemzug lasse ich die Peitsche fallen und werfe den Kopf zurück. Völlig zügellos stöhne ich meine Lust heraus und räkle mich in meinen Fesseln. Erneut versucht sich ein Höhepunkt in mir hinauf zu kämpfen, doch kurz bevor er sich ergießen kann, öffnet Leon die Hand.

Ich zucke unkontrolliert und versuche vergeblich das geile Gefühl seines festen Griffes zu finden.

„Verflucht noch mal! Warum musst du selbst einen Orgasmus zur Qual machen?“, schimpfe ich.

Er amüsiert sich köstlich und stößt sich schneller in meinen Hintern. Das Völlegefühl lässt mich wieder stöhnen.

„Noch mal von vorn?“, fragt er.

„Ja, aber höre gefälligst nicht wieder auf!“, sage ich.

Leons Hand wandert an mein Glied. Deutlich intensiver ist seine Berührung dort jetzt. Das ist kaum noch auszuhalten, aber ich will endlich kommen. Meine Lust lässt mich immer heftiger zittern. Mir ist wie ersticken, so schnell schlägt sich mein Atem durch meine Lunge. Was macht dieser Mistkerl nur mit mir, dass ich einfach nicht genug bekommen kann?

„Dafür dass du das angeblich nicht magst, gehst du voll drauf ab. Das macht mich echt heiß", sagt er und treibt mir damit die Schamesröte ins Gesicht. Ich will nicht daran erinnert werden, was ich hier eigentlich tue und dass das alles über Bord wirft, was ich über mich zu wissen glaubte.

Seine Bewegungen werden schneller, doch es stört mich gar nicht. Mit seiner Hand ein meinem zuckenden Glied ist es einfach nur geil. Ich komme ihm entgegen, will ihn noch tiefer spüren.

Stöhnend räkle ich mich in seinem Schritt und stoße mich dabei in seine Hand. Nur noch ein bisschen, ein bisschen mehr von allem.

Sein Atem stößt mir in sanften Küssen über den Nacken und überzieht meinen Körper mit einer Gänsehaut. Er hebt mein linkes Bein am Oberschenkel an und dringt noch tiefer ein.

Schauer der Erregung fluten meine Sinne, da ist nur noch dieses geile Gefühl dass nicht zum Höhepunkt kommen will, dass immer mehr dafür braucht. Das Feuer auf meiner Haut ist fast schon erloschen, ich vermisse den Rausch des Adrenalins von eben. Bevor mein Verstand wieder die Oberhand gewinnt, will ich es noch mal spüren, diese Hitze und das brodeln in meinen Adern dabei. Ich wende mich Leon zu und sehe ihn mit festem Blick an, als ich sage: „Schlag mich noch mal und dann nimm mich wieder hart!"

Leons Augen weiten sich vor Überraschung. Er versucht mich zu ergründen, als ich nicht wegschaue, lässt er von mir ab. Die Peitsche hebt er vom Boden auf und geht zum Ständer. Er holt sich dieselbe noch einmal.

Erst jetzt wird mir bewusst worum ich da eigentlich gebettelt habe, doch als ich es begreife ist es bereits zu spät. Leon schwingt die Peitschen vor mir. Er schlägt sie mir auf den Oberkörper immer abwechselnd. Kein Moment Pause ist so zwischen den Hieben. In geschmeidigen Bewegungen umrundet er mich dabei und arbeitet sich so meinen ganzen Körper entlang. Ich keuche und stöhne doch nicht vor Schmerz. Da ist nur Lust, nur dieses Feuer, das sich in meinen Lenden sammelt.

Leon kommt hinter mir zum Stehen, die Peitschen lässt er fallen. Seinen Körper legt er mir in den Rücken. Ich spüre seinen Penis an meinem Loch und empfange sein Glied wohlig stöhnend. So herrlich tief dringt es ein. Seine Hände wandern von den Schultern meinen entflammten Oberkörper hinab, seine Fingernägel drückt er mir dabei in die Haut.

Ich stöhne unter dem neuen Schmerz der meine Sinne in Aufruhr versetzt. Als er sich wieder zu bewegen beginnt, komme ich ihm entgegen. Seine Hände wünsche ich mir in den Schritt, doch ich habe keine Luft mehr ihn zu bitten. Es ist auch gar nicht nötig. Leon legt von selbst seine Hände um mein Glied. Schonungslos beginnt er es zu reiben. „Komm für mich!“, haucht er mir in den Nacken und zieht seine Nägel noch einmal von der Schulter abwärts meine linke Flanke hinab.

Ich keuche atemlos unter dieser neuen Empfindung. Immer mehr Lust jagt mir in die Lenden.

Wieder spüre ich seine Nägel über meiner Haut nun auf der anderen Seite. Wollige Schauer rinnen mir durch jede Faser meines Körpers.

Hart treffen mich seine Stöße, heiß ergießt sich sein Höhepunkt in mein Inneres, doch er hört nicht auf.

„Los jetzt, komm für mich!“, sagt er wieder.

Meine ganzen Körper will seinem Befehl folgen, laut stöhnend fließt alle gestaute Lust in mein Glied und verlässt mich so hart dass ich am ganzen Körper zu zucken beginne. Da ist keine Kontrolle mehr, alles löst sich in diesem Rausch aus Farben und Licht auf.

Er verharrt in mir, seine Arme legen sich um mich, er verschränkt sie über meinem Oberkörper und schließt mich in eine innige Umarmung ein.

Ich keuche und stöhne noch immer. Schweiß dringt mir aus jeder Pore meines Körpers. Was bitte ist das gewesen? So hart bin ich noch nie gekommen. Ich schaffe es einfach nicht die Kontrolle über meinen Körper zurück zubekommen. Zuckend liege ich ihm hilflos in den Armen.

„Du stehst auf Schmerz", flüstert er mir ins Ohr.

Mein Verstand versucht seine Worte zu erfassen, doch ich bin noch zu sehr mit dem körpereigenen Drogencocktail in meinem Blut beschäftigt, um die Bedeutung greifen zu können.

Doch je mehr die berauschende Wirkung der Hormone nachlässt, umso deutlicher spüre ich die Striemen der Peitschenhiebe. Um Nachschlag gebettelt zu haben, werde ich noch so was von bereuen. Hastig ziehe ich die Luft scharf ein.

Leon legt seine Arme enger um mich, er löst die Fesseln um meine Handgelenke. Ich sacke ihm mit meinem ganzen Gewicht entgegen und suche gar nicht erst nach Halt auf meinen Beinen.

Er grinst frech: „Noch eine Runde?", fragt er.

Ich sehe ihn entsetzt an. „Was? Bist du irre? Ich bin am Ende!"

„Wie schlecht für dich, denn deine Bestrafung hat gerade erst angefangen."

27. Kapitel

~Luccas Fetische~

Noch lange hält Leon mich in seiner festen Umarmung gefangen und wartet geduldig darauf, dass ich mich wieder beruhige.

Das ist so angenehm, dass ich die Augen schließe und es einfach nur genieße. Wohlige Erschöpfung breitet sich in mir aus. Wenn wir nicht stehen würden, ich würde auf der Stelle einschlafen.

„So, einen deiner Fetische ‚Schmerz', haben wir schon mal gefunden. Schauen wir doch mal was da noch so in dir schlummert."

„Ich mag doch gar keinen Schmerz", murmle ich erschöpft.

„Und wie du den magst, so lange man dir dabei nur Befriedigung verschafft."

Ich balle meine Hände auf seiner Brust zu Fäusten und versuche ihn zu schlagen, doch die Kraft in meinen Muskeln ist schwindend gering und unter seiner festen Umarmung kann ich nicht ausholen. „Ich hasse dich", sage ich mit wenig Überzeugung in der Stimme.

Er schmunzelt in sich hinein, dann fragt er: „Kannst du stehen?"

Ich teste die Kraft in meinen Beinen und taste mit der Fußsohle nach dem Boden. Meine Muskeln zittern unter der Last meines Körpergewichtes, aber sie halten stand. „Ich denke schon", sage ich.

Leon gibt mich frei. Als ich es schaffe aus eigener Kraft zu stehen, fordert er: „Hände auf den Rücken!"

Mir ist gerade alles egal, so lange er nur mein Glied in Ruhe lässt. Gehorsam lege ich die Hände hinter den Rücken.

Leon macht die Lederfesseln von der Kette ab und bindet sie mir wieder um, an einem Karabiner verbindet er sie miteinander. Seine Hand legt sich um die Verbindungsstelle. Er drängt mich daran vorwärts durch den Raum zu gehen. Wir halten auf ein Bettgestell zu, auf der lediglich eine mit einem Laken bespannte Matratze liegt. Als wir davor stehen bleiben, stößt er mir in den Rücken.

Ich falle ungebremst ins Laken. Erschrocken schaue ich zurück.

Da ist wieder dieses fiese Grinsen in seinem Gesicht. Das wird nicht gut für mich enden, ich weiß es einfach. Trotzdem, liegen ist nach allem keine schlechte Idee.

Während sich Leon entfernt, rolle ich mich ganz auf die Matratze und schließe die Augen. Einfach nur schlafen wäre jetzt echt schön. Das Laken ist angenehm kühl, was für eine Wohltat für meine heiße Haut.

Leon sucht in irgendwelchen Schubladen herum. Ich höre es nur noch am Rande, mein Geist ist bereits dabei zu schwinden, als etwas neben meinem Kopf auf der Matratze aufschlägt. Erschrocken reiße ich die Augen auf.

Der runde Kopf eines Massagestabes liegt vor mir. Auf ihm ist etwas aus Gummi gespannt, das an einer Seite in eine Röhre verläuft, die im Inneren mit Noppen bestückt ist. Daneben liegt ein Körbchen mit Wäscheklammern.

Ich weite meine Augen. Was kommt denn jetzt noch?

Leon umrundet mich und legt sich neben mich. Mit dem Rücken lehnt er sich an das Bettgestell und zieht mich dann auf seinen Schoss. „Mal sehen ob du Analverkehr auch ohne alles andere magst“, sagt er und dringt wieder in mich ein.

Ich verziehe das Gesicht. Obwohl ich noch immer geöffnet genug bin, ist es ohne Rausch in den Adern kein schönes Gefühl mehr. Als er sich zu bewegen beginnt, versuche ich mich vergeblich zu entspannen. Mein Atem beschleunigt sich, verbissen kaue ich auf meiner Unterlippe herum.

„Dachte ich mir“, murmelt Leon und greift nach dem Massagestab. „Dafür kann man aber wahrscheinlich alles mit dir machen, solange man sich nur um deinen Penis kümmert“, sagt er einer ärztlichen Analyse gleich.

Ich hole Luft um zu wiedersprechen: „Nein bestimmt ni …“

Leon schaltet den Massagestab ein und stülpt die Röhre über meine Eichel, gerade so weit dass nur sie darin eintaucht. Die Vibration lässt mich meine Worte vergessen. „Oh, verfluch!“, presse ich gerade noch so heraus, dann gehen meine Worte in Stöhnen über. Ich bin noch viel zu empfindlich dort, dass es nicht auszuhalten ist. Mit winden und drehen versuche ich mein Glied zu befreien, doch Leon hackt seine Beine in meine Knie ein und fixiert sie in der Matratze. Weit spreize ich ihm so meine Mitte auf. Er drückt die Röhre tiefer. Mehr dieser heftigen Empfindung wandert an meinem Glied hinab.

„Oh bitte, das halte ich nicht aus!“, schreie ich. Mein Körper bebt, ich verliere die Kontrolle über meine Muskeln.

„Ach warte ab, das wird besser“, sagt er und lacht.

Die Röhre wandert weiter über mein Glied, bis es ganz davon eingeschlossen wird. Alles Stöhnen bringt keine Erleichterung mehr. Doch obwohl dieses Gefühl viel zu heftig ist, streckt sich mein Glied der Empfindung entgegen. Es ist schon wieder so hart, dass es fast schon weh tut.

Leon bewegt sich in mir. Das volle Gefühl wird wieder schön.

Es hat keinen Sinn mehr dagegen anzukämpfen. Da ist schon wieder ein heißer Strom, der sich in meinem Glied voran arbeitet, aber nicht herauskommen will. Es ist einfach nur zu viel von allem. Unkontrolliert stöhnend werfe ich den Kopf zurück und lehne mich an seine Schulter. Hastig hebt und senkt sich mein Brustkorb, mein ganzer Unterleib ist angespannt und fiebert einem Höhepunkt entgegen, der nicht kommen will.

Leon packt meinen Kopf an den Haaren und zerrt mich weiter zurück. Seine Lippen erforschen meinen Hals, sein warmer Atem schlägt über meine Haut. „Ja los, werde wieder geil für mich!“, sagt er und bewegt den Massagestab und mit ihm die Röhre auf meinem Glied. Das vibrierende Hochgefühl wandert an mir auf und ab.

Ich weiß mich vor der neuen Lust nicht mehr zu retten und werfe den Körper hin und her, doch ich kann seinem Griff nicht engkommen.

In schnellen Stößen dringt er in meinen Hintern und schürt die Glut auch dort. Ich schreie Lustvoll auf und vergrabe meine zurückgebundenen Hände in seinen Bauchmuskeln. Sie sind angespannt und treten unter jeder seiner Bewegungen deutlich hervor. Dieser starke Körper in meinem Rücken, der den Rausch in mir stützt, fühlt sich viel zu sehr nach Geborgenheit an. Das ist zum Verzweifeln, ich will dieses Gefühl doch gar nicht haben schon gar nicht bei ihm, doch anders ist diese heftige Empfindung nicht zu ertragen, als mich einfach an ihm fallen zu lassen.

Immer schneller wandert die Röhre an mir auf und ab. In meinem Glied staut sich neue Lust, ich kann sie förmlich darin hinauf wandern spüren, bis mich an der Spitze meines Höhepunktes die Vibration verlässt.

Alle Anspannung weicht ruckartig und lässt meinen Körper in ein wildes Zittern übergehen. Dieser elende Sadist nimmt mir schon wieder den erlösenden Orgasmus. An Stelle des Hochgefühls beißt sich etwas in meine Brustwarze, so fest dass es mir die Tränen in die Augen treibt. Ich schreie auf und will nachsehen, was das ist, als mich derselbe Schmerz auch auf der anderen Seite heimsucht. Ich schreie wieder und atme schnell. Als ich nachsehe sind da zwei Klammern die meine Brustwarzen in ihrem eisernen Griff gefangen halten und bei jedem von Leons Stößen, auf und ab tanzen. Ihre Bewegungen machen die Empfindung gebissen zu werden noch intensiver. „Du mieses Arschloch!“, schimpfe ich aufgebracht, „Mach sie weg!“

„Nein!“, sagt er vollkommen ruhig und stülpt die Röhre wieder über mein Glied.

Ich tauche in das unerträgliche Vibrieren und werde von dem Gefühl der Noppen auf meiner Haut überwältigt. Der Biss der Klammern tritt in den Hintergrund, aber nicht für lange. Immer mehr dieses nagenden Schmerzes taucht auf meinem Oberkörper auf. Von meinen Brustwarzen nach rechts und links und meine Flanke hinunter. Immer wieder raschelt es im Körbchen, wenn Leon eine neue Klammer sucht, bis irgendwann keine mehr übrig sind.

Je länger sie sich festbeißen umso heftiger wird das Gefühl. Ich stöhne atemlos und kann nicht mehr an mich halten. Lauter und lauter werde ich dabei.

Leon schaltet die Stufe am Massagestab höher. Der Schmerz tritt wieder in den Hintergrund, der Rausch in meinem Glied ist stärker. Heftig zuckt mein Penis in der Gummiröhre, die Leon immer schneller auf und ab wandern lässt.

Verdammt ist das geil, besonders mit der Hitze die sich immer mehr auf meinem Oberkörper ausbreitet.

Leons Finger wandern die Haut neben den Klammern entlang, immer auf und ab. Der beißende Schmerz tritt wieder deutlicher hervor.

Ich werfe den Kopf weit zurück und stoße mich in die Röhre, der Vibration entgegen. „Oh, ja!“, stöhne ich zügellos und dränge meinen Hintern in Leons Schritt. Sein großes Glied in mir, komplettiert dieses Hochgefühl erst. Ich will mehr und bewege mich auf ihm.

Leon dreht mich auf die Seite. Den Massagestab legt er auf die Matratze. Mein Glied bleibt auch ohne sein Zutun in der Röhre gefangen, so eng schmiegt sie sich an mich.

Er hebt mein linkes Bein über seinen Oberschenkel und bewegt sich tiefer in mir. So wunderbar voll füllt sich mein Inneres mit seiner Härte. Ich lasse den Kopf im Laken liegen und stöhne meine Lust hinein. Warum nur ist das so gut? Mir tut der ganze Brustkorb weh und trotzdem ist dieser Rausch so herrlich, dass es nicht aufhören soll.

Leons freie Hand fährt nach und nach über jede Klammer. Hitze begleitet sein tun bei jeder Bewegung. Es macht mich wahnsinnig vor Gier. Ich beiße in die Matratze um irgendwie damit klar zu kommen und schreie hinein.

Als er an der letzten Klammer angekommen ist, beginnt er sie in schneller Folge von meiner Haut zu lösen.

Mir stockt der Atem unter der freiwerdenden Empfindung. Verflucht tut das weh, das kann nicht mal das Vibrieren der Röhre ausgleichen.

Als die letzte Klammer gelöst ist fahren die Finger Leons die gequetschte Haut mit Druck entlang.

Ich schreie laut und kehlig und winde mich. Fuck! Fuck! Fuck!

„Genau so will ich dich hören!“, stöhnt er mir in den Nacken. Seine Stöße werden heftiger, ich kann sein Glied in mir zucken spüren. Immer fordernder werden seine Berührungen.

Seine Hand wandert von meinem Oberkörper zurück an den Massagestab. Er bewegt ihn wieder.

Das zu viel von allem schlägt sich hart in meine Lenden, ich schwitze immer mehr, das Laken ist bereits klitschnass.

Leon führt die Röhre hinauf zu meiner Eichel und lässt sie dort auf und ab tanzen.

Mein Glied streckt sich dieser Empfindung entgegen. Das ist so hart am Limit dessen, was ich ertragen kann. Verdammt! Ich will es noch mal spüren dieses Hochgefühl das mir die Sinne raubt. Ich stoße selbst hinein und bewege mich dabei zeitgleich auf seinem Glied.

Er zuckt und stöhnt in meinem Rücken, all seine Muskeln spannen sich an. Als er sich seinem Höhepunkt nähert, spüre ich ihn auch in mir aufsteigen. So geballt und mit einer Intensität, dass mir schwarz vor Augen wird. Als sich mein Samen ins Laken ergießt, stoppt mein Atem. Jeder Muskel an mir beginnt zu zucken. Doch es hört nicht auf. Die Vibration quält mich weiter. Ich atme stoßweiße und schreie. „Bitte, nimm es weg!“, flehe ich und winde mich unter der Qual die nicht aufhören will.

„Und, was wenn nicht?“, fragt er gehässig.

„Dann sterbe ich, bitte nimm es weg!“ Mir bleibt schon wieder der Atem weg, mein ganzer Körper ist bis zum Zerreißen angespannt. Oh bitte, es soll aufhören!

Leon zieht die Röhre von meinem Glied. Als mich die Vibration verlässt, erschlaffen meine Muskeln. Mein Körper bricht in sich zusammen und holt sich in hastigen Atemzügen den Sauerstoff zurück. Ich zittere am ganzen Körper und kann nicht aufhören. Immer hellere Lichtblitze flackern vor meinem inneren Auge und bringen die Welt mit geballten Farben und intensiven Geräuschen zurück. Mein eigener Atem und der Leons dröhnen mir in den Ohren.

Er dreht mich am Arm zu sich um. Seine Hand legt er um meine heiße Wange. Tief schaut er mir in die Augen und legt mir einen Kuss auf die Lippen.

Ich kämpfe noch immer gegen die Atemnot und das rebellierende Herz in meiner Brust. Zu irgendeiner Reaktion bin ich nicht fähig.

„Und wie du auf Schmerz abgehst und auf erzwungene Orgasmen.“

Es ist sinnlos zu protestieren, er hat es zweimal bewiesen und trotzdem will ich es nicht wahrhaben. Das kann mir nicht gefallen, das hat es doch auch nie. Was stimmt denn mit mir nicht?

Leons Hand schmiegt sich um meine Wange. Er legt seine Stirn an meine. Sein Atem geht schnell. „Du hast das gar nicht gewusst, oder?“

Ich senke den Blick und schüttle den Kopf.

Ein zufriedenes Lächeln erhellt sein Gesicht. Seine Hand wandert in meinen Nacken, er drückt sich meinen Kopf an die Brust. Einen sanften Kuss legt er mir in die nassen Haare und sagt: „Dann werden wir eine spannende Zeit zusammen haben, denn ich bin mir sicher da ist noch mehr, das du nicht über dich weißt."

Ich lasse meine Stirn an seiner Brustmuskulatur liegen. Will ich das denn überhaupt wissen? Ich finde mich ja jetzt schon eigenartig genug.

Während ich mich noch immer zu ergründen versuche, ist da schon wieder diese feste Umarmung. Ob er das macht, weil ich ihm dummerweise geschrieben habe, dass es mir gefällt? Ach egal, nach dieser heftigen Reaktion meines Körpers ist es einfach nur schön. Ich schließe die Augen und atme seinen Geruch. Da ist schon wieder dieses Gefühl von Vertrautheit, das hier gar nichts zu suchen hat. Er ist doch immer noch mein Meister, mein Sklavenhalter und Gefängniswerter, selbst mein Vergewaltiger war er schon. Aber er hat mich auch aus der Hölle bei Senku raus geholt, hat mich gesund gepflegt und vor Silver gerettet. Tränen überkommen mich, sie fließen mir heiß über die Wangen.

Leon öffnet die Fesseln an meinen Händen, als ich frei bin nehme ich die Arme nach vorn und schlinge sie um ihn. Auch wenn sich dieser Halt falsch anfühlt ich will ihn haben, nach all den schrecklichen Jahren will ich ihn einfach nicht mehr hergeben. Ich heule und schluchze laut.

Leons Umarmung wird noch fester, er streichelt mir beruhigend über den Rücken und flüstert: „Ach mein Saphir. Du bist zerbrechlicher als du mich glauben lassen willst."

Seine Worte lassen mich noch mehr heulen. Ich fühle mich ertappt und schluchze noch lauter. Schwäche war ein

Luxus den ich mir weder im Krieg noch in meiner Gefangenschaft leisten konnte. Doch hier und jetzt bin ich so am Ende meiner Kraft, dass es mir egal ist. Ich will nicht mehr stark sein.

Ich brauche eine gefühlte Ewigkeit, mich wieder zu fangen.

Die ganze Zeit über gibt Leon mich nicht frei, es kommt auch kein blöder Spruch mehr, er ist einfach nur da. Schließlich bin ich es, der sich gegen seine Arme stemmt. „Du kannst jetzt loslassen!“, sage ich mit einem beschämten Unterton. Dass ausgerechnet er es sein musste, bei dem ich meine Maske habe fallen lassen, nervt mich mit jeder Minute in der ich mich beruhige mehr.

Ein Grinsen bildet sich in seinem Gesicht, ich kann es spüren. „Sicher? Ich habe das Gefühl du genießt das gerade.“

Ich stemme mich energischer gegen ihn. „Jetzt lass schon los!“

Er gibt mich frei und streckt sich ausgiebig. Die Arme legt er sich hinter den Kopf und rollt sich weg von mir auf den Rücken.

„Sind wir jetzt eigentlich fertig?“, frage ich hoffnungsvoll und versuche meinen Körper wieder in Besitz zu nehmen. Meine Muskeln sind müde und lassen sich nur mit Mühe bewegen.

Er lacht auf und schaut mich schief an. „Nein, sind wir nicht!“

Mir schläft das Gesicht ein.

Leon lacht wieder und setzt ein versöhnliches Lächeln auf. „Aber was hältst du davon, wenn wir erst Mal was frühstücken gehen?“, fragt er gut gelaunt.

„Eine Pause? Oh ja, bitte!“ Noch einen Orgasmus verkrafte ich nicht.

Gut, dann geh schon mal vor, ich komme gleich nach.

„Okay, dann geh ich mich erst mal waschen?“ Mein Körper steht vor Schweiß und sein Sperma klebt an meinem Hintern. Ich kämpfe mich an den Rand der Matratze.

„Nein!“, sagt er streng.

Ich ziehe die Augenbrauen hoch und schaue fragend zu ihm zurück:

„Du bleibst so wie du bist. Ich will meine Spuren an dir sehen und ich mag deinen Körpergeruch, wenn du so geil bist.“

„Perverser Sack“, murre ich und kämpfe mich auf die Beine.

Er lacht, dann sagt er: „Waschen lohnt sich sowieso nicht, du bist eh gleich wieder fällig!“

Ich hebe die Hand und strecke ihm meinen Mittelfinger entgegen.

Wieder erfüllt sein herzhaftes Lachen den Raum. „Ja, genau so!“, sagt er.

Murrend schlurfe ich zur Tür. Ich bin so erschöpft, dass jeder Schritt eine Überwindung ist und er will schon wieder. Wo nimmt er nur die Ausdauer dafür her? Besser ich hau ab, so lange er mir die Gelegenheit dazu lässt.

Noch immer toben die Hormone in meinem Blut. Mir ist als würde ich auf Wolken gehen, alles ist irgendwie verzerrt. Der Weg zur Tür und in die Küche geht ungesehen an mir vorbei. Mehr schlecht als recht schlurfe ich zu einem der Hocker.

Während mich die Andren argwöhnisch mustern, lasse ich mich mit dem Oberkörper auf die Arbeitsplatte fallen und rühre mich keinen Zentimeter mehr.

Noch immer lastet die allgemeine Aufmerksamkeit auf mir.

„Fragt lieber nicht!“, sage ich und buchstabiere es für die Zwillinge. Dann lasse ich die Hand wieder fallen und wünsche mir einen schnellen und schmerzlosen Tod. So fertig wie ich bin, ist mir nicht mal nach Essen. Einfach nur schlafen reicht schon. Meine heißen Wangen kühle ich abwechselnd auf dem kalten Marmor. Noch immer tobt die Erkenntnis von eben in mir und erwärmt sie immer wieder von neuem. Was für eine fiese Nummer, mir all meine Schwächen auf einmal aufzuzeigen. Ich stöhne gegen die Arbeitsplatte, dann kann ich schon wieder seine Schritte hören, die sich von hinten nähern.

„Silver raus!“, sagt Leon streng.

Silver senkt den Kopf, er schleicht an mir vorbei und macht einen Bogen um Leon, dann verschwindet er im Flur.

Ich schaue ihm ratlos nach. Warum er wohl gehen soll?

Die Zwillinge und auch Jade erheben sich von ihren Hockern und wollen scheinbar auch gehen.

„Nein, ihr bleibt!“, sagt Leon ebenso streng, doch als er weiter spricht, wird seine Stimme sanfter. „Ich brauche ein paar Zuschauer.“

Jade übersetzt seine Worte, dann setzten sich alle drei wieder.

Was ihm schon wieder im kranken Kopf herum geht, will ich gar nicht wissen. Murrend wende ich mich, um die andere Wange zu kühlen.

Leon geht zum Kühlschrank. Er holt sich einen Teller mit Obst und kommt zurück. Er wählt den Hocker neben mir und stellt den Teller vor sich auf dem Tresen ab. Belustigt beobachtet er mich. „Kaputt?“, fragt er.

Ich gebe murrende Laute von mir und drehe den Kopf weg von ihm. „Lass mich einfach in Frieden sterben, ja?“, bitte ich.

„Vergiss es! Zur ewigen Ruhe kannst du dich betten, wenn ich weg bin.“

Seine Hand packt mich am Oberkörper. Er zieht mich von meinem Hocker.

Gerade noch so kann ich mich abfangen um nicht zu stürzten. Er deutet mit dem Zeigefinger auf seinen Schoß. „Setzen!“, befiehlt er. Sein Glied ist schon wieder steif? Wie kann das denn sein?

„Ich kann echt nicht mehr. Außerdem schauen die uns zu“, sage ich und deute in die Runde.

Er lächelt süffisant. „Genau, das ist ja der Plan.“ Am Arm zieht er mich zu sich.

Mir steigt erneut Hitze in die Wangen. Ich soll hier mit ihm, vor den Anderen? Ist das sein verdammter Ernst? „Vergiss es!“

Leon steigt von seinem Hocker, er baut sich vor mir zur vollen Größe auf. Befehlsverweigerung kann er nicht ausstehen und sein Blick sagt eindeutig, dass er mir keine Wahl lassen wird. Aber vor den Anderen? Das ist einfach nur peinlich!

„Wenn ich dich erst holen muss, bin ich nicht mehr sanft!“ sagt er schroff.

Eine harte Nummer, das ist wirklich das Letzte was ich jetzt brauchen kann. Ich schaue zu Boden und murmle: „Ja, ist ja gut, setzt dich wieder!“

Er lässt sich auf dem Hocker nieder.

Ich schiebe alle Gedanken bei Seite und steige in die Querstrebe, die an den Fuß seines Hockers geschweißt ist.

Leon hält sein Glied aufrecht in Position, damit ich mich darauf setzen kann. Als ich es in mich eindringen lasse, wird mir noch heißer im Gesicht. Mit aller Mühe versuche ich mir ein Stöhnen zu klemmen. Ich bin dort noch so erregt, dass es sich noch nach dem Rausch von eben anfühlt.

Leon legt mir meine Handgelenke über Kreuz an den Brustkorb und hält sie mit einer Hand gefangen, mit der anderen schlägt er seitlich meinen Oberschenkel. „Beweg dich!“, fordert er.

„Aber ich habe keine Kraft mehr in den Beinen“, jammere ich.

„Jetzt mach!“, sagt er streng und schlägt erneut meinen Schenkel. Es zwiebelt auf meiner Haut.

Ich seufze und suche mit den Füßen Halt auf der Strebe. Ich brauche meine ganze verbliebene Kraft um mich weit genug hinaufheben zu können, damit eine Bewegung entsteht.

Wieder schlägt er meinen entflammten Schenkel. „Schneller!“, fordert er.

Ich meide die Blicke der Anderen und bemühe mich seiner Forderung nach zu kommen. Neuer Schweiß bildet sich unter der Anstrengung auf meiner Haut.

„So ist es gut“, sagt Leon und angelt sich eine Traube vom Obstteller. Er isst sie genüsslich. Eine zweite pflückt er ab und schiebt sie mir in den Mund. Dabei ist mir so gar nicht nach Essen. Dass hier ist einfach nur erniedrigend.

Während er sich an dem Obst bedient und mir ab und an eine weitere Traube oder Erdbeere in den Mund steckt, wage ich nur zögerlich den Blick zu heben.

Die Zwillinge betrachten uns lüstern. Gold sitzt jetzt auf der Küchenzeile uns direkt gegenüber. Die Beine weit gespreizt spielt er an sich selbst herum. Seinen freien Arm hat er um Rubins Schulter gelegt und fährt ihm über den Brustmuskel und die Warze. Rubin hat ebenfalls seine Hand im Schritt. Na ganz toll, die holen sich auf uns auch noch einen runter. Jetzt fühle ich mich noch abartiger. Ganz toll! Vielen Dank auch Leon!

Mein Blick landet bei Jade. Seine Haltung ist angespannt, er hat den Kopf in die Hand gelegt und den Arm mit dem Ellenbogen auf den Tisch gestützt. Seine freie Hand zieht kleine Kreise auf der Arbeitsplatte. Irgendwie sieht er wütend aus. Ob er wohl sauer ist, dass sich Leon mit mir und nicht mit ihm vergnügt? Na super, nun auch noch Schuldgefühle!

„Ich bin satt, wie sieht es bei dir aus?“, fragt Leon mich.

„Mir ist der Appetit schon lange vergangen“, sage ich zähneknirschend und zwinge mich die letzte Traube zu schlucken.

Er schiebt den Teller zur Seite, ein verschlagenes Lächeln bildet sich in seinem Gesicht, er lässt mich los. In einer schnellen, ruckartigen Bewegung erhebt er sich und wirf mich dabei mit dem Oberkörper auf die Arbeitsplatte. Seinen Penis verliere ich dabei, doch er fackelt nicht lange ihn neu anzusetzen. Seine Hand wandert in meinen Nacken und fixiert mich hart auf dem blanken Marmor.

Jade weicht zurück und betrachtet mich noch finsterer.

Oh man, das wird ja immer schlimmer. „Können wir uns nicht ein Zimmer nehmen?“, frage ich, „Es gibt hier doch genug.“

„Ich denke nicht, nein. Denn irgendwas hier ran erregt dich und ich will herausfinden was es ist.“

Wie kommt er denn darauf? Ich finde es einfach nur peinlich.

Erst als Leons freie Hand in meinen Schritt wandert wird mir bewusst, wie hart mein Glied schon wieder ist. Seine Berührung dort ruft all die Dinge in mir wach, die wir gerade getrieben haben. Ich könnte vor Scham im Boden versinken.

Seine Hand und seine Stöße werden fordernder, immer öfter entkommt ein Stöhnen meiner Kehle. Ich halte mir den Mund zu.

„Nein, lass das!“, sagt Leon schroff. Er zieht mir die Hand weg und verdreht mir den Arm auf den Rücken. „Ich will dich hören! Los, zeig ihnen wie geil dich das macht!“

Dieser verdammte Sadist! Jetzt komme ich nicht mehr gegen das Stöhnen an. Seine Hand da ist schon wieder viel zu gut und das Gefühl beobachtet zu werden treibt mein Herz an schneller zu schlagen. Ich verliere mehr und mehr die Beherrschung und langsam wird es mir auch egal, dass jemand zusieht. Irgendwie ist es fast schon aufregend. Genau wie damals! Ach verflucht, warum kommt mir das jetzt in den Sinn? Ich habe diesen einen besoffenen Abend in der Bar doch so gut verdrängt. Aber so wie Leon gerade drauf ist, das ist genau wie bei ihm. Der einzige Kerl mit dem ich vor meiner Sklavenzeit je was hatte, war genauso beschissen fordernd wie Leon. Ach, na gut, es gefällt mir, dass sie uns anschauen. Dass ich meine Lust nicht mehr verstecken kann. Dass da keine Maske mehr ist, hinter der ich verbergen muss, dass ich mit Frauen noch nie was anfangen konnte. Die leere Phrase: ‚Ich bin nicht schwul' – das hat bei meinem lauten Stöhnen keine Bedeutung mehr. Ach verflucht das hier ist einfach viel zu gut, mit seinem breiten Schwanz in meinem Hintern und seiner Hand an meinem Penis. Ich brauche keinen Schmerz mehr, die Situation reicht völlig aus, dass mir mein Samen ins Glied schießt und sich gegen die Standfläche des Tresens ergießt.

Leon lässt von meinem Glied ab, er nutzt beide Hände und legt sie mir an die Hüften. Härter und schneller spüre ich ihn in mir, während er seinem eigenen Orgasmus nachjagt.

Na los komm noch mal in mir, du blöder Mistkerl - lege ich in meinen Blick, als ich mich nach ihm umdrehe und ihm entgegen komme. Er braucht noch zwei kräftige Stöße dann kann ich sein Sperma erneut in mir spüren. Ein wohliger Seufzer überkommt mich, bis mir klar wird, dass ich schon wieder die Kontrolle seinetwegen verloren habe. Scheu sehe ich nach den Anderen.

Rubin und Gold sind längst wieder miteinander beschäftigt. Mittlerweile sitzt Rubin auf der Küchenzeile, während Gold vor ihm Kniet, seinen Penis tief im Mund.

Na ganz toll, jetzt bin ich auch zu einem dieser Tiere geworden. Ich lasse den Kopf auf die Arbeitsplatte sinken.

Im Augenwinkel sehe ich wie Jade sich erhebt und mit verschränkten Armen die Küche verlässt. So viel zu meinen Plan ihn für mich zu gewinnen. Ich seufze.

Leon zieht sich aus mir zurück, er nimmt sich noch eine Weintraube und wirft sie sich in den Mund. Zufrieden schaut er von oben auf mich herab. „Du bist echt versauter als ich dir zugetraut hätte. Da ist also auch noch ein Fetisch beim Sex beobachtet werden zu wollen. Oh, wir werden so viel Spaß zusammen haben.“

Ich brumme und wende das Gesicht ab von ihm: „Ich hasse dich!“

Er schlägt meinen Hintern. „Los komm wir gehen in mein Zimmer und schieben noch ne Nummer. Ich bin neugierig was es da noch so gibt!“

„Muss das sein?“

„Ja muss es, wir sind schließlich immer noch mitten in deiner Bestrafung!“, sagt er und geht.

Ich habe so was von verloren hier. Wenn ich jemals aus diesem Irrenhaus der wilden Tiere raus komme, bin ich längst selbst reif für die Klapse.

Rubin und Golds Blicke lasten schwer auf mir. Sie grinsen breit und heben die Hände um etwas zu sagen.

Ich zwinge mich von der Arbeitsplatte und komme ihnen zuvor. „Ach schaut nicht so blöd?“, gestikuliere ich und füge hinzu. „Ihr wisst doch selbst, wie gut er ist.“

„Kommst du?“, schallt es aus dem Flur.

Ich seufze ergeben und trotte ihm nach. „Ja, doch!“, rufe ich.

28. Kapitel

~Eine harte Erinnerung~

Als ich die Eins betrete, liegt Leon bereits auf dem Bett, die Arme hinter dem Kopf verschränkt. Er sieht mächtig zufrieden mit sich aus und grinst über beide Ohren. „Na Mister, Ich bin nicht schwul‘“, sagt er gehässig, als ich die Tür schließe.

„Halt ja die Klappe!“, fluche ich.

„Ich bin neugierig, wie viele Kerle hatte mein Saphir bevor er zum Sklaven wurde?“

Ich verschränke die Arme vor der Brust. Das geht ihn überhaupt nichts an. „Ich hatte nichts mit Männern, okay? Ich war immer nur mit Frauen zusammen“, sage ich stur.

Er macht einen Schwenk mit seinem Kopf und deutet auf die leere Bettseite neben sich.

Ich senke den Blick und schleiche zu ihm. An die Rückenlehne des Bettes angelehnt setze ich mich zu ihm. Demonstrativ schaue ich zur Seite weg.

„Und du willst mir ernsthaft erzählen da war nie ein Mann. Nicht mal an der Front, wo wir fast nur unter Männern waren?“

Mir kommt die Bar wieder in den Sinn, ich atme erschwert aus und sage angriffslustig: „Ich dachte du wolltest weiter vögeln und nicht quatschen.“

Die Matratze bewegt sich, seine Hand nimmt mein Kinn, er dreht mein Gesicht zu sich. Weit zu mir gebeugt liegt er neben mir und sieht mich forschend an. Ein freundliches Lächeln liegt auf seinen Lippen. „Ich habe jetzt schon so viel aus dir heraus gekitzelt, kommt es darauf jetzt wirklich noch an? Ich sehe doch in deinen Augen dass es da jemanden gab. Ich will doch nur wissen, auf welchen Typ Mann mein Saphir steht."

Ich atme erschwert aus. Das habe ich noch niemanden erzählt, es war stets ein gut gehüteter Schatz in meinem Herzen.

Seine Hand schlage ich weg und drehe den Kopf zum Fenster. Während ich hinaus in den Garten schaue, sage ich: „Na gut, es gab da wirklich mal jemanden."

Leons fragender Blick liegt auf mir, wie eine schwere Last drückt die Vergangenheit auf meinen Schultern.

„Das ist schon so lange her und er lebt auch gar nicht mehr", beginne ich vorsichtig. Schon beim bloßen Gedanken an ihn muss ich mit den Tränen kämpfen. Ich hatte es so gut verdrängt. Um nicht schon wieder die Kontrolle zu verlieren und den Tränen keine Chance zu geben, beginne ich deutlich weiter vorn. „Es stimmt wirklich, ich war bisher nur mit Frauen zusammen. Mein Vater ist, was das angeht, sehr konservativ gewesen. Der hätte mich verstoßen hätte er erfahren, dass sein Sohn, sein Erstgeborener, auf den er ja so stolz ist, schwul ist. Ich habe es mir nie getraut mir das einzugestehen. War eben mit Frauen zusammen, auch wenn ich mich dabei zwingen musste überhaupt einen hoch zu kriegen. Irgendwie hat man mir das Normalsein immer abgekauft, ich habe es auch selbst geglaubt. Höchstens heimlich in einem verschlossenen Zimmer hab ich mir mal nen Porno rein gezogen, dann war es wieder gut. Aber an der Front, im Krieg, wo jeder Moment mein letzter sein konnte, wo neben mir meine Kameraden gefallen sind wie die Fliegen." Ich muss schwer durchatmen und versuche den Bildern in meinem Kopf Herr zu werden. So viele schreckliche Tode, so viel Leid auf einem

Haufen. „Ich habe mich immer öfter gefragt, wenn die Kugel mich jetzt getroffen hätte, dann wäre ich in meinem Leben nie ehrlich zu mir selbst gewesen. Ich hatte das Gefühl alles verpasst zu haben.“ Ich wende mich Leon zu.

In seinen Augen liegt Mitgefühl. Er betrachtet mich fasziniert und hört zu.

Ich senke den Blick und erzähle weiter: „Ich weiß nicht wie viele meiner Männer in diesem beschissenen Krieg neben mir gefallen sind, alles Freunde und richtig gute Kerle. Wenn ich doch mal einen aus der Schusslinie bekommen habe, dann habe ich alles daran gesetzt dass er durch kommt. Ich bin dafür auch bis ans andere Ende der Stadt mit ihm unterm Arm gelaufen, zu einem Arzt der den Ruf hatte jeden retten zu können, egal wie schwer verletzt. Von sieben meiner Freunde hat er auch Sechs wieder zusammen geflickt. Er ruhte dabei so gänzlich in sich selbst. Egal wie sehr mein Kamerad geschrien hat, egal ob mit oder ohne Betäubung, er hat einfach gemacht. Selbst als auf das Lazarett das Feuer eröffnet wurde oder im Hintergrund Bomben fielen, er ist seinem Patienten nicht von der Seite gewichen. Das hat mich zutiefst beeindruckt.“ Ich schmunzle in mich hinein. „Naja und gut aus sah er auch.“

Ich sehe Leon wieder an. Er lächelt verstehend.

„Manchmal habe ich mir auch jemanden geschnappt, der nur eine kleine Schramme oder nen Schnupfen hatte um einen Vorwand zu haben, ins Lazarett zu gehen und ihn zu sehen. Aus der Ferne hat auch schon gereicht. Das war in all dem Tod und Leid dort wie ein Hoffnungsschimmer. Ein bisschen Freude.“ Ich wische mir eine Träne aus dem Gesicht. „Ich weiß seinen Namen nicht mehr, dafür ist es einfach zu lange her. Es ist auch immer nur sein Nachname gefallen. Ich glaub es war irgendwas mit B. Du kanntest ihn bestimmt, ihr habt ja im selben Lazarett gedient. Naja ist eigentlich auch egal.“ Ich hole noch einmal tief Luft, dann gehe ich gedanklich zu jenem Abend. Den Blick fest auf meine Beine gerichtet versuche ich die Gefühle in meinem Herzen zu besiegen, um erzählen zu können: „Mein bester Freund an der Front wurde bei einem Bombenangriff schwer verletzt. Ich wusste eigentlich, dass es sinnlos war, ihm wurden beide Beine weggesprengt, aber wir waren ganz nah am Lazarett und ich wollte es wenigstens versuchen. ‚Er‘ hatte an dem Tag Dienst und mir meinen Kameraden noch am Eingang abgenommen. Ich habe geholfen meinen Freund in eines der Betten zu bringen. Es gab mal wieder kein Schmerzmittel oder sonst irgendein Medikament und mein Kumpel hat geschrien und geschrien. Ich habe mich so hilflos gefühlt und ich konnte am Blick des Arztes ablesen, dass es hoffnungslos war. Trotzdem hat er ganz ruhig auf meinen Freund eingeredet. Er hat Witze gerissen und während mein Kumpel abgelenkt war, hat er ihm der Länge nach die Pulsader aufgeschnitten. Während er sich mit ihm über Spirituosen ausgetauscht hat, ist mein Freund in nicht mal einer Minute verblutet und hatte es hinter sich. Hätte er ihm vorher erst die Stümpfe abgebunden oder sonst was zur Rettung versucht, er hätte sich noch länger gequält. Ich wollte das aber nicht wahrhaben und habe ihn aufs Übelste beschimpft, ihn beleidigt und ihm meine Fäuste auf die Brust geschlagen. Er hat es einfach über sich ergehen lassen und mich dann fest in den Arm genommen.“ Ich sehe Leon an und zwinge mir ein Lächeln ins Gesicht. „Vielleicht mag ich das ja deswegen so.“ Irgendetwas arbeitet in ihm, er scheint etwas sagen zu wollen, doch ich bin so in der Vergangenheit gefangen, dass ich den Blick wieder senke und einfach weiter erzähle: „Ich habe noch nie so geheult in meinem Leben, wie in dem Moment." Auch jetzt rollen mir die Tränen übers Gesicht, doch es gesellt sich ein Lächeln dazu. „Als ich mich halbwegs wieder im Griff hatte, hat er vorgeschlagen, dass wir einen Trinken gehen sollten. Seine Schicht war gerade zu Ende und ich hatte wirklich nichts dagegen mir nach dem Erlebnis die Kante zu geben. Keine Ahnung wie wir in dem ganzen Chaos noch eine Taverne gefunden haben, es waren auch nur Soldaten dort, die ihre Angst und die schrecklichen Erlebnisse in Alkohol ertränken wollten. War sicher irgendwas vom Militär organisiertes. Wir haben uns einen der hintersten Tische genommen. Gott, hab ich mich an dem Abend voll laufen lassen. Wir haben uns so gut unterhalten und trotz der ganzen Scheiße hat er mich immer wieder zum Lachen gebracht. Irgendwann war ich dann so dicht das mir alles egal war. Ich habe meinen ganzen Mut zusammen genommen und habe ihn geküsst. Er hat erst etwas blöd geschaut, dann aber gelächelt und ihn erwidert. Naja, was soll ich dir sagen, er hat mich noch auf dem Tisch dort vor all den Leuten genommen und mir war es ganz egal, dass alle zugesehen haben. Es war der geilste Sex, den ich bis dahin hatte." Ich lächle bitter und lache gequält auf. „Ich war für ihn bestimmt nur ein One-Night-Stand. Nicht der Rede wert. Aber für mich war es ein Stück Lebendigkeit. Der Beweis, noch nicht tot zu sein und eine ganz neue aufregende Welt. Etwas, was ich mich bisher kaum zu denken getraut hatte, wurde an dem Abend wahr und ich habe es so genossen. Wenn dieser blöde Krieg nicht gewesen wäre, vielleicht hätten wir öfter was zusammen machen können, vielleicht wäre auch mehr daraus geworden. Aber unsere Pflicht rief uns zurück und zwei Tage später sind die Bomben in euer Lazarett gefallen." Ich schließe die Augen und lasse die Tränen einfach fließen. „Er war so ein großartiger Mensch und ich kann mich nicht mal an seinen Namen erinnern. Das ist doch erbärmlich." Vergeblich versuche ich mir die Tränen aus dem Gesicht zu wischen, es kommen immer neue nach.

Leon atmet lang aus. Als ich ihn ansehe hat er die Arme verschränkt und sieht an die Decke. Seine ganze Haltung wirkt angespannt. „Sein Name war Burkhard und er ist an dem Tag nicht gestorben!", sagt er.

Ich schaue ihn unter meinem Tränenschleier verwirrt an. Burkhard, ja, das kann hinkommen.

Über seine Wange rollt eine einzelne Träne, dann sagt er: „Er war in der einzigen Apotheke, die zu dem Zeitpunkt noch stand und hat Medikamente geholt, doch als er zurück kam, hat er sie nicht mehr gebraucht."

Diese Worte, das kommt mir irgendwie bekannt vor, fast im selben Wortlaut sogar. Das hat er mir erzählt, als ich ihn gefragt habe, wie er die Bombennacht überlebt hat. Meine Tränen versiegen, eine Erkenntnis arbeitet sich durch meinen Geist. Ich schüttle den Kopf, erst sacht, dann immer heftiger: „Nein!" sage ich entschieden.

Er dreht den Kopf und senkt ihn langsam auf meine Größe herab. „Doch!", sagt er und strafft die Verschränkung seiner Arme.

„Nein!", schreie ich lauter und rutsche vom Bett, weg von ihm und stehe auf. „Nein, er hatte blonde kurze Haare und er war nicht so muskulös und er… und er …" Mein Herz beginnt zu rasen. Das kann nicht sein! Das darf einfach nicht sein!

Er spielt mit einer Haarsträhne. „Tja, ich habe halt ein bisschen trainiert und das ist nur Farbe. Außerdem waren lange Haare an der Front lästig, wenn man sich tagelang nicht richtig waschen kann."

„Du warst nicht er! Du bist nicht er!", protestiere ich heftig und weiche weiter zurück. Seine Augen, die selbstsichere Haltung, der Moment gerade auf der Arbeitsplatte. Egal, wie sehr ich auch protestiere, er ist es, das wird mir immer klarer. Ist das der Grund, warum ich mich bei ihm so wohl fühle, obwohl er ein krankes Schwein ist? Nein! Ich kann und will das nicht glauben. Das darf so nicht sein. Meine erste wirkliche Liebe, das kann nicht der Mann sein, der mich hier als Sklave hält. Ein Sturm an Gefühlen durchflutet mich und nimmt mir den Atem.

Leon streckt die Hand nach mir aus, er macht beschwichtigende Bewegungen. „Saphir, beruhige dich!"

„Kannst du mich nicht mal jetzt bei meinem richtigen Namen nennen?", schreie ich so laut es meine Atemnot noch zulässt. Die Hände balle ich zu Fäusten und renne vor dieser Erkenntnis davon. Raus aus dem Raum und weg von ihm. Kopflos flüchte ich mich in mein Zimmer und schlage die Tür nach mir zu. Der leere Raum fühlt sich wie ein Kerker an. Ich raufe mir die Haare. Das kann doch nicht wirklich wahr sein. So einen großen Zufall kann es nicht geben, das ist einfach unmöglich. Meine müden Beine wollen mein Gewicht nicht mehr tragen, ich falle auf die Knie und umschlinge mich selbst mit den Armen. Hemmungslos beginne ich zu heulen und krümme mich ganz klein zusammen. Das ertrage ich nicht auch noch!

In meinem Schmerz gefangen, versinke ich in mir selbst und in dieser grausamen Erkenntnis, dass dieser letzte Schatz in meinem Herzen nun auch weg ist. Hätte ich ihm doch nie davon erzählt!

Eine warme Hand berührt mich im Rücken, jemand geht vor mir in die Knie.

Ich fahre zusammen und mache mich noch kleiner.

„Lucca!", sagt eine tiefe dunkle Stimme. Sie klingt als wäre sie durch Zeit und Raum gekommen, weit aus meiner Vergangenheit, aus dem einen schönen Moment an der Front.

Vorsichtig hebe ich den Blick. Da ist sie, diese selbstsichere Haltung und diese in sich ruhenden Augen. Es fehlt nur der blutbeschmierte Arztkittel. „Lucca! Es ist okay!", sagt er.

Ich schüttle mit dem Kopf und kann die Verschränkung meiner Arme um mich selbst nicht aufgeben. „Nein, ist es nicht! Du hältst mich hier wie ein Tier als deinen Sklaven gefangen. Nichts ist okay! Und ganz besonders nicht, dass ich dich trotzdem mag." Neue Tränen überfallen mich. „Was soll ich denn jetzt nur machen?", frage ich völlig aufgelöst.

Seine Hände legen sich um meine Oberarme und zwingen mich in eine aufrechte Position. Noch immer ist da diese völlige Ruhe in ihm, und das, wo in mir eine Flut an Gefühlen immer mehr meinen letzten Halt davon spült.

Ruhig und liebevoll sagt er: „Bleibe einfach mein Saphir und ich verspreche dir, es wird dir kein Leid mehr angetan!"

Und das aus seinem Munde, was für eine fiese Phrase. Ich schluchze und wünschte so sehr, ich könnte seinen Worten Glauben schenken.

Seine Arme legen sich um mich. Dieser blöde Arsch, warum nur macht er das dauernd? Warum lässt er mich nicht einfach in meiner persönlichen Hölle liegen? Dann wäre es so viel leichter ihn zu hassen.

29. Kapitel

~One-Night-Stand~

Eine Frage will mich nicht loslassen und irgendwann muss ich sie einfach stellen: „Hast du es gewusst?“

Leon gibt mich frei, um mich wieder ansehen zu können. Sein Blick ist fragend.

Ich stelle meine Frage anders: „Als du mich bei Senku gekauft hast, hast du da gewusst, dass ich es bin?“

Er atmet tief ein, dann schüttelt er den Kopf. Im Schneidersitz setzt er sich vor mich und blickt zur Seite, als er sagt: „Nein, mich haben einfach nur deine Augen und dein Blick gefesselt. Vielleicht war da eine unterbewusste Erinnerung dabei, ich weiß es nicht.“ Hörbar atmet er aus und sieht mich wieder an. „Wirklich begriffen habe ich es erst, als du eben deine Geschichte erzählt hast.“

Wir schweigen beide, bis mich eine andere Sache nicht loslässt. „Ich war nur ein One-Night-Stand für dich, oder?“

Leon lässt die Schultern hängen, er senkt den Blick. „Die Antwort wird dich nicht unbedingt aufbauen, aber ja.“

Ich lasse den Kopf sinken und drücke mir die Fingernägel in meine Oberarme.

Ein bitteres Lächeln huscht ihm über die Lippen, sein Blick schweift ab, als wenn er in der Vergangenheit versinken würde. „Ich habe an der Front so viele Kerle flach gelegt. Es war das einzige Mittel, dort nicht den Verstand zu verlieren. Das einzige, was es etwas erträglicher gemacht hat und wofür ich froh war noch einen Tag länger am Leben zu sein.“

Ich habe es zwar immer geahnt und seine Sichtweise kann ich fast verstehen, aber es schmerzt mich trotzdem so unbedeutend gewesen zu sein. Mein Blick verschwimmt wieder.

Leon rückt näher an mich heran, seine warme Hand legt sich über meine Wange, er wischt mir die Tränen mit dem Daumen weg. Auf seinem Gesicht liegt ein liebevolles Lächeln. „An einem Abend, ich hatte meinen Dienst gerade begonnen, da gab es in der Nähe des Lazarettes heftige Feuergefechte."

Was wird das jetzt? Warum jetzt eine Geschichte von damals?

Er schweigt einen Moment und scheint seine Gedanken zu sammeln, dann erzählt er weiter: „Es kamen so viele neue Verletzte, dass ich nicht mehr wusste, wen ich zuerst behandeln sollte. Doch viel schlimmer waren die Kugeln, die ständig ins Zelt einschlugen. Ich war mir sicher, dass ich den Tag nicht überleben werde. Überall schrien die Verwundeten, ob vor Schmerz oder aus Angst, ich konnte es nicht mehr zuordnen. Ich war kurz davor, den Verstand zu verlieren." Er macht eine weitere Pause und sieht mich durchdringend an, als wenn da etwas wäre, das ich auch wissen müsste.

„Dann kam der Trupp Eins zu uns, der eigentlich gar nichts bei uns zu suchen hatte, weil er im Westen der Stadt stationiert war. Ihr Truppenführer gab seinen Männern die Anweisung, das Lazarett um jeden Preis zu beschützen. Seine Soldaten umstellten das Zelt und hielten die feindlichen Truppen in Schach. Er selbst blieb im Eingang des Zeltes stehen mit dem Gewehr im Anschlag. Über die Schulter sah er zu mir zurück und sagte: ‚Machen sie weiter, Doc, wir kümmern uns um ihre Sicherheit'. Er hatte mir zuvor einen seiner Männer gebracht und war dann wieder ins Gefecht hinaus gestürmt, doch nun blieb er im Eingang des Zeltes stehen, wie ein Fels in der Brandung, hat seine Leute befehligt und der Kugelhagel durch die Zeltplanen hörte auf. Da fand ich wieder die Kraft meinen Job zu machen."

Die Erinnerung an diesen Abend überkommt mich. Wir haben so verbissen darum gekämpft diese Stellung zu halten, wollten wenigstens die retten, die wehrlos in ihren Betten lagen und vom Krieg schon genug Leid davon getragen hatten.

„Als dieser Soldat Tage später zu mir kam, mit einem schwerverletzten Kameraden im Schlepptau und ich die Gelegenheit dazu bekam, ihn auf einen Drink einzuladen, nutzte ich meine Chance um mich zu bedanken. Wie das allerdings ausgehen würde, habe ich nicht kommen gesehen." Sein Lächeln wird fürsorglich. Noch einmal wischt sein Daumen meine Tränen weg, dann sagt er: „Also ja, du warst nur eine schnelle Nummer auf dem Tisch in dieser Bar. Aber der Soldat, der im Angesicht des Feindes nicht aus dem Eingang des Lazarettes gewichen ist, der hat mich schwer beeindruckt und wäre der Krieg nicht gewesen und hätte uns an unsere Pflicht zurück gerufen, dann hätte ich ihn um jeden Preis wieder sehen wollen."

Seine Worte legen sich wie Balsam über meine zerfetzte Seele. Ich war ihm also nicht egal? Und trotzdem verstehe ich etwas nicht. Sein Aussehen hat sich total verändert, aber bin ich auch nicht wieder zu erkennen gewesen? „Wieso hast du mich dann nicht erkannt? Nicht mal als wir über den Krieg gesprochen haben."

„Ich hatte schon irgendeine Ahnung." Leon verschränkt die Arme und sieht an die Decke. „Ich habe in der Nacht in deinen Unterlagen nachgesehen um deinen Nachnamen in Erfahrung zu bringen, aber ich kam einfach nicht darauf warum er mir bekannt vorkam und mal ehrlich, diese Zeit an der Front, die haben wir sicher beide so stark vergessen wollen, dass diese Erinnerungen nur schwer auszugraben sind."

Ganz Unrecht hat er nicht. Mir kam die Erinnerung an den Arzt auch erst, als er mich so hart auf der Arbeitsplatte genommen hat. Das kurze Gespräch hat diesen Schatz auch nicht ausgegraben und je länger ich Leon ins Gesicht sehe umso seltsamer erscheint es mir, dass ich ihn ebenfalls nicht erkannt habe. Und trotzdem war da unbewusst etwas, was ich nie greifen oder in Worte fassen konnte.

„Und außerdem Lucca, hast du mal in den Spiegel geschaut? Dein Körper beginnt gerade erst sich zu erholen. Der einzige Funken der von dem Truppenführer von Trupp Eins noch übrig war, der lag in deinen Augen."

„Stimmt schon", seufze ich. Ich habe mich bei meinem ersten Blick in den Spiegel auch nicht wiedererkannt. Ich löse die Verschränkung meiner Arme etwas. „Und jetzt?", frage ich. „Was soll nun werden, wie soll es zwischen uns weiter gehen?"

Leons Blick steigt von der Decke wieder herab zu mir. Seine Haltung strafft sich. „Ich lasse dich nicht frei, wenn das deine Frage war."

Ich senke den Blick, war ja klar.

Leon hebt mein Gesicht am Kinn: „Du würdest mir weglaufen und das lasse ich nicht zu!"

Würde ich? Vor ein paar Stunden hätte ich noch mit Ja geantwortet, doch jetzt bin ich mir nicht mehr so sicher.

„Und mal ehrlich, selbst, wenn wir beide gleich gestellt wären, welche Chance hätten wir da draußen zusammen. Ich bin verheiratet und eine Scheidung kommt in meinen Kreisen nicht in Frage. Auch von meinen Eltern bin ich erst erlöst, wenn die Tod sind und als Ex-Sklave könntest du hier nicht mal eine Wohnung mieten ohne einen Vormund. Falls du dir nach allem überhaupt noch was mit mir vorstellen kannst, dann ist es so wie jetzt am ungezwungensten. Wir können hier tun und lassen was wir wollen. Keine Regeln, kein gesellschaftlicher Zwang. Ich könnte dich gleich noch mal auf dem Tresen nehmen und keinen würde es stören. Rubin und Gold hätten noch ihren Spaß daran."

Da ist es wieder dieses überhebliche, selbstgefällige Grinsen, das mich so aufregt und das mir so fehlt, wenn er nicht da ist. Meine Tränen hören auf zu fließen, während ich über seine Worte nachzudenken beginne. Gibt es denn wirklich kein Leben mehr außerhalb dieses Hauses für mich? Ich taste nach dem Brandmahl auf meiner Schulter. Es ist verkrustet und vernarbt bereits. Was genau erhoffe ich mir eigentlich von meiner zurückgewonnenen Freiheit? Klar mal das Haus verlassen wäre schön, einfach da hin zu gehen, wohin ich möchte. Aber ein Zuhause gibt es dort draußen nicht und kehre ich in mein altes Leben zurück wartet dort auch nur Lüge auf mich. Wieder mit meiner letzten Freundin zusammen sein und sich nach einer Nacht mit ihr heimlich einen Schwulenporno reinziehen, um wenigstens ein bisschen Erregung zu spüren und von etwas wie heute mit ihm nur zu träumen? Ist es das wert?

Leon hebt meinen Blick und reißt mich aus meinen Gedanken, als er sagt: „Kannst du mich weiter mit deinen frechen Sprüchen und deinen verrückten Ideen unterhalten? Kannst du weiterhin so aufmüpfig sein und meinen Harem und meine ganze Welt durcheinander bringen? Kriegst du es hin, noch mein Saphir zu sein?“

Ein finsteres Lächeln überkommt mich, als in mir eine Idee wächst. Wenn nicht jetzt, wann dann? Er hat schon ausgeschlossen mich frei zu lassen. Die Entscheidung hat er mir längst abgenommen. Jetzt geht es doch nur noch darum den Preis für meine Gefangenschaft auszuhandeln: „Ich will einen Schlüssel für mein Zimmer und ich will Möbel. Und wenn wir unter uns sind, nennst du mich gefälligst Lucca! Ach ja und ich will da raus!“ Mit ausgestrecktem Zeigefinger deute ich aus dem Fenster. „Ich will verdammt noch mal zu diesem See da draußen!“

„Stopp, stopp! Was? Mal langsam!“

Ich schaue ernst. „Glaub ja nicht, dass wir das hier ohne Bedingungen aushandeln können!“

Ein Schmunzeln legt sich in seine Mundwinkel, es wächst zu einem Lächeln und erstrahlt schließlich in lautem Lachen.

„Was ist bitte so komisch? Ich meine das völlig ernst!“

Er lacht weiter, dann sagt er: „Ja, ich weiß. Ach verdammt! Selbst in dem Zustand bist du immer noch Saphir durch und durch. Gott, wie ich dich liebe! Okay, pass auf.“

Ich schaue ihn entgeistert an. Hat er das gerade wirklich gesagt? Ich glaube, mich verhört zu haben. Ein Kerl wie er kann so was wie Liebe empfinden? Geht das überhaupt?

„Einen Schlüssel für dein Zimmer und Möbel kannst du vergessen!“

Dieser verdammte Mistkerl! Von wegen Liebe, er ist noch immer ein verdammtes Arschloch!

Ich will etwas sagen, doch er fährt laut fort: „Du bekommst mein Zimmer!“

Entgeistert sehe ich ihn an.

„So wie ich dich kenne, schleichst du dich da sowieso jede Nacht heimlich rein, um mit meinem Kissen zu kuscheln“, sagt er provokant.

Dieser überhebliche Sack! Nur, weil ich das einmal gemacht habe. Aber meint er das ernst, ich bekomme wirklich sein Zimmer? Jetzt weiß ich nicht ob ich wütend oder glücklich sein soll.

Er freut sich sichtlich über meine Unentschlossenheit und spricht weiter: „Von mir aus kannst du auch in den Garten, dann bekommst du wenigstens etwas Farbe, aber das Grundstück verlassen ist nicht. Da wirst du trotzdem gegrillt. Wie stehe ich sonst da, wenn mein Sklave frei in der Stadt herumläuft.“

„Als wenn ich zu Fuß bis in die Stadt käme“, murre ich. Soweit ich in Erfahrung bringen konnte sind wir hier inmitten vom Nirgendwo. Eine Stunde Autofahrt bis zum nächsten Ort.

„Was den Namen angeht. So nenne ich dich in Zukunft nur beim Sex. Kann mir vorstellen, dass du da voll drauf abgehst, wenn jemand dabei zusieht und dann alle wissen, wer da gerade gevögelt wird. Bist du in der Bar ja auch schon.“

Ich merke, wie mir die Schamesröte ins Gesicht steigt. Betreten schweige ich.

„Was mich allerdings viel mehr wundert ist, dass du die Bestrafungen und das Buch in deiner Liste weggelassen hast. Kleidung willst du scheinbar auch keine mehr.“

Ach verdammt, da war ja noch was! Verflucht! Ich schaue grimmig vor mich hin.

„Kann es sein, dass du damit gar kein Problem hast?“

„Naja, Kleidung ist mir inzwischen irgendwie zu warm und kratzig und was das andere angeht…!“, sage ich kleinlaut und hallte dann inne.

„Ja?“

„So was wie heute ist okay. So was wie mit der Glasscherbe, dem Keller oder der Vergewaltigung gehen gar nicht!“

„Einverstanden!“ Er steht auf und streckt mir seine Hand hinab. „Und jetzt steh auf!“

Ich brauche noch einen tiefen Atemzug, um die Kraft zu finden, dann greife ich die gereichte Hand.

Schwungvoll zieht er mich hinauf. Ich komme ins Stolpern und falle ihm in die Arme, wieder schließen sie sich um mich.

Ich atme den vertrauten Geruch und lehne mich an den starken Brustkorb. „Leon, es tut mir leid?“, sage ich dabei.

„Was denn?“

„Dass ich dich mit der Glasscherbe umbringen wollte. Ich bin wirklich froh, dass ich es nicht geschafft habe und du den Bombenangriff überlebt hast“, gestehe ich und lege meine Arme um seine Taille.

~Ende~

Danke!

An dieser Stelle möchte ich noch einmal Danke sagen an all die Menschen die dieses Buch erst möglich gemacht haben, die mich im Schreibprozess begleitet und mir eine Inspiration waren:

Meine Frau, die mich Wochenlang entbehren musste, weil ich mich in meiner Schreibhöhle verschanzt habe.

Meine Eltern die mich finanziell bei der Veröffentlichung unterstützt haben.

Die liebe Sabrina Huppertz von Animexx.de die so lieb war Beta zu lesen.

Die liebe S. Clara Engelhardt von FanFiktion.de die mir bei allen medizinischen Fragen zur Seite stand.

An all die Fans von Animexx.de und FanFiktion.de die mir so viele Kommentare geschrieben haben, die sich teils Stundenlang mit mir unterhalten und Diskussionen geführt haben. Ohne euch alle wäre diese Geschichte nicht möglich gewesen. Ich habe jede Unterhaltung darüber mehr als genossen.